17세

*17*세*

1판 1쇄 발행 2012년 4월 12일
1판 11쇄 발행 2018년 8월 30일

지은이 이근미 **펴낸이** 김민지 **펴낸곳** 미래M&B
책임편집 황인석 **디자인** 이정하
영업관리 장동환, 김하연
등록 1993년 1월 8일(제10-772호) **주소** 서울시 마포구 동교로 134(서교동 464-41) 미진빌딩 2층
전화 02-562-1800(대표) **팩스** 02-562-1885(대표)
전자우편 mirae@miraemnb.com **홈페이지** www.miraeinbooks.com

ISBN 978-89-8394-699-7 03810

값 12,000원

*잘못 만들어진 책은 구입처에서 바꾸어 드립니다.
*미래인은 미래M&B가 만든 단행본 브랜드입니다.

17세

이근미 지음

미래인

작가의 말

'모든 책은 나름의 운명을 지닌다.'

애초에 이 말의 뜻을 잘 몰랐습니다. 이제야 '책을 만들어 세상에 보내면 자기가 알아서 헤쳐나간다'는 게 어떤 의미인지 알 것 같습니다. 『17세』를 쓸 때 청소년이나 어린이가 읽을 거라고는 짐작도 못했습니다. 어른들이 과거를 회고하면서 추억 여행을 하게 될 거라고 생각했으나 그건 어디까지나 제 선입견이었습니다.

6년 전 『17세』가 세상을 향해 조심스럽게 발걸음을 떼었을 때 많은 분이 반겨주셨습니다. '한국문화예술위원회'에서 우수문학도서로, '책따세'(책으로 따뜻한 세상 만드는 교사들)에서 추천도서로, 가정사역연구소 '하이패밀리'에서 가정 관련 우수도서로 선정해주셨습니다. 특히 '책따세'가 추천도서로 선정해주신 덕분에 많은 청소년들이 읽게 되었습니다. 관심을 기울여주신 선생님들께 감사 인사를 드립니다.

중·고등학교 학생들이 책을 읽은 후 '작가에게 답장 받기' 과제를 한다며 편지를 보내주어 반가웠습니다. 제 답장을 받고 고맙다면서 주인공 '무경'과 '다혜'를 그려 보내준 친구도 있었습니다. 지금도 계속 『17세』를 필독서로 선정해주시는 여러 학교 선생님들과 책을 읽고 독후감을 보내주는 친구들이 있어 감동하고 있습니다.

특별한 이벤트를 벌인 것도 아닌데 블로그에 독후감을 올린 분들이 많았습니다. 태국 방콕의 초등학교 6학년 교포 어린이와 서울에 사는 5학년 어린이가 『17세』를 단숨에 읽었다고 하여 깜짝 놀라기도 했습니다. 중학생들이 밤새워 다 읽었다는 글을 많이 남겨 우리나라 학생들의 독서력에 새삼 경탄을 했습니다.

『17세』에는 제가 청소년시절에 함께했던 사람들과의 추억이 녹아 있습니다. 보고 듣고 느끼고 상상한 이야기가 살아 움직여 어린 학생들도 친숙하게 여겼을 거라고 믿습니다. 그 옛날의 추억을 간직한 기성세대와 그 시절로 여행을 떠나는 요즘 청소년들께 그저 감사드릴 따름입니다.

출판 사정이 좋지 않아 조기에 절판되는 책이 많은데 6년간 꾸준히 사랑받고, 개정판을 내게 되어 행복합니다. 사랑해주신 많은 분들께 머리 숙여 인사드립니다.

　예전에 책을 낼 때 "살면서 깨달은 게 있다면 계획은 내가 세우지만 그 길을 인도하는 분은 따로 있다는 사실입니다. 또 하나 깨달은 게 있다면 인생 레이스에 언제나 최선을 다해야 하지만 그게 마음대로 안 된다는 점입니다"라는 말을 했습니다.
　6년이 지난 지금, 최선을 다하는 것을 사명으로 삼고 실천해야겠다는 각오를 다지고 있습니다. 우리는 태어날 때 각자 잘하는 것, 즉 달란트를 한 가지씩 선물받았습니다. 열심히 노력해 튼실한 결실을 맺는 것이 달란트를 주신 분께 보답하는 길입니다. 마음대로 안 된다는 핑계보다 '할 수 있다'는 각오로 밀고 나가야 할 때입니다.

　『17세』 독후감 가운데 특별히 기억에 남는 내용이 있습니다.
　"딸과 말이 통하지 않아 고민하던 중에 『17세』를 읽게 되었다. 다 읽고 슬쩍 딸의 책상 위에 올려놓았다. 책을 다 읽은 딸이 나에게 다가와 '엄마도 나처럼 소녀시절이 있었구나. 엄마도 우리처럼 가슴 뛰는 시절이 있었네'라며 말을 걸어와 너무 반가웠다. 『17세』는 딸과 대화하게 해준 책이다."
　『17세』를 읽은 어린 독자들은 "엄마 세대를 이해하게 되었다. 엄마의 소녀시절을 만나 반가웠다"는 독후감을 많이 남겼습니다.

모쪼록 『17세』가 부모와 자녀 간의 소통을 이루는 책이 되길 기원합니다. 가족이 다 함께 읽고 이야기꽃을 피우는 것이 『17세』의 주인공 '엄마 무경'과 '딸 다혜'의 소망일 겁니다.

개정판이지만 내용은 달라지지 않았습니다. 문장을 약간 손본 정도입니다. 『17세』를 몇 번씩 되풀이해서 읽었다는 분들이 유독 저에게 원망의 말을 많이 던졌습니다. 멋진 차현과 시크한 연우를 아프게 그려 펑펑 울었다며 가슴이 미어질 것 같다고들 하셨습니다. 다시 읽었을 때 차현과 연우가 여전히 가슴을 저미게 했지만, 다행히 의연하게 지내고 있었습니다. 그들이 '그대로 그렇게' 살도록 기도해주는 것이 좋지 않을까요.

개정판을 선뜻 출간해주신 미래인 관계자들께 감사의 인사를 드립니다. 그동안 『17세』를 읽고 지지를 보내주신 많은 분들께 사랑을 한아름 선사하고 싶습니다.
무경과 다혜, 두 17세 소녀와 여행을 떠나 알싸한 정취에 빠져드시길 기원합니다. 희망 쪽으로 다이얼을 맞춘 두 소녀가 수줍지만 진심 어린 미소로 당신을 맞아줄 겁니다.

개정판을 펴내며,
이근미

차례

작가의 말 4

1장 저, 가출합니다 11

2장 17세 무경이가 다혜에게 52

3장 두근두근 첫 데이트 81

4장 뜻밖의 편지 114

5장 내 꿈은 무얼까 150

6장 변화의 시대 177

7장 인생의 조건 202

8장 딸에게서 온 첫 편지 232

9장 저마다의 인생 269

10장 마음 가는 대로 289

11장 최선을 위하여 339

추천사 세대 공감과 화해의 메시지_**우애령** 344
　　　　가족 해체 시대의 딸 찾기_**하응백** 346

1장
저, 가출합니다

 딸이 집을 나갔다. 30년 전 내가 그랬던 것처럼.
 17세, 나이는 같으나 방식은 달랐다. 나는 어머니에게 알리지 않았으나 딸은 컴퓨터 화면에 '저, 가출합니다.'라는 큰 글자를 오른쪽에서 왼쪽으로 계속 넘어가게 만들어놓고 나갔다. 방파제를 넘어 불가항력으로 밀려드는 너울처럼 '저, 가출합니다.'는 순식간에 방 안을 점령했다.
 나는 얼마 안 가 내 발로 걸어 들어왔지만 딸은 어떻게 할까?
 어디서부터 시작해야 하나. 내 딸과 나. 우린 꼭 30년 차이가 나고 생일이 같은 날이라는 공통점이 있을 뿐이다. 나는 그 점을 제법 중요하게 생각하는데 딸은 어떨까? 하긴 아이가 겨우 '엄마'라는 말을 익혔을 때 그 곁을 떠난 내게 중요한 무언가가 남아 있을 리 없다. 딸을 위해 힘든 결혼생활을 견디겠다는 결심 따위를 할 틈도 없이 쫓겨난 나에게. 나는 딸에게 과연 무엇이었을까.

자그마한 여자아이를 가슴에 심고, 그냥 그렇게 살고 있을 때 느닷없이 딸이 내게로 돌아왔다. 고모 손에 이끌려 온 열두 살 난 여자아이를 맞아들인 날, 황막했고 서먹했다.
딸이 온 지 닷새 만에 우리는 함께 생일을 맞았다. 미역국을 끓이고 밥을 고봉으로 담는 내게 딸은 처음으로 말을 걸었다.
"생일이 똑같다구요?"
엄마 생일에는 하는 수 없이라도 나를 생각했겠군요, 그렇게 말하고 싶은 표정이었다. 딸은 내가 떠나지 않았다면 모든 게 엉망이 되진 않았을 거라고 생각하는 듯했다.
딸은 우리가 함께 맞는 여섯 번째 생일을 닷새 앞두고 돌연 내 곁을 떠났다. 딸이 집을 나간 사실을 확인했을 때 가장 먼저 든 감정은 '체념'이었다. 딸은 좁디좁은 복층 원룸의 이층 공간에서 소녀시절을 나고 싶지 않았을 것이다. 제 아빠를 닮아 키가 훌쩍 큰 딸은 계단을 다 오르기도 전에 허리를 구부려야 하는 그 작은 공간으로 기어들 때마다 꿈을 조금씩 날려 보냈으리라.
딸은 30년 전 나와 똑같은 말을 읊조리면서 집을 나갔을 것이다.
"내가 집을 나가는 건 너무도 당연해."
열일곱 푸른 날에 세상이 뜻대로 안 된다는 걸 인정하고 싶지 않았을 테니까, 그래도 세상은 꿈꾸는 대로 된다고 믿고 싶었을 테니까, 너무 빨리 모든 것에 항복하고 싶지 않았을 테니까.

사실은 세상이 뜻대로 움직이지 않는다는 걸 알았기 때문에, 꿈꾸는 대로 되지 않는다는 걸 너무도 명백히 느꼈기 때문에, 일찌감치 포기할 건 포기하자는 생각에서, 딸은 가출을 선택했는지도 모른다.

내가 전자였는지 후자였는지 명확하진 않지만 내 딸은 전자이길 바라는 마음이다. 내 딸이 세상은 아직 살아볼 만하다고 여기길 원하지만, 자신이 없다. 나는 최소한 투정이나마 부릴 수 있는 양친 부모가 건재했지만, 딸에게는 여태 눈도 제대로 맞추지 못하는 내가 엄마 자리를 차지하고 있으니까.

좁은 방 안에 무심한 정적만 괴어 있다. 딸과 함께 있을 때도 집 안은 조용했다. 딸은 집에 들어오면 앉은뱅이책상을 끼고 앉아 좀처럼 자기 공간에서 내려오지 않았다. 밥을 먹을 때만 내려와서 후딱 그릇을 비우고 올라갈 뿐. 딸이 자신 없는 목소리로 "컴퓨터 사주실 수 있나요?"라고 했을 때 무리해서 데스크톱을 산 것은 딸을 일층으로 내려오게 하기 위한 방편이었다. 어쨌든 우리는 친해져야 할 사이였다.

딸이 컴퓨터를 마주하고 있는 동안 그나마 우리는 한 공간에 있다는 느낌을 공유할 수 있었다. 딸이 컴퓨터에 붙어 앉아 있을 때 나는 늦은 저녁밥상을 차렸고, 우리는 말없이 밥을 먹곤 했다. 나와 함께 살게 되었을 때 딸은 마침 사춘기를 시작했다. 구태여 면죄부를 찾는다면 거기밖에 기댈 데가 없다. 밤 열 시에야 파할 수 있는 내 일도 걸림돌이었다. 게다가 일주일에 한두 번은 도매시장으로 물건을 떼러 가느라 밤에 집을 비웠다. 몇 년 만에 함께 살게 된 사춘기 딸과 간극을 좁힐 기회를 얻기가 현실적으로 힘들었다.

하지만 이 모든 것은 변명에 불과하다. 10여 년을 혼자 살아온 내가 딸과 함께 사는 일에 쉽사리 적응하지 못한 게 가장 큰 불찰이다. 오랜 기간 마음속으로 딸 지우는 연습을 하고 있는데, 느닷없이 그 딸이 나타난다면 누구든 당황할 것이다. 어쩌면 나는 내가 엄마라는 사실조차 망각하며 지냈는지도 모른다.

딸의 가출 앞에서 모든 게 자신 없어졌다. 내 기억도 내 생각도.

'저, 가출합니다.'

평소 말이 없던 딸은 컴퓨터 화면에서 쉬지 않고 떠들어대고 있다. 컴퓨터 옆에 딸의 휴대전화가 얌전하게 놓여 있다. 휴대전화를 놓고 나간 것은 아예 나와의 연결고리를 끊겠다는 의미다.

'저, 가출합니다. 저, 가출합니다. 저, 가출합니다….'

딸은 지금 어디를 헤매고 있는 것일까. 딸의 외침을 들으면서 내 의도와 상관없이 헤어진 딸과 아무 계획 없이 다시 만난 이후,

딸을 위해 노력한 게 너무 없다는 걸 아프게 되새겨야 했다.

'저, 가출합니다. 저, 가출합니다. 저, 가출합니다….'

끝없이 이어지는 글자를 무렵히 바라보고 있을 때 섬광처럼 스치는 생각이 있었다. 우리의 생일이 같은 날이라는 것에 기대 추억이 없는 우리가 함께 도모한 일이 있었다.

"엄마는 m0707, 나는 d0707로 메일을 만들었어요. m은 마더, d는 도러의 첫 글자고 0707은 엄마랑 내 생일이에요. m은 엄마 이름 무경의 첫 글자도 되고 d는 내 이름 다혜의 첫 글자도 돼요. 신기해. 생일에 7자가 두 개나 들어 있으니 우리에게 분명 행운이 올 거예요."

지난해 인터넷을 연결하던 날, 다혜는 생전처음 화사하게 웃으며 나에게 말을 건넸다. 그날 다혜는 나에게 이메일 사용법을 자세히 가르쳐주었다. 우리는 시험 삼아 서로의 이메일 주소로 편지를 한 통씩 보내보기도 했다. 하청회사 사무실에서 문서를 작성할 때와 방송통신대 재학시절 과제를 낼 때 사벌식 수동타자기를 사용했던 나는 자판을 어렵지 않게 익혔다. 하지만 그날 이후로 다혜에게 다시 편지를 보내지는 않았다.

다혜에게 편지를 보내는 일이 쑥스럽기도 했지만 우선 컴퓨터와 친해지기가 무척 힘들었다. 다혜가 옆에서 자세히 가르쳐줄 때는 분명히 이해한 것 같았으나 혼자서는 컴퓨터를 여는 것부터 힘들었다. 새로운 골칫거리에 접근하기란 결코 쉽지 않은 일이다.

세상이 온통 인터넷으로 연결되어 있다지만 동네에서 작은 양품점을 운영하는 내가 그 사실을 실감할 수 없다는 게 다행스러울 정도였다.

"우리에게 분명 행운이 올 거예요"라며 잠시나마 기뻐한 다혜에게 행운의 의미는 과연 어떤 것일까. 알 듯하면서도 짚이는 게 없다. 이메일 주소를 만들어준 다혜가 대화하자고 손짓했으나 나는 그냥 지나쳤고 그것이 딸의 가출을 불렀다는 사실만 명료하게 다가왔다.

m0707과 d0707, 다혜는 두 개의 암호를 떨어뜨려놓고 집을 나갔다. 집 나간 아이를 찾는 일이 힘들다는 것, 가출은 습관성이라는 것, 언젠가 읽은 기사 내용만 떠올랐다. 고등학교 1학년이 제 발로 걸어 나간 일 따위는 조금도 눈길을 끌 수 없을 만큼 세상은 분주하다. 가출 청소년이 늘고 있다는 걸 알면서도 다혜의 가출 가능성을 염두에 두지 않았다는 게 기막혔다. 30년 전, 가출 경험이 있으면서도 그렇게 안일했다니… 다혜는 30년 전 나보다 더 막막했을 게다.

'저, 가출합니다. 저, 가출합니다. 저, 가출합니다….'

문득 컴퓨터 화면에서 목이 쉴 정도로 가출을 알리고 있는 딸이 "이제 나랑 얘기하고 싶으면 여기로 들어오세요"라고 말하는 듯했다. 컴퓨터로 가출을 알린 딸은 대화의 통로를 마련해놓고 나간 셈인가?

그렇다면 무엇으로 소통해야 하나. 다혜와 나를 연결할 다리는 어디에 있을까. 그곳을 찾아야 했다. 내가 컴맹이라는 사실보다도 그게 더 중요했다.

종일 판매한 물건이라곤 몇 천 원어치의 헤어 액세서리밖에 없다. 경기가 나쁘면 작은 가게가 가장 먼저 타격 받는다는 시장의 법칙은 내 가게를 조금도 비껴가지 않는다. 비라도 오는 날엔 종일 사람 그림자도 얼씬하지 않을 만큼 매기가 뚝 떨어졌다. 반년이 넘도록 월세 내기도 힘들 만큼 장사가 안 되지만 가게 문을 닫으면 영영 세상과 단절되어버릴 것 같은 불안감이 엄습했다. 내가 할 수 있는 유일한 이 일을 접으면 나는 골방에 박혀 빠져나오지 못할지도 모른다.
방 두 개짜리 연립주택으로 이사 가서 다혜에게 허리를 쭉 펴고 살게 해주려던 계획은 아예 사라지려는가. 내가 만든 의무조항 리스트 가운데 하나건만. 정기적금이니 보험이니 여기저기 몇 번씩 부었던 걸 모두 신용대출로 되받아 야금야금 가게 월세로 밀어 넣으며 연명하는 중이다.

복잡한 머릿속에서 오롯이 떠오르는 생각이 하나 있었다. 일단 가게로 컴퓨터를 옮겨오는 일이다. 밤 열 시에 들어가니 컴퓨터를 익힐 겨를이 있을 리 만무하다. 오지 않는 손님을 기다리는 무료한 시간에 다혜와 소통하는 방법을 찾아보기로 했다.

당장 컴퓨터를 옮겨온 것은 믿는 구석이 있기 때문이다. 옆집 비디오대여점 주인 양씨는 컴퓨터를 가르쳐달라는 나의 부탁에 오히려 황송해하는 표정이었다. 그에게 가장 먼저 '저, 가출합니다.'를 지워달라고 부탁했다. 그는 내가 컴퓨터를 가르쳐달라는 말에 흥분했는지 그 글자를 보고도 다혜의 가출을 눈치 채지 못했다. 그가 설명하는 것을 노트에 적어놓았다가 몇 차례 실행해봤더니 메일 보내는 법은 금방 익힐 수 있었다. 그는 수시로 내 가게에 드나들며 내가 컴퓨터를 잘 다루는지 어쩐지 점검하곤 했다. 지난해 가게를 낸 양씨는 부쩍 친밀하게 굴더니 두 달 전 나에게 은근슬쩍 청혼을 했다. 아주 잠깐 나를 여자로 생각하는 사람이 있다는 데 조금 들떴으나 이내 푸시시 가라앉았다. 설렘 없이 결혼을 선택한 스물아홉 이후 남자는 내게 심드렁한 존재였다. 청혼사건 이후 의도적으로 거리를 두었던 그를 먼저 불러들일 정도로 다급했다. 딸을 방류하는 것은 내 의무가 아니므로.

양씨의 세심한 가르침으로 나는 몇몇 포털사이트나 신문사 홈페이지에 접속하여 각종 정보와 뉴스를 보는 것까지 해낼 수 있게 되었다. 컴퓨터를 다루는 일은 생각만큼 어렵지 않았고 자판 치는 속도도 조금씩 빨라졌다. 새로운 기계라면 무조건 알레르기를 일으키는 내가 급속도로 컴퓨터와 친해진 건 신기한 사건이다. 딸의 가출로 마음이 복잡해지자 뇌가 비상체제로 돌입했는지도 모를 일이다.

소통할 방법을 찾았으니 딸에게 무슨 얘기를 해야 할지, 그걸 떠올려야 했다. '무조건 돌아와라, 사실은 너를 사랑한다, 그동안 살기에 바빠 무심했다'고 얘기하는 건 설득력이 없을 것이다. 혹시 다혜가 오해하고 있을지도 모를 일에 대해 구구절절이 늘어놓는 것도 좋은 방법이 아니리라. 내가 이러이러해서 너의 아버지를 떠나올 수밖에 없었다고 얘기하는 것은 아이의 가슴에 더 큰 상처를 남길 수도 있기 때문이다. 다혜도 내 탓이 아니라는 것은 알 것이다. 다혜를 데리고 온 시누이가 그런 얘기를 내비쳤었다.

"제 아빠 때문에 엄마가 집을 나갔고, 새엄마가 오히려 아빠를 망쳐놓고 나간 거, 다혜도 다 알아요. 그년이 오빠 사업이 안 되자 애를 얼마나 구박했는지. 그러더니 어느 날 휑 나가버립디다. 그 다음에 오빠는 완전히 술에 절어 살았죠. 속은 모르겠지만 눈치가 빤한 애니 엄마를 원망하기보다 그리워했겠죠. 올케가 여태 결혼 안 하고 혼자 살고 있다니 고마워해야 할 일이네요. 이런 무던함으로 그냥 살았으면 좀 좋아. 하긴 그때 오빠가 눈이 뒤집혀 여자를 데리고 들어왔는데 방법이 없었겠죠. 그 벌 받아서 일찍 세상 뜬 게야. 다혜는 누가 뭐래도 올케 딸이니 맡아주세요."

다혜가 지금 와서 나와 제 아버지의 문제 때문에 집을 나가진 않았을 것이다. 결국 내가 집을 떠날 때와 비슷한 상황이었으리

라. 한 세대가 지나도 꿈은 크나 앞길이 막막한 소녀들의 심정은 크게 다르지 않을 테니까.

종일 생각해도 묘안이 떠오르지 않았다. 컴퓨터는 익혔건만 대체 무엇을 채워 넣을 것인가. 몇 시간째 거리를 오가는 사람만 멍하니 바라보는 중이다. 교복을 입은 다혜 또래의 아이들이 떼 지어 지나가는 걸 보니 하교시간이 된 모양이다. 갑자기 눈물이 핑 돌았다.
'그래, 그거야.'
아이들의 교복이 눈을 아프게 찔렀다. 내가 가출한 뒤 유독 도드라져 보인 것은 교복이었다. 교복 입은 아이들을 만날 때면 내가 다른 세계로 와버렸다는 것을 실감했고, 그때마다 우물 속에 풍덩 빠져 깊이 깊이 가라앉는 듯 아득해졌다.
'네가 가출을 했던 그때 얘기를 다혜에게 진솔하게 들려주지 그러니.'
가슴 저 밑바닥에서 또 다른 내가 나에게 말을 거는 듯했다. 그 순간 결심했다. 내가 왜 가출을 했고, 집으로 돌아온 뒤 나의 소녀시절을 어떻게 보냈는지. 그 얘기를 가감 없이 들려주기로. 아이로니컬하게도 나는 그때 가장 열심히 살았고, 가장 빛났고, 가장 즐거웠다. 할 수만 있다면 그때로 돌아가고 싶을 정도로. 어쩌면 내 곁을 떠난 것이 다혜에게 행복일 수도 있다. 그렇게 생각하니 마음이 놓이면서도 허전했다.

　방법을 찾았다고 생각했으나 다시 막막해졌다. 아련하기도 하고 슬픔이 북받쳐 오르기도 했다. 무덤덤하기만 했던 내가 소녀시절로 돌아간 듯 갑자기 감정의 기복이 심해졌다. 즐거웠지만 가슴 아렸던 그 시절을 되돌아보려는 생각만으로 나는 다시 소녀가 된 걸까? 가출한 다혜와 대화를 시작하려는 소녀 무경이.

　다혜와 동갑내기 무경이가 되어 일주일 만에 나는 첫 번째 편지를 완성했다. 다혜가 하루라도 빨리 내 편지를 받아보게 하려고 종일 컴퓨터에 매달려서 얻은 수확이다. 손님이 들어오지 않는 걸 다행스러워하긴 처음이다.

m0707이 d0707에게 보내는 첫 번째 편지

♥

1970년대 중반 혹은 초반, 나는 열일곱 살이었다. 열일곱 살이라 곤 하지만 정확하게 따지면 생후 15년 몇 개월쯤 되었을 것이다. 대한민국에 살면 15년 몇 개월에도 열일곱 살이 될 수 있다는 사실을 자연스럽게 받아들여야 한다. 그런 걸로 억울하게 생각하는 건 어리석은 일이다. 그건 우리의 관습이므로. 1970년대 중반 혹은 초반, 15년 몇 개월 같은 건 정확히 생각나지 않지만 당시 나의 신장만은 너무도 명확하게 기억난다. 당시 내 키는 안쓰럽게도 겨우 152센티미터였으니까. 성장판이 살아 움직일 시간이 얼마 남지 않은 시점이었지만 내 부모는 성장호르몬 따위를 알지도 못했다. 하긴 그 시절 누가 그런 것까지 생각할 여유가 있었겠는가. 내가 그로부터 겨우 4센티 더 크는 데 그친 걸로 부모를 원망할 생각은 없다. 신장이 문제가 된 건 그때뿐이었으니까.

열일곱 살 때 내가 뜬금없이 동네 친구를 따라가서 사명화섬 입사시험만 치지 않았다면, 그 시험에서 내가 일등만 하지 않았다면, 내 인생은 달라졌을까? 그것에 대해 자신 있게 말할 수 있는 사람은 아무도 없다.

만약 그 회사에 들어가지 않았다면 열일곱 살 겨울에 나는 별수 없이 중학교 때 우수반 친구들이 심드렁한 표정으로 발음했던 여상에 진학했을 것이다. 우리가 여상이라고 불렀던 여자상업고등학교에 가기 싫어 나는 이뤄지지 않을 게 분명한 꿈에 집착했었다. 중학교 2학년 때부터 틈만 나면 외지로 보내달라고 어머니를 졸랐다. 나의 부모는 딸을 외지로 보내 하숙까지 시켜가며 공부시킬 만한 재력을 갖고 있지 못했다. 무엇보다도 딸에게 수입의 많은 부분을 뚝 떼어 투자할 만큼 열정을 가진 부모가 많지 않은 시절이었다. 대신 우리의 부모들은 여자는 밖으로 내돌리면 안 된다는 고리타분한 생각을 계명처럼 외우고 있었다. 그러니 내 계획대로 될 리 만무했다.

어머니는 내가 조를 때마다 너도 말 안 되는 거 알지? 하는 표정을 짓다가 가끔 쐐기를 박듯 "무경아, 민이와 환이 생각도 해야지"라고 말했다. 연년생인 쌍둥이 두 남동생도 이듬해 고등학교 진학을 앞두고 있으니 내가 더 우길 수도 없는 형편이었다.

각 반에서 5등까지 차출하여 방과 후 영어와 수학을 따로 가르칠 정도로 내가 다닌 중학교는 고등학교 입시에 총력을 기울였다. 방과 후에 모이는 우수반 아이들의 자부심은 대단했고, 월말시험 결과로 매번 편성을 다시 하는 그 반에서 떨려나지 않기 위해 모두들 엄청나게 열심히 공부했다. 우수반에서도 상위권인 내가 우리 도시의 여상으로 진학할 수는 없는 일이었다. 우수반에서 한 번도 벗어나지 않은 내가 외지의 고등학교에 진학하는 것을 나는 물론 친구들도 기정사실로 여기고 있었다. 하영이 부산여고에 간다고 말했을 때 나도 망설임 없이 그 학교를 목표로 삼았다. 학교만 벗어나면 결코 하영과 경쟁할 수 없다는 걸 나는 너무도 잘 알고 있었다. 나보다 훌쩍 큰 하영은 우리 학교 교복모델이 될 정도로 수려한 외모를 지녔고, 트럭 다섯 대를 가진 하영의 아버지와 자전거로 출근하여 하청공장에서 배관 일을 하는 우리 아버지는 수입에서 엄청난 차이가 났다. 그렇지만 우리는 학교 안에서 서로를 자극하는 친구였다.

사실 여상은 우리가 함부로 무시해도 되는 학교가 아니었다. 우리 도시와 인근 군의 여러 중학교에서 여상 합격자 집계를 내어 학교 순위를 매길 정도로 여상은 우리 도시의 명문학교였다. 우리 학교에서 우수반을 편성한 이유 중의 하나도 여상의 수석입학 자리를 다른 학교에 빼앗기지 않기 위함이었다.

손가락이 안 보일 정도로 주판을 놓고 골치가 지끈거릴 만큼 부기를 배운 뒤 은행에 들어가는 일은 나의 관심을 조금도 끌지 못했다. 같은 재단인 여상과 한 울타리에서 공부하는 동안 우리는 주산 4단 이상 되는 언니들의 얼굴을 저절로 외울 수 있었다. 학교 벽보에 그 언니들의 사진이 걸려봤자, 우수반에서도 상위권인 내 친구들은 그녀들에게 호감을 갖지 않았다. 우리들은 이미 대학교 이름을 죽 적어놓고 거기 들어가기 위해서는 외지의 어느 고등학교에 가야 하는지를 가늠하고 있었다.

우리 반 아이들은 남진 팬과 나훈아 팬으로 나뉘어서 싸우기 일쑤였지만 우수반 아이들은 트윈폴리오와 비틀즈를 좋아했다. 트윈폴리오의 노래를 다 외우고 있었던 내가 여상에 가는 것은 우수반 내 친구들과 다시는 어울릴 수 없다는 뜻이 되고 만다.

나는 시험 치는 그날까지 오로지 나의 목표, 내가 세운 계획만 생각하기로 했다. 하지만 나는 이미 열여섯 살에 세상일은 마음먹은 대로 되지 않는다는 걸 눈치 채고 있었다. 능력 있는 부모를 가져야 외지에 갈 수 있다는 건 조금만 생각하면 누구나 알 수 있는 일이었다.

그런데 원서 쓰기 한 달 전 나에게 기적 같은 일이 벌어졌다. 내가 부산에 갈 수 없는, 너무나 명백한 현실 앞에서 어머니를 끝없이 괴롭히고 있을 때였다. 생전 오지 않던 외삼촌이 우리 집에 들르자 어머니는 한숨을 쉬면서 내 얘기를 털어놓았다.

"무경이가 전교 몇 등을 하니 형편만 되면 부산에 보내고 싶다만, 거길 보내면 민이와 환이는 어쩌냐고. 그리고 아는 집도 없는데 여자 애를 외지로 혼자 보낼 수도 없고 말야."

어머니가 내 문제로 고민이나마 했다는 사실에 조금 위안을 받았다. 그때 외삼촌이 놀라운 말을 했다.

"내년에 부산으로 전근 가게 될 거 같아요. 총각 때 누나 신세를 많이 졌는데 무경이는 내가 부산에 데려가서 공부시킬게."

그 순간 나는 내 귀를 의심했다. 선생님 말씀대로 뜻이 있는 곳에 길이 있는 게 분명했다.

"무경아, 너 여기서 그냥 학교 다니고 있어. 외삼촌이 내년에 부산에 전근 가서 자리 잡으면 널 부를게. 그러면 되잖아. 뭐가 걱정이야."

외삼촌은 너무도 간단하게 해결책을 제시했다. 꿈같던 일이 단숨에 현실로 옮겨오다니 어안이 벙벙해서 정신이 아득해지는 느낌이었다.

"그래, 우선 여상에 들어갔다가 형편 봐가면서 부산으로 가면 되겠네."

어머니도 드디어 해결책을 찾았다는 듯 홀가분한 표정이었다.

조금만 따져봤더라면 그게 얼마나 어려운 일인지 금방 알았을 것이다. 학교에서 사력을 다해 공부해도 1년에 두세 명밖에 합격하지 못하는 부산여고를 여상에 다니다가 합격한다는 것 자체가 있을 수 없는 일이건만. 그런 걸 따져볼 생각은 조금도 하지 않고 나는 그 자리에서 감격에 겨워 어쩔 줄 몰라 했다.

일단 여상에 원서를 내고 예비소집일에 수험표까지 받아왔다. 하지만 나는 일생일대의 결심을 했다. 내가 학교에 다니고 있으면 외삼촌이 마음이 변해 나를 데려가지 않을 수도 있다는 생각에서 시험을 치르지 않기로 한 것이다. 집에서 놀고 있어야 이듬해 부산으로 전근 가는 외삼촌이 나를 데려가기 쉬울 거라는 내 나름의 계산 때문이었다. 그날따라 서둘러 외출한 어머니는 합격자 발표일에야 내가 시험 치지 않은 사실을 알았지만 별로 놀라지 않았다. 어머니도 외삼촌을 떠올렸는지 모른다. 아니면 동네 언니들 여럿이 중학교만 졸업하고도 인근 공장에 잘 다니고 있어서였을까?

우수반에서 외지로 간 애들은 모두 합격했다. 하영도 무사히 부산여고에 들어갔다는 소식이 들려왔다. 졸업식 날, 교실은 마치 모세가 가른 홍해처럼 나뉘어 있었다. 외지 고등학교에 간 친구들, 여상에 간 친구들, 여고에 간 친구들이 무리지어 이야기를 하고 있었다. 내년에 부산으로 갈 사람은 나밖에 없었으므로 나는 혼자 교실 한쪽에 앉아 있었다. 하영이 잠깐 다가와 일주일 후 부산에 갈 거라고 말해주었을 뿐 누구도 내게 말을 걸지 않았다. 잠시 입학을 보류하고 있을 뿐이니 위축될 이유가 없었다. 다만 우수반 친구 그 누구와도 기념사진을 찍지 못한 것이 좀 아쉬웠다.

외삼촌은 친구들이 새 교복에 적응도 되기 전인 3월 말 외숙모와 이혼을 한 뒤 다니던 회사를 그만두고 우리 도시를 떠나버렸다. 외숙모가 데리고 나간 아이를 찾으러 갔다는 얘기 외에 더 이상 내가 들은 소식은 없다.

외삼촌이 회사를 그만두었으니 당연히 내가 외지로 갈 길은 막혀버렸다. 화가 나고 막막한 가운데서도 나는 그리 억울한 일이 아니라며 스스로를 위로했다. 외삼촌이 다녀가지 않았더라면 나는 여상에 들어갔을 테고, 그건 학생이 아닌 지금 처지나 별반 차이나는 일도 아닐 테니까.

혼자 시간표를 짜고 그걸 지키기 위해 노력하던 나는 외삼촌이 떠난 후 공황상태에 빠진 듯 갈피를 잡을 수가 없었다. 외지로 나갈 방도를 도무지 알 길이 없었다. 멍하니 앉아 있느라 아침에 짠 시간표를 지키지 않는 날이 대부분이었다. 별수 없이 아침마다 새로운 시간표를 짠 다음 라디오 다이얼만 이리저리 돌렸다. 남진 노래도 듣고 나훈아 노래도 들었다. 더 이상 우수반이 아닌데 트윈폴리오 노래만 들을 이유가 없었다. 마치 무중력상태를 둥둥 떠다니듯 아무 생각 없이 방 안에서 뒹굴다가 뉴스가 시작되기 전 재빨리 다이얼을 돌렸다.

그날따라 다이얼을 돌리지 않아 저절로 듣게 된 뉴스 때문에 나는 용수철처럼 튀어 올랐다. 바로 그해부터 서울과 부산은 추첨으로 고등학생을 뽑고 그로 인해 서울과 부산의 중학생들이 공부에서 해방되었다는 뉴스였다.

그 순간 가슴이 꽉 막혀 숨이 쉬어지지가 않았다. 1년 전 우수반 교실에서 언뜻 그런 얘기를 들은 적이 있다. 그때 어떤 친구가 그랬다. 그럴 리가 있느냐고, 경기여고 이화여고 부산여고 경남여고 같은 학교를 시험도 치지 않고 넣어준다는 게 말이나 되느냐고. 그때 우리 모두 고개를 힘차게 끄덕였다. 밤을 새워서 공부해도 들어가기 힘든 학교를 그렇게 쉽게 넣어준다니 어림도 없는 일이었다. 선생님으로부터 서울과 부산이 추첨제가 될 거라는 얘기를 딱히 들은 기억도 나지 않았다. 선생님들도 우리와 같은 생각을 한 걸까? 아니면 우리에게 그해 입시만 강조하기도 벅찼던 것일까?

다시는 오지 않을 기차를 목을 빼고 기다린 꼴이었다. 삐질삐질 눈물이 새나왔다. 식어빠진 선짓국을 먹었을 때처럼 목이 꺽꺽했다. 외삼촌이라는 통로가 사라진 후에 마취에서 덜 깬 것처럼 몽롱하던 나는 그 뉴스를 듣고 화들짝 깨어났다. 하지만 내가 할 수 있는 일은 아무것도 없었다. 좁은 방 안을 수십 번도 더 오갔지만 대체 어떻게 해야 할지 방법이 떠오르지 않았다. 계속 방 안에 있다가는 가슴이 터져버릴 것만 같았다.

나는 가사시간에 만든 보조가방에다 옷 몇 개를 넣고 부엌에 나가 찬장을 뒤졌다. 엎어놓은 그릇을 죄다 젖혀서 어머니가 여기저기 숨겨놓은 돈을 찾아냈다. 곗돈이라도 부으려고 했는지 그날따라 지폐가 제법 많았다. 종지에 들어 있는 잔돈까지 박박 긁어서 주머니에 넣고 달려 나와 시외버스정류장으로 갔다.

부산까지 불과 한 시간 이십 분밖에 걸리지 않았다. 이렇게 가까운 곳을 왜 내가 올 수 없다는 건지 억울해서 견딜 수가 없었다. 하영이 부산 하늘 아래 있을 걸 생각하니 속도 없이 반가운 마음부터 일었다. 하영은 학교생활이 바쁜지 나에게 편지 한 통 보내지 않았다. 아마도 여름방학 때나 나를 찾을 생각일 거라고, 믿고 싶었다. 졸업식에서 유일하게 말을 건넨 하영이 나를 그렇게 빨리 잊을 리 없을 테니까.

부산에 왔지만 그렇게 가고 싶었던 부산여고는 정작 어디에 붙었는지 알 수가 없었다. 동래 시외버스정류장을 빠져나올 때 한 무리의 여고생들이 줄지어 가고 있었다. 아마도 영화나 공연을 단체로 관람하러 가는 듯했다. 빳빳한 교복과 반짝이는 배지가 눈을 아프게 찔렀다. 하필이면 부산에 내리자마자 여고생들을 만나다니, 예리한 모서리에 팔꿈치를 부딪힌 것 같은 통증이 가슴을 훑고 지나갔다. 한시바삐 학생들이 안 보이는 곳으로 가고 싶었다. 가장 번화한 동네에 가면 학교가 없을 것 같았다. 버스를 타고 가장 붐빈다는 남포동에 내려 그냥 아무 데나 마구 쏘다녔다. 아침도 제대로 안 먹고 점심도 걸렀으나 배가 고프지 않았다. 당장 밤에 어디서 자야 할지 아무런 대비책이 없으면서 걱정도 되지 않았다. 생각이 빠져나간 몸이 허허로운 그림자를 드리우며 제 맘대로 오가는 듯했다. 비척대며 걸어가는 내 곁을 생기발랄한 사람들이 까르르 웃으며 쉴 새 없이 지나갔다.

쏘다니다가 다리가 아프면 아무 데나 걸터앉아 지나가는 사람들을 멀거니 바라봤다. 하교시간이 되었는지 번화가에도 고등학교 교복을 입은 아이들이 한둘씩 보이기 시작했다. 백화점 앞 화단에 멍하니 앉아 있는데 주르르 눈물이 났다. 세상이 겨우 열일곱 살인 나를 거절한 게 너무 야속하고 억울했다.

이제 나는 어떤 목표를 세워야 하나. 꿈조차 꿀 수 없게 되었다는 게 얼마나 잔인한 일인지 그때 확연히 깨달았다. 분주하게 오가는 사람들과 스쳐 지나가면서 어디로 가야 할지, 무엇을 해야 할지 도무지 생각해낼 수가 없었다.

얼마나 앉아 있었을까. 누군가가 어깨를 탁 칠 때 그제야 마음이 몸으로 돌아온 듯 정신이 들었다.

"너 혹시 우수반 무경이 아니니?"

내 이름을 부르는 그녀가 누군지 도무지 알 수가 없었다. 긴 생머리에 갸름하고 흰 얼굴, 잘록한 허리, 도톰하게 올라붙은 엉덩이를 가진 그녀는 엷은 화장을 하고 있었다. 딱 달라붙은 청바지에다 영어가 현란하게 박힌 빨간 티셔츠를 입고, 머리에는 두툼한 빨간색 머리띠를 터번처럼 두르고 있었다. 내 꼬락서니와는 너무도 차이나는 세련된 그녀가 내 이름을 부르다니 신기한 일이었다. 고개를 갸우뚱거리며 나를 유심히 살피느라 눈을 찡그릴 때에야 나는 그녀를 알아보았다.
"넌 우리 반 60번 문성희?"
"어 맞네. 야, 너 여기 웬일이니? 세상에나 촌스럽긴. 완전히 가출소녀 폼이네. 부산여고 다니는 애가 웬 중학교 때 보조가방? 가관이다, 정말."
성희는 내가 진학하지 않았다는 사실을 모르는 듯했다. 하긴 우리 반 아이들보다 방과 후에 뭉치는 우수반 아이들과 더 친하게 지냈으니. 게다가 고등학교에 진학하지 않은 애들은 졸업식에도 참석하지 않았으니까. 성희는 고등학교 다녀도 별수 없구나, 하는 마음을 고스란히 드러내며 나를 훑어봤다.
"맞아, 나 가출소녀야. 그리고 나 고등학교 안 갔어."
성희는 알 만하다는 표정을 짓더니 나를 근처 식당으로 데려갔다.
"중학교 3학년 때 너랑 같은 반이었지만 한 번도 말을 안 한 거 같아. 우수반 애들은 지네들끼리 어울렸잖아. 그리고 넌 키가 작아서 맨 앞줄에 앉았고 난 맨 뒤에 앉았으니 친하기도 힘들었지 뭐. 어쨌든 안됐다. 그렇게 공부를 잘했는데도 학교에 못 갔으니. 나야 여상에 들어갈 실력이 안 돼서 포기했지만. 똥통 여고는 들어가도 쪽팔릴 테고. 여상에 합격해봐야 엄마한테 아침마다 차비 얻기도 힘들었을 거야. 중학교 때도 그랬거든. 그렇게 해서 학교 다니면 뭐해. 구질구질한 건 딱 질색이야."

그날로부터 나는 성희의 자취방에서 함께 지내게 되었다. 성희는 자기는 가출이지만 가출이 아니기도 하다고 했다. 여러 차례 집을 들락거려서 이제는 집에 들어가든 나가든 어머니가 별로 신경을 쓰지 않는다는 것이었다. 성희는 구제품을 파는 케네디시장에서 점원으로 일하고 있었다.

"부산에 멋진 구제품 파는 시장이 많잖아. 난 고등학교 시험 치러 가지 않고 바로 그날부터 공장에 다녔어. 그냥 반장이 대충 보고 넣어주는 작은 공장 말야. 그런 곳에 한 달 다녀서 월급 받으면 부산에 와 옷 사 입고 좀 놀다가 다시 일자리 구해 다니고 그랬지. 그러다가 아는 언니가 점원으로 일하라고 해서 눌러앉은 지 한 달 됐어."

성희는 자기가 번 돈으로 산 옷들을 보여주었다. 미제 웽글러 멜빵바지와 맥그리거 청바지, 스누피 티셔츠는 우리 도시에서 가장 큰 중앙시장의 옷들과 수준이 달랐다. 성희는 가죽 냄새가 풀풀 나는 통가죽 가방과 나막신 같은 통굽구두도 여러 개 갖고 있었다.

"여기 오래 있을 생각은 아냐. 객지에서는 돈을 모을 수가 없거든. 친구한테 큰 공장에서 정식 직원 모집공고가 나면 알려달라고 부탁해놨어. 여름에 화섬회사에서 중졸 사원 뽑는다는 얘기가 있어. 거기는 큰 회사여서 월급도 많고 기숙사도 있어. 난 돈 벌 거야. 돈이 있어야 돼. 그래야 멋도 내고 뭐든 할 수 있어."

성희는 점원 자리가 나면 말해주겠다고 했지만 경험도 없고 촌스러운 나를 받아줄 가게가 있을 것 같지 않았다. 케네디시장에서 일하는 사람들은 마치 미국 영화에 나오는 사람들처럼 멋지게 차려입고 있었다. 무릎이 툭 튀어나온 코르덴 바지에 후줄근한 티셔츠를 아무렇게나 걸치고 있는 나는 케네디시장의 미제 의상과 도무지 어울리지 않았다. 게다가 난 누구와 떠들고 싶은 생각이 전혀 없었다.

다행히 성희의 주선으로 국제시장에 있는 메리야스 도매점에서 재고 정리하는 일을 돕게 되었다. 주인이 부를 때마다 나가서 팔다 남은 속옷을 종류별로 사이즈별로 정리하여 딱딱 묶어놓으면 되는 일이었다. 일주일에 한두 번, 그것도 몇 시간 만에 끝나니 수입은 많지 않았다. 돈이 모자라 집에서 가져온 걸 조금씩 헐어서 써야 했다. 언젠가 집으로 돌아갈 테고, 그때 어머니에게 돈을 남겨 드리기 위해 최대한 아껴서 썼다.

성희가 오전 열 시쯤 출근하면 나는 하릴없이 시장을 쏘다니다가 만화가게에 가서 몇 시간씩 죽치고 앉아 만화를 봤다. 글자가 많은 책은 도무지 읽히지 않았다. 그냥 아무 생각 없이 그렇게 지내는 게 마음 편했다. 이대로 시간이 휙휙 지나 친구들이 빨리 고등학교를 졸업했으면 좋겠다는 생각만 들었다.

성희는 꼬박꼬박 밥값의 반을 내고 점심을 배달해주는 나를 좋아했다. 저녁은 오후에 출근하는 사장이 사주지만 점심은 제 돈으로 사먹어야 하는 네다 혼자 먹기 싫어 늘 굶는다는 얘기에 내가 배달을 하기로 한 것이다. 성희와 함께 가게 구석에서 삶은 배추에 뜨거운 밥과 멸치젓을 싸서 먹을 때면 꿀맛이 따로 없었다.

어느덧 여름이 끝나가고 있었다. 텁텁한 공기에 찬바람이 간간이 비집고 들어오자 화들짝 정신이 드는 듯했다. 이제 뭔가 결심을 해야 했다. 선택은 하나밖에 없었다. 집으로 돌아가 다시 여상 원서를 쓰는 일이었다. 공부를 하지 않고도 붙을 자신이 있는 만만한 그 학교로 가는 수밖에 다른 방도가 없었다. 밤에 돌아온 성희에게 아무래도 집으로 돌아가야겠다고 하자 기가 막힌 타이밍이라며 탄복을 했다.

"어, 나도 내일 집에 가려고 하는데. 화섬회사에 공고가 붙었대. 그 회사에 다니는 친구가 오늘 가게로 전화를 했더라. 그래서 오늘 사장님께 그만둔다고 했어. 그 회사는 규모가 아주 커서 월급도 많고 여러 가지 행사도 많아서 재미있대. 나 거기 들어갈 거야."

나도 그 순간 성희에게 그 회사에 가고 싶다고 말했다. 왜 그랬는지 나도 모른다. 여상에 시험 치러 가지 않을 수 있듯, 느닷없이 공장에도 갈 수 있는 게 인생이라고 말하는 수밖에 다른 도리가 없다.

나는 집에 들어갈 용기가 나지 않아 망설이다가 성희네 집으로 갔다. 성희 엄마는 성희 등짝을 한 대 후려치면서 "이년아, 오빠들한테

다리몽댕이 부러지고 싶어?"라고 딱 한 마디 했다. 우리 어머니도 그 렇게만 한다면 금방이라도 들어갈 수 있을 것 같았다. 어쨌든 시험부터 치고 나서 집에 들어가는 문제를 생각해보기로 했다.

필기시험에 붙은 성희와 나는 나란히 신체검사를 받으러 갔다. 그 자리에서 내 키가 무척 작다는 사실을 깨달았고, 동시에 세상 살아가는 데 키도 어떤 기준이 된다는 걸 알게 되었다.

"어허, 필기에서 일등을 했는데 키가 3센티 부족하네. 155센티가 안 되면 현장에서 일할 수 없는데… 우리 회사 사규가 그렇거든. 그런데 넌 어쩌자고 일등을 했니?"

노무과 명찰을 단 아저씨가 신체검사표를 보더니 성희보다 머리통 하나는 작은 나를 한심하다는 듯 바라보았다. 그 순간 맹렬하게 합격하고 싶은 마음이 일었다. 여기서 떨어지면 어디에도 끼지 못하고 방황하게 될 것만 같았다. 부산여고를 못 간 이후에 조바심이 나긴 처음이었다. 다행히 성희와 나는 최종합격을 했다.

합격통지서를 받은 날 나는 슬며시 집으로 들어갔다. 마침 집에 아무도 없었다. 나는 반 넘게 쓴 돈을 찬장 그릇 여기저기다 끼워 넣은 다음 방을 깨끗이 청소하고 저녁밥까지 미리 지어놓았다. 저녁이 다 되어서 돌아온 어머니가 "아이고 이 웬수야" 하며 달려들어 내 머리채를 쥐려는 순간 마침 퇴근하고 돌아온 아버지가 나를 등 뒤에 숨겨주었다.

"나가서 영영 안 오는 애들도 있는데 얼마나 기특해."

아마도 내가 나간 사이 걱정을 많이 한 듯 두 분은 서로에게 신호를 보냈다. 이머니 눈가에 슬쩍 이슬이 맺히는 듯하더니 곧 부엌으로 들어가 예전과 똑같이 소리 질렀다.

"가시나 철들었네. 밥도 다 해놓고. 경아, 상 펴라."

부모님은 아무것도 묻지 않고 평소대로 나를 대했다. 저녁을 먹고 나서 내가 사명화섬 합격증을 내놓자 어머니는 그제야 안도하는 표정을 지었다. 이제 내가 더 이상 고등학교 문제로 가출 같은 건 안 할 게 분명하다고 생각하는 모양이었다. 내 가출은 그렇게 몇 달 만에 끝났고, 나는 전혀 뜻밖의 세계로 진입하게 되었다.

입사 동기 30명과 함께 교육을 받게 되었다. 일주일 동안 서류도 제출하고 회사 내 시설 이용에 대한 안내도 받았다. 경비가 삼엄하게 지키고 있는 정문을 통해 회사에 들어오면 잘 가꾸어진 잔디밭과 함께 본관 사무동, 식당, 기숙사, 체육관 등의 시설이 있다. 다시 한 번 경비가 지키고 있는 철문을 통과해야만 공장에 들어가게 된다. 본관 사무동 5층 강당에서 내려다본 회색 공장은 마치 항공모함처럼 길고 거대했다. 마구 얽혀 있는 굵은 고압선 아래 회색 건물에서 과연 어떤 일이 벌어지고 있는지 두려우면서도 궁금했다.

함께 입사한 동기들은 다들 즐거운 표정이었다. 반장이 대충 일을 시키는 작은 공장의 일용공이 아니라 정식으로 시험을 통과하여 들어온 큰 회사의 정식 직원이라는 것에 자부심을 느끼는 모습이었다.

나는 아무 생각 없이 그저 성희 옆에 꼭 붙어 다녔다. 드디어 일주일 간의 교육이 끝나고, 우리는 공장의 각 부서로 발령을 받았다. 성희 와 나는 같은 곳으로 갔으면 좋겠다며 손을 꼭 잡고 있었지만 성희 가 먼저 몇몇 친구와 함께 불려 나갔다. 그런 뒤에도 내 이름은 호명 되지 않았다. 나 혼자 남았을 때 노무과 직원이 말했다.

"김무경 씨는 품질관리과로 발령 났습니다. 중졸이 품질관리과로 배정받는 첫 번째 케이스로구만. 키 작은 덕인 줄 알라구. 뭐 필기시 험에 일등 한 덕도 있지만."

그렇게 하여 공장에서 일할 수 없는 조건을 가진 나는 잘못 박힌 나사처럼 엉뚱한 곳에서 예상치도 못한 생활을 하게 되었다.

나를 데리러 온 직원은 작업복이 아닌 원피스를 입고 있었다. 아마 도 사무실에서 근무하는 모양이었다. 품질관리과 민정숙이라는 이 름표를 달고 있었다. 그녀를 따라 일주일 동안 교육받으면서 강당에 서 내려다보기만 했던 공장 안으로 들어가게 되었다. 항공모함의 중 간쯤 되는 곳에 자리 잡은 사무실에 갔을 때 얼굴이 가무잡잡한 남 자가 나를 맞아주었다.

"면접 때 나 본 기억 안 나? 내가 뽑은 거야. 키가 작아서 불합격 이라고 할 때 그래도 일등인데 우리가 받겠다, 그렇게 된 거지. 그러 니까 김무경 씨 열심히 해. 일등은 어쨌든 한몫을 한다는 게 내 믿음 이니까."

나는 '과장 조인식'이라는 이름표를 단 그 사람에게 깊숙이 고개

숙여 인사했다. 맹렬히 들어오고 싶다는 마음이 생긴 곳에 안착하게 해주었으니.

민정숙 씨는 나에게 회의 탁자에서 잠깐 기다리라고 한 뒤 차를 두 잔 갖고 왔다. 차를 한 모금 마시더니 곧바로 설명을 시작했다. 민정숙 씨가 품관과라고 할 때 나는 그게 품질관리과의 줄임말이라는 걸 눈치챘다. 품관과 본부 사무실 아래 네 개의 실험실이 현장에 분산되어 있고, 나는 그중에서 D실험실에 배치된다고 했다. 그녀의 설명을 다 들은 뒤 나는 마치 초등학교에 입학하는 아이처럼 줄레줄레 따라가서 항공모함의 거의 마지막 부분에 해당하는 곳으로 들어갔다. 큰 문을 밀고 들어가자마자 기계음이 시끄럽게 울렸다. 어찌나 소리가 큰지 정신이 하나도 없었다. D실험실이라는 팻말이 붙은 곳으로 들어서자 비로소 소음이 멎었고 그제야 정신이 돌아오는 기분이었다.

"뭐야, 그래도 열일곱 살이면 좀 처녀티가 나야 하는 거 아냐? 이건 완전히 애잖아. 민양, 애를 데리고 와서 우리한테 무슨 일을 시키라고."

제일 윗자리에 앉아 있던 뚱뚱한 남자가 날 보고 피피 웃으며 말할 때 나는 이런 생각을 했다. 여기선 이름은 빼고 성에다 '양'만 붙이는구나. 그곳에서의 일은 대부분 처음 듣거나 처음 대하는 것이어서 모든 게 신기했다. 그중에서도 가장 신기했던 건 내가 '김무경 씨'로 불렸다는 사실이다. 그건 어른들한테나 해당되는 호칭인 줄 알았는데 교육받는 내내, 오늘 품관과에서 나는 '김무경 씨'로 불렸다.
"조과장님이 티오(TO)와 상관없이 보낸다고 했어요. 어차피 지금 D실험실은 티오가 없잖아요. 조과장님이 D실험실 인원이 제일 적다고 이쪽으로 배치하신 거예요. 일단 실습을 시키고 자리는 나중에 생각해보자던데요."

민양의 말에 기계 앞에 앉아 있던 여자가 돌아앉으며 나를 바라봤다. 가운을 입고 있는데도 육감적으로 보였다. 책상 앞에 앉아 있던 또 한 명의 여성은 나를 보면서 안쓰럽다는 듯한 표정을 지었다. 눈 밑에 기미가 제법 짙게 끼어 있었다. 임신한 우리 옆집 아줌마처럼. 그런 얼굴로 '에휴, 애가 벌써 생활전선에 나서다니 안됐다' 뭐 그런 표정을 짓고 있었는데 나는 그녀의 모습이 더 안쓰러워 보였다. 출입문이 달려 있지 않은 옆방에서 깡마른 남자가 나오더니 날 물끄러미 바라봤다. 가장 진지한 표정이었다. 뚱뚱한 남자와의 얘기가 끝났는지 민양이 돌아갔다.

"자, 다 모여봐. 새 식구가 왔다. 따르배이 알지? 뭐 그렇게 생각하면 될 거야. 시킬 일도 없을 테니, 이강우가 데리고 다니면서 교육이나 하라구."

뚱뚱한 남자가 옆방에서 나온 남자에게 그렇게 말했다. 뚱뚱한 남자는 먼저 자기소개를 한 뒤 그 자리에 모인 사람들의 이름을 한 명씩 일러주었다. 한 사람 한 사람에게 머리 숙여 인사하면서도 나는 계속 따르배이에 대해서 생각하고 있었다. 제대로 발음하면 '따르뱅이'

가 된다. 우리 고장 사람들은 받침을 빼고 발음하는 습관을 갖고 있다. 라디오를 줄곧 들으면서 깨달은 사실이다. 받침을 빼고 발음하는 게 무척 촌스럽다는 사실조차 모르는 건 정말 한심한 일이건만. 어쨌든 나는 계속 따르뱅이에 대해 생각했다. 고무줄놀이를 시작하기에 앞서 가위바위보로 한 명씩 뽑아 갈 때 이쪽도 저쪽도 데려가고 싶지 않아 남은 한 명, 그냥 심심하지 않게 뛰어볼 기회를 얻은 아이가 바로 따르뱅이였다. 따르뱅이에 대한 따뜻한 배려가 사실은 그 아이에게 비굴한 기분이 들게 한다는 걸 나는 그제야 알아차렸다.

이 실험실에서의 나의 위치는 어정쩡함 그 자체였다. 사람들은 당당히 시험 쳐서 입사한 나를 놀러 온 아이쯤으로 취급했다. 단지 키가 작다는 이유만으로. 사실은 몸피까지 작았다. 봄이 되었는데도 물이 오르지 않아 비척대는 나무처럼 내 외모가 영 가망이 없어 보인다는 걸 나는 그곳에 가서야 자각했다.

내가 따르뱅이가 되다니… 그 생각을 하면서도 나는 부지런히 정민석 계장의 설명을 들었다. 정계장, 배가 많이 나왔고 이 실험실 책임자다. 옆방에서 나온 남자는 이강우 씨, 실험도 하지만 실험실의 총무 역할을 한다. 화장을 진하게 했지만 기미가 고스란히 드러나는 박경애 씨, 실험 결과를 모아 보고서를 작성하고 사무실 살림을 한다. 실험실 기계와 영 어울리지 않는 육감적인 여자 황미란 씨, 뒤늦게 긴 파마머리를 날리며 어두운 표정으로 들어온 여자는 김선희 씨, 이들은 실험요원이다. 소개가 끝날 즈음 비커를 든 남자가 들어왔다.

"아차차, 장필곤이 빠졌군. 필곤이도 따라배이 같은 존재지. 출근 시간도 잘 지키지 않고 말야. 밤늦게 샘플 나올 때 늦게 퇴근한 걸 나중에 악착같이 찾아먹는 녀석이지. 필곤아, 우리 실험실 새 식구다. 이번 중졸 사원 모집에서 필기시험 일등을 한 김무경이라고. 너하고 처지가 비슷하니까 잘 챙겨줘라."

장필곤이라는 남자가 갑자기 나를 자기 어깨 쪽으로 끌어당겼다. 방심하고 있다가 며칠 전 처음으로 극장에서 본 외화의 여주인공처럼 남자의 품에 안기고 말았다. '이런 중요한 장면을 공개적인 자리에서 전혀 모르는 남자와 연출하게 되다니 애석한 일이다.' 그 생각을 하는데 장필곤의 푸념이 쏟아졌다.

"뭐야, 내 어깨에도 안 오잖아. 아니, 누가 이런 애송이를 보냈어. 얘가 들어오면 올해 말에 들어오기로 한 여상 출신은 어떻게 되는 거죠? 우리 실험실에 배정 안 해주는 거 아녜요? 나 지금 몇 년째 기다리고 있는데. 맨날 칙칙한 노처녀들만 봐서 그런지 요즘 눈까지 침침해졌다니까. 얘가 들어오면 난 어쩌라구."

장필곤은 삿대질이라도 할 폼으로 턱을 흔들며 말했지만 얼굴에 장난기가 그득했다. 적어도 이 실험실에서 나를 못마땅하게 생각하는 사람은 없다는 데 안심했다. 그것보다 나는 장필곤의 말 가운데 튀어나온 '여상'이라는 단어에 귀가 쫑긋했다. 내가 가기 싫었던 그곳을 거치지 않고도 결국 나는 여상 출신들이 오는 자리에 안착하게 된 셈인가? 세상에는 이해하기 힘든 일들이 종종 일어나는 법이다.

왜 다들 나에게 방어벽을 풀고 있을까? 나는 금방 알아챘다. 사람은 위협적이지 않은 상대에게 온건한 편이다. 경쟁 상대가 아닌 나에게 모두들 친근감을 표시했다. 새로운 세상에 어리둥절해하면서도 나는 열심히 그들을 탐색했다. 나는 또래 집단에서 자의적으로 빠져나와 타임머신을 타고 미래로 날아온 것이다.

"야, 필곤이 임마. 주제 파악해. 이번에 들어올 고졸 여사원들이 다 눈이 삐었다더냐? 그나저나 우리 실험실은 지금 티오가 없어. 김무경이가 티오 까먹고 들어온 거 아니니까 구박하지 마라. 내가 이 노처녀 한 명 구제하면 그때 한 명 보내주겠지 뭐. 몇 달 후면 퇴사하는데 그때 김무경이 박양 자리를 대신할 수 없을 테니 말야."

정계장의 얘기가 끝나자마자 김양이 파마머리를 좌우로 흔들며 갑자기 목소리를 높였다.

"어머, 정계장님 지금 무슨 얘기세요. 박양 자리를 김무경이 대신할 수 없다니… 아니 그럼 고졸 여사원이 오면 그 자리에 앉히겠다는 뜻이에요? 그 자리는 연장자가 승계하는 게 우리 실험실 전통 아니에요? 박양하고 같이 입사해서 이날 이때까지 내가 실험하고 있는 것만 해도 억울한데… 박양 나가면 당연히 내가 그 자리 앉아야 되는 거 아녜요?"

일순 사무실에 긴장이 감돌고 김양의 숨소리만 쌕쌕 높아갔다. 눈두덩을 파르르 떨며 자리에서 일어나려는 김양의 어깨를 정계장이 급하게 눌렀다.

"아이고 김양아, 팩 하는 성질 하고는. 당연히 박양이 나가면 김양이 이 자리에 앉겠지. 나는 그냥 필곤이 얘기를 받아서 한 거뿐인데…."

보아하니 박양 자리가 실속 있고 김양은 그 자리에 앉지 못한 게 늘 불만인 모양이다. 문제는 그게 아니었다. 나의 앞날이 순탄치 않을 것이라는 게 두 사람의 대화에 고스란히 담겨 있었다. 박양은 곧 퇴사를 할 예정이고 그 자리를 김양이 승계한다, 김양 자리는 새로 들어올 고졸 여사원이 차지하게 되고, 예정에 없이 끼어든 나는 여전히 따르뱅이로 남게 된다는 게 대화의 요지였다. 여상 출신들이 오는 이 실험실에서 나는 영영 고무줄놀이의 정식 멤버가 되지 못하고 따르뱅이로 남아야 한다는 결론이었다.

긴장감이 감도는데도 황양은 무심한 얼굴로 반짝이는 갈색 머리카락을 손가락으로 감아 이리저리 돌리고 있었다. 외모로 주목받는 여성들의 넉넉함이 그녀에게 있었다.

정계장은 분위기를 빨리 수습하려는 듯 장부를 세로로 세워 괜히 탁자를 탁탁 쳤다.

"자자. 강우, 니가 김무경이 데리고 다니면서 교육시켜. 실습기간을 일차로 한 석 달 정도 잡고, 두루두루 교육해서 석 달 후에 슬슬 실험을 시켜보든가. 이번에 백 명 넘게 시험 친 데서 필기시험 일등을 했다니 똘똘한가 봐. 김무경, 열심히 해. 이강우만 열심히 따라다녀. 오늘 할매집에서 회식하는 거 어때. 따르배이도 들어왔는데."

그러사 바로 박양이 눈을 흘겼다.

"하여간 번갯불에 콩 구워 먹는다니까. 갑자기 그렇게 결정하는 게 어딨어요. 다들 시간이 어떤지도 모르는데…."

어머니가 대책 없는 아버지를 나무라는 듯하자 다들 피실 웃었다.

"부부 싸움은 결혼하면 하시죠. 오늘 회식은 너무 빠른 거 같아요. 정계장님, 이번주 금요일에 해요. 그래도 며칠 말미는 주셔야 스케줄을 정리하지. 나 그렇게 한가한 사람 아니에요."

황양의 한마디에 분위기는 바로 평정되었다. 이강우 씨가 나에게 따라오라는 눈짓을 했다. 하지만 박양이 먼저 내 손을 잡아끌었다.

"일단 얘 가운부터 입혀야지. 우선 날 따라와."

30평 남짓한 실험실 한쪽에 딸린 작은 탈의실로 나를 데리고 간 박양은 들어가자마자 내 손을 잡고 킬킬 웃었다.

"시끄럽지? 다 재미있는 사람들이니까 걱정 마. 그리고 우리들은 언니라고 부르고, 남자들은 다 아저씨라고 불러. 넌 아직 어리니까. 남자들을 아저씨라고 부를 수 있을 때가 좋은 거야."

박양은 흰 가운 여러 벌을 꺼내서 내 몸에 대보더니 제일 작은 걸 입히고는 팔을 한번 접었다.

"정기적으로 가운 나올 때 너도 받아줄 테니 우선 이거 입어라. 넌 제일 작은 사이즈도 크겠다. 어린 나이에 돈 벌어야 한다고 괜히 세상에 불만 갖지 말고 뭐든 긍정적으로 생각해. 여기 있는 언니들 다 여상 나왔어. 이래봬도 여기 아무나 못 들어오는 데야. 인문계 여고 나오고도 현장에서 일하는 애들 많아. 그러니 감사하고 즐겁게 일해라."

박양은 볼을 꼬집으면서 "귀엽다"를 연발했다.

"아이고, 나보다 아홉 살 적네. 이 피부 좀 봐. 모공 하나 잡티 하나 없이 매끄럽네. 나도 너만 할 땐 그랬는데… 나 화장 진하다고 속으로 흉보지 않았니? 기미가 껴서 그래. 왜 이렇게 기미가 끼는지 모르겠다."

박양을 소개할 때 내가 기미를 유심히 본 걸 눈치챈 것 같아 미안한 마음이 들었다. 그녀는 내가 겉옷을 벗고 가운을 입을 때 아랫배를 만져보면서 탄성을 질렀다. 내가 움칠하자 웃음을 터트렸다.

"똥배가 하나도 없네. 하기사 니 나이에 똥배가 나오면 비정상이지. 아유 부럽다 얘. 나도 다섯 살만 젊었으면."

나이는 나보다 많지만 박양은 어쩌면 나보다 더 구김살이 없을지도 모를 일이다. 박양은 아무 갈등 없이 여상을 나와 취직을 하고 지금까지 평탄하게 살아온 것 같았다. 그날 내 짐작은 딱 맞았다. 시내에 건물을 두 개나 가진 부자 아버지를 둔 그녀는 정계장과 6년의 열애 끝에 곧 결혼을 앞두고 있는 행복한 예비 신부였다.

내가 가운을 입고 탈의실 밖으로 나오자 "어머 귀엽다. 만화에 나오는 어린이 박사 같지 않니?"라며 모두들 한마디씩 했다. 그때 장필곤이 말했다.

"참나, 애 없던 집에 갑자기 애를 입양해 온 것처럼 시끄럽네. 하기사 지금 우리 실험실에 4년 만에 여직원이 들어왔으니 다들 흥분할 만하지. 그러니까 이제 누님들 단체로 시집들 좀 가셔. 티오가 나야 여직원이 들어올 거 아니냐구."

박양이 두루마리 화장지를 던졌고, 장필곤의 이마에 정통으로 맞아 또 한 번 웃음보가 터졌다.

일주일이 눈 깜빡할 사이에 지나갔다. 새로운 환경은 사람을 긴장시키기도 하고 흥분시키기도 한다. 일주일 동안 나는 이강우 씨에게 우리 실험실에서 어떤 실험을 하는지, 시료(試料)는 어떻게 채취하는지에 대한 설명을 듣고 현장에도 따라다녔다. 세상에는 사람들이 모르는 일이 너무 많고, 모르고 살아도 되는 일이 얼마든지 있다. 내가 그 실험실에 들어가지 않았다면 나는 자동차 타이어 내부에 나일론실이 들어 있다는 사실을 몰랐을 테고, 그런 사실을 몰라도 살아가는 데 아무 지장이 없었을 것이다.

하루 가운데 일에 관계된 설명을 듣는 시간보다 이강우 씨를 따라다니는 시간이 더 많았다. 이강우 씨는 현장에서 사람을 만날 때마다 나를 소개했다.

"우리 실험실에 새로 온 김무경이라고…."

여기까지 말하면 사람들의 눈은 으레 휘둥그레졌다. 키도 작고 어려 보이는 내가 실험실의 신입사원이라는 게 뭔가 이상하다는 표정을 지으며. 그러면 이강우 씨는 친절하게 설명했다.

"얼마 전 중졸 여사원 모집에서 김무경이 필기에서 일등을 했지 뭡니까. 그래서 우리 실험실로 배정됐어요. 앞으로 시료 가지러 오면 협조 좀 잘해주시고 잘 가르쳐주세요."

이강우 씨는 나를 배려해서인지, 설명하기 귀찮아서인지, 키가 작아서 내가 실험실에 배정되었다는 얘기는 하지 않았다. 다행이었다. 그건 너무 구차한 사족이니까.

그즈음 나는 중요한 사실을 깨달았다. 사람들이 내 학벌을 확정적으로 말하기 시작했다는 점이다. 나는 어느 틈엔가 '중졸 여사원 김무경'로 굳어졌다. 나는 소개될 때마다 실험실의 고졸 여사원 언니들에 비해 한 단계 낮은 인간으로 취급된다는 사실을 온몸으로 실감할 수 있었다. 내가 여상에 가지 않은 것은 그리 잘한 일이 아니라는 뜻 같았으나 난 그다지 인정하고 싶지 않았다. 사실은 그런 생각에 깊이 빠져들 사이도 없이 바뀐 환경은 날마다 새롭고 재미있는 일을 만나게 해주었다.

이강우 씨는 아침마다 장난처럼 나에게 이런 명령을 하달했다.

"넌 이 사무실에서 누구의 명령도 들어선 안 된다. 모든 명령은 나를 통해서 들어야 한다. 인생은 줄이다. 어디에 서느냐에 따라 결과가 달라진다."

하지만 나는 그 명령을 종종 어겼다. 오전 중에 언니들을 따라 현장에 가서 샘플 채취하는 것을 돕느라. 이강우 씨는 자기 명령만 따르라더니 내가 언니들과 함께 다니는 것에 대해 별다른 제재를 가하지 않다. 꼬임과 세이지, 강도(强度)와 신도(伸度) 등을 측정하기 위한 시료를 채취하느라 우리는 하루 두 번 수레를 끌고 현장으로 나갔다. 언니들과 함께 나일론실이 잔뜩 감긴 보빈(통 모양의 실패)을 각 라인에서 다섯 개씩 골라 수레에 담았다. 약간 무거웠지만 크게 어렵지 않았다.

언니들 뒤를 따라가는데 문득 성희가 보였다. 머리에 흰 모자를 쓰고 회색 작업복을 입은 성희는 몇몇 친구와 함께 직기 옆에 서서 반장의 설명을 듣고 있었다. 케네디시장에서의 화려한 모습은 어디에도 없었다. 그런데도 가녀리면서 훌쩍 큰 성희는 눈길을 잡아당겼다. 눈이 마주치자 성희는 좀 놀란 표정으로 흰 가운을 입은 나를 훑어봤다. 성희가 자기 머리보다 조금 높은 곳에서 술술 풀리는 나일론실을 만질 때 내가 왜 현장에서 일할 수 없는지 깨달았다. 나는 벽돌을 한 장 놓아야 손이 닿을 만한 높이였다.

나는 눈으로 언니들이 실험하는 것을 부지런히 익혔다. 나일론실의 종류가 다양해서 각각의 실에 맞춰 알맞은 추를 다는 게 관건이었다. 실과 추만 맞추면 실험하는 방법은 똑같아서 나도 해낼 수 있을 것 같았다. 한 라인에서 다섯 개의 시료를 무작위로 가져와 실험을 하여 평균적인 수치가 나오면 별 문제 없는 것으로 간주했다. 거의 대부분의 경우 시료에 별 이상이 없어서 우리 실험실은 늘 태평했다.

나일론실에 라텍스를 입히기 전까지의 실험은 여자들이 맡고 라텍스를 입힌 실과 고무에 코드지를 접착한 시료의 실험은 남자들이 맡았다. 나일론실에 라텍스를 입혀 열을 가하는 열처리실에서는 시료에 따라 채취하는 사람이 달랐다. 우리 실험실에서 나가기도 했고, 열처리실 직원이 갖고 오기도 했다. 이강우 씨는 남자들이 하는 실험은 몰라도 되지만 전반적인 흐름은 아는 게 좋다며 대강의 실험 방법을 일러주었다. 비커에 담긴 라텍스에 다른 물질을 담아 휘휘 돌리기도 하고, 타이어코드지가 박힌 작은 고무판을 실험 도구로 찢는 실험도 있었다. 큰 기계 앞에 앉아 실을 딱딱 끊는 언니들에 비하면 남자들의 실험은 오히려 소꿉장난 같았다. 하지만 그 일이 엄청나게 중요하다는 것을 이강우 씨는 틈만 나면 강조했다.

일주일 만에 나는 실험실 내의 서열 정리부터 시작하여 관계들을 다 파악했다. 실원이 많지 않으니 '파악'이라고 할 것도 없었다. 정계장은 31세, 박양과 김양은 26세, 황양과 이강우 씨는 24세, 장필곤은 23세였다. 전체 평균을 내보면 나보다 아홉 살 많은 사람들의 세계로 온 셈이다. 실원이 많지 않은 데다 함께 오래 근무해서인지 가족 같은 분위기였다. 얼마간 미성년자인 나 때문에 대화에 불편을 느끼는 듯했으나, 실원들은 곧 나를 의식하지 않았다. 너도 이제 사회인이니 알 건 알아야 한다는 게 실원들의 해금 이유였다. 내가 실험실에 들어간 지 닷새 만에 열린 할매집 회식에서 나는 주빈이었다가 그 자리에서 금방 물러나야 했다. 배려의 대상에서 그들의 세상으로 건너오라는 초청을 받은 것이다. 소주를 서너 잔 먹고 혀가 꼬부라진 장필곤이 그랬다.

"아, 나 요즘 이상해졌어. 그냥 여자만 보면 예뻐 보이니. 술이 들어가니까 심지어 박양 누나까지 예뻐 보여. 요즘 글자까지 헷갈린다니까. 정계장님, 강우 형, 내 말 좀 들어봐요. 어제 잡지를 보는데 '오입을 그대로 봐주세요'라는 내용이 있어서 이게 무슨 빨간책도 아닌데 대체 뭐야 하고 봤더니 '오해와 선입견 없이 사랑을 사랑 그대로 봐주세요' 이런 내용이더라고요. 내 눈이 먼저 반응하는 건가. 나도 강우 형처럼 스물한 살에 누굴 자빠뜨렸어야 하는데."

그때 황양이 장필곤의 뒤통수를 퍽 쳤고 장필곤은 "자빠뜨린 거 맞잖아" 하더니 탁자 위로 푹 꼬꾸라졌다.

그게 마치 신호라도 되듯 모두들 젓가락을 부여잡고 밥상을 내리치며 목청껏 노래하기 시작했다. 어찌나 세게 내리치는지 테두리의 알루미늄판이 납작해진 밥상에 금이 갈까 걱정될 지경이었다. 다 같이 몇 곡 부르고는 한 사람씩 노래를 불렀다. 나는 그날의 주빈이었지만 한참 후 술이 아직 덜 취한 정계장의 지목에 의해 겨우 노래할 기회를 얻었다. 그때까지 나온 노래는 모두 뽕짝 일색이었다. 드디어 숟가락이 꽂힌 소주병을 건네받은 나는 목소리를 가다듬었다.

"이제 밤도 깊어 고요한데 창문을 두드리는 소리…."

내가 트윈폴리오의 〈웨딩 케잌〉을 두 소절도 부르기 전에 꼬꾸라졌던 장필곤이 갑자기 일어나면서 소리 질렀다.

"야, 김무경, 너 그게 무슨 노래야. 박자를 맞출 수가 없잖아. 짠짠 짠짠 딱딱 맞출 수 있는 도로또를 하란 말야. 씨, 오입을 그대로 봐 달란 말야."

그러더니 다시 푹 꼬꾸라졌다. 모두들 배꼽을 잡고 웃는 사이 내 트윈폴리오는 쑥 들어가고 말았다. 내 노래가 중단된 게 약간 무안했지만 아무도 기억하는 것 같지 않아 다행이었다. 나도 젓가락으로 밥상을 마구 두들겼고, 그 일로 나도 D실험실의 정식 요원이 된 것 같아 기분이 몹시 좋아졌다.

회식에서 돌아오는 길에 나는 문득 부산여고를 까맣게 잊었다는 사실을 깨달았다. 그랬다. 갑자기 어른의 세계로 진입한 나는 며칠 전 소녀 적 고민을 날려버렸던 것이다. 갑자기 나이를 먹어버린 그 생활은 매우 흥미로웠다. 대열에서 이탈한 사람은 굉장히 괴로울 거라고 무작정 단정하는 건 오만한 일이다. 사람은 어디서든 즐거움을 찾기 마련이다. 그래야 견딜 수 있기에. 또는 어느 순간 진짜 즐겁고 진짜 잊고 살기에.

2장
17세 무경이가 다혜에게

 컴퓨터를 다 배웠다고 생각했지만 문서를 저장할 때나 메일을 보낼 때면 여전히 양씨의 손을 빌려야 했다. 양씨는 컴퓨터를 가르치면서 '채팅으로 새 남자를 만들려는 거 아니냐, 감시해야겠다'고 너스레를 떨더니 다혜가 가출한 사실을 알고는 심각한 얼굴이 되었다.
 "'저, 가출합니다'가 그 얘기였어? 맹랑하네."
 양씨도 아들 하나 데리고 혼자 사는 처지여서인지 마치 자기 일인 양 안타까워했다. 그는 야간근무를 하러 간 사이에 외간 남자들을 만나러 다닌 아내를 도저히 묵과할 수 없어서 이혼했다고 한다.
 "친구들이 그러더라고. 이혼해봐야 별수 없으니 독감 한번 앓았다 치고 그냥 살라고. 남편이 버젓이 있는 데다, 그 남편이 가족들 먹여 살리겠다고 밤근무를 하고 있는 그 시간에 바람피운 여자를 대체 어떻게 이해해. 외간 남자와 문제 일으킨 여자를 경찰이 잡아다 놔도 요즘 남편들은 아무 말 없이 데려간다잖아. 난 그럴 수 없었어. 애 뒷바라지? 그까짓 거 하지 뭐. 애 딸린 홀아비? 재혼하기 힘들면 안 하고 말지 뭐. 다들 애 때문에 산다고 하는데, 애도 그런 에미 밑에서 자라봐야 좋을 것도 없고. 내가 좀 불편할까 봐, 남의 눈치 보느라 이혼 안 하는 거, 그것도 비겁한 거 아냐?"

양씨는 더 이상 미적거리기 싫었다고 했다. 깨끗하게 이혼하고 회사까지 그만둔 다음 퇴직금으로 비디오대여점을 냈다. 그는 요즘 수입이 신통치 않아 병행할 수 있는 장사를 계속 구상 중이다. 물려받은 부동산이 있어서인지 장사가 좀 안 되어도 그는 언제나 느긋했다.

나와 동갑내기인 양씨는 꼬박꼬박 존댓말을 하는 나에게 반말을 하면서 친밀하게 굴었다. 인근 상가 사람들은 노골적으로 잘해 보라고 권했다. 다른 걸 다 떠나 다혜 때문에라도 재혼 생각은 접었다. 그 애를 또다시 낯선 환경에 처하게 할 수는 없는 일이다. 그건 내가 꼭 지켜야 할 의무사항이었다. 양씨는 그 사실을 아는지 모르는지 다혜를 찾는 일에 힘을 보태겠다며 의욕을 보였다.

"앤, 너무 걱정 마. 요즘 애들, 우리 때랑 달라서 자기 발 뻗을 데는 다 마련해놓고 집 나간다구. 그리고 워낙 법이 엄해서 유흥가나 원조교제로 빠지는 것도 옛말이야. 다혜는 그럴 애도 아니고. 좀 기다려보자구."

양씨는 나를 지칭할 때 내가 운영하는 양품점 상호를 불렀다. 앤이라고 부를 때마다 약간 머쓱했지만 주변 가게 주인들도 다들 나를 앤이라고 불렀다.

"내가 이거 발송해주는 대신 읽어봐도 되는 거지? 근데 미리 고백하는 건데, 내가 앤 아이디와 패스워드를 알기 때문에 읽게 될 거 같아. 읽고도 안 읽은 척하면 더 나쁜 거잖아."

나는 고개를 끄덕였다. 내 소녀시절을 그가 고스란히 알게 되는 일이 썩 내키진 않았지만 다혜를 설득할 방법을 충고해줄 수도 있을 것 같아서였다. 무엇보다 컴퓨터에 익숙지 않은 내가 계속 그의 도움을 받아야 하니 거절해도 소용없는 일이었다.

양씨는 메일함을 열어 첨부파일을 붙이더니 또다시 설명했다.
"여기 본문에 편지를 쓴 다음 아래로 내려가서 편지보내기를 눌러. 그러면 편지가 잘 갔다는 메시지가 뜰 거야. 그러면 된 거야. 우표도 안 붙이고 우체국도 안 가도 되고, 편한 세상이지."

다혜에게 보내는 편지에 아무 말도 쓰지 않으려다가 딱 두 줄을 써 넣었다.

'엄마가 힘들게 쓴 거니까 꼭 읽어보기 바란다.

17세 소녀 무경이가 17세 소녀 다혜에게 보내는 편지야.'
다른 얘기를 썼다간 다혜가 반감을 가질 수도 있다는 노파심이 들어 거기서 중단했다.

나 같은 애를 만들지 않기 위해 결혼하지 않겠다고 결심했던 나는 소원을 이룬 셈인가? 아이를 나보다 더 못한 환경에 처하게 했으니까. 회한이 들수록 빨리 두 번째 편지를 쓰고 싶다는 조바심이 일었다. 이상하게도 이 일은 나에게 평안을 안겨주는 듯하다.

하지만 두 번째 편지를 쓰는 동안 한가롭게 이러고 있어도 될까, 하는 회의가 여러 차례 일었다. 이거야말로 내 의무를 방기하는 것 아니냐는 자책과 함께. 그사이 학교에도 가봤고, 선생님의 주선으로 가출한 학생의 부모도 만나봤다. 다들 제 발로 걸어 나간 아이는 제 발로 걸어 들어올 때까지 기다리는 수밖에 없다는 얘기뿐이었다. 그리고 경찰에 신고해봐야 별 소득이 없을 거라는 충고도 덧붙였다. 걱정은 됐지만 차라리 내가 할 일이 없다는 게 위안이 되기도 했다. 발이 부르트도록 찾아다녀야 한다고 말했다면 나는 어떻게 해야 할까. 의무감만 담긴 표정으로 전단지를 나눠줬을 때 행인들이 그 종이를 읽기나 할지, 자신이 없었다.

다혜에게 친한 친구가 없다는 사실을 새삼 알게 되었다. 가출해서 학교에 안 나오는 아이가 여럿 있지만 그 아이 중 누구와 친한지 담임도 알지 못했다. 방법을 찾고자 나선 길은 미로처럼 얽혀 있었고, 차라리 내가 집으로 오는 길 하나만 안다는 게 다행스러웠다.

별수 없이 나는 편지쓰기에 매달렸다. 이 일을 생각해낸 게 그나마 다행스러웠다. 아무것도 할 게 없다면 정말이지 견디지 못했을 것이다. 의무밖에 남지 않은 모녀라고 생각해왔지만, 예상치 못한 딸의 가출 앞에서 나는 황막하기만 했다.

두 번째 편지를 띄우던 날, 양씨는 다혜가 내 첫 번째 편지를 열어봤다는 사실을 알려주었다.

"여기 수신확인을 눌러보면 상대가 읽었는지 여부를 알 수 있어. 앤이 첫 번째 편지를 보낸 바로 다음날 다혜가 열어봤네."

다혜가 내 편지를 열어봤다는 말에 갑자기 가슴이 뛰었다. 다혜가 빨리 열어본 것은 내 편지를 기다렸다는 의미고, 그렇다면 나는 선택을 잘한 것이다. 다혜는 역시 컴퓨터로 소통하길 원했고, 나는 그 방법을 어느 순간 깨달았다. 새삼 우리가 별수 없는 모녀 사이라는 사실에 가슴이 찌르르했다.

딸은 내 편지를 읽고 무슨 생각을 했을까. 내가 말을 걸어서 기뻤을까? 다혜의 마음을 알 수는 없지만 소통이 되고 있다는 점에서 그나마 안심이 되었다. 하지만 딸은 집을 나갔고 저녁이 되어도 그 아이가 집에 돌아오지 않는다는 사실은 변하지 않았다.

m0707이 d0707에게 보내는 두 번째 편지

♥

D실험실에 출근한 지 이주일째 되던 일요일, 성희를 만났다. 성희는 만나자마자 나에게 부러움을 토로했다.

"너 멋져 보이던데. 가운이 좀 크긴 했지만 무슨 의사 같더라. 내 작업복은 스타일 완전 구긴다니까. 케네디시장 사람들이 봤으면 기절할 거다. 긴 머리를 여덟 시간 동안 모자 안에 넣고 있으려니 간지럽고 답답해."

딱 거기까지였다. 성희가 나에게 표시한 부러움은. 이후로 성희는 늘 나에게 은근한 우월감을 가졌다. 중학교 때와는 정반대로.

"참, 나 교대반으로 발령 났어. 밤근무를 어떻게 할지 걱정은 되지만 야근 때는 일당의 1.5배를 받을 수 있기 때문에 야근이 이주일 들어 있는 달은 월급이 상당히 많대."

성희는 잠깐 근심스런 표정을 짓더니 곧바로 생글거리며 남자 얘기를 꺼냈다.

"11월이 되면 부산에 있는 공고에서 실습생들이 온대. 그 학교랑 우리 회사랑 무슨 제휴가 되어 있어서 매년 50명 정도 온대. 우리 반장이 그러는데 공고 오빠들이 올 때쯤 직녀들이 갑자기 멋을 부린대. 반장님 말이 직기에서 일하는 애들은 직녀고 공고생들은 견우래. 1년에 견우직녀 몇 쌍이 탄생하고 결혼에 골인하는 커플도 있대. 나도 이번에 견우를 찾아볼 거야."

성희는 스물셋을 넘기고도 시집 못 간 언니들은 견우를 못 만났기 때문이리며, 오래 다녀서 조장이 되는 건 곧 불행을 의미한다고 했다. 스물셋 전에 시집가지 않으면 공장에서 썩게 된다는 게 현장의 괴담이라며 나에게도 조심하라고 했다.

"현장에서 너네 D실험실을 뭐라고 부르는 줄 아니? D양로원. 거기 있는 언니들 다 스물넷 넘었다며? 고졸이라곤 하지만 스물셋 넘는 건 문제 있는 거야. 너도 그 언니들 닮을까 봐 겁난다. 견우들이 오면 바로 미팅할 거야. 너도 끼고 싶으면 멋 좀 내."

성희도 회사생활이 몹시 즐거운 모양이었다. 갑자기 어른이 된 우리들의 대화에 더 이상 고등학교는 등장하지 않았다. 우리는 새로운 세계에 취해 있었다.

회사생활이 피곤하고 따분하고 짜증날 거라고 지레짐작한다면, 그건 오산이다. 실험실은 대부분의 경우 즐겁고 여유로웠다. 몇 년씩 손에 익은 실험이어서 다들 쉽게 일을 처리하는 데다 실험실 내에 돌발 상황이 일어날 확률은 거의 없었다. 특이하게도 구성원 중에 모난 사람이 없었다. 그렇다 보니 실험실은 직장이라기보다 친목단체 같았다. 그것은 다 여유로움 덕이다. 박양과 이강우 씨의 일은 한 사람이 맡으면 좀 빠듯할 듯하다. 두 사람이 맡고 있는 실험 물량을 한 명이 하기는 힘들겠지만 두 명이 하기엔 좀 적은 물량이다. 장필곤은 그야말로 만약의 사태에 대비하는 스페어타이어 같은 인물이

다. 낮에만 근무하는 주전반이 여섯 시에 퇴근한 이후 밤 열한 시까지 혹시나 있을지도 모를 실험 물량에 대비하기 위해 밤근무를 도맡아하고 있다.

그러니 긴박한 사건이 생길 일이 거의 희박한 우리 실험실은 마치 성군 휘하에 사는 백성처럼 태평성대를 누릴 수밖에 없다. 그날 가져온 시료를 퇴근 전까지만 처리하면 되니 언니들은 여차하면 두세 시간을 빈둥거렸다. 정민석 계장이 예비군 훈련이나 본부사무실 회의로 몇 시간씩 실험실을 비울 때가 바로 우리의 휴식시간이다.

이강우 씨는 언니들이 큰 탁자에 앉아 놀고 있으면 괜히 비커를 들고 오락가락하면서 주의를 환기시켰지만 부사수인 나까지도 그 시간에는 방류를 해주었다. 우리는 사다리타기를 하여 걸은 돈으로 매점에서 사 온 과자를 먹으며 수다를 떨었다. 그럴 때마다 언니들은 나를 미리 매점 당번으로 빼놓았다.

"문둥이 콧구멍에 박힌 마늘을 빼먹지, 막내한테까지 돈을 걸을 순 없어."

이게 언니들이 나를 면제해주는 이유였다. 나는 언제나 열외였고 그게 어느 틈엔가 당연하게 받아들여졌다.

오전 아홉 시에 출근하면 열 시 정도까지는 그나마 실험실이 조용하다. 그러다가 열한 시쯤 되면 거의 일손을 놓고 그날 점심 메뉴에 다들 관심을 보인다. 열한 시 삼십 분이면 식당에 갈 준비를 하고 있다가 열한 시 오십 분에 실험실을 나선다. 열두 시부터 열두 시 이십 분경까지 밥을 먹고 그때부터 한 시까지 탁구를 하거나 잔디밭에서 쉬면서 최대한 점심시간을 즐긴다. 한 시까지 실험실에 돌아오지만 두 시나 되어야 일이 시작되고 다섯 시경이면 벌써 파장 분위기가 된다. 여섯 시가 되면 1분도 어기지 않고 실험실을 나선다. 회사 통근 버스를 타야 하니 당연한 일이기도 했다.

작은 갈등이 있긴 했다. 그것은 내가 들어오기 한참 전부터 대두된 문제였다. 점심식사를 하기 위해 공장 밖 식당에 갈 때 실험가운을 그대로 입고 가게 해달라는, 사소해 보이는 문제로 언니들은 속을 끓이고 있었다. 종일 가운을 입고 일하는데 점심식사 때만 하필 현장 직원들과 똑같은 작업복을 입고 식당에 갈 이유가 뭐 있느냐는 게 언니들의 항변이었다. 품관과 본부사무실에 요청했지만 묵묵부답이어서 모두들 분통을 터트리는 중이었다. 가장 못마땅해하는 사람은 황양이었다.

"난 정말 이 작업복 때문에 회사를 그만두고 싶어. 펑퍼짐해갖고 사람들 개성을 다 묻어버리잖아. 그리고 사무실에 근무하는 여직원들은 사무복을 입고 다니는데 왜 우리는 가운을 못 입게 하는 거야? 공장 애들과 우리가 똑같아 보이잖아. 나 정말 이 작업복 때문에 점심 먹으러 가기도 싫다니까."

황양의 얘기에 김양과 박양도 동감을 표시했다.

"그 얘기는 몇 년째 조과장이 안 받아들이고 있는 건데 왜 자꾸 꺼내는 거야. 얼마 전에도 내가 전체회의 때 얘기했다가 핀잔만 들었어. 남자들은 다 작업복 입고 다니는데 여자들만 유독 왜 그러냐구. A실험실 여사원들도 자꾸 가운 얘길 한다더구만. 난 몰라. 여직원들끼리 연판장을 돌리든 말든. 근데 여직원들이 그랬다간 나랑 A실험실 최계장이랑 목 날아가니까 알아서들 해."

정계장이 목까지 들먹이자 주춤해지긴 했지만 언니들은 틈만 나면 그 문제를 갖고 불만을 표시했다. 중졸인 공장 애들과 뭔가 구분이 되어야 한다는 게 언니들의 주장이었다. 그렇다면 가운 입는 걸 허용했을 때 중졸인 나는 무얼 입고 밥 먹으러 가야 하나. 언니들은 그런 얘기를 할 때 나에 대한 배려를 전혀 하지 않았다. 잊고 있는 것인지, 아니면 너는 여기 진입했으니 고졸이나 마찬가지라는 건지 알 수가 없었다.

황양이 허리가 잘록하게 들어간 긴 세무 코트를 걸치고 퇴근 준비를 서두를 때면 왜 언니들이 작업복을 싫어하는지 이해가 되었다. 황양이 '교통사고가 나서 다리가 부러지더라도 세무 코트는 긁히면 안 된다'고 했을 때 나도 모르게 고개를 끄덕였다. 그녀의 육감적인 몸매가 그대로 드러나는 근사한 옷이었다. 옷을 갈아입은 황양이 탈의실에서 나오면 마치 신데렐라와 맞닥뜨린 듯 이강우 씨와 장필곤의 눈빛이 살짝 흔들렸다.

어쨌든 여유가 있으면 사람은 너그러워지는 법이다. 우리 실험실은 여유 있고 그래서 너그러웠다. 내 10대 후반부를 삭막한 곳에서 보내지 않게 된 게 다행스러웠다. 비록 20대 가상체험을 하느라 10대를 제대로 누리지 못했지만. 날마다 회사 가는 게 즐거웠다. 한 달이 되기 전에 벌써 두 번의 회식이 있었다. 내 입사 기념으로 할매집에서 회를 먹었고 또 한 번은 시내 고깃집에서 불고기 파티를 했다. 외식이라곤 동네 중국집에 가본 게 고작인 나에게 회식은 매우 근사한 경험이었다.

회식과 함께 나를 즐겁게 한 또 하나의 사건은 월급이었다. 회사에 들어왔으니 월급을 받는 건 당연한 일임에도 월급봉투가 생경했다. 별로 한 일도 없는 내가 돈을 받다니 황송한 마음이 들 지경이었다. 그랬으니 고졸 6년차이고 4년차인 언니들의 반도 되지 않는 액수지만 불만 따위를 느낄 이유가 없었다. 나는 중졸이고 아직 수습기간이니 당연한 일이었다.

확실히 돈은 내가 기대하지 못한 차원의 삶을 선사했다. 부모에게 차비조차 얻어서 다녀야 했던 내가 돈을 벌게 되면서 급기야 독립적인 인간으로 부상하는 기분이었다. 어머니에게 월급봉투를 맡기고 필요할 때마다 용돈을 받았지만 이전과 달리 풍요로운 기분이 들었다. 무엇보다도 내가 생계를 책임져야 할 의무가 없어서 그랬을 것이다. 돈을 벌기 위해 회사에 다닌다는 생각을 하기 싫어서였을까? 언니들은 연장근무 시간을 철저히 따져가며 월급이 맞는지 계산했지만 나는 대충 액수만 보고 어머니에게 봉투를 맡겼다. 찬장의 돈을 갖고 나가 거의 다 쓰고 들어온 데 대한 미안함 때문이기도 했지만 돈을 내가 관리하면 정말 어른이 되어버릴까 봐 걱정되었다.

두 달쯤 지났을 때, 나는 실험대에 앉아서 언니들 대신 실험을 할 정도로 실력이 늘었다. 정계장이 없을 때면 언니들은 나에게 실습을 해봐야 한다며 실험을 맡겼고 내가 실험을 해놓으면 다들 잘했다고 칭찬했다. 내가 일할 때면 언니 중의 한 명은 탈의실에 들어가서 낮잠을 자기도 했다. 내 덕분에 언니들이 쉴 수 있다는 사실이 고맙고 신기하기만 했다.

매일 아침 잠자리에서 일어나면 속히 회사에 가고 싶어 안달이 날 지경이었다. 여상에 가지 않고 성희를 따라 회사에 들어온 것은 너무나 훌륭한 결정이었다. 그때는 정말 그렇게 생각했다.

매일 달라지는 것은 이강우 씨와 나의 대화였다. 업무에 관한 얘기도 하지만 인생 공부라는 이름으로 이강우 씨는 짧은 경구를 자주 들먹이곤 했다. 간혹 이강우 씨와 함께 실험실을 벗어나 공장 순례를 했다. 열처리실에 들른 후 공장 내 다른 부서나, 공장 밖 관리 사무실에 볼일을 보러 가기도 했다. 품질관리과 사무실로 사무용품을 비롯해 여러 가지 물건을 수령하기 위해 수레를 끌고 나서는 일도 가끔 있었다. 철커덕 철커덕 직기 소리가 시끄러운 현장 문을 벗어나면 공장 밖은 거짓말처럼 조용했다. 타이어코드지를 생산하기 위한 기계들이 말 잘 듣는 아이들처럼 일렬로 서 있는데도. 카프로락탐을 녹여 방사과에서 가느다란 나일론실을 만들고, 그 실을 연사과에서 여러 형태의 굵기로 꼬아 코드과로 보낸다. 직기에서 직물을 짜면 열처리실에서 라텍스를 입히는 건 그 다음 순서다. 이강우 씨는 기계를 설치한 뒤 외벽을 만든 다음 지붕을 덮어 공장 건물을 완공했다고 일러주었다.

긴 공장 건물을 따라 2차선 직선도로가 나 있고, 도로 양편으로 좁으나마 인도가 있다. 공장 건물 건너편에는 물류창고와 기계실 건물이 죽 늘어서 있다. 공장 안에서는 뭐든지 정확하고 빨리 돌아가지만 공장 밖은 반대로 천천히 돌아간다. 공장 도로를 달리는 모든 차량은 시속 5킬로미터 이상의 속력을 내면 안 되기 때문이다. 그러니 수레를 아무리 천천히 끌고 간들 빵빵거리며 재촉하는 차가 없었다. 물건 실어 나르는 차량이 없는 날엔 텅 빈 도로 위로 우리가 끌고 가는 수레 혼자 쉭쉭 소리를 냈다.

이강우 씨는 종종 수레를 끌고 열처리실 뒤쪽 개울가로 가곤 했다. 공장 건물 끝에 기름이 둥둥 뜨긴 하나 물이 졸졸 흘러내리는 작은 개울이 있다는 게 신기했다. 사실은 개울이 아니라 공장에서 사용한 물을 정수처리장으로 흘려보내는 통로였다.

그날따라 이강우 씨는 담배를 하나 꺼내 물더니 길게 한숨을 쉬었다.

"무경아. 사랑은 기다리는 사람에게 온다."

인내나 성공 같은 단어를 주로 들먹이던 이강우 씨 입에서 사랑이라는 얘기가 나오자 나도 모르게 움찔했다. 그때 퍼뜩 할매집에서 장필곤이 했던 얘기가 떠올랐다.

"나도 강우 형처럼 스물한 살에 누굴 자빠뜨렸어야 하는데…."

스물네 살인 이강우 씨가 세 살 난 아이의 아빠라는 걸 나는 이미 언니들에게 들어 알고 있었다. '자빠뜨렸다'는 의미가 뭔지도 알 수 있을 것 같았다.

"무경아, 넌 기다렸다가 사랑을 만나라. 내 심장이라고 생각되는 사람, 또 다른 나라고 생각되는 사람이 나타날 때까지 기다려야 한다. 그래야만 사랑을 만날 수 있다."

이강우 씨가 담배 연기를 훅 내뿜으며 무심한 목소리로 말했다. 그가 기다리고 싶었던 사람은 누구일까. 그 순간 황양이 떠올랐다. 매사에 관심이 있는 듯 없는 듯 여유로운 황양, 유난히 황양에게 친절한 이강우 씨, 그러고 보니 둘은 잘 어울리는 한 쌍이었다. 하지만 왜 그런 생각이 떠올랐을까. 그건 직감이라고 말할 수밖에 없다.

"아저씨, 끝까지 기다리고 싶었던 사람이 혹시 황양 언니 아닌가요?"

내 얘기에 이강우 씨는 눈을 둥그렇게 뜨더니 피식 웃었다.

"사람들은 무경이 네가 아직 어리다고 생각하는지 모르지만, 난 네가 머릿속에서 온갖 집을 지었다 부쉈다 한다는 걸 알고 있지. 아직 어린아이로 보이는 게 너한테 좋은데. 네가 모든 걸 알고 있다고 생각하면 어른들은 널 경계하겠지. 그럼 너한테 유리할 게 없어."

잠깐 혼돈에 빠졌다. 대체 이강우 씨는 왜 내가 온갖 걸 다 알고 있다고 생각하는 걸까? 그렇다면 그가 기다렸던, 혹은 기다리는 사람은 정말 황양일까? 그리고 내 생각을 드러낸 적이 없건만 왜 내가 머릿속에서 온갖 걸 굴린다고 여기는 걸까? 하지만 더 묻지 못했다. 이강우 씨의 얼굴이 너무 심각했기 때문이다.

스물넷에 세 살 난 아이의 아빠가 된 이강우 씨의 결론만 또렷하게 귓전에 남았다.

'사랑은 기다리는 사람에게 온다.'

이강우 씨의 눈에 설핏 물기가 서렸던가? 그는 고개를 뒤로 젖히더니 가만히 눈을 감았다. 사랑, 아직 나를 심각함에 빠뜨리지 않은 감정이었으나 그 순간 가슴이 찌르르했다.

모두들 회사버스를 이용하여 출퇴근하지만 나는 집까지 걸어 다녔다. 회사버스를 타고 정문으로 나가 첫 번째 정류장에서 시내버스를 이용하면 10분 만에 집에 갈 수 있지만 회사 후문으로 나가 30분 걸어서 다니는 방법을 택했다. 번거롭게 차를 갈아타고 다니는 게 귀찮기도 했지만 학생 차비가 아닌 어른 차비를 내는 일과 학교에 갔다 오는 아이들과 마주치는 게 싫었기 때문이다. 교복 입은 아이들을 보면 나는 급히 소녀로 되돌아왔고 어쩔 수 없이 하영이 떠올랐다. 그럴 때면 가슴이 불규칙하게 뛰면서 절망감에 사로잡히기도 했다. 나 혼자 멀리 다른 곳으로 가고 있다는 불안감에서. 다행히 그런 감정은 잠깐이었다. 사실은 그런 일 때문에 괴롭기보다는 어른으로 사는 게 훨씬 재미있었다. 걸어서 출퇴근하니 회사버스 출발 시각에 맞추느라 동동거리지 않아도 되었다. 내가 회사버스를 타지 않는다는 것을 알고 언니들은 나에게 잔무 처리를 부탁하곤 했다. 나는 그럴 때면 기쁘게 그 일을 했다. 내가 실험실에서 필요한 사람이라는 것을 보여줄 수 있는 기회였기 때문이다.

나를 가장 자주 부려먹는 사람은 장필곤이었다. 그는 특이한 형태로 근무하고 있었다. 오후 세 시에 출근하여 여섯 시 이후에는 혼자서 실험실을 지키다가 밤 열한 시에 퇴근했다. 다섯 시간 동안이나 혼자 근무한다는 이유 때문에 모두들 그에게 관대했다. 그래서인지 출근시간이 일정치 않아도 정계장은 크게 야단치지 않았다. 그래도 대부분의 경우 세 시에 출근했으나 가끔은 여섯 시가 다 되어서야 나타나곤 했다.

장필곤은 그날도 다섯 시 오십 분에 들어와서 정계장에게 잔소리를 듣고는 나에게 작은 소리로 부탁했다.

"열처리실에 가서 몇 가지 챙겨 와야 하는데 실험실 좀 지켜줘. 한 이십 분이면 되니까."

그 정도는 충분히 들어줄 수 있는 부탁이었다. 열처리실 다녀온 장필곤은 고맙다는 말 대신 갑자기 딴지를 걸었다.

"김무경, 내가 언젠가 한번 얘기하려고 했는데, 잘됐다. 너 거울 한번 봐라."

내가 머뭇거리자 장필곤은 아예 나를 끌고 가서 거울 앞에다 세웠다.

"너 지금 차림새를 봐. 넌 사회인이야. 아무리 니가 미성년자고 니 친구들이 아직 학생이래도 넌 사회인이라는 걸 명심해. 넌 이제 세상으로 나온 거야. 근데 단발머리에다 실핀을 꽂고, 작업복 바지에 티셔츠만 걸치고 다니니 말야. 월급 받아서 뭐 해. 옷 좀 사 입고 멋 좀 내. 너 밖에 나가서 학생 행세 하려는 거야? 혹시 이러고 다니면 청순해 보이는 걸로 착각하는 거 아니니? 청순한 게 아니라 지루하다 지루해. 여자가 지루한 건 공해야. 이제 블라우스에다 치마도 좀 입고 파마도 하고, 좀 꾸며. 여자는 무조건 예뻐야 돼. 언니들하고 강우 형이 예뻐하니까 니가 무슨 우리 실험실 마스코트쯤 되는 걸로 착각하는 모양인데 내가 볼 때 넌 노처녀 누나들보다 더 지루해. 현장 애들 중에 멋쟁이가 얼마나 많은 줄 아니? 퇴근할 때 봐. 총천연색 시네마스코프가 따로 없다구. 너 같은 구닥다리는 우리 회사에 딱 하나라는 거 명심해. 키도 제일 작은 게 멋도 제일 안 내고, 하여간 문제야 넌."

장필곤이 폭포수처럼 말을 쏟아낼 때 아무 대꾸도 하지 못했다. 나의 행색이 다른 사람을 불편하게 할 수도 있다는 데 놀라 대꾸할 말이 생각나지 않았다. 장필곤은 아예 작심을 했는지 참고 있던 말을 다 털어놓았다.

"황양 얼마나 예쁘니? 남자라면 황양을 안 좋아하고 배길 재간이 없어. 얼굴도 예쁘지만 몸매가 정말 근사하잖아. 황양은 한마디로 야시시해. 근데 황양의 미모와 야시꼬리한 걸 받쳐주는 게 뭔지 알아? 그게 다 그만큼 가꾸기 때문이야. 만약 황양이 너처럼 단발머리에 핀을 꽂고 통짜 티셔츠에 작업복 바지를 입고 다닌다면 과연 황양의 그 볼륨감 넘치는 몸매가 돋보일까? 황양은 가운도 다른 사람과 달라. 너 몰랐지? 다른 사람은 지급받은 걸 그냥 입지만, 황양은 그 가운을 양장점에 가서 다시 손보잖아. 그래서 황양 가운만 허리가 잘록한 거야. 난 그런 걸 사치라고 생각하지 않아. 여자가 멋을 부려서 남자를 설레게 하는 건 복 받을 일이지. 너처럼 눈을 피곤하게 하는 건 벌 받을 일이고 말야. 미적 감각이라는 거, 그것도 여자들에게 실력이야. 아직 어리니까 그런 데 신경 안 써도 된다고 생각하면 오산이야. 제발 외모에 좀 신경 써라. 감각을 살리란 말야. 실험실 칙칙하게 궁상 좀 떨지 마라. 어린애가 노처녀들보다 더 칙칙해, 어떻게 된 게."

장필곤은 한 대 쥐어박는 시늉을 하면서 명심하라고 다그쳤다.

후문을 빠져나와 집으로 돌아올 때까지 장필곤의 말이 줄곧 나를 따라왔다.

'넌 사회인이야. 이제 세상으로 나왔다구. 넌 지루해. 감각이 떨어져. 구질구질하게 하고 다니지 마. 실험실 칙칙하게 궁상 좀 떨지 마.'

나는 그제야 실핀을 머리에서 뽑아 길바닥에다 버렸다.

다음날 오후 세 시에 정확히 출근한 장필곤은 나를 구석으로 데리고 가더니 작은 소리로 말했다.

"어제 집에 가서 울지 않았니? 마음에 좀 걸리더라. 사실은 내 여동생도 공장에 다녀. 널 보면 내 동생이 떠올라서 마음이 아파. 그러니까 내가 신경 쓰이지 않게 처녀티 좀 내고 다녀라."

그러더니 휙 돌아서서 갔다.

그날 이후 머리에 핀은 꽂지 않았지만 회사를 그만두기까지 머리를 더 기르지는 않았다. 장필곤과 행여 마주칠 일이 있으면 앞머리로 한쪽 눈을 가리거나, 머리를 귀 뒤로 넘겨 뭔가 다른 분위기를 주려고 애썼을 뿐. 이런저런 변화를 줘도 언니들은 나에게 별수 없다고 했지만.

내가 머리를 기르지 않은 건 아무리 부인한다 해도 하영을 의식한 행동이었다. 언젠가 마주칠지도 모를 하영 앞에서 치렁치렁한 파마머리를 하고 있을 자신이 없었다. 더 이상 성희와 고등학교에 대해 얘기하지 않았지만 때때로 하영이 떠올랐다. 귀밑 10센티에 딱 맞춰서 고집스럽게 단발머리를 하고 다닌 건 나에게 보내는 신호 같은 것이었다. 내가 실험실에 눌러앉으면 안 된다는 그런 신호. 재미있지만, 언젠가는 떠나야 한다는 다짐.

장필곤의 닦달이 있은 이후 외모가 사회에서 중요한 판단기준이 된다는 것을 심각하게 받아들였다. 예쁘다는 것만으로도 사람이 달리 평가받을 수 있다는 사실을 깨닫게 해준 건 성희였다. 언니들은 시료를 가지러 갔다가 내가 성희와 얘기하는 걸 보고 실험실로 돌아와 성희의 미모에 혀를 내둘렀다. 그즈음 갖가지 방법을 동원하여 기미를 없애기 위해 애쓰고 있던 박양이 가장 탄복을 했다.
"무경이 니 친구, 그 애 인물이 아깝더라. 얼굴은 조막만 하고 키는 크고 다리는 길고, 완전 서구 체형이더라. 키가 170센티 정도 되는 거 같던데 정말 부럽더라. 피부는 완전히 우윳빛이더라구. 그런 애가 현장에서 일하다니 아깝더라. 미스코리아 나가도 될 것 같던데…."
김양은 미스코리아까지는 아니어도 우리 도시에서 매년 열리는 '미스 공업'에는 충분히 출전할 만하다고 했다. 황양은 조금 다른 반응을 보였다.
"얼굴이 기형적으로 작은 거 같던데. 얼굴이 너무 작아서 균형이 깨지는 거 같지 않아? 그런 데다 애가 좀 교태가 흐르는 것 같아. 아직 어린 게, 그런 애들 밥맛이야. 하여간 썩 내키는 얼굴은 아냐."
황양은 자기 미모와 비교되는 것을 아예 처음부터 차단하겠다는 듯 성희에 대해 마뜩찮은 판정을 내렸다. 어쨌거나 귀결은 내가 '어떻게 성희처럼 출중한 아이와 친구가 되었는가' 하는 의문으로 모아졌다. 충격이었다. 불과 1년 전, 중학교 때만 해도 성희는 나의 경쟁 상대가 아니었다. 이제 나는 성희와 언감생심 비교 대상도 될 수 없었다. 중학교 때는 '우수반에 들어갔느냐 아니냐'가 우리들의 가치판단 기준이었건만, 이젠 달라졌다.
장필곤은 언니들의 대화를 듣다가 도저히 못 참겠다며 현장으로 달려 나가 성희를 보고 돌아왔다.

"야, 오늘부터 '초록은 동색'이라는 말은 무효야. 무경이 친구 중에 저런 출중한 미인이 있다니. 김무경, 그 직녀랑 나랑 좀 만나게 해줘. 오늘 저녁에 보자구 해. 강우 형, 오늘 두 시간만 늦게 퇴근하세요. 다음에 내가 열두 시에 출근해서 형 일찍 퇴근하도록 해드릴게요. 도와줘요."

이강우 씨는 피식 웃으며 고개를 끄덕였다. 언니들은 작달막한 장필곤에게 포기하는 게 어떻겠느냐고 하면서도 내 등을 떠밀었다.

실험실 문을 열자마자 철커덕거리는 직기의 소음이 마구 몰려왔다. 성희가 조반 퇴근을 하기 전에 어쨌든 의중을 물어봐야 할 것 같았다. 장필곤이 마음에 들진 않았으나 언니들도 맺어주라고 성화니 어쩔 수가 없었다. 교대시간이 5분밖에 안 지났으나 벌써 조반의 직녀들이 썰물처럼 빠져나가버리고 없었다. 저녁에 성희네 집에 가서 의중을 알아보는 수밖에 없었다. 동네에 전화 있는 집이 손꼽을 정도여서 전할 말을 핑계 삼아 밤에 나다닐 수 있었다.

퇴근하고 바로 성희네 집으로 향하는데 마음이 착잡했다. 사회는 학교와 전혀 다른 기준이 적용된다는 게 엄연한 현실로 다가왔기 때문이다. 그 달라진 기준은 나에게 혼란을 주었다. 내가 성희에 비해 열등하다는 걸 한 번도 의식하지 않았건만 우리 실험실에서 이제 그것은 기정사실이 되어 있었다. 살면서 얼마나 많은 기준에 의해 내가 재단될 것인가. 그 생각을 하니 머리가 복잡해졌다.

성희는 마침 집에 돌아와 있었다. 친구와 함께 부엌에 쪼그리고 앉아 부침개를 부치느라 분주했다. 나를 올려다보는 두 여자의 얼굴을 보는 순간 내 복잡한 심경은 단번에 정리되었다. 긴 머리를 아무렇게나 틀어 올린 성희의 오목조목한 이목구비가 한눈에 쏙 들어왔다. 쌍꺼풀이 크게 지고 콧날이 오똑하여 그레이스 켈리를 연상케 하는 성희 친구도 독특한 매력을 발산하고 있었다. 나는 두 사람을 찬찬히 뜯어보았다. '남자들이 대체 어떤 마음으로 여자를 바라보는 것일까?'를 점쳐보면서. 두 사람의 공통점은 일단 나와 다르게 여자 냄새를 물씬 풍긴다는 것이었다.
"얘는 서연우야. 우리 직기에서 일해. 나이는 우리랑 같고, 우리보다 몇 달 먼저 입사했어. 우리 중학교 출신은 아냐."
성희는 방에서 부침개를 먹으며 연우를 소개했다. 나도 모르게 두 사람을 계속 관찰했다. 성희는 가슴이 크고 허리는 잘록했으며 엉덩이가 컸다. 장필곤이 좋아하는 '야시시한' 몸매인지 어떤지는 모르겠으나 내가 보기에는 좀 부담스러웠다. 자칫하면 천박하게 보일 수도 있겠다는 괜한 걱정이 들었다. 그에 비하면 연우는 그냥 보기 좋게 쭉 뻗은 몸매였다. 전체적으로 마른 몸매인데도 가슴이 알맞게 나와 있었다. 브래지어 때문인지는 모르겠으나 나름대로 볼륨감이 있었다. 분명한 건 두 사람 다 눈길을 끈다는 점이었다. 여자인 나도 자꾸 다시 보게 만들 정도로. 나는 성희처럼 육감적이지도, 연우처럼 시원스럽게 쭉 뻗지도 못했다. 아직 솜털이 보송보송한 얼굴에다 가장 작은 사이즈의 브래지어조차 빙빙 돌아가는 납작한 가슴과 바지가 흘러내릴 것처럼 밋밋한 엉덩이를 갖고 있었다. 게다가 키까지 작았다. 이런 게 우열을 가리는 기준이 된다면 억울하다는 생각이 들었다. 이건 내가 노력한다고 바뀌는 게 아니기 때문이다. 내가 나의 외모를 선택할 수 있다면 지적으로 보이면서도 멋스러운 연우 쪽 손을 들 것 같았다.

"너, 왜 그렇게 우리를 뚫어져라 보니? 얼굴에 밀가루 묻었어?"

내가 어떤 기분으로 바라보는지 알 리 없는 성희가 이상하다는 듯이 물었다. 나는 황급히 시선을 거두었다. 성희에게 내가 외모 때문에 곤경에 처했다는 것을 알리고 싶지 않았다.

그래도 우리는 금방 친해졌다. 왜 우리가 고등학교에 가지 않는지에 대해 먼저 얘기했다. 우리는 그것에 대해 잊은 것처럼 살다가도 처음 만나면 우선 그것에 대해 해명했다. 연우는 "가고 싶지 않았어. 정말이야"라고 말했다. 그렇게 말하는 그녀의 얼굴이 잠깐 어두워 보였다.

연우는 별로 말이 없었다. 성희가 주로 얘기를 했다.

"야(夜)반에서 석(夕)반으로 바뀔 때 아침 일곱 시에 퇴근해서 오후 세 시에 출근하고, 석반에서 조(朝)반으로 바뀔 때는 밤 열한 시에 퇴근해서 다음날 아침 일곱 시에 출근하잖아. 그러면 피곤해서 몸이 막 녹아나는 거 같아. 조가 바뀌는 첫날은 견디기 힘들지. 근데 조반에서 야반으로 바뀔 때 다 보상을 받아. 그날 오후 세 시에 퇴근해서 다음날 밤 열한 시에 출근하면 되니까. 교대반 애들은 휴일에 거의 안 쉬어. 야반 교대 때 볼일을 보면 되니까. 휴일에 안 쉬면 수당을 50프로 더 받고, 야반 때는 저절로 수당이 50프로 더 나와. 야반 때 열한 시에 출근해도 바로 열두 시에 야식 주고 새벽에 새참도 줘. 야반에 반찬이 더 잘 나오는 거 너 모르지? 언니들이 그러는데 우리 회사는 현장 직원들한테 참 잘해준대. 그래도 교대반 오래 한 언니들 중에 몸이 안 좋고 생리 주기도 잘 안 맞는 사람이 있대. 몸이 약한 몇몇만 그렇다니까 뭐 걱정은 안 돼."

성희의 얘기를 연우는 묵묵히 듣고만 있었다. 얘기를 하면 맞장구를 쳐주어야 기분이 나는 법인데 연우는 그럴 생각이 전혀 없는 모양이었다. 성희도 혼자 떠드는 게 내키지 않는지 입을 닫았다. 약간의 침묵이 이어졌고 그제야 내가 온 목적이 생각났다.

"우리 실험실 남자가 성희 너 만나고 싶대. 오늘 만나고 싶어 했는데 니가 퇴근해버려서 집으로 온 거야."

성희는 목젖이 드러날 정도로 크게 웃었고, 연우는 여전히 심드렁했다.

"날 찍었다는 사람이 왜 이렇게 많은 거야. 그 사람들 다 만나려면 매일 조반만 해야 되겠네."

슬쩍 와서 자기를 보고 가는 남자들이 많다고 말하는 성희의 얼굴은 자신감으로 충만했다. 중학교 때 결코 보지 못한 모습이었다. 나는 갑자기 기운이 쭉 빠지는 기분이었다. 이제 확실히 판도가 달라졌다는 걸 인정해야 할 것 같았다.

"연우 좋아하는 남자들도 많아. 우리는 몰랐는데 회사 남자들이 나랑 연우 때문에 우리 라인에 슬쩍슬쩍 다녀간대. 그러면서 우리 둘을 환상의 복식조라고 부른다나. 다들 눈은 있어가지고 말야. 너네 실험실 남자 멋있어? 몇 살인데?"

성희는 자신만만한 표정으로 물었다.

"스물세 살이고, 뭐 괜찮은 것 같은데…."

성희는 인상까지 팍 쓰면서 깜짝 놀라는 시늉을 했다.

"뭐, 스물세 살? 완전히 할아버지잖아. 여섯 살이나 많은 할배를 누가 만나. 다음 주에 공고 실습생들 온대. 나 그때 제일 멋진 애랑 만날 거야."

성희는 신선한 실습생들을 만나겠다고 벼르고 있었다.

"난 피부가 희고, 얼굴이 갸름하고, 금테 안경을 끼고, 키가 좀 큰 사람, 그러니까 좀 지적이면서도 잘생겨서 얼굴 보면 막 가슴이 울렁거리고, 왜 있잖아. 한마디로 샤프한 사람. 그런 사람이 좋아. 서울말을 하고 대학교를 졸업했으면 더 좋겠지. 게다가 이름에 '준'이나 '혁'자가 들어 있으면 더 바랄 게 없겠어."

성희가 이상형을 말하자 별 말이 없던 연우가 한마디 했다.

"그런 남자가 오겠냐? 우리 공장에."

성희가 말하는 남자가 대충 어떻게 생겼는지 알 것 같았다. 성희가 구체적으로 어떤 남자가 좋다고 말하는 동안 나는 여태 그런 기준을 생각해보지 않았다는 사실이 떠올랐다. 어쨌거나 성희는 회사에 완전히 적응하여 즐겁게 지내는 것 같았다. 그에 비하면 나는 아직도 따르뱅이 신세를 면치 못하고 있었다. 다 자라지 못한 채 엉뚱한 데 박혀 있으면서도 매일매일이 즐거운 특이한 따르뱅이.

성희가 실습생을 기다리는 동안 나는 일거리가 생기길 고대하고 있었다. 이강우 씨를 따라다니는 것과 가끔 언니들 대타로 실험에 투입되는 것으로는 아쉬우면서도 불안한 마음이 들었다. 아무 일도 하지 않고 하루를 난다는 게 차츰 고통스러워지기 시작한 것이다.
하지만 남는 자리가 없었다. 나에게 일이 없는 것은 그 누구에게도 문제가 되지 않았다. 나는 해결해야 할 일이 있어서 투입된 사람이 아니었으니. 일거리가 없는 나에게는 배정된 의자조차 없었다. 모두들 아침에 오면 자기 의자에 앉지만 나는 큰 탁자 앞에 놓인 여섯 개의 의자 가운데 아무 데나 앉으면 됐다. 담소도 하고, 시료를 늘어놓기도 하고, 손님이 오면 다탁(茶卓)이 되기도 하는 실험실 중앙의 큰 탁자가 바로 내 자리이기도 하고 아니기도 했다. 갈등이 없는 그곳에서 유일하게 갈등을 시작한 사람은 다름 아닌 바로 나였다.
그러던 중 나에게 한 가지 일거리가 생겼다. 가려워서 미칠 지경일 때 대나무 효자손이 선반에서 툭 떨어진 것처럼 반가웠다. 이강우 씨가 갑자기 생각났다는 듯 나에게 정기적인 일감 한 가지를 던진 것이다. 두 시간마다 온도계와 습도계를 살펴보고 기록하는 일이었다.

우리 실험실은 언제나 20°C의 온도와 65%의 습도를 유지해야 한다. 온도가 ±1°C, 습도가 ±3%를 넘으면 즉각 공무과에 연락하는 것도 나의 임무였다. 아주 간단한 일이지만 정기적인 일감이 생겼다는 데서 나는 약간의 위안을 받았다. 이강우 씨는 인수인계에 앞서 당부를 늘어놓았다.

"작은 일에 충실해야 돼. 무경이가 맡은 건 작은 일 같지만 사실은 우리 실험실에서 가장 중요한 임무야. 시료를 위해서 우리 실험실은 최적의 온도와 습도를 유지해야 하기 때문이지. 기본이 지켜지지 않을 때 문제가 시작된다는 것, 명심해."

두 시간마다 온도와 습도를 살펴봤지만 20°C와 65%를 벗어나는 경우는 거의 없었다. 움직이지 않고 있으면 약간 쌀쌀한 듯하지만 쾌적한 그곳을 내가 책임지게 되었다는 게 중요했다.

사람은 상황에 지배받는다더니 두 달 동안 아무렇지도 않았던 실험실 공기가 온습계 체크를 맡고 일주일 만에 갑갑해지기 시작했다. 실험실이 마치 박제된 동물을 전시하는 박물관처럼 느껴지면서 막대기로 벽을 긁으면 비듬 같은 먼지가 풀풀 일어날 것만 같았다. 공기가 끊임없이 조절되고 있다는 게 왠지 섬뜩하게 느껴지기도 했다. 공중에 떠다니는 공기조차 붙들어 매어놓은 듯한 느낌 때문에.

나는 문득 실험실의 모든 사람이 똑같은 행동을 반복하고 있다는 사실을 깨달았다. 실험실에서는 늘 같은 실험이 되풀이됐다. 나는 여상에 가는 것보다 훨씬 더 따분한 선택을 했다는 사실을 그제야 눈치챘다. 그러고 보면 인생이란 수많은 단조로운 일들의 반복으로 구성된다.

그즈음 나는 언니들의 실험을 대신할 뿐만 아니라 이강우 씨와 장필곤이 하는 실험까지도 다 파악했다. 남자들은 비커에 여러 가지 성분을 넣어 라텍스의 성분을 분석했다. 그 여러 가지 성분을 내가 완벽히 터득한 건 아니지만 배합률만 알려주면 바로 실험을 할 수 있을 것 같았다. 열처리 된 나일론실과 고무와의 접착력을 알아보기 위해 온도가 다 다른 오븐에 시료를 집어넣었다가 꺼내 강신도(强伸度)를 실험하는 일은 금방이라도 할 수 있을 듯했다. 하지만 남자들은 나에게 실험을 맡기지 않았다.

실험실에서 되풀이되고 있는 실험을 거의 다 파악하자 새삼 실원들이 존경스러웠다. 몇 년간 똑같은 일을 끈질기게 되풀이하는 이들이 시시포스와 무엇이 다른가 해서. 갑자기 머리가 아파오기 시작했다.

D실험실에 근무한 4년 동안 실험에 이상이 있었던 적이 몇 번이나 되는지 물어봤을 때 이강우 씨는 그런 경우는 없었다고 했다.

"4년간 이상이 없었다면 그 방식대로 생산하면 되지 않을까요? 계속 실험을 해야 할 이유가 있나요? 너무 소모적이잖아요. 생산적인 것과 너무 거리가 멀어요."

나의 질문에 그는 잠깐 고민하는 것 같았다.

"그렇군. 내가 지난 4년간 한 번도 생각해본 적이 없는 문제야. 난 문제가 없기 때문에 더 열심히 실험해야 한다고 생각했는데… 뭐랄까. 안심하기 위해서지. 품질을 관리해 문제가 없다는 걸 확인해야만 안심이 되잖아. 문제가 없는 건 잘된 일이지, 그렇다고 실험을 안 해도 되는 건 아닌 거 같은데… 하지만 몇 년간 문제가 발생하지 않았다면, 그 방식 그대로 생산하면 된다? 그래, 무경이 말도 맞아. 하지만 중요한 건 우리 실험실은 없어지지 않을 거라는 거지. 왜냐하면 사람들은 안심하고 싶어 하니까. 그런데 관건은 아무 문제가 없다가도 단 한 번의 치명적인 사태가 인생을 바꾼다는 점이지. 매일 매일 안심할 수 있도록 삶을 다지는 것, 그게 행복이야."

이강우 씨는 자기 결론이 마음에 든다는 표정이었다.

3장
두근두근 첫 데이트

 대열을 이탈한 다혜는 지금 즐거울까? 나는 열일곱 살에 학교라는 울타리를 벗어나 엉뚱한 곳에 갔으면서도 철없이 즐거워했다. 문득 얼마 되지 않는 돈을 통장에다 몽땅 묶어둔 것이 후회스러웠다. 왜 어머니처럼 찬장 여기저기에 돈을 흘려놓지 않았던가 하는 점이. 삶은 약간의 여지가 있어야 풍성해지건만. 평소 용돈도 제대로 주지 못했는데 다혜는 얼마를 들고 나간 걸까. 나는 지금 17세 무경이가 되어 다혜를 걱정하고 있다. 실소가 나왔다. 대체 내가 엄마가 맞기는 한 건가?
 혼돈스러우면서도 두 번째 편지를 보낸 뒤 뭔지 모를 뿌듯함이 밀려왔다. 정작 다혜에게 보내기 위해 편지를 쓰는 일이 나를 흥분시키고 있었다. 이젠 다혜가 아니라 나를 위해 편지 쓰는 느낌이 들 정도였다.

돌이켜보면 암담한 나날이지만 그때 나에게는 꿈이 있었다. 이제 꿈도 이상도 먼 나라로 보내고 일주일에 한두 번 새로운 물건을 떼어 와서 그 물건이 잘 팔리기만 바라는 장사꾼이 되어 있다. 어쩌면 내가 다혜보다 더 지쳤는지도 모를 일이다. 생의 한가운데를 지나 내리막길로 접어든 지금, 집을 나가고 싶은 사람은 다혜가 아니라 오히려 나 자신이 아닐까?

이즈음 나는 무언가에 눌린 듯 늘 기분이 무지근했는데 편지를 쓰는 동안 체증이 좀 내려가는 듯했다. 내 삶은 재고 물건 늘어나는 속도보다 더 빠르게 찌꺼기가 쌓여가는 중이다. 감정의 찌꺼기에다 생활의 찌꺼기까지. 소녀 무경을 만난 뒤로 찌꺼기 중에 일부가 부유물로 떠올랐다가 어느 순간 하수구로 확 빠져나간 듯 조금 시원해졌다.

다혜는 내 편지를 읽고 무슨 생각을 했을까. 무경이 고등학교 대신 선택한 회사에서 맞닥뜨린 어른들의 세계에 다혜는 흥미를 느꼈을까? 아니면 케케묵은 얘기라며 바로 덮었을까?

나는 금방 엄마의 자리로 돌아왔다. 다혜와 똑같은 나이에 엉뚱하게 다른 길로 갔지만 열심히 살았다는 걸 알리고 싶은 그 자리로. 다혜가 선택의 순간을 맞았을 때 진지했던 한 소녀를 떠올려주길 바라는 엄마의 간절한 마음으로.

나는 컴퓨터를 좀 더 능란하게 다루게 되었다. 능란함이란 신문사 사이트에서 영화를 공짜로 볼 수 있는 방법을 알아냈다는 의미다. 양씨가 "시작화면을 뭘로 해줄까?"라고 했을 때 기왕이면 뉴스를 볼 수 있게 신문사로 지정해달라고 부탁했다. 마침 내가 구독하는 신문이어서 회원 가입을 하고 사이트를 구석구석 둘러보다가 무료 영화 코너를 발견한 것이다. 개봉관에 가본 것이 대체 언제였던가. 그런데도 집에 VCR조차 없다는 사실을 안 양씨는 거의 울상이 되었다.

"앤이 그동안 VCR도 없이 살았다니. 마음이 황폐해졌다는 증거야. 앤이 긴 세월을 드라이하게 사는 동안 DVD 플레이어를 쓰는 세상이 되었다구. 사람이 가끔 영화도 보고 그래야지 말야. 영화는 여행이라고 생각해. 두 시간 동안 나를 완전히 다른 세상 속에 머물게 하는 아득한 여행. 하긴 앤이 나랑 합치면 VCR이고 DVD고 다 해결되니까 뭐 걱정 없네. 혹시 그래서 안 산 거 아냐?"

양씨는 일부러 너스레를 떨어 날 즐겁게 하려고 애썼다. 무표정해서 차갑게 보인다는 얘기를 종종 듣는 나는 다혜가 나간 뒤 더욱 각박해졌다. 그는 그 틈을 용케 파고들어 내 표정을 허물어버리곤 했다.

익숙해졌다고 생각했는데도 거짓말처럼 다시 생소하게 느껴지는 게 컴퓨터였다. 어제 잘 눌러서 봤던 영화 코너를 오늘은 도무지 찾지 못하는 경우도 잦았다. 나이를 먹는다는 건 새로운 것에 익숙해지기 힘들다는 의미인가. 메일함을 겨우 연 뒤 첨부파일을 붙일 때면 결국 양씨를 불러대는 내가 영화를 공짜로 본다는 사실을 그는 꿈에도 모를 것이다. 잘된 일이다. 아무리 그가 나를 좋아한다고 해도 내가 컴퓨터로 무료 영화 보는 건 좋아하지 않을 테니까. TV에서 최신작을 주말 명화로 방영하는 것도 그는 좋아하지 않았다.

그 영화를 발견했을 때 가슴이 쿵 하고 내려앉았다.

'너희 중에 죄 없는 자, 이 소녀에게 돌을 던져라… 사마리아.'

김기덕이라는 감독에 대해 양씨에게 들은 적이 있다. 〈나쁜 남자〉라는 영화를 본 어떤 여자가 비디오 가게에 와서 그 테이프를 대여하지 말아달라며 눈물을 흘렸다고 했다. 양씨는 별것도 아니던데 여자들이 민감하게 군다며 퉁명스럽게 말했다.

"분노하든 어떻든 사람의 감정을 휘젓는 건 잘 만들었다는 증거지. 김기덕 감독이 만든 영화는 사람에게 확실한 감정을 갖게 한다구. 맨송맨송해서 괜히 시간만 없앴다는 생각이 드는 영화가 오히려 더 열 받지. 나야 뭐 대여가 잘 되도록 만드는 감독이 좋아. 김기덕 감독 영화는 극장 흥행은 좀 안 되는 대신 비디오는 좀 빌려보거든. 〈사마리아〉라는 영화, 그거 딸 가진 부모들은 한번씩 봐야 되는데… 앤도 다혜 잘 키우려면 그 영화는 봐야 해. 우리 가게에서라도 봐."

양씨가 말했던 영화가 바로 신문사 사이트에 링크되어 있었다.

죄 없는 자가 소녀에게 돌을 던져라. 무엇을 말하는지 안 봐도 알 것 같았다. 교회 나가는 일을 오랫동안 쉬고 있지만 간음한 여인에게 죄 없는 자가 돌을 던지라던 예수의 얘기까지 잊진 않았다.

다른 날보다 셔터를 조금 일찍 내린 뒤 다혜에게 보낼 편지를 쓰는 대신 〈사마리아〉와 만났다. 영화를 보는 내내 원조교제 하는 학생의 얼굴에 다혜가 오버랩되어 고개를 여러 번 흔들었다. 혹시 다혜도 여행 자금을 모으기 위해 저 학생처럼 옷을 벗고 있는 건 아닐까, 죽은 친구에게 용서를 빌기 위해 옷을 벗기 시작한 또 다른 학생이 되어 있는 건 아닐까, 온갖 생각이 가슴을 헤집고 다녔다.

다혜가 집을 나갔을 때 가장 먼저 떠올렸어야 하는 일을 나는 이제야 하고 있었다. 사실은 그것만은 떠올리기 싫어서 계속 피해 다니던 중이었다. 그래서 편지라는 것을 생각해내어 나 자신까지 위안하고 있는 것이다. 제발 그것만은 아니길 빌면서. 무사히 성인이 되는 일에 내가 일조할 수 있기를 바랐건만.

'만약 다혜에게 〈사마리아〉와 같은 일이 일어난다면 주인공의 아버지처럼 범인을 내 손으로 죽일 수 있을 것인가.'

나는 아무런 자답(自答)도 할 수 없었다. 그 일이 일어나지 않는 것만이 최선이다. 다혜를 위해서, 그리고 나를 위해서.

양씨는 미성년자가 위험한 곳으로 흘러드는 일은 제도적으로 막혀 있으니 안심하라고 했지만 '제도'를 믿고 안심할 만큼 촘촘

한 사회던가? 지금도 세상 어딘가에선 불법이 확대 재생산되고 있을 것이다.
〈사마리아〉를 보는 동안 눈물이 쉬지 않고 흘러내렸다. 내가 보낸 10대 때도 얼마든지 그런 일이 일어날 수 있었다. 몸을 돈으로 교환한 뒤 아무렇지도 않게 거리를 활보하는 발칙함까지는 아니더라도. 그때는 그래도 그 늪에 한번 빠져들면 절대 못 헤어 나온다는 두려움이 소녀들에게 방패막이가 되어주었다. 또한 소녀를 보호해야 한다고 생각하는 어른이 많았다.
하지만 〈사마리아〉의 아이들은 몸을 팔고도 유유히 학교에 다닌다. 게다가 〈사마리아〉에 나오는 어른들은 딸 같은 아이의 몸을 주무른 뒤 다시 만지고 싶어 다음에도 만나자며 돈을 건넨다. 제 몸을 팔아 돈을 만들고 그 돈을 아무 죄의식 없이 쓰는 아이들, 아이들에게 돈을 주고 들키지만 않으면 된다고 생각하는 어른들. 그런 사람들이 사는 시대에 다혜는 집을 나갔다.
'더 이상 다혜를 자극하지 않겠다는 명목 아래 내 옛날 얘기만 하고 있을 수는 없다. 아니면 편지를 쓰더라도 다혜에게 직접적인 당부의 말을 전해야 한다. 어쩌면 다혜는 자기를 찾아 나서지도, 타이르지도 않는 나한테 실망할지 모른다.'
그런 생각을 하면서도 나는 별수 없이 세 번째 편지 쓰기에 몰두했다.

m070101 d0707에게 보내는 세 번째 편지
♥

실습기간 3개월이 지나면 우리는 정식 발령을 받게 된다. 실습기간이 끝나기 전에 나도 성희도 숙련공이 되어버렸다. 성희는 나보다 더 단조로운 일을 하고 있었다. 나일론실이 잔뜩 감긴 보빈을 위쪽에 죽 걸고 직기 옆구리에 면사를 감은 북을 끼워놓기만 하면 밤새 나일론실이 졸졸 내려오고, 북이 쉴 새 없이 좌우를 오간다. 보빈과 북을 건 다음 성희는 얇은 가마니 같은 직물이 거대한 롤에 감기는 걸 지켜보기만 하면 된다. 가끔 면사가 끊어지면 기계를 세우고 실을 이어주는 게 성희의 일이다. 제법 무게가 나가는 보빈을 걸 때 힘이 들긴 하지만, 그 정도도 안 해서는 월급 받을 때 미안해질 것이다. 직기 두 대를 책임지는 성희는 곧 노련한 언니들처럼 넉 대까지 볼 수 있을 거라는 자신감을 표했다.

우리가 숙련공이 되어 새로운 변화를 기대하고 있던 11월의 어느 날, 부산의 공업고등학교 3학년생 50명이 등장했다. 회사 식당은 활기 넘치는 박박머리 남자들에게 점령당했다. 직원이 천 명이나 되지만 50명이 몰려다녀서인지 그런 기분이 들었다. 아니면 우리가 기다리던 인물이어서 그랬으리라.

실습생이 회사에 온 지 채 일주일이 지나지 않아 한 무리의 박박머리들과 마주쳤다. 이강우 씨를 따라 열처리실에 시료를 채취하러 갔을 때 실습생 10여 명이 교육을 받는 중이었다.

"무경아, 실습생들 인사시켜줄까?"

열처리실 김반장이 장난기 그득한 표정으로 내게 말을 걸었다. 김반장은 내가 가기만 하면 '엄마 젖 좀 더 먹고 오라'는 농담을 하곤 했다. 손사래를 치기도 전에 김반장이 나를 실습생들 앞으로 끌고 갔다.

"야야, 너희들 선배를 소개하마. 너희들보다 두 달 먼저 들어왔으니 선배지 뭐. 너희들보다 나이는 어리지만 선배 대접을 깍듯이 해야 한다. 무경아, 여기서 누가 널 선배 대접 안 하면 나한테 고발해. 내가 혼내줄 테니까."

김반장이 장난스럽게 말하는 동안 내 얼굴은 빨갛게 달아올랐다. 실습생들이 재미있다는 표정으로 나를 감상하고 있었기 때문이다. 성희를 보는 남자들의 표정과 너무 달랐다. 남자들은 성희를 몰래 흘끔흘끔 훔쳐봤다는데 실습생들은 심지어 킬킬 웃기까지 하면서 나를 똑바로 보고 있었다. 내가 바로 이강우 씨 뒤로 숨자 한 실습생이 큰 소리로 말했다.

"그냥 가기 없기, 인사말 하고 가기, 빨리 신고하기."

그 얘기에 모두들 와르르 웃음을 터뜨렸다. 오른팔을 쳐들며 장난스럽게 말하는 실습생을 보자 갑자기 가슴에서 뭔가 툭 떨어지는 기분이었다. 나를 보며 한쪽 눈을 찡긋했기 때문이다. 나는 얼굴이 빨개져서 열처리실을 황급히 빠져나왔다. 이강우 씨는 킁킁 웃으며 나를 슬슬 놀리기 시작했다.

"무경아, 아까 장난치던 애, 그 애를 보더니 갑자기 니 얼굴이 빨개지더라. 왜? 이상형이야? 짜식이 호남형으로 생겼더라. 눈에 딱 들어오던데. 키도 크고 말야. 마음에 들면 말해. 내가 연결해줄 테니까."

이강우 씨에게 눈을 흘기긴 했지만 가슴이 쉽게 진정되지 않았다. 생소하고 이상한 그 첫 느낌을 들킬세라 나는 괜히 시큰둥한 목소리로 말했다.

"놀리지 마세요. 이제 열처리실에 안 따라갈 거예요."
"무슨 소리야. 장군이 가는 데는 부관이 반드시 따라다니는 법이야."

거기까지 말했을 때 장필곤이 끼어들었다.

"거 군대도 안 갔다 온 사람이 장군, 부관 뭐 그런 얘기 하지 마쇼. 누구는 3대 독자라고 군대도 안 가고 누구는 3년 동안 뺑이치고 말야."

장필곤은 그렇게 말해놓고는 켕기는지 슬쩍 이강우 씨 눈치를 살폈다. 이강우 씨는 아무 대꾸도 없이 나에게 다시 말했다.

"김무경, 너 수상해. 알았어. 앞으로 그 녀석을 우리 실험실 시료 당번으로 삼아야겠군."

이강우 씨가 짓궂은 표정으로 말할 때 농담인 줄 알았는데, 실제로 다음날부터 그가 시료를 갖고 왔다. 그가 들어설 때 또다시 가슴에서 뭔가 툭 떨어졌다. 왜 그런지 나도 설명할 수가 없다. 처음이므로.

"차현이라고 합니다. 앞으로 제가 시료를 갖고 오기로 했습니다. 김반장님이 실험실에서 저를 지목하셨다고 하더군요."

갑자기 툭 떨어진 가슴이 제 맘대로 돌아다니기 시작했다.

"어이, 차현. 내가 김반장한테 부탁했지. 내가 니희 고등학교 4년 선배다. 점심시간에도 놀러 와. 우리 방에 커피 있으니까. 무경이가 잘 타 줄 거야. 참, 무경아, 커피 한잔 마시자. 오늘 현이 처음 왔는데."

내가 커피를 타는 동안 무슨 얘기가 오갔는지 언니들이 와하하 웃음을 터트렸다. 나는 커피를 마시면서 차현이 성희가 말하던 것과 조금 다른 스타일이라는 걸 깨달았다. 얼굴이 약간 구릿빛이고, 턱이 두툼하고, 안경을 끼지 않았다. 서울말 대신 부산말을 했고 이름에 준이나 혁자가 들어가지 않는다. 키는 훌쩍 컸지만 지적이라기보다 운동선수 같은 느낌이었다. 그러니까 책상 앞을 연상시키는 샤프함보다는 운동장을 달리는 싱싱한 타입이었다. 정체된 공기를 마셔서인지 얼굴이 노리끼리하게 보이는 실험실 남자들과 확실히 달라 보였다. 무엇보다도 차현의 매력은 어금니까지 보이는 파안대소였다. 그 순간 나는 웃는 모습이 멋진 사람, 건강미가 넘치는 사람을 나의 이상형 목록에 넣기로 했다.

차현이 돌아간 뒤 다들 잘해보라며 나를 놀렸고, 장필곤은 또다시 연설을 늘어놓았다.

"그전에 해야 할 일이 있다는 거 알지? 멋을 내란 말야. 지금 그 모습대로는 곤란해."

차현과 나를 연결하는 말이 싫지는 않았지만 자신이 없었다. 실습생들과 직기의 여직원들은 얼마 가지 않아 친해질 게 뻔했다. 실습생들의 기준도 비슷할 테고, 성희와 연우는 이마에 스티커라도 붙여놓은 듯 눈에 띌 게 분명했다. 차현이 성희가 좋아하는 스타일이 아니어서 그나마 다행이었다. 성희가 차현을 좋아한다면 나는 어림도 없을 테니까. 그런 생각이 들자 약간 우울해졌다. 남자들의 기준이라는 게 너무 획일적이어서. 그리고 이제 내가 성희보다 열등한 게 확실하다는 생각이 들어서.

성희는 왕다방에 디제이가 새로 왔다며 퇴근 후 시내로 나오라고 말했다. 모처럼 회사버스를 타고 시내에 갔더니 차도에 내려서서 걸어야 할 정도로 사람들이 많았다. 시내 중심가로 공단에서 퇴근한 사람이 다 몰려나온 것 같았다. 작업복에다 이름표까지 단 사람들이 마치 시내가 자기 회사인 양 활개를 치고 다녀 계속 어깨를 부딪히면서 걸어야 했다. 하지만 나처럼 작업복 차림인 여자는 없었다. 나는 퇴근 후 바로 집에 갈 계획이었기 때문에 작업복 위로 점퍼를 걸치고 있었다. 잘 여미지 않았다가는 작업복이 고스란히 드러날 판이었다. 컴컴해서 작업복 바지가 눈에 잘 띄지 않아 다행이었다.

성희는 다방에 들어서는 나를 보더니 인상을 찌푸렸다. 성희는 지난달 월급을 거의 다 들여서 맞췄다는 모직 재킷을 입고 있었다. 그나마 연우가 나와 별반 차이가 없는 점퍼 차림이어서 다행이었다. 성희는 나를 보고 입술을 잠깐 실룩이더니 이내 생글거리며 다른 얘기를 했다.

"나, 실습생 중에 한 명 찍었어. 차현이라고. 딱 내 이상형이야."

성희가 하필이면 차현을 찍었다고 할 때 나는 움칠 놀랐다.

"차현은 니가 말하던 이상형과 반대잖아. 키 큰 거 빼고."

나도 모르게 항변하듯 툭 내뱉었다.

"어, 너도 차현 알아?"

성희는 의외라는 표정을 지었다.

"아냐, 그냥 이강우 아저씨 따라 열처리실에 갔을 때 한 번 봤어."

나는 열처리실에서 있었던 일과 차현이 우리 실험실 시료 담당이라는 것을 말하지 않았다. 갑자기 기운이 쑥 빠져나가는 것 같았다. 세상에는 내가 노력해도 안 되는 부분이 있다는 걸 그 순간 확연하게 깨달았다. 성희 모르게 미리 항복 선언을 한 셈이다. 성희는 차현과 곧 만나겠다는 포부를 밝혔다. 꼭 집어서 누구를 만나겠다고 자신 있게 말하는 성희가 부러웠지만, 이내 하영이 아닌 성희를 부러워하는 나 자신이 무척 실망스러웠다.

연우도 첫날 만날 때와 달리 제법 들뜬 표정이었다. 빨대로 콜라를 쭉쭉 빨아먹으면서 다방 안의 남자들을 이리저리 살펴보기까지 했다. 연우를 고상하게 봤던 내 판단이 틀릴지도 모른다는 생각이 들었다. 둘이 환상의 복식조임은 틀림없는 사실이었다. 다방 안의 많은 여자들 중에서 단연 눈에 띄었다. 성희는 안 그래도 예쁜 데다 머리부터 발끝까지 치장하고 있으니 당연히 눈에 띌 수밖에 없지만, 연우는 펑퍼짐한 청바지에 단순한 모양의 점퍼를 걸치고 있는데도 멋스러웠다.

다른 자리의 남자들이 우리 쪽을 흘끔흘끔 바라봤다. 나는 괜스레 주눅이 들어 그저 사이다만 홀짝였다. 사실 아직 미성년자인 우리가 다방에 드나드는 것도 썩 내키는 일이 아니었다. 그렇다고 착한 고등학생들이 가는 양과자점에 갈 수도 없는 일이었다. 괜히 거기 갔다가 교복 입은 아이들과 마주치면 기분이 나빠질 테니까.

성희는 디제이를 보러 왔다더니 내내 실습생 타령이었다.

"이번 주말에 실습생들과 미팅을 하려는데 다들 괜찮지? 벌써 나한테 신청이 들어왔어. 그쪽 주최자한테 차현을 넣으라고 하면 되거든. 너희들 일단 나 밀어줘. 차현이랑 내가 될 수 있도록."

성희의 얘기에 연우는 고개를 끄덕였다. 당연히 그 미팅에 끼지 못할 거라고 생각하고 있는 나에게 성희가 의외의 발언을 했다.

"무경이 너도 끼어. 대신 그날 내가 꾸며주는 대로 하고 나와야 돼."

우리는 디제이에게 노래를 여덟 곡이나 신청한 뒤, 신청곡이 나올 때까지 끈질기게 기다렸다. 다른 여자들이 계속 쪽지와 음료수를 디제이 박스에 집어넣는 바람에 우리 노래는 계속 뒤로 밀렸지만 결국 끝까지 다 들었다.

신청곡이 나올 때면 모두들 신나게 따라 불렀다. 귀에 익긴 했으나 가사를 제대로 모르는 곡이 대부분이어서 나는 입속으로 우물거리기만 했다. 그때 탁자에 놓인 발자크의 〈골짜기의 백합〉이 내 눈을 찔렀다. 연우가 회사 도서관에서 빌렸다는 초록색 장정의 을유문

화사 명작 시리즈물이었다.

"사람들이 도서관을 잘 이용하지 않아서 보고 싶은 책은 대부분 기다리지 않고 빌릴 수 있어. 우리 회사 도서관에 웬만한 책은 다 있거든. 보고 싶은 거 신청하면 바로 다음 달에 들어와. 너희들도 이용해봐. 공짜니까 심심할 때 보는 거지 뭐."

연우의 얘기에 그제야 도서관이 떠올랐다. 신입사원 교육을 받을 때 회사에 도서관이 있다는 것에 대해 들었으면서도 그동안 까맣게 잊고 있었다. 연우가 두꺼운 고전문학을 읽는다는 데 좀 충격을 받았다. 그러고 보니 나는 회사에 입사한 이래로 책을 읽은 적이 없다.

성희는 계속 고고장에 가자고 했지만 연우는 심드렁한 반응을 보였다.

"난 아무 생각 없이 몸을 흔들어대는 거 혐오해. 마루에 발바닥을 비비며 온몸을 비틀어대다가 서로 사냥하러 온 것처럼 탐색이나 하고. 난 고고장은 딱 질색이야."

호기심에 한번 가보고 싶었으나 연우의 완강함에 성희가 쉬이 포기하는 바람에 고고장 행은 무산되고 말았다.

나는 문이 열릴 때마다 혹시나 하고 촉각을 곤두세웠지만 오전 내내 차현은 오지 않았다. 이강우 씨가 혹시 열처리실에 가면 은근슬쩍 따라가려고 계속 옆방에 붙어 있었지만 움직일 기미를 보이지 않았다. 이강우 씨에게 전날 친구들과 만난 얘기를 하자 유난히 연우에게 관심을 기울였다.

"연우라는 친구가 〈골짜기의 백합〉을 읽는다고? 그건 그렇게 대중적인 책이 아닌데. 그 친구 언제 한번 데리고 와. 내가 밥 사줄게. 책을 많이 읽는다니 관심이 가네."

일단 이강우 씨가 장필곤과 달리 '책 읽는 여자'에게 관심을 갖는 게 좋아 보였다. 하지만 연우를 본 후 그의 관심이 완전히 그 애에게 쏠리지 않을까 은근히 걱정되었다. 이제 외모에 관한 한 나는 자신을 완전히 잃어가는 중이었다.

이강우 씨는 기다릴 거 없이 그날 저녁에 친구들을 데리고 나오라고 했다. 조반 근무를 마친 성희와 연우는 도서관에서 시간을 보내다가 약속 장소로 오겠다고 했다.

이강우 씨는 우리들에게 돈가스를 사주었다. 밥을 먹고 고전음악 다방에 가서 커피를 마시는 동안 이강우 씨의 눈길은 내내 연우에게 꽂혀 있었다. 의도적인지 알 수 없으나 둘이 나란히 앉았고, 할 얘기가 뭐가 그렇게 많은지 소곤거리기까지 했다. 설핏설핏 들리는 얘기는 모두 책과 관계된 것이었다. 성희는 약간 기분이 상한 듯 입을 삐죽거렸다. 어디서나 주목받던 성희는 오늘 완전히 찬밥 신세였다. 단지 예쁜 것만으로는 안 된다는 현실 앞에서 성희는 조금 좌절하는 것 같았다. 나와 성희는 내내 멀뚱거리고 앉아 지루한 고전음악만 들었다.

이강우 씨와 연우가 같은 방향이라며 함께 버스에 오른 뒤에도 성희는 못마땅한 표정이었다. 이강우 씨가 기혼자라는 걸 밝히자 그제야 성희의 얼굴이 조금 밝아졌다. 성희는 이내 토요일 미팅 얘기로 열을 올렸다. 나에게 옷을 빌려주겠다며 함께 자기 집으로 가자고 했다. 옷까지 빌려 입고 나갈 마음은 없었지만 마땅히 입을 게 없어 별수 없이 성희네 집으로 향했다. 키가 큰 성희의 옷은 대개 팔이 길었지만 안으로 한 겹 접으니 입을 만했다. 성희에게 무릎까지 오는 치마가 나에게는 장딴지까지 내려왔다. 성희는 몇 가지 치마를 입혀 보더니 스웨터와 어울리는 갈색을 선택했다. 성희의 치마를 허리 부분에서 한 번 접으니 겨우 무릎 바로 아래까지 올라갔다.

"너, 스타킹은 반드시 신어야 돼. 구두는 있지? 운동화는 절대 안 돼."

나는 고개를 끄덕였지만 마땅한 구두가 없었다. 학교에 다닐 때는 교복과 책가방만 잘 챙기면 됐지만 사회생활을 하기 위해서는 갖춰야 할 게 너무 많았다. 내가 사회인이 되었다는 것을 일러준 사람은 장필곤이었으나 사회인이 어떻게 해야 하는지를 가르쳐준 사람은 없었다. 사실은 대부분의 경우 별로 준비할 게 없었다. 작업복을 입고 회사와 집을 오가는 게 내 사회생활의 전부였으니까. 성희와 연우가 나에게 자극이 되기 시작했고, 마음으로나마 나는 조금씩 개화되고 있었다. 성희의 옷을 빌려 오면서 사회인 노릇 하기가 녹록지 않다는 생각이 들었다. 미팅 같은 데 불려 나가는 건 미처 예상 못한 일이었다.

성희가 빌려준 짙은 갈색 스웨터랑 맞추기 위해 일부러 시장에 나가 같은 색상의 터틀넥을 사고, 망설임 없이 빨간 랜드로바 통굽구두를 선택했다. 연우가 성희 집에 놀러 왔을 때 댓돌 위에 벗어놓은 캐주얼 구두 브랜드를 눈여겨봐뒀던 덕택이다. 랜드로바 통굽구두는 운동화처럼 생겨 거부감이 없는 데다 내 작은 키까지 커버해주어 매우 만족스러웠다. 바야흐로 나는 사회인이 되어가는 중이다.

토요일 아침, 늘 작업복에 점퍼를 걸치고 출근하던 나는 미팅용 복장으로 집을 나섰다. 성희의 짙은 갈색 스웨터에 시장에서 산 브라운색 터틀넥이 잘 어울렸다. 스웨터보다 조금 옅은 색의 주름치마를 입고, 검정 스타킹 아래 빨간 랜드로바를 신었다. 갑자기 무릎 아래부터 색의 균형이 깨지고 있다는 것쯤은 이제 막 패션에 관심을 갖기 시작한 나도 충분히 깨달았지만 더 이상은 무리였다. 그럼에도 내가 실험실에 들어서자 언니들이 꺄악 소리를 질렀다.

"어머, 무경이 너 웬일이니. 완전 꼬마 숙녀로구나. 귀여워. 꾸미니까 무경이도 처녀티가 나긴 하네."

그렇게 말하던 박양은 내가 오늘 미팅이 있다고 얘기하자 갑자기 나를 끌고 탈의실로 들어갔다. 클립을 꺼낼 때 나는 손사래를 치면서 도망가려 했지만 결국 잡히고 말았다.

"오늘은 토요일이어서 실험실에 올 사람도 없어. 정계장님도 안 들어올 테고. 그러니 몇 시간만 말고 있어. 이 단발머리로 나가면 언니 따라온 중학생인 줄 알겠다. 니가 얼마나 어려 보이는지 성희 둘째 동생 정도로 보인다니까."

성희 동생처럼 보인다는 말에 나는 머리에 클립을 말고 꼼짝없이 실험실에 박혀 있었다. 이강우 씨는 고개를 절레절레 흔들더니 혼자 현장으로 갔다. 머리 아래쪽만 클립을 달고 있어서 그나마 다행이었다.

열한 시쯤 차현이 샘플을 갖고 실험실에 왔다. 나는 큰 탁자에 앉아 황양이 게이지를 내기 쉽도록 샘플을 정리하고 있었다. 차현이 들어올 때 나는 일부러 관심 없다는 표정을 지었다. 하지만 마음이 제 멋대로 팔랑거리기 시작했다. 차현이 마구 소리 내어 웃을 때에야 내가 머리에 클립을 말고 있다는 사실을 깨달았다. 갑자기 얼굴이 화끈 달아올랐다. 성희가 차현을 꼭 나오게 하겠다고 했는데 이게 무슨 창피란 말인가.

"오호, 선배님, 오늘 데이트 있으신가 봅니다."

차현이 빙글빙글 웃으며 장난스럽게 말했다. 내가 황급히 탈의실로 들어갈 때 박양은 "너 그거 풀면 안 된다. 미팅에 나갈 때까지"라고 소리 질렀다.

박양은 사물함에 넣어두었던 작은 핸드백까지 나에게 빌려주면서 파이팅을 외쳤다. 이강우 씨는 서연우도 미팅을 하는지 물어봤다. 내가 고개를 끄덕였을 때 약간 서운한 표정을 지었다. 사랑을 기다리지 않은 그는 늘 허기진 걸까?

우리 실험실의 토요일 퇴근시간은 오후 세 시였고 일요일은 이강우 씨와 장필곤만 격주로 낮 근무를 했다. 퇴근 직전에 클립을 풀자 마치 유치원 학예회에 나가는 아이 꼴이 되고 말았다. 하지만 박양이 브러시로 몇 번 빗어 내리자, 머리 아래쪽이 굽슬굽슬해서 단발머리보다 훨씬 나아 보였다. 어색하긴 했지만 성숙해 보인다는 말에 나는 한껏 고무되었다. 그 시절, 나에게 있어 가장 어려운 일은 '성숙해 보이기'였다.

성희는 〈선데이서울〉 표지에 나오는 여배우 같은 차림이었다. 미장원에 가서 고데기로 머리를 말았는지 긴 머리가 구불거렸다. 시내 양장점에서 맞춘 투피스는 성희를 스무 살도 넘은 처녀처럼 보이게 했다. 연우는 펑퍼짐한 코르덴 바지에 후드가 달린 반코트를 입은 경쾌한 모습이었다. 직기에서 몇 번 본 적이 있는 애들 두 명도 한껏 꾸미고 나오기는 마찬가지였다. 나는 어색해서 고개를 들기도 힘들 지경이었다. 단발머리를 말았더니 머리카락이 자꾸 귓불 위로 말려 올라갔다. 잘못하다간 동네 아줌마 꼴이 되지 않을까 걱정되었다. 왕다방 안이 더워서인지, 긴장해서인지 터틀넥 안쪽으로 땀이 삐질삐질 나왔다. 티셔츠를 당겨 손수건으로 목을 닦고 있을 때 다섯 명의 남자가 들어왔다. 코발트색 점퍼를 입은 남자가 눈에 확 띄었다. 영화에서 기타를 치며 생맥주를 마시던 대학생처럼 발랄한 모습이었다.

"김무경, 안녕! 귀여운데."

나는 그제야 그가 차현인 줄 알아차렸다. 귓불 위로 올라간 머리카락이 정수리까지 도르르 올라가는 느낌이었다. 작업복을 입었을 때도 눈부신 그는 한숨이 푹푹 나올 정도로 멋졌다. 얼굴이 발그레해진 성희는 차현이 내게 알은체하자 귓속말을 했다.
"너 차현하고 트고 지내는 사이였어? 내가 찍은 애야. 무조건 내가 쟤 물건 집는 거, 알지?"
왕다방에 도착하여 이미 우리는 성희에게 주의사항을 단단히 들었다. 남자들이 물건을 내놓으면 여자들이 그 물건을 집는 것으로 짝을 정하되, 차현이 내놓은 물건은 무조건 자기가 집겠다는 것이었다. 성희를 팍팍 밀어주겠다고 스스럼없이 말했던 친구들도 코발트빛 점퍼가 차현이라는 걸 아는 순간 김이 빠진다는 표정이었다. 차현을 제외한 네 명의 남자는 눈에 들어오지도 않았다. 그중에 두 명은 작업복 차림 그대로였으니 그럴 만도 했다. 성희가 잔소리를 하지 않았더라면 나도 똑같은 몰골로 나왔을 것이다. 아무래도 시내 중심가에 있는 왕다방과 작업복은 어울리지 않았다. 그들을 보니 역시 장필곤의 충고처럼 외모에 관심을 갖는 게 나을 것 같았다. 어쨌거나 우리는 성희와의 약속을 지키기 위해 차현을 주의 깊게 봐야 했다. 남자들이 동시에 물건을 내놓았을 때 차현의 것을 가려내기 위해서였다. 차현과 성희, 너무도 잘 어울리는 한 쌍이었다. 두 사람은 떨어져 앉아 있었지만 단연 눈에 띄었다. 성희 대신 나를 대입해 보다가 나는 머리를 좌우로 흔들었다. 어울리는 그림이 아니라는 걸 그 순간 인정하지 않을 수 없었다.

나는 낮게 한숨 쉬며 왕다방을 둘러보았다. 이름만큼 넓은 실내에 거의 빈자리가 없었다. 며칠 전에 새로 온 디제이는 음악을 좀 크게 트는 경향이 있었다. 실내는 더욱 달뜨기 시작했다. 우리 일행은 음악 소리를 피해 목소리를 높이다가 빨리 짝을 지어 흩어지는 쪽으로 방향을 정했다. 여기저기서 경쟁이라도 하듯 담배 연기를 마구 뿜어대 마치 군불 때는 부엌 꼴이었기 때문이다.

차현은 빠이롯트 만년필을 탁자 위에 올려놓으면서 나에게 눈을 찡긋거렸다. 재빨리 고개를 숙였지만 가슴이 투둑 떨어졌다. 연우는 별 관심 없다는 듯한 표정으로 앉아 있으면서도 차현을 흘끔거렸다. 연우도 역시 우리와 똑같은 소녀인 것을, 나는 너무 그녀를 고상하게 생각하고 있는지도 모른다. 성희가 차현의 만년필을 집은 뒤 모두들 탁자에 손을 올렸고, 그 순간 남은 건 열쇠고리밖에 없었다. 내 앞에 앉아 있던 남자의 얼굴이 일그러졌다. 나는 갑자기 우울해졌다. 작업복을 입은 두 명 중 한 명인 왜소한 몸집의 그는 내내 침울한 표정이었다. 그 자리에서 열쇠고리를 되돌려준 뒤 집으로 돌아가고 싶은 심정이었다.

다방을 나와서 이만 헤어지자고 말하려는데 그 남자가 뜻밖에도 저녁을 먹자고 했다. 나는 문득 그에게 나에 대한 느낌을 묻고 싶었다. 이미 일그러진 얼굴이 말해주고 있지만. 그는 공무과에서 실습을 받는 중이라고 했다. 갑자기 미팅에 불려 나왔다며 자기는 이런 자리가 어색하다고 했다.

"내가 열쇠고리를 잡을 때 얼굴이 약간 일그러지던데 실망해서 그런 거죠?"

내 기습 질문에 그는 약간 당황하는 표정이더니 이내 진지하게 답했다.

"그건 아니에요. 솔직히 말하면 난 이렇게 짝을 정하는 줄은 몰랐거든요. 그냥 다 같이 얘기하면 될 텐데 어색하게… 아직 이런 게 익숙지 않아서 나도 모르게 얼굴을 찡그렸나 봐요. 무경 씨는 내가 왜 실망했다고 생각하시죠? 사람은 누구나 자기만의 향기가 있는 거예요."

자기만의 향기가 있다는 얘기를 듣는 것만으로도 나는 그 자리에 나온 걸 후회하지 않았다. 김형묵이라고 했다. 그는 나에게 꼬박꼬박 무경 씨라고 불렀지만, 나는 형묵 씨라고 부르는 게 어색했다. 그때까지 나는 회사에서 만나는 모든 남자를 아저씨라고 불렀고, 그들은 나를 무경이라고 불렀다.

우리는 경양식집에서 돈가스를 먹고 또 커피를 시켰다. 그 시절 사람들은 만나기만 하면 커피를 마시고 돈가스를 먹었다. 마치 돈가스를 먹기 위해 태어난 사람들처럼. 우울하다고 생각했던 형묵은 진지한 쪽이었다. 형묵은 커피를 마시면서 나에게 조용한 목소리로 말했다.

"무경 씨, 아까 내 얼굴이 왜 일그러진 줄 알아? 오늘 현이가 무경 씨를 찍을 거라고 그랬거든. D실험실에 귀여운 애가 있다면서 오늘 자기가 찍을 거니까 넘보지 말라구. 왕다방에서 내 귀에 대고 '바로 저 애야' 하며 무경 씨를 알려줬어. 친구가 찍은 여자가 내 짝이 되니 내가 당연히 얼굴에 경련이 일지. 이해돼요?"

형묵은 어느 틈엔가 나에게 반말을 했는데 그건 조금도 신경 쓰이지 않았다. 차현이 나를 찍을 거라고 했다는 말만 귀에 남았다. 또다시 가슴이 후드득 떨렸다.

"현이 자식, 남자가 봐도 반할 놈이지. 생긴 것만큼 성격도 시원해. 탈이라면 어딜 가나 인기가 있다는 거지. 그런데 문제는 얘도 잘해주고 쟤도 잘해줘서 여자들을 헷갈리게 한다는 거야. 괜히 무경 씨 찍었다고 한 거, 마음에 두진 마. 걔는 안 찍어도 여자들이 다 넘어와서 여자 귀한 줄을 모르니까."

나는 그 자리에서 차현에 대해 한 마디도 질문하지 않았다. 내 마음을 들키고 싶지도 않았지만 그건 형묵에 대한 예의가 아니니까. 형묵은 1년간 공부하여 대학에 갈 거라고 했다. 자기가 대학에 가지 못한 건 공고에 진학했기 때문이고, 공고에 진학한 건 어쩔 수 없는 선택이었다고 했다. 내가 여상에 갔더라면 3년 후 똑같은 고민을 했을 거라고 생각하니 그의 얘기가 상당히 흥미로웠다. 하지만 그 대화가 계속되진 못했다.

"아, 재미없다. 우울해진다. 만약 우리가 더 친해진다면, 말할 기회가 있겠지. 처음 만난 여자한테 나의 참혹함에 대해 다 털어놓고 나면 오늘 밤 잠을 못 잘 거 같아."

나는 그와 더 얘기하고 싶었지만 그를 참혹하게 할 마음은 없었다. 우리는 다 식은 커피를 마저 마신 뒤 자리에서 일어났다. 우리의 데이트는 한 시간 만에 끝난 셈이다. 공무과라니, 그에게 자연스럽게 전화할 일이 있을 거 같았다. 우리 실험실의 온도가 제발 조금만이라도 높아진다면 말이다. 나는 그가 마음에 들었다. 차현처럼 가슴을 후드득거리게 하진 않지만 어쩐지 가슴을 따뜻하게 하는 진지함이 있어서.

우리는 그때 다들 전화가 없어 궁금한 일이 있어도 만날 때까지 참아야 했다. 성희네 집에 가볼까 하다가 혹시 차현이 내 얘기를 해서 성희의 기분이 상하지나 않았을까, 걱정되었다. 하지만 월요일에 회사에서 성희를 만났을 때 내 걱정이 기우였음을 금방 알게 되었다. 공연히 설렜던 마음이 성희를 만나자 푸시시 무너져내렸다. 성희는 나를 보자마자 활짝 웃으며 차현 얘기를 늘어놓았다. 차현과 너무 즐겁게 얘기하다가 막차를 놓칠 뻔했다며, 조반 때와 야반 때 하루도 빠짐없이 만나기로 했다는 것이었다. 형묵의 말대로 역시 차현은 여자를 헷갈리게 하는 남자임에 틀림없었다. 그러나 사실은 그렇지가 않았다. 성희는 헷갈리지 않았고 차현은 나에게 어떤 말도 하지 않았으니. 가슴이 텅 비어버리는 느낌이지만 다행이었다. 성희와 경쟁하면서 공연히 속을 끓일 만큼 무모하지도, 아직은 차현에게 빠지지도, 않은 게.

언니들은 나의 첫 미팅을 상당히 궁금해했지만 나는 별달리 들려줄 말이 없었다. 언니들이 내가 첫 미팅에서 미역국을 먹었다고 단정하는 것 같아 뭔가 변명이라도 하고 싶었지만 형묵이 나에게 애프터를 신청하지 않았으니 언니들의 짐작이 틀린 것도 아니었다. 싱겁게 끝나버린 첫 미팅 후 형묵을 만나고 싶었지만, 먼저 전화할 용기가 나지 않았다. 행여 성희에게 말했다가 차현의 귀에 들어갈까 봐 형묵의 얘기를 꺼내지도 못했다. 형묵이 선택한 공고와 내가 가지 않은 여상 사이의 간극을 따져보고 싶어도 내가 먼저 연락할 수는 없는 일이었다.

그런데 차현 때문에 내 미팅이 며칠 후 실험실에서 화제가 되었다. 사실은 차현이 미팅에 나온 걸 알고 박양이 그를 자리에 끌어다 앉히면서 얘기가 시작되었다. 차현이 성희와 짝이 되었다고 하자 박양은 '환상의 커플'이라며 탄성을 질렀다. 하지만 차현은 엉뚱한 소리를 했다.

"아니에요. 난 김무경을 찍었는데, 내 만년필을 성희가 집는 바람에 그렇게 된 거예요. 무경이 귀엽잖아요. 우리 실습생들도 다 무경이 귀엽다고 해요. 우리 동기 중에 제일 학구파인 형묵이랑 파트너가 됐는데 형묵이도 무경이가 귀엽다면서 앞으로 사귈 거라고 하던걸요. 그래서 제가 한발 물러섰죠. 할 수 없이 성희나 만나야죠, 뭐."

그 자리에서 차현의 말을 믿는 사람은 아무도 없는 듯했다. 장필곤은 차현에게 꿀밤을 먹이며 씩씩거렸다.

"입에 침이나 발라라, 이 자식아. 하긴 예쁘지 않은 여자에겐 예의상 귀엽다고 하는 거니까. 성희보다 무경이가 마음에 들었다고? 에라이 도둑놈아. 성희는 내가 찍었는데, 그래 너랑 파트너가 됐다구?

인마, 너 앞으로 회사생활 괴로울 줄 알아라."
　차현은 장필곤이 농담하는 줄 알았겠지만 언니들은 배꼽을 잡고 웃었다. 장필곤은 성희에게 정말로 할아버지 취급을 받아 만나지도 못하고 좌절했기 때문이다. 차현이 나를 찍었다고 천연덕스럽게 말하는 게 기가 막혔다. 차현도 성희만큼이나 자신만만했다. 형묵이 나랑 사귈 거라고 했다는 말에 그나마 위안을 받았다. 내가 먼저 전화하지 않은 건 잘한 일이었다.
　시끌벅적한 자리가 파한 뒤에도 장필곤의 말이 귓가에 맴돌았다. 현장 어디를 가든 반장들이 나에게 '귀엽다'고 했는데 그게 그냥 인사치레로 한 말이었단 말인가? 예쁜 여자는 쉽게 질리지만 귀여운 여자는 볼수록 좋아진다던 C조 반장의 말도 나를 위로하기 위한 것이었다니, 실망스럽기 그지없었다.

　성희는 차현과 자주 만나는 눈치였다. 나는 일부러 관심 없는 척하며 묻지 않았다. 연우는 그날 짝이 된 실습생이랑 더 이상 만나지 않았다. 하필이면 작업복파 중의 한 명이 연우랑 파트너가 되었고 그렇지 않아도 매사에 심드렁한 연우는 금방 김빠진 표정이 되고 말았다. 성희가 바빠지면서 연우는 더 자주 도서관으로 향했고 나는 실험실에서 언니들의 사랑을 듬뿍 받으며 도끼자루 썩는 걸 전혀 눈치채지 못하는 시간을 보냈다. 형묵에게서 한 번만이라도 전화가 왔으면, 하는 마음 간절했다. 그래야만 내 여성성을 인정받을 수 있을 것 같았다. 단지 귀엽기만 한 소녀가 아니라는 걸 증명받고 싶었다.

형묵은 정확히 일주일 후 전화했다. 나는 그제야 안심이 되었다. 실습생들이 거의 대부분 집에 갔는데 자기만 기숙사에 남아 있다며 같이 저녁을 먹자고 했다. 형묵은 실습생 친구들이 보통 토요일 오후에 부산 집에 갔다가 월요일 새벽차로 돌아와 출근하지만 자기는 한 달에 한 번만 집에 간다고 했다. 대학입시를 준비하기 위해. 형묵은 나에게 솔직한 심정을 말하겠다고 했다.

"난 그냥 무경이랑 친구로 지내고 싶어. 우리 나이에 애인이라며 끼고 다니는 거 무책임해 보여. 아직 감정이 성숙하지 않았는데 어른들 흉내 내는 거 같아서. 난 그러고 싶지 않아. 그날 미팅도 대타로 나간 거야. 앞으로 대학 가기 전까지 절대 미팅에 안 나갈 거야. 날 오빠 겸 친구로 생각해주면 좋겠어. 무경 씨는 동생 같아. 근데 남동생."

형묵은 남동생이라고 말하면서 킥킥 웃었다. 그 순간 나도 모르게 얼굴이 일그러지고 말았다. 하지만 별수 없이 고개를 끄덕였다. 싱희처럼 누군가를 뇌쇄적으로 쓰러뜨리는 건 애초에 내가 기대할 분야가 아니었다. 나는 형묵이 대학입시를 준비하는 과정을 지켜보고 싶은 욕심에 내가 소년으로 보이는 것에 개의치 않기로 했다. 다만 차현이 나를 귀엽다고 하는 게 어떤 차원인지 알 것 같아 기분이 좋지 않았다.

나는 집에 돌아와 거울을 보며 '뇌쇄'를 완전히 단념했다. 까다로운 구두쇠 스크루지 옆에서 눈치껏 비위 맞추며 심부름하기에 딱 알맞은 소년처럼 생긴 걸 나 자신도 인정하지 않을 수 없었다. 영민해 보이는 눈알만 반짝일 뿐 도무지 여자가 보이지 않았다. 인정할 건 인정하자, 거울을 보며 그렇게 중얼거렸다.

성희는 나를 만나면 뭔가 말을 할 듯 말 듯 하면서 하지 않았다. 그녀가 무슨 얘기를 하려는지 알 것 같았다. 차현과 키스를 한 게 분명해 보였다. 우리는 그즈음 잡지에서 페팅은 죄악이 아니라는 기사를 함께 읽은 적이 있었다. 섹스를 하면 남자들이 돌아설 뿐만 아니라, 여자들은 현실적으로 곤란한 처지에 처할 수 있음을 경고하고 있었다. 페팅을 하되 자제력이 있어야 한다는 걸 그 기사는 특히 강조했다. 사실 페팅의 한계가 어디까지이고 섹스는 대체 어떻게 하는 건지 정확히 알 수 없었지만 함께 자지만 않으면 그리 나쁜 일은 아니라는 게 그 글의 결론이었다. 성희가 그 잡지 내용을 기억해주길 바랄 뿐이었다. 어른의 세계에 와 있지만 우리는 아직 열일곱 살이라는 것을.

차현은 샘플을 갖고 올 때면 나에게 농담을 하곤 했다.

"무경아, 내가 너 찍으려고 했다는 거, 그거 잊지 마. 다음에 시간 봐서 성희랑 셋이 같이 만나자. 연우도 같이. 형묵이는 공부한다고 도무지 움직이지 않으니 말야."

차현이 그렇게 말할 때면 나도 모르게 가슴이 툭 떨어졌지만 예전

만큼 급한 추락은 아니었다. 차현의 입술을 보면서 괜히 내가 민망하기도 했다. 과연 둘은 어디까지 간 걸까, 그런 생각만 자꾸 머리를 맴돌았다. 그런데도 차현만 보면 생각과 달리 내 심장은 박동을 빨리 했다. 심장은 내가 임의로 제어할 수 없는 영역이었다. 두근거림에 대해 얘기했을 때 형묵이 그랬다. 물론 그게 내 얘기가 아니라는 걸 전제로 하고 은근슬쩍 말을 꺼냈었다.

"누군가를 보고 가슴 두근거린다는 거, 난 그거 정말 좋은 감정이라고 봐. 난 그런 거 다 유보했어. 난 솔직히 말하면… 연우라는 애 봤을 때 좀 두근거리더라. 연우는 서늘한 애야. 뭔가 약간 퇴폐적이면서 대단히 지성적으로 보이거든. 걔는 앞으로 굉장히 멋있는 여자가 되거나, 어느 날 갑자기 타락할지도 몰라. 타락하지 않으면 자신을 그냥 형편없는 곳에다 유기할지도 모르지. 애가 좀 위험해 보여. 뭐랄까, 삶에 그다지 관심 없는 애 같아. 연우를 지탱해주는 게 너무 없는 거 아닐까? 현실적으로."

연우의 서늘함이 퇴폐, 타락, 유기와 연결된다는 게 특이했다. 그런 진단을 내리는 형묵이야말로 현장에서 드물게 만나는 지성적인 분위기였다. 퇴폐가 한 오라기도 없으면 매력이 반감된다는 걸 형묵을 보면서 깨달았다.

성희와 차현의 데이트가 잦아지면서 자연스럽게 나는 연우와 자주 만나게 되었다. 연우와 만나면서 형묵이 했던 말이 맞을 수도 있다는 생각이 들었다. 연우는 마치 물 위에 떠 있는 나무 같았다. 뿌리를 박지 못한.

연우네 집에 함께 갔을 때 그녀의 얼굴은 거의 무표정했다. 다 쓰러져가는 집에 알코올중독자인 아버지와 어린 동생밖에 없었다. 어머니가 중학교 2학년 때 집을 나갔고 그래서 고등학교에 갈 수 없었다고 했다.

"엄마를 절대로 용서 못해. 아버지만 버리지, 왜 우리까지 버려. 아버지는 어차피 알코올에 절어 사니까, 그냥 어디다 버리지. 근데 아버지까지 우리한테 떠넘기고 가버렸어. 우리가 아니라 나한테 떠넘겼지. 바로 아래 동생은 중학교 2학년 때 어디론가 나가버렸어. 내가 석(夕)반이나 야(夜)반 할 때, 초등학교 5학년인 연숙이가 아버지 수발을 들어야 돼. 난 정말 아무것에도 관심 없어. 내가 책을 읽는 건 현실에서 도피하고 싶기 때문이야. 책 속에는 다른 세상이 있거든. 물론 나처럼 괴로운 삶도 만나지만 말야."

연우 아버지는 좁은 방 안에 대자로 누워 코를 드르렁거리며 곯아떨어져 있었다. 연우와 연숙이 아버지를 옆방으로 질질 끌어다 옮겨 놓았다. 나는 연숙을 데리고 시장에 가서 장을 봐다가 함께 저녁을 지었다.

연우는 내가 동생과 부엌에서 일을 하는데도 방바닥에 엎드려 책만 읽고 있었다. 어질러진 방을 치울 생각도 하지 않았다. 의욕을 상실한 것처럼 보였다. 재잘거리며 곧잘 얘기를 하는 연숙이 어두워 보이지 않아 다행이었다.

"언니가 월급의 반을 떼서 저한테 먼저 줘요. 언니 돈을 아버지한테 다 뺏겨도 우리가 먹고살 수 있어야 하니까요. 아버지가 있을 때면 내가 언니한테 돈을 달라고 해요. 내가 돈을 갖고 있다는 걸 아버지가 모르게 하기 위해서죠. 우리 언니 너무 속상할 거예요. 우리 언니랑 많이 놀아주세요."

연숙은 나보다 더 철이 든 것 같았다. 하긴 키도 나와 비슷했다. 연숙은 재게 손을 놀리며 부지런히 방까지 치운 다음에 상을 차렸다. 그제야 연우는 상 앞에 앉았다. 마치 내가 연우를 초대한 것 같은 기분이 들었다. 연숙은 골방에 들락거리며 아버지가 밥을 먹을 수 있는지 어떤지 살펴봤다. 어찌나 어른스러운지 적이 안심되었다.

연우는 나를 버스정류장까지 바래다주면서 고맙다고 했다.

"연숙이도 거의 말이 없는 앤데 너랑 재잘거리는 거 보니까 반갑더라. 하긴 내가 말을 안 하니 연숙이가 누구랑 떠들겠니. 넌 정말 사람을 즐겁게 해주는 재주가 있어. 널 보고 있으면 기분이 좋아져."

날 보면 기분이 좋아진다는 연우의 말에 나는 감동을 받았다. 연우에게 계속 기분 좋은 친구가 되어주고 싶었다. 연우는 버스가 출발할 때까지 서 있다가 손을 흔들어주었다. 그녀를 바라보면서 나는 낮게 중얼거렸다.

"삶은 참 고단한 것이다."

내가 연우의 집에 다녀온 뒤로 그녀는 내게 전과 달리 친밀감을 표했다. 도서관에 갈 때면 나에게 전에 빌린 책을 다 읽었는지 묻곤 했다. 연우는 거의 사흘에 한 번쯤은 도서관에 가는 것 같았다. 나도 연우를 따라 도서관에 가서 〈골짜기의 백합〉을 빌렸다. 이강우 씨는 내가 그 책을 끼고 출근하자 괜히 연우 따라한다고 생각하는지 피식 웃더니 "넌 책이 액세서리지?"라고 했다. 나는 절대 그렇지 않다는 걸 보여주기 위해 두꺼운 〈골짜기의 백합〉을 끝까지 다 읽고 나서 모르소프 부인과 더들리 공작부인의 사랑법에 대해 떠들곤 했다.

"더들리 부인은 사랑을 위해 도의심과 자녀를 버렸지만 모르소프 부인은 도의심을 위해 사랑을 버렸어요. 기다리던 사랑이 온다 해도 난 모르소프 부인이 옳다고 봐요. 아저씨도 모르소프 부인의 손을 들어주실 거죠?"

이강우 씨는 눈이 둥그레지더니 "아니, 난 두 여인의 사랑을 받은 펠릭스가 될래"라며 웃었다. 나는 "그럼 난 나탈리가 되어 펠릭스를 버릴 거예요"라고 맞장구를 쳤다. 책은 나와 이강우 씨 사이에 풍부한 화제를 제공해주고, 나에게 또 다른 세계를 알게 해주었다.

나를 책으로 인도한 연우가 책에서 위안을 받고 그녀의 땅에 뿌리를 내렸으면 좋겠다는 생각을 했다. 내가 책을 반납하러 가면 도서관 언니는 "좀 더 자주 와요"라고 말하며 미소 지었다. 출근하다 마주칠 때도 언니는 나에게 활짝 웃어주었다. 언니는 늘 왼팔에 앙증맞은 작은 핸드백을 매달고 다녔는데 언제나 흰색 망사장갑을 끼고 있었다. 재킷 안에 입은 블라우스의 프릴과 플레어스커트가 약간 흔들릴 정도로 사뿐사뿐 걷는 도서관 언니와 마주칠 때면 르누아르 그림에 나오는 여자가 생각나곤 했다. 출근길에 그녀와 마주치면 나의 작업복 패션이 머쓱해져 어디로 숨고 싶어졌다. 언니의 굽슬굽슬한 긴 머리가 바람에 날리기라도 하면 나는 완전히 기가 죽고 말았다. 난 여전히 단발머리를 고수하고 있었다. 내가 누군가에게 여자로 보이려면 출근할 때나마 작업복 대신 나풀거리는 옷을 입어야겠지만 그건 내게 여전히 어색한 일이었다. 형묵과 차현에게 여자로 보이고 싶은 마음을 갖는 건 무리야, 나는 도서관 언니와 마주칠 때면 그렇게 중얼거렸다.

4장
뜻밖의 편지

　편지를 한 편씩 완성할 때마다 나는 단잠에서 깨어나는 듯한 기분이었다. 마치 긴 여행을 다녀온 뒤 시차에 적응하지 못한 사람처럼 멍한 표정으로 가게 소파에 늘어져 있곤 했다. 사람들이 가게에 발걸음을 안 하는 게 오히려 다행스러웠다. 단골들은 물건이 바뀌지 않은 진열창을 쓱 훑어본 뒤 컴퓨터에 코를 박고 있는 나를 힐끔거리기만 했다. 양씨는 틈틈이 직접 만든 샌드위치나 김밥을 들고 왔다. 다혜가 오기 전에 앤이 먼저 쓰러질까 겁난다는 걱정을 하면서.
　종일 모니터를 보고 있자니 눈도 침침하고 어깨도 뻐근했다. 줄곧 같은 자세로 앉아 있자니 다리까지 퉁퉁 부어올랐다. 중학교 우수반에서 부산여고에 가기 위해 사력을 다해 공부한 이래로 처음 하는 몰입이었다. 우수반에서 그토록 열심히 했어도 부산여고에 갈 수 없었지만 다혜를 위해 집중하면 반드시 좋은 결과가 있을 거라고 굳게 믿었다.

편지함을 열었을 때 뜻밖에도 나에게 편지 한 통이 도착해 있었다. 제목을 보는 순간 가슴이 후드득 떨렸다. 마치 차현을 처음 봤을 때처럼.

다혜 친구예요.

안녕하세요. 저는 다혜를 알고 있는 친구라고 합니다. 저도 17세이고 다혜처럼 가출을 했습니다. 저는 이번이 세 번째 가출이고, 세 번째 가출을 한 지 3개월쯤 됐습니다. 제가 일하는 PC방에 다혜가 드나들어서 알게 되었습니다. 어른들은 가출한 아이는 다 나쁘고 한심하다는 생각을 하는 경향이 있으니 다혜 어머니도 저를 그렇게 취급하실 거라는 거 압니다. 하지만 가출하는 사람에게도 그만한 이유가 있다는 걸 우선 이해해주셨으면 합니다. 마찬가지로 다혜도 이유가 있어서 집을 나왔을 겁니다.

제가 다혜 어머니께 편지를 드리는 건, 다혜를 걱정하실 것 같아서 다혜의 소식을 알려드리기 위해서입니다. 다혜는 잘 지내고 있고 아직 아르바이트 자리를 얻지는 못했습니다. 함께 가출한 친구랑 작은 방을 얻었다고 하더군요. 아직 초대를 해주지 않아 가보진 못했습니다.

다혜 어머니가 쓰신 두 편의 편지를 다 읽어보았습니다. 죄송합니다. 몰래 읽어봐서. 다혜 어머니가 다혜 나이로 돌아가서 다혜와 대화를 시도한다는 사실이 감동적입니다. 저희 엄마는 제가 가출한 것에 신경도 쓰지 않습니다. 하긴 처음에는 신경을 썼죠. 하지만 가출이 되풀이되면서 제가 어디 있는지 알면서도 그냥 방관만 하고 있습니다.

나도 엄마가 나와의 대화를 멋지게 시도해줬더라면 마음을 잡지 않았을까, 그런 생각을 해봤습니다. 하긴 저희 엄마는 컴퓨터를 켤 줄도 모르고 집에 컴퓨터도 없습니다. 세련된 어머니를 가진 다혜가 부럽습니다. 가출도 버릇인지 집에 들어가봐야 꼰지만 아프고 그냥 PC방에서 먹고 자는 게 훨씬 편해요.

다혜 어머니의 편지는 다혜가 보여줘서 본 건 아닙니다. 다혜가 어머니의 글을 출력하고 난 뒤에 잊어버리고 로그아웃을 안 하고 가버렸답니다. 제가 컴퓨터를 정리하다가 열려 있는 메일을 보게 된 거죠. 다혜 어머니는 다혜가 편지를 제대로 읽었는지 궁금하시겠죠? 모니터로 봐도 되는데 출력까지 한 걸 보면 아마 집에서도 몇 번씩 읽어보려고 그러는 것 같습니다. 집에 컴퓨터가 없을 테니까요. 일단 성공하신 거예요. 편지가 계속되길 빌어요.

제 블로그 비밀방에 다혜 어머니의 글 두 편을 담아두었습니다. 다른 사람은 볼 수 없게 해놨으니 걱정 마세요. 다혜의 보낸편지함을 보니 어머니에게 답장을 하지 않았더군요. 어머니가 걱정을 많이 하실 것 같아 제가 노파심에서 편지를 보내드리는 겁니다. 다혜 어머니의 편지를 읽은 답례는 해야겠기에. 다혜와 친구가 아직 나쁜 길로 빠질 기미는 보이지 않고 있습니다.

아마도 현실이 암담해서 가출했을 겁니다. 공부해봐야 아무 소용 없다고 생각했거나, 공부를 아무리 잘해도 소용이 없다고 생각했거나, 둘 중에 하나일 겁니다. 아참, 정말로 공부가 재미없고 정말로 어려워서 가출하는 애들도 있습니다. 친구 꾐에 넘어가서 가출할 수도 있고요. 가출해보셨으니 아실 테지만, 열일곱 살이면 자신의 일은 자신이 결정해야 한다고 생각하잖아요.

저는 공부를 잘해도 소용없다고 생각해서 가출했습니다. 사실 저는 초등학교 때까지만 해도 공부를 아주 잘했어요. 하지만 중학교 때 대단찮은 도시의 후진 학교에서 공부를 잘해봐야 소용없다는 걸 깨달았어요. 대학에 가려면 전국의 아이들과 경쟁해야 하는데 저는 정말 경쟁력을 기를 여건이 안 되거든요.

다혜가 공부를 얼마나 잘했는지 모르지만 아마 저와 비슷한 생각을 하지 않았을까요? 저는 요즘 틈날 때마다 소설을 읽고 있어요. 경험을 많이 쌓아서 좋은 작가가 되고 싶어요. 작가가 되는 데는 학벌 제한이 없으니까요. 시간이 좀 나면 인터넷에 소설을 연재할까 합니다. 그러다가 귀여니처럼 소설이 많이 팔리면 돈도 벌고 대학에도 그냥 쑥 들어가는, 그런 행운이 올지도 모르죠. 좋은 실적이 있으면 대학교 수시모집에 합격할 수 있거든요. 저는 내년쯤 검정고시로 고등학교 과정을 마치려고 해요. 틈틈이 공부를 하고 있어요. 가출을 자주 하다 보면 오히려 저처럼 빨리 철이 드는 경우도 있답니다.

다혜 어머니, 지금 제가 일하는 PC방이 어느 도시 어디쯤에 있는지 알려고 하지 마세요. 다혜가 밖에서 부딪치고 느낀 다음 자기가 집에 들어가고 싶은 마음이 생길 때까지 기다려주세요. 저는 처음 가출해서 얼마 안 되어 집에 붙들려 들어갔는데, 그때 그렇게 끌려가니 결국 다시 가출하게 되더군요.

처음 나왔을 때 제가 충분히 깨달을 시간을 주었더라면 좋았을 거라는 생각이 들어요. 어차피 저한테 관심도 없으면서 저희 엄마는 저를 빨리도 찾아내셨더군요. 집에 들어갔지만 달라진 건 전혀 없으니 다시 나올 수밖에 없었죠.

다혜 어머니의 글을 읽고 30년 전 소녀들도 우리와 크게 다르지 않았다는 사실을 확인했어요. 우리보다 훨씬 순진하면서 진지하다는 생각은 들었지만.

저에게도 다혜 어머니의 글을 읽을 수 있는 기회를 주시면 안 될까요? 다혜가 계속 로그아웃을 안 하고 가리라는 보장이 없으니까요. 대신 제가 답례로 다혜 소식을 종종 들려드리겠습니다. 다혜가 나쁜 아이들한테 걸려들지 않도록 지켜보겠습니다. 제가 그래도 이쪽 주변에서는 꽤나 힘을 쓰고 있거든요. 키 180센티에 운동을 좀 해서 한 덩치 한답니다^^ 자랑은 아니지만. 사실대로 말씀드린다면 저는 다혜한테 좋은 감정을 갖고 있습니다.

참, 저한테 답장을 보내실 때는 제 주소를 누르시기만 하면 됩니다. 세련된 다혜 어머니께서 이미 다 아시는 사항이겠지만 그러니 따로 주소를 일러드리지 않아도 되겠죠? 모쪼록 저의 편지가 실례가 되지 않았으면 합니다.

진구 드림

열일곱 살 가출 소년의 글이라고 생각되지 않을 정도로 편지 내용이 정교했다. 하긴 소설을 많이 읽는 데다 장차 소설을 쓰고 싶다니 편지쯤이야 쉽게 썼으리라. 내가 컴퓨터에 아주 능숙하다고 생각하다니, 조금 웃음이 나오기도 했다. 무엇보다도 다혜가 잘 있다는 소식에 안도했다. 하지만 진구가 아직 나쁜 길로 빠질 기미는 보이지 않습니다, 라고 한 것이 마음에 걸렸다. 진구가 '아직'이라는 단서를 붙인 건 가출 초기를 지나면 나쁜 길로 빠질 수도 있다는 걸 암시하는 듯했다. 진구의 편지를 읽으니 다혜가 왜 집을 나갔는지 조금 알 것 같았다. 역시 진로 때문이었을 것이다. 공부가 하기 싫어서 나간 게 아니라 공부를 잘할 여건이 안 되어서, 공부를 해봐야 비전이 보이지 않아 나간 게 분명했다.

다혜는 반에서 상위권은 아니었다. 아버지와 함께 있을 때 공부할 환경이 되지 않아 중간 정도의 성적을 유지했다는데 부잣집 아이들이 반이나 섞여 있는 학교로 전학을 와서도 성적이 크게 떨어지지는 않았다. 다혜를 두 군데 학원에 계속 보낸 덕택이었다. 하지만 다혜는 별별 과외를 다 받는 친구들을 보면서 공부로 승부할 수 없다는 걸 깨달았을 것이다. 내가 부산여고 대신 여상을 나와봐야 내 삶에 별 소용이 없다고 생각한 것처럼, 노력해도 안 되는 일이 있다는 걸 딸은 깨달았을 것이다. 마음은 무겁지만 다혜가 안전하다는 걸 확인한 것만 해도 다행이다.

갑자기 짐이 두 배로 늘어난 느낌이다. 다혜 또래의 가출 소년도 어머니의 관심권 밖에 있는 일로 갈증을 느껴, 나에게 뭔가 기대하고 있음이 분명해 보였다. 게다가 다혜와 함께 집을 나온 아이가 또 하나 있다지 않은가.

진구의 충고대로 나는 그 애들이 있는 곳을 알아내기 위해 노력하지 않기로 했다. 수소문하여 다혜를 데리고 온다 해도 그 애가 집에 마음을 붙일지에 대한 확신이 없었다. 다혜가 프린트까지 하여 내 글을 읽는다니 더 열심히 편지를 쓰는 것 외에 다른 방법이 없었다. 확실한 과제를 찾았는데도 마음은 더 무거웠다. 어딘가에 있을 아이를 찾아서 데리고 와도 그 애의 마음을 붙들 수 없다는 사실에.

진구에게 감사의 인사와 함께 염치없지만 다혜를 잘 지켜봐달라는 답장을 썼다. 따지고 보면 진구는 통신법을 위반했지만 나는 그게 더 반가웠다. 나는 진구에게 편지를 보내겠다고 약속했다.

내일 밤에는 아무래도 새 물건을 좀 해 와야 할 것 같다. 자칫하다간 폐업하게 될지도 모를 일이다. 정작 다혜가 마음을 바꿔 돌아왔는데 내가 아무것도 해줄 수 없으면 그땐 어떡할 것인가. 내일을 생각하여 잠을 좀 자두어야 하건만 손가락은 이미 컴퓨터 자판을 두드리고 있었다. 밤을 새워서라도 편지를 작성하기로 마음먹었다. 하루라도 빨리 내 편지가 마무리되면 다혜도 어떤 결심을 하지 않을까 하는 기대가 일었다. 진구가 애초에 부딪쳐보고 결정을 내리려던 시간이 얼마나 되는지 알 수 없다는 게 답답하긴 했지만, 어쨌든 다혜에게 결단의 시간을 앞당기도록 해주는 게 내가 할 수 있는 최상의 일이다. 그건 다혜가 아닌 나를 위해서도 필요한 것이었다. 편지가 끝나는 날, 나도 풀죽은 중년의 터널에서 해방되리라는 기대감을 갖고 싶었다. 어쨌든 아이가 돌아와야 의무든 새 출발이든 할 수 있을 테니까.

재고 물건이 넘쳐나도 새로운 물건을 선보여야만 손님을 끌어들일 수 있듯이, 먼저 보낸 편지만 곱씹게 하면 다혜가 새로운 결정을 하기 힘들 것이다. 남에게는 새로운 물건을 권하면서 정작 재고 물건처럼 칙칙했던 나도 이제 새로워져야 한다.

m0707이 d0707에게 보내는 네 번째 편지
♥

연말이 가까워오면서 회사가 술렁이기 시작했다. 부서마다 연말 회식을 하느라 바빴다. 나는 어쩔 수 없이 고등학교 입학시험을 떠올렸지만 곧 잊어버렸다. 어머니는 고등학교를 졸업해야만 들어갈 수 있는 자리를 이미 꿰차고 있는 내가 얌전히 회사에 다니길 원했다.

"니가 버는 돈은 계를 부어서 다 모아놨어. 사람들이 널 보고 얼마나 신통하다고 하는지 아니? 그 자리는 아무나 못 들어가는 덴데 중학교 나온 애가 용케 들어갔다고, 다들 나한테 똑똑한 딸 뒀다고 얼마나 부러워하는지. 요즘 내가 딸내미 덕분에 기분이 날아갈 것 같다."

D실험실에 다니는 나를 어머니가 자랑스러워하는 건 아무래도 좋았다. 그건 어머니의 몫이니까. 내가 회사에 다니는 게 즐겁다는 사실이 중요했다. 거의 갈등이 없는 우리 실험실에서 나는 여전히 따르뱅이로 사랑받고 있었다. 아침에 일어나면 조금이라도 빨리 회사에 가고 싶었다. 어른으로 사는 게 이렇게 즐거울 줄이야.

언니들은 12월은 회식이 많아서 신난다고 했다. 품질관리과 전체 회식이 있고, 우리 D실험실 회식이 끝나면 여직원들끼리 또 회식을 할 거라고 했다. 이강우 씨는 내 친구들과 회식을 한 번 하자고 했고 차현도 샘플을 갖고 와서 왕다방 미팅팀끼리 회식을 하자고 했다. 대체 회식을 몇 번이나 해야 하는지 세기도 힘들 지경이었다.

성희네는 갑자기 일어난 사고 때문에 회식도 못 하고 비상이 걸렸다. 여사원 한 명이 직기에 손이 말려 들어가서 손가락이 두 개나 절단되는 사고가 발생했기 때문이다.

"바로 내 옆 라인에서 사고가 났어. 손가락 두 개가 잘리면 난 죽어버릴 거야. 손가락 없이 창피해서 어떻게 살아. 사람들 앞에 손을 어떻게 내놓겠어. 무서워."

성희는 마치 자기가 그런 일을 당한 것처럼 부르르 떨었다.

"나 갑자기 직기가 무서워졌어. 회사도 그만두고 싶어."

나보다 더 회사생활에 만족하던 성희가 그런 말을 하다니, 충격이 어느 정도인지 짐작이 가고도 남았다.

"조심하면 아무 문제 없어. 매달 받는 안전교육대로만 하면 돼. 사고 난 애는 졸다가 그랬다잖아. 직기가 뭐 흉기냐? 사실 우리 현장은 굉장히 안전한 데야. 사고는 본인의 부주의가 90프로 이상이라고 봐. 안전교육 때 주의 주는 사항만 잘 지키면 되는데 뭐. 공무과에서도 늘 안전점검 하잖아. 아참, 오늘 형묵이 왔다 갔어. 공무과에서 전체 점검을 하는데 형묵이도 선배 사원들 따라다니더라. 뭐 주로 공구를 들고 다녔지만 말야."

성희가 너무 두려워해서인지 평소 조용하던 연우가 말을 많이 했다. 연우의 얘기에 성희의 기분이 좀 나아지는 듯했다. 그러더니 다급하게 말했다.

"참참, 오늘 들었는데, 그 도서관 언니 있지. 그 언니, 왼쪽 손목까지 절단됐대. 그 얘기 듣고 얼마나 놀랐는지 몰라. 그 언니 예전에 직기에서 근무하다가 손이 잘린 거래. 그래서 지금 도서관에 근무하는 거래. 무경이 니가 그 언니 늘 왼팔에 핸드백 끼고 다니는 거 멋있다고 했잖아. 손에 망사장갑 낀 거, 그거 의수 끼고 있어서 그런 거래."

너무 놀라서 입을 다물 수가 없었다. 언제나 친절하고 밝고 예쁜 언니가 그런 아픔을 겪었다는 게 믿어지지 않았다. 언니는 우리가 책을 찾아와서 도서대출카드와 사원증을 주면 이름을 기록하고 책을 내줬다. 그 일을 꼭 오른손으로만 했는지 어쨌는지 기억이 나지 않았다.

연우는 알 만하다는 듯 고개를 끄덕였다.

"나도 얼마 전에 눈치챘어. 그 언니가 직기에서 다쳤다는 건 몰랐지만, 언니가 통 왼손을 안 써서 이상하더라구. 그런 데다 일할 때도 망사장갑을 끼고 있어서 자세히 봤었지. 그랬구나."

성희는 갑자기 나에게 부러움을 표시했다.

"실험실에서는 사고 날 일이 없잖아. 니가 가운 입고 너희 실험실 언니들이랑 현장에 와서 샘플 가져갈 때 애들이 다 널 부러워해."

나는 성희가 나를 부러워한다는 말에 황송한 기분이 들었다. 우수반일 때 공연히 우월감을 느낀 이후 잊고 있던 감정이었다. 남자들은 물론 언니들에게도 주목받는 성희가 나를 부러움의 대상으로 삼다니 믿어지지 않았다. 차현 때문에 상한 자존심이 아주 조금 회복

되는 기분이었다. 때때로 우월감은 사람에게 힘을 주기도 한다. 그게 지나치지만 않다면. 그나저나 무조건 즐겁기만 한 우리 회사에서 엄청난 고통을 당하는 사람이 있다는 게 믿어지지 않았다.

사고는 곧 잊혔다. 성희네 라인도, 사고가 난 옆 라인도 신나는 회식을 했다. 우리도 몇 차례 회식을 했다. 특히 품질관리과 전체 회식이 기억에 남았다. 회사 내에 흩어져 있는 네 곳의 실험실 직원이 한자리에 모여 즐거운 시간을 가졌다. 이강우 씨를 따라다니며 한 번씩 인사를 했는데도 모두 낯설었다.

조과장과 사무실 민양이 듀엣으로 노래를 부르고 우리 실험실도 다 같이 〈사랑해 당신을〉이라는 노래를 합창했다. 몇 사람이 지목되어 노래를 불렀는데 나는 품질관리과 막내라는 명목 하에 기습적으로 호명되었다. 당황하는 내게 박양이 귓속말을 했다. "신세대의 맛을 확실히 보여야 돼"라고. 예전에 회식 때 부른 트윈폴리오 노래 때문에 장필곤에게 핀잔 들은 일이 생각나 박자가 딱딱 맞는 하춘화의 〈난생처음〉을 불렀다.

"당신을 알고부터 당신을 알고부터 사랑을 알았습니다. 사랑을 알고부터 사랑을 알고부터 행복도 알았습니다. 이 세상 다하도록 이 세상 다하도록 나만을 사랑해줘요. 나 그대를 위하여 나 그대를 위하여 내 사랑 바치오리다. 아 난생처음 사랑합니다. 그대를 그대를 정말. 아 난생처음 행복합니다. 한없이 한없이 정말…."

내가 노래를 부르는 동안 모두들 숟가락으로 탁자를 두드리며 박자를 맞춰주었다. 나도 모르게 흥분하여 '그대를 그대를 정말'이라는 대목에서 손가락으로 조과장을 가리키기까지 했다. 다들 배꼽을 잡고 뒤로 나동그라졌고 나는 그날부터 '난생처음'이라는 별명을 갖게 되었다. 장필곤은 나만 보면 "난생처음 사랑한 사람이 하필 유부남이냐"며 날 흉내 내곤 했다. 조과장은 "요즘 애들은 그렇게 노냐. 우리 때랑 너무 달라. 맹랑하네"라며 회식 다음날까지도 내 얘기를 했다고 한다.

별로 놀지도 못하고 그런 얘기를 들은 게 억울했지만 언니들은 신세대답다며 칭찬했다. 나는 그날 회식에서 트윈폴리오같이 감정을 잡는 노래보다 박자가 딱딱 맞는 트로트를 불러야 모두를 즐겁게 만든다는 사실을 확실히 깨달았다. 어디를 가든 분위기를 잘 파악해야 한다는 언니들의 말이 딱 들어맞았다.

전체 회식 때 황양의 인기지수를 확연히 감지할 수 있었다. 다른 실험실 남자들까지 황양에게 술을 권했고 계속 받아 마신 황양은 기분이 아주 좋은 듯했다. 황양은 단연 눈에 띄었다. 남자들의 눈길이 황양에게 꽂혔다가 자기들끼리 부딪쳤다. 현장에서나 왕다방에서 성희가 받는 눈길만큼 황양이 받는 눈길도 무수했다.

김양의 눈길이 A실험실 최갑호 계장에게 자꾸만 가는 것을 몇 번이나 목격했다. 조과장 옆에서 주거니 받거니 한 최계장은 불콰하게 취해 김양이 어디 앉아 있는지도 모르는 것 같았다. 괜히 내가 약이 올랐다. 나중에 박양에게 물어봤을 때 두 사람은 사귀는 것도 헤어진 것도 아니라고 했다. 김양은 늘 마음에 두고 있지만 최계장은 늘 무심한 게 문제라며. 괜히 김양을 보니 마음이 찌르르 아파왔다. 길쭉한 얼굴에 볼살이 하나도 없어 벌써 서른은 되어 보이는 김양은 여자인 내가 보기에도 확실히 매력 없었다. 그 모습이 어쩐지 미래의 나처럼 보여 마음이 아팠다. 누군가를 바라봐야 하는 심정, 그건 정말 답답한 일이다. 답답한 줄 알지만 그만두지 못하는 게 또 사랑인 모양이다. 내가 처음으로 어렴풋이 느낀 사랑이라는 감정은 그리 달콤하지 않았다.

장필곤에게 들었는지 차현은 실험실에 들어올 때마다 "아 난생처음 사랑합니다. 그대를 그대를 정말"이라고 노래 부르며 나를 손가락으로 가리키곤 했다. 그때마다 언니들이 폭소를 터트렸다.

"차현, 말로만 사랑하지 말고 우리 무경이랑 데이트 좀 해. 현아, 너처럼 잘생긴 애가 너무 예쁜 애랑 다니면 여자들 정말 좌절해. 그리고 예쁜 애들 지루하지 않니? 우리 무경이처럼 영특하고 귀여운 애랑 살아야 평생 재미있지. 예쁘기만 하면 뭐해, 머리가 좋아야지. 자녀도 생각해야 한다. 애들은 엄마 머리 닮는다잖아."

박양의 얘기에 차현은 "명심하겠습니다"라며 크게 대답했고 나는 얼굴이 빨개졌다. 차현이 성희와 만나는 걸 뻔히 아는데도 가슴이 뛰는 게 화가 났지만 어쩔 수 없는 일이었다.

크리스마스이브에 깜짝 놀랄 선물이 기다리고 있었다. 오후 세 시경, 박양이 간식을 먹자고 해서 평소대로 종이에 사다리를 그리고 있는데 김양이 탈의실에 들어가서 봉지를 들고 나왔다. 무지개떡과 송편, 과일, 과자를 탁자 위에 그득 차리자 모두들 모여들었다. 그때 정계장이 말했다.

"자, 우리 모두 예수님 탄생도 축하하고 실험실의 귀염둥이 막내 무경이가 실험실에 잘 적응한 것도 축하합시다. 무경아, 너 이달 말이면 실습 끝나잖아. 실습이 끝날 때 선배들이 축하해주는 게 우리 실험실 전통이야. 넌 다음 달에 정식 사원이 될 거야."

누군가에게 축하받는 거, 처음 접하는 일이어서 당혹스러울 정도였다. 놀랍게도 나를 위한 선물까지 있었다. 예쁜 빨간 점퍼였다. 실원들이 돈을 걷어서 샀다고 했다. 황양은 "빨간 랜드로버 신발과 잘 어울릴 거야. 빨간색은 검은색과 잘 어울리지"라는 친절한 설명까지 덧붙였다. 너무 감격한 나머지 눈물이 주르르 흘러내렸다. 이강우 씨는 나에게 리처드 버크의 〈갈매기의 꿈〉을 선물했다. 책에 '무경아, 높이 멀리 넓게 바라봐라'라는 격문까지 적혀 있었다. 내 생애 가장 행복한 날로 기록될 만한 순간이었다.

더욱 놀라운 사실은 샘플을 갖고 왔던 차현도 그 파티에 참석했다는 점이다. 차현은 다음날 나에게 선물까지 해주었다. 털실로 짠 흰 모자와 목도리를 주면서 "빨간 점퍼랑 잘 어울릴 거야"라고 말했다. 나는 차현에게 선물받았다는 얘기를 성희에게 하지 않았다. 다만 차현의 실습이 끝나는 내년 2월 말에 나도 선물해야겠다고 결심했다.

12월 31일 점심 때 할매집에 가서 매운 회국수를 먹으며 마지막 회식을 했다. 빨간 점퍼에 흰 모자를 쓰고 흰 머플러를 두른 나에게 언니들은 볼을 꼬집으면서 "귀엽다"를 연발했다. 열일곱 살의 마지막 날이 가는데도 섭섭하기는커녕 행복하기만 했다.

사흘 연휴 동안 빨리 회사에 가고 싶어 좀이 쑤실 지경이었다. 사실은 휴식을 틈타 갖가지 걱정들이 나를 에워쌀까 봐 두려워서였다. 1월 4일, 일찍 출근해서 밀대로 실험실 바닥을 깨끗이 닦았다. 가끔 일찍 출근하여 바닥을 닦는 나에게 언니들은 하지 말라면서도 좋아했다. "무경이는 구김살이 없어서 좋아"라면서. 전날 청소부 아줌마가 닦아놓지만 바짝 말라 군데군데 얼룩이 보이는 바닥을 깨끗한 걸레로 한번 닦으면 청아한 기분이 들었다.

언니들의 화제는 온통 한 살 더 먹는 것에 대한 우려로 범벅이 되었다. 박양과 김양은 스물일곱, 황양은 스물다섯이 된다며 한숨을 푹푹 내쉬었다.

"무경이 나이면 걱정이 없겠다. 꽃피는 열여덟이라니, 부럽다. 낭랑 18세 김무경, 이제 좀 예쁘게 꾸미고 연애도 하고 여행도 다니고 그래라. 안 그랬다간 언니 나이 되면 다 후회되느니라."

김양이 심드렁한 목소리로 말했다. 언니들은 단지 내 나이만 부러워했다. 정작 나는 열여덟 살이 왜 좋은지 이해할 수 없었다. 어떻게 보면 나는 많은 문제들을 일부러 눌러놓고 있을 뿐인데. 더 많이 살아서 이미 많은 걱정을 물리쳐온 언니들이 더 편할지 모르는데.

점심을 먹고 실험실에 돌아와 커피를 마실 때도 언니들은 여전히 나이 타령이었다. 커피를 다 마시고 모두들 각자 자리로 돌아가려고 할 때 박양이 폭탄선언을 했다.

"나, 1월 10일에 회사 그만둔다."

모두들 눈이 휘둥그레졌다.

"3월 1일에 결혼하기로 했어. 물론 정계장님과. 시댁에서 그날이 길일이라며 날짜를 정해 우리 집에 알려주셨어. 9월쯤 하려고 했는데 갑자기 날짜가 앞당겨져 준비할 것도 많고 해서 10일에 그만두려고. 내가 하는 일은 김양이 훤히 아니까, 뭐 문제는 없을 거야."

박양이 나가면 나에게도 자리가 생기지 않을까 하는 기대로 은근히 기분이 들떴으나 사실은 섭섭한 마음이 더 컸다. 넉넉한 마음으로 나를 동생처럼 돌봐준 박양이 그만둔다니, 갑자기 가리개가 사라지는 느낌이었다. 김양은 늘 심란하다는 표정이어서 쉽게 다가가기가 힘들었고 황양은 자신을 가꾸느라 남을 챙길 겨를이 없었다.

"준비도 준비지만 회사를 쉬어야 기미가 좀 빠지지. 안 그래도 늙은 신부라고 난린데 기미까지 있으면 시댁의 친척들이 뭐라고 할까봐. 스물일곱이 된다니까 반대하는 분까지 있었대. 정계장님 나이는 생각도 안 하고."

박양이 입을 삐쭉이자 정계장이 큼큼 기침을 하며 못 들은 척했다. 다들 섭섭한 표정이었다. 김양도 막상 박양이 나간다고 하니 허전한 모양이었다. 혼잣말처럼 "스물일곱에 넌 신부가 되는데 난 뭐냐"고 중얼거렸다.

그날 오후 이강우 씨와 나는 품질관리과 사무실에 가서 1월에 쓸 물품들을 받아왔다. 매월 말, 모두들 필요한 물건을 쓴 쪽지를 박양에게 제출하면 우리 실험실에 배정된 예산 안에서 박양이 나름대로 심사를 하여 물품을 신청했다. 매월 첫날 물품을 받아와서 나눠줄 때면 모두들 보너스 받는 것처럼 좋아했다.

매월 모든 실원이 신청하는 물품이 있었는데 다름 아닌 일본제 펜텔 0.7mm 샤프펜슬이었다. 회사 내에서 작업복 윗주머니에 검정색 샤프펜슬을 꽂고 다니는 사람은 그리 많지 않았다. 모두들 그 샤프펜슬을 원했지만 번번이 거절당했다. 우리 실험실에서는 정계장이 지난달에 겨우 하나 얻어걸렸을 뿐이다. 박양은 샤프펜슬 한 자루 가격이면 그달치 필기구를 다 사고도 남는 데다, 연필도 많은데 샤프펜슬 쓸 이유가 없다면서 실원들의 요구를 들어주지 않았다.

"실험 데이터 용지에 대충 써서 주면 내가 보고서 용지에 작성해서 사무실에 제출하는데 샤프펜슬이 왜 필요해. 그리고 데이터 용지에 다들 볼펜으로 쓰면서 샤프펜슬이 왜 필요하냐고."

박양이 그런 얘기를 하면 모두들 입을 삐죽였다. 엄마에게 떼쓰는 아이 같은 표정으로.

실험실에 돌아와 사무용품을 꺼내는데 뜻밖에 샤프펜슬이 하나 들어 있었다. 다들 자기 몫일 거라며 배분을 기다리고 있을 때 박양이 뜻밖에도 나에게 그 샤프펜슬을 지급했다.

"무경이한테 샤프펜슬 주는 건 너무도 당연한 일이야. 나들 몰랐죠? 무경이가 저녁에 면장갑을 빨아서 널고 여기저기 흘리고 다니는 플러스펜과 볼펜을 다 수거해서 서랍에 넣어두는 거. 그저 면장갑도 하루 쓰고 조금 더럽다 싶으면 던져놓고, 하루에 플러스펜을 몇 개씩 집어 가는 사람도 있고. 그걸 무경이가 돌아다니면서 다시 주워 온다니까. 무경이 오고 나서 사무용품 구입비가 줄었으니 당연히 무경이한테 샤프펜슬을 줘야지."

나는 깜짝 놀랐다. 모두가 퇴근한 후에 장갑을 빨아 널고 틈만 나면 펜을 모아서 사무용품 캐비닛에 넣어두는 걸 박양이 알고 있었다는 사실에. 내가 하는 일도 별로 없이 월급 받는 게 마음에 걸려 찾아낸 일거리인데 그걸 눈여겨보고 있었다니, 샤프펜슬 받는 것보다 나를 지켜봤다는 게 더 기뻤다. 다들 고개를 끄덕였지만 마침 석반 출근을 한 장필곤만 강력히 반발했다.

"아무리 그래도 그렇지. 짬밥 순서로 해야지, 이건 말도 안 돼. 박양, 아니 박양 누나. 말도 안 돼."

그러더니 장필곤의 눈이 반짝였다.

"아, 그럼 거꾸로 하는 건가? 그럼 다음엔 내가 받겠네."

장필곤의 얘기에 다들 웃음을 터트렸다. 그날 내가 받은 샤프펜슬은 결코 잊지 못할 또 하나의 선물이 되었다.

샤프펜슬 때문에 한바탕 소란이 끝난 뒤 뒤늦게 박양의 퇴사 소식을 들은 장필곤이 함성을 질렀다. 다들 박양의 퇴사를 아쉽게 생각하고 있건만 장필곤의 얼굴에는 생기가 돌았다.

"김양도 박양 자리 물려받을 생각 말고 빨리 나가야죠. 스물일곱, 헉, 그러다 실험실 귀신 됩니다."

장필곤의 얘기에 김양이 무섭게 눈을 흘겼다. 나는 그 모습을 보고 팔에 소름이 돋았건만 장필곤은 싱글거리며 떠들어댔다.

"예쁜 애가 와야 할 텐데 걱정이네. 지난주에 들어온 여상 실습생들 지금 교육 중이라던데, 제발 노무과에서 우리 실험실로 제일 예쁜 애를 보내줘야 되는데. 계장님, 노무과에 얘기해서 예쁜 애로 보내달라고 부탁하면 안 될까요? 품관과에 얘기해야 하나? 이거 어째야 하는 거야?"

장필곤의 얘기에 이번에는 황양이 눈을 흘겼다. 장필곤은 곧바로 "예뻐봐야 황양은 못 따라가지"라며 얼버무렸다. 그렇게 경망스럽게 굴면서도 장필곤은 황양의 눈을 제대로 못 쳐다봤다. 하긴 황양의 살짝 쌍꺼풀 진 큰 눈은 여자인 나도 빨려 들어갈 정도로 매력적이다. 그런 황양에게 애인이 없다는 사실이 이해되지 않았다. 이강우씨는 황양은 애인이 없는 게 아니라 애인을 안 만드는 거라고 했다. "아무도 선택하지 않아 모든 남자들 설레게 하는 것도 나빠. 나중에 벌 받을 거야"라는 항변도 덧붙였다.

박양은 지금부터 매일 미용실에 다닐 거라고 했다. 제발 기미가 조금이라도 옅어지기만 바란다더니 갑자기 실험실 온습도를 원망했다.

"뭐든지 자연스러운 게 좋은 거야. 난 우리 실험실의 이 온도와 습도가 싫어. 쾌적하고 좋기야 하지만 나일론실 비위를 맞추는 온습도라고 생각하면 괜히 스트레스를 받게 되거든. 내 얼굴에 치명적이었을 거야. 나일론실을 위해 산 6년 동안 남은 건 기미뿐이야."

그렇게 말하면서도 박양은 기분이 좋은 모양이었다.

"확정된 것에 대해서는 미련을 갖지 마."

어느 날 이강우 씨가 뜬금없이 꺼낸 얘기다. 이강우 씨는 내가 웬만한 실험을 다 습득하고 회사 내부사항을 거의 파악하게 된 뒤에도 나에게 뭔가를 가르쳐야 한다는 강박관념을 갖고 있었다. 그래서 꼭 일과 관련이 없는 사안에 대해서도 얘기를 꺼내곤 했다. 움직일 수 없는 일이면 확정된 것에 적응하도록 하라며 해준 얘기였다.

박양이 퇴사한다는 사실은 내가 바꿀 수 없는 사안이다. 이제 미련을 갖지 말자. 아무리 박양이 내게 친절했고 내가 의지를 했다 하더라도. 그렇게 생각하니 새로 올 여사원이 궁금했다. 내가 언니들을 대신하여 웬만한 실험은 다 할 수 있는데도 새로운 여사원에게 자리가 주어질 것이다. 나는 대체 언제까지 부초처럼 떠다녀야 하는 걸까. 온습도를 체크하는 것 외에 그날그날 허드렛일을 눈치껏 해야 하는 신세. 아무도 눈치를 주지 않지만 실습기간도 끝난 마당에 계속 이렇게 지낼 수는 없는 일이었다. 부모의 그늘 아래서 편안하게 지낼 때 몰랐던 일을 아무도 가르쳐주지 않았지만 깨닫게 되었다.

할 일이 없는 것과 하는 일 없이 돈 받는 것이 정말 큰 고통이라는 사실을.

이번에는 나보다 두 살 많은 언니가 들어오겠지만 2년 후 나와 동갑인 고졸 여사원이 입사한다면 과연 나는 어떤 기분이 될까, 갑자기 머리가 복잡해졌다. 평화로운 실험실에 드디어 변화가 시작되고 있었다. 이대로 언니들과 계속 함께 갈 수는 없는 걸까? 갑자기 찬바람이 휭 이는 것 같았다.

정민석 계장은 아버지가 새로 지은 단독주택을 신혼집으로 내주었다며 싱글벙글했다. 건축업을 하는 정계장의 아버지는 알부자로 소문이 나 있었다. 아버지는 정계장을 꼭 대학에 보내려고 했으나 공부에 도통 취미가 없었던 그는 재미 삼아 응시한 대학입시에서 쫙 미끄러졌다고 했다.

박양은 50평이나 되는 집 안에 채울 물건 목록을 작성하느라 바빴다. 김양은 옆에서 거들다가 한숨을 푹푹 쉬었다.

"집이 넓으니까 살 것도 많네. 뭐가 걱정이니. 넌 아버지 도움 안 받고 니 힘으로 다 할 수 있는데. 하여간 정계장님은 양박이 터졌다니까. 박양 진짜 잘 데려간다. 정계장님은 아버지 믿고 지금까지 돈 한 푼 안 모았지만 박양은 아버지가 부자여도 얼마나 살뜰히 모았는지. 박양아, 결혼하면 정계장님 꽉 잡아라. 월급봉투도 니가 다 압수하고. 회사서 떡값 줄 때 내가 바로 전화해줄게."

정계장은 김양에게 주먹을 쥐어 보였지만 좋아서 입을 다물지 못했다. 박양은 주산 4단의 실력으로 주판알을 촤르륵 긁으면서 연방 혼숫감 계산하기에 바빴다.

내가 9년 후면 박양처럼 혼수를 걱정하고 있을까? 너무도 까마득한 일이었다. 여상 나오고, 회사에서 6년 근무하고, 결혼하고, 그런 게 인생일까? 왠지 허무한 기분이 들었다. 싱숭생숭한 박양을 보니 인생이 꼭 허무하진 않을 거라는 안도감이 들긴 했다.

김양은 아예 박양을 큰 탁자로 밀어냈다.

"거기 앉아서 뭘 살 건지 연구해. 출근 안 할 수는 없을 테지만, 대충 왔다가 가. 내가 결혼선물로 남은 엿새 동안 니 일을 대신 해줄게. 어디 일이 손에 잡히겠니? 무경이가 나 대신 실험하면 되니까. 무경이는 이제 못 하는 실험이 없잖아. 강우 따라다니더니 남자들 하는 거까지 다 배웠더라. 애가 영특해서 귀여워. 무경아, 나 대신 강신도 실험해라. 어차피 박양 나가고 여사원 들어와봐야 걔도 한동안 실습을 받아야 할 테니, 그때도 무경이가 해야 할 거야. 그냥 무경이가 하면 안 되나? 애가 중졸이라고 해서 뭐 딸리는 거 있어?"

김양 얘기에 모두들 "맞아 맞아"를 연발했다. 그렇게만 되면 나야 더 바랄 게 없겠지만 그야말로 희망사항에 불과했다.

김양은 바로 박양 자리에 앉았고 나는 졸지에 강신도 측정을 하게 되었다. 그동안 틈틈이 실험을 했던지라 어려울 게 없었지만 그래도 내 책임 하에 하루 온종일 실험을 하게 되니 가슴이 떨렸다.

주산 2단의 김양은 아주 오래전부터 사무를 본 사람처럼 유능하게 주판을 만졌다. 같은 해에 여상을 졸업하고 실험실에 같이 들어 왔지만 주산 단수에서 밀려 지금까지 실험만 했던 김양은 늦었지만 이제라도 책상에 앉게 되어 기쁜 모양이었다. 늘 복잡다단하던 김양 의 표정이 한결 단순해진 것 같았다.

  박양은 퇴근하기 전에 사직서를 써서 정계장과 함께 품질관리과 를 찾아갔다. 다음날도 박양은 큰 탁자에 앉아서 정계장과 머리를 맞대고 혼수품에 대해 의논했다. 김양과 황양은 "무경아, 수시로 깨 좀 쓸어내라"며 농담을 했다. 장필곤은 하루밖에 안 지났는데 "왜 빨리 여사원을 안 보내주는 거냐"며 안달이었다. 사실은 나도 그것 이 몹시 궁금했다.

  1월 6일 오후 한 시 삼십 분경, 품질관리과 조과장이 우리 실험실 을 방문했다. 내가 입사한 이후 처음 있는 일이었다. 조과장 뒤로 가 녀린 몸매의 여자가 따라 들어왔다. 모두들 일손을 놓고 조과장과 낯선 방문객을 바라봤다. 박양과 정계장은 큰 탁자에 앉아 혼수 리 스트를 점검하는 중이었다. 김양은 나와 황양이 오전 중에 실험하여 작성한 데이터를 박양 책상 위에 올려놓고 촤르르 주판을 털어가며 평균치를 내고 있었다. 황양은 실험을 잠시 미루고 손거울을 보며 얼굴에 난 뾰루지를 고민하고 있었다. 나는 오후 실험을 앞두고 기 름걸레로 강신도 기계를 닦던 중이었다.

  조과장은 큼큼 기침을 하더니 입을 열었다. 그때까지 김양은 박양 책상에 그대로 앉아 있었다.

"주목해주세요. 새로운 사원을 소개하러 왔습니다. 그동안 박경애 씨가 애 많이 썼는데 이제 곧 결혼을 한다니 축하합니다. 여기 새로 온 사원은 나진선 씨로 공업전문대학을 졸업했습니다. 전공은 산업디자인입니다. 우리 회사 현장 여사원 가운데 최초의 대졸 출신입니다. 나진선 씨가 박양의 업무를 인계 받게 될 겁니다. 박양, 10일까지 근무한다고? 나흘밖에 안 남았네. 그때까지 나진선 씨한테 일 좀 잘 가르쳐줘요. D실험실은 참 실험적입니다. 품질관리과 최초로 입사한 중졸 여사원도 잘 보살피고 있으니 최초의 전문대졸 출신 여사원도 잘 보살펴줄 걸로 믿겠습니다. 정계장, 나진선 씨를 부탁합니다. 그리고 김무경 씨, 정식 사원 발령장입니다. 축하합니다."

나는 얼떨결에 박수를 받으며 사원 발령장을 수령했다. 조과장이 사라지자 실험실은 침묵에 빠졌다. 나는 사원 발령장을 열어볼 생각도 못하고 강신도 기계 앞에 엉거주춤 서 있었다. 다른 사람들이 모두 나진선 씨를 보고 있을 때 나는 김양을 바라봤다. 흙빛이 된 김양의 얼굴에서 파르르 경련이 일었다. 조과장이 박양 자리를 나진선 씨가 인계 받는다고 말한 이상 그것은 움직일 수 없는 법이 되고 말았다. 갑자기 실험실 온도가 급강하하는 기분이었다. 나는 행여나 하는 심정으로 온습계를 살펴봤지만 20.3℃와 65.5%로 별 문제가 없었다.

나는 그제야 나진선 씨를 유심히 살펴봤는데, 안타깝게도 김양에게 매우 불리한 국면이 펼쳐질 것 같은 예감이 들었다. 나진선 씨는 너무나 해맑은 인상이었다. 유난히 하얀 얼굴에 가냘픈 몸매를 지닌 그녀는 심지어 병약해 보이기까지 했다. 그러니 누가 그녀에게 적개심을 갖겠는가. 그에 비하면 노기가 서린 김양의 얼굴은 히스테리를 부리는 B사감을 연상케 했다. 그제야 김양의 기분을 눈치챈 정계장이 곤란한 표정을 지었다. 하지만 어쩌랴.

김양은 주판을 책상 위에 탁 던지더니 탈의실로 들어가버렸다. 그래봤자 겨우 칸막이만 해둔 탈의실에서 실험실의 움직임이 그대로 다 들릴 터였다. 정계장은 잠시 난감한 표정을 지었지만 이내 우리들을 모이게 했다. 내가 들어왔을 때처럼 실원들을 소개했다. 나를 소개할 때는 화기애애했으나 지금은 애매모호했다. 확실히 내 생각이 맞아떨어졌다. 경쟁 상대가 아닌 내가 들어왔을 때 사람들은 관대했지만 뭔가 껄끄러운 상대가 들어오자 다들 마음에 벽을 쌓아올리느라 분주했다. 그녀가 가냘프고 선량하게 생긴 것과는 다른 차원이었다. 회사에서 왜 느닷없이 실험실에 여상 출신이 아닌 공전(工專) 출신을 투하시켰는지 모두들 그 속셈 찾기를 궁리하느라 바쁜 표정이었다.

"이번에 여상 출신들 뽑을 때 같이 시험 치고 입사한 겁니까?"

정계장의 질문에 그녀는 대답 대신 고개를 가로저었다. 다들 이제 미심쩍다는 표정으로 그녀를 탐색하기 시작했다. 내 경우는 어찌 됐건 공개채용이라는 관문을 통해 들어왔지만 그녀는 비공식적인 통로를 통해 이 자리에 온 것이다. 조과장이 직접 데리고 와서 부탁까지 하고 간 걸 보면 뭐가 있긴 분명히 있어 보였다. 황양도 약간 긴장하는 표정이었다. 내가 실험실에 들어온 이후 처음으로 보는 모습이었다. 이강우 씨도 열심히 그녀를 살펴보고 있었다.

"자자, 소개도 끝났으니 이제 일합시다. 박양, 나진선 씨한테 일 가르쳐줘요."

정계장의 얘기에 다들 자리로 돌아가려고 할 때였다. 박양이 생각났다는 듯 기습 질문을 던졌다.

"주산 몇 단이에요?"

절묘한 질문이었다. 박양은 주산 4단답게 계산이 빨랐다. 그녀가 여상 후배인지 아닌지를 알 수 있는 기회이기도 했다. 나진선은 왜 그런 질문이 나왔는지 전혀 알 수 없다는 표정으로 말했다.

"저, 주판 놓을 줄 몰라요. 여고 나와서 공전 갔거든요."

그 순간 박양과 황양의 얼굴에 미소가 번졌다. 잠시 후 김양이 탈의실에서 나왔다. 김양은 한심하다는 표정으로 잠깐 나진선을 째려봤다. 사무실에 갑자기 온기가 도는 것 같았다. 나는 또다시 온습계를 살펴봤지만 역시 별 이상이 없었다.

박양의 업무는 거의 대부분 주산으로 처리해야 한다. 그렇다면 게임은 끝난 거 아닌가. 하루에 수십 장이나 쏟아지는 실험 데이터의 평균 내는 일은 물론 사무실 집기를 신청할 때도 주산 실력은 필수였다. 우리 실험실에 배정된 예산안에서 물량을 신청해야 하기 때문에 몇 번이고 주판을 차르르 털면서 계산해야 한다. 매달 20일마다 실원들의 근무시간을 계산해서 경리과에 제출하는 일도 은근히 까다롭다고 했다. 연장근무와 평일근무의 계산법이 다르고 휴일근무 수당도 계산이 복잡했다. 여덟 시간을 1공수로 삼아 몇 공수인지 계산할 때마다 장필곤은 자기가 일한 것보다 좀 모자란 것 같다고 항의했다가 박양에게 퉁바리를 맞곤 했다. 그런 복잡한 일을 주산 무급인 나진선은 당연히 처리할 수 없을 것이다.

나는 여상에 가는 걸 거부했지만 박양이 일하는 것을 보면서 세상의 많은 사무실은 여상 졸업생을 반드시 필요로 한다는 사실을 알았다. 작은 나무판에 끼워진 플라스틱 조각으로 어려운 계산을 그토록 빨리 처리한다는 게 신기할 따름이었다. 박양의 긴 손가락이 주판 위에서 리드미컬하게 움직이는 걸 나는 즐겁게 감상하며 그런 생각을 했다.

역시 박양은 백전노장이었다. 주산 무급이지만 행여 높은 자리에서 보낸 인물일 수도 있으므로 나진선을 정중하게 대했다. 예비 남편이 계속 근무할 회사에서 실수하지 않아야 한다는 일념 때문인지 나진선에게 친절하게 실험실 집기를 설명해주었다. 자기 책상이 아닌 책상 주변으로 나진선을 데리고 다니면서. 정계장은 내가 왔을 때와 달리 "오늘 환영 회식을 하자"는 식의 조급한 발언을 하지 않았다.

그날 내내 실험실이 매우 조용했으나 세 시가 좀 넘어서 지각 출근한 장필곤 때문에 한바탕 소란이 일었다. 나진선을 보더니 장필곤의 입이 함박만큼 벌어졌다. 딱 내 스타일이야,라고 부르짖고 싶은 표정이었다.

"왔구나, 왔어. 배뱅이가 왔어. 박양, 맞지? 여상 실습생."

박양은 처음으로 근엄하게 말했다.

"박양 누나라고 불러. 오긴 뭐가 왔고, 맞긴 뭐가 맞아?"

박양의 싸늘한 반응에 장필곤은 이해가 되지 않는다는 표정으로 나를 쿡 찔렀다. 작은 목소리로 "예쁘다, 그지?"라며 동의를 구했다. 나는 눈을 끔뻑이며 분위기가 심상치 않다는 사실을 알렸지만 장필곤은 내 사인을 무시하고 나진선을 훔쳐보기에 바빴다. 그제야 정계장이 장필곤에게 나진선을 소개했다. 다들 뒤도 돌아보지 않고 실험에 열중하는 척했고, 나도 큰 탁자 앞에 앉아서 열심히 게이지 낼 시료를 정돈하고 있었다. 이강우 씨는 아예 옆방에서 나오지도 않았다. 전문대 출신의 여사원이 실험실에 배정된 데다, 김양을 물리치고 박양 자리를 물려받게 된 이 초유의 사태 앞에서 아무리 경박한 장필곤이지만 할 말을 찾지 못하는 것 같았다.

네 시쯤 되자 나진선은 매우 조심스런 표정으로 조퇴를 신청했다. 첫날이라 인사만 하고 가는 줄 알았다며. 정계장은 즉각 허락해주었고 그녀가 나가자 막혔던 코가 뻥 뚫리는 느낌이었다. 그녀가 나가자마자 모두들 큰 탁자로 모였다.

김양은 팔짱을 끼고 말도 안 된다는 표정으로 고개를 절레절레 흔들었다. 박양은 김양의 등을 두드리며 걱정 말라고 했다.

"착오야. 주산을 못 한다잖아. 나 아까 웃음이 터질 뻔했는데 겨우 참았어. 아니, 그럼 암산으로 할 거야? 어릴 때 암산왕이었대? 김양아, 걱정 마. 내일쯤 다른 데로 옮겨 가겠지 뭐. 아니면 실험을 하든가."

박양의 얘기에 모두들 동감을 표시했다. 정계장도 착오가 있는 것 같다고 하더니 품관과 민양에게 전화를 걸었다. 마침 조과장이 나가고 없는지 민양과 오래 얘기를 나누었다. 정계장이 민양에게 되묻는 내용으로 봐서 민양도 나진선에 대해 아는 게 없는 듯했다. 하지만 심상찮은 배경을 가진 건 틀림없다는 얘기를 서로 나누는 것 같았다. 정계장은 왜 조과장이 직접 왔고, 박양의 일을 나진선이 해야 하는지, 그게 반드시 의무조항인지 물은 뒤, 결정적으로 나진선이 주산 무급이라는 사실을 민양에게 알렸다.

정계장이 전화를 하는 동안 사무실은 완전히 예전 분위기를 회복했다. 특히 김양은 조금 전 상황을 머릿속에서 싹 날려버린 듯 전혀 개의치 않는 모습이었다. 나는 탈의실에 들어가서 사원 발령장을 들춰봤다. 3개월의 실습을 마쳤으니 사명화섬의 정식 직원으로 임명한다는 내용이었다. 무덤덤했다. 어머니가 받으면 기뻐할 물건이라는 생각만 들었다. 발령장을 받았지만 여전히 나에게 주어진 일거리가 없다는 게 문제였다.

나진선은 다음날 정시에 정확히 출근했다. 품질관리과 사무실에서는 아무런 지시도 없었다. 박양은 별수 없이 자기 책상에 앉아 업무를 보면서 나진선에게 인계를 시작했다. 김양은 강신도 측정 기계로 다시 복귀했고 온습도 체크하는 것 외에 정해진 일이 없는 나는 다시 이강우 씨를 따라다녔다.

넉넉한 마음밭을 가진 박양이지만 얼굴에 한심해하는 빛이 역력히 드러났다. 내가 왜 이런 쓸데없는 짓을 하고 있어야 하나, 하는 심정이 얼굴에 고스란히 묻어났다. 그때까지만 해도 아무도 나진선에 대한 경계의 마음이 없었다. 10일에 박양이 회사를 그만두고 11일부터 나진선이 책상에 앉아봐야 곧바로 물러나게 될 거라고 생각했기 때문이다.

김양은 그래 두고 보자,는 표정으로 나진선을 슬쩍슬쩍 훔쳐봤다. 매사에 별로 관심이 없던 황양도 이번에는 나진선에게 꽤 관심을 기울였다. 전문대 출신인 미모의 나진선에게 다른 실험실 남자들도 관심을 기울인다는 소문이 벌써부터 들려왔기 때문이다. 게다가 그녀는 이제 22세이니 25세 된 황양이 바짝 긴장할 만했다. 과연 11일에 어떤 일이 벌어질까? 궁금하기 그지없었다.

10일 저녁, 박양 송별회 겸 나진선 환영 회식이 열렸다. 김양이 할매집으로 가면서 "나진선 송별회가 될지도 모르지"라고 말했는데 사실 그렇게 되지 말란 법도 없었다. 할매집에서 간단히 저녁만 먹고 헤어졌다. 가장 싱거운 회식이었다. 회식은 빨리 끝났지만 나는 박양과 오래도록 포옹했다. 박양은 내 얼굴을 쓰다듬으며 말했다.

"넌 영리하니까 잘해나갈 거야. 학벌 같은 건 별로 중요하지 않으니까 꿀릴 필요 없어. 그리고 돈을 열심히 모아. 돈을 모아야 나중에 원하는 일을 할 수 있어, 알았지?"

박양이 돌아서 갈 때 눈물이 쿡 쏟아졌다. 이별에 대해 처음으로 좀 알 것 같은 기분이었다.

11일 아침, 공연히 마음이 흥분되었다. 대체 오늘 무슨 일이 벌어질 것인가. 일찍 출근한 나는 밀대로 실험실 바닥을 닦으려다가 그만두었다. 나진선이 보면 내가 청소까지 담당하는 것으로 오해할지 모른다는 우려가 일어서였다. 엄연히 내가 먼저 입사했으니 그녀에게 쉽게 보일 이유가 없었다. 어느 틈엔가 나도 그녀에게 신경을 쓰고 있었다. 잠시 후 나진선이 들어왔다.

"어머, 무경 씨 일찍 오셨네요."

내가 애매한 웃음으로 인사를 대신할 때 언니들이 들어왔다. 모두들 나진선을 안 보는 척하면서 슬쩍슬쩍 훔쳐봤다. 나진선은 오른쪽 어깨에 숄더백을 메고 왼쪽 팔에 도서관 언니처럼 달랑거리는 작은 가방을 걸고 있었다. 그 가방이 뭔지 곧 알아차렸다. 보온도시락이었다. 언니들은 황당하다는 표정으로 고개를 흔들었다. 이제 곧 나진선이 자리에 앉아 종일 촤르르 주판을 털며 박양이 유능하게 처리하던 일을 어떻게 해낼지 궁금하기 그지없었다. 정계장도 흥미롭다는 표정을 짓고 있었으며 이강우 씨까지도 자기 자리가 아닌 박양 책상, 아니 어쩌면 나진선의 것이 될지도 모를 책상 주변을 얼쩡거렸다.

나진선은 숄더백을 책상 위에 올려놓더니 지퍼를 주 열었다. 그러더니 사각으로 된 물건을 꺼내놓았다. 아, 저게 뭐지? 모두들 교과서 크기의 물건을 호기심 어린 표정으로 바라보았다.

"그게 뭡니까, 나진선 씨?"

정계장이 참지 못하고 물어보았다.

"아 네, 계장님. 계산기예요. 전자계산기. 주판 대신 이걸로 계산하려고요. 저 주산 할 줄 모르잖아요."

그 순간 어디선가 팡파르가 크게 울리는 것 같았다. 새로운 시대가 개막된 것이다. 하지만 머리는 쇠망치로 얻어맞은 듯 멍했다. 3년 동안 피나는 노력을 하여 주산 단수를 따지 않아도 손쉽게 계산할 수 있는 계산기가 등장하다니, 이거야말로 구석기시대에 불을 발견한 것에 버금갈 만한 사건이 아니던가. 모두들 놀라서 입을 다물지 못했다. 특히 김양의 표정은 참혹함 그 자체였다.

나진선은 장필곤이 밤에 실험해서 내놓은 데이터를 계산기로 두들겨 바로 결과를 냈다. 박양처럼 왼손으로 주판을 잡고 오른손가락 다섯 개를 다 이용하여 계산할 필요가 없었다. 그냥 왼쪽 검지 하나로 계산기를 두드려 계산을 끝냈다. 박양은 오른손 엄지와 새끼손가락에 볼펜을 가로질러 끼우고 있다가 계산이 끝나면 그 볼펜을 바로 세워 종이에 적었는데, 나진선의 오른손은 왼손이 계산하는 동안 쉬고 있다가 결과가 나오면 잠깐 보고서에 수치를 적으면 됐다. 아직은 익숙지 않아서 박양보다 빠르진 않았지만, 그렇다고 그리 오래 걸리는 것도 아니었다. 정계장은 김양의 기분 같은 건 배려해줄 여유가 없다는 듯 곧바로 계산기에 호기심을 보였다.

"햐, 그래 계산기라는 게 있었지. 말은 들었는데 이거구나. 신기하네. 나양, 그거 어디서 구입했어?"

정계장은 그 순간 나진선을 나양이라고 부르며 반말을 했다. 전날과 다른 태도였다. 그건 이제 당신을 인정해,라는 사인이었다. 나진선 씨가 나양이 되는 순간이었다.

"유학 중인 오빠가 일본에서 사 온 거예요. 제가 주산을 못해서 걱정이라니까, 마침 오빠가 서울에 잠깐 다녀갈 일이 있다며 카시오 계산기를 사 왔어요. 이틀 동안 집에서 연습했어요."

'반전! 멋진 반전이야.'

김양에겐 미안하지만 그런 생각이 들지 않을 수 없었다. 예상치 못한 반전이 있어서 인생은 재미있는 것이다. 나에게도 멋진 반전의 기회가 주어지면 얼마나 좋을까, 그 순간 마음속으로 간절히 빌었다.

"근데 이거 보온도시락 같은데, 이건 왜 갖고 온 거야?"

정계장은 아예 궁금증을 다 풀겠다는 듯 우리가 알고 싶은 걸 대신 질문했다.

"제가 아직 일이 익숙지 않은데, 점심 먹으러 갈 시간이 없을 거 같아서요. 그래서 점심을 싸 온 거예요."

이강우 씨는 나양의 얘기를 들으면서 고개를 끄덕였다. 나에게 늘 자세가 되어야 한다,고 강조했던 그는 나양의 갖춰진 자세에 감동하는 눈치였다.

"가방 예쁘다. 어디서 산 거예요?"

이번에는 황양까지 질문을 하고 나섰다. 나양은 처음으로 자신에게 말을 걸어준 황양에게 몹시 황송하다는 표정을 지으며 말했다.

"이거 구제품이에요. 부산에 케네디시장이라고 있는데, 거기 가면 미국에서 들어온 구제품이 많아요. 언니, 언제 저랑 같이 가실래요?"

황양은 고개를 끄덕이다가 금방 김양 눈치를 봤다. 케네디시장이라는 말에 나도 모르게 나 거기 알아요, 하려다가 꾹 삼켰다. 나까지 나서면 김양이 정말 외로워질 것 같아서였다.

대세는 굳어진 것 같았다. 김양은 탈의실로 터덜터덜 들어가서 오전 내내 나오지 않았다. 정계장도 김양을 불러내지 않아 나는 알아서 강신도 실험 기계 앞에 앉았다. 나도 나양에게 가졌던 경계심을 금방 풀었다. 배울 점이 많은 사람 같았다. 어떤 배경을 갖고 있는지 알고 싶었다. 그리고 누구 추천으로 회사에 들어왔으며, 집안 환경이 어떤지 궁금하기 그지없었다. 고등학교를 외지로 못 간 사람도 있는데 일본으로 유학 간 오빠가 있다니, 상상하기조차 힘든 일이었다. 하지만 김양의 기분이 좋지 않은 상황에서 나양과 친하게 지낼 수는 없는 일이었다.

전자계산기의 등장은 잊지 못할 사건이다. 그렇다면 주산 몇 단이라는 무기로 은행과 사무실을 장악했던 여상 출신들의 장래는 어떻게 될 것인가. 내가 여상에 가지 않은 것은 확실히 잘한 일로 생각되었다. 전자계산기가 계산을 대신하게 될 텐데 그것도 모르고 3년간 열심히 주산을 배운다면 얼마나 억울할 것인가. 정말로 몇 년 후부터 주산 몇 단은 크게 소용없는 자격증이 되고 말았다. 여상에서 주산만 배우는 게 아니니 여상 무용론은 말도 안 되는 소리지만, 나는 그때 왠지 자꾸 그렇게 연결해서 생각하고 싶었다. 회사에서 고졸과 엄연한 차별을 받다 보니 나도 모르게 아주 가끔 여상에 가지 않은 걸 후회하곤 했는데, 전자계산기가 그런 나의 마음을 위로해줬던 것이다.

5장
내 꿈은 무얼까

 진구는 곧바로 답장을 주었다. 나는 마치 다혜의 편지를 받기라도 한 듯 흥분하며 메일함을 열었다. 내가 근간에 이토록 가슴 뛴 적이 있었던가.
 메일을 열다가 다혜의 편지를 받는다면 심장이 멎을지도 모르겠다는 생각이 들었다. 다혜, 내 딸은 이미 그런 존재였건만 나는 그동안 딸과의 거리를 가늠해보지도 않았다. 왜 그토록 미련했던가. 딸은 내 편지를 받을 때 어떤 기분일까. 다혜의 가슴이 아주 조금이나마 떨린다면 다행일 텐데. 가끔 처리하지 못한 재고 물건처럼 느껴지기도 했던 딸 생각으로 가슴이 떨리다니, 이것만 해도 나의 편지쓰기는 성공이라고 자평했다.

안녕하세요? 진구예요.

편지가 마치 소설처럼 흥미진진해요. 편지에 등장하는 사람들은 마치 직접 만난 것처럼 생생하게 느껴져요. 빨리 다음 편을 읽고 싶어요. 다혜 어머니, 이제 그냥 어머니라고 부르면 안 될까요? 어색하실지 모르겠지만 그냥 다혜 어머니의 준말이라고 생각해주세요.

어머니, 편지를 읽으면서 상당히 부럽다는 생각을 했어요. 우리는 어머니와 똑같은 중학교 졸업 학력이지만 이 학력으론 체계를 갖춘 회사에 들어갈 수가 없어요. 사명화섬은 규모가 큰 회사여서 사람들도 많이 사귀고 좋은 것 같아요. 저는 종일 PC방에서 제 또래 단골들과 대화를 나누는 게 고작이거든요. 우리 사장님은 늘 "애들 얼마나 들었어?"만 물어요. 도무지 여기서는 배울 게 없어요. 그나마 인터넷의 지식검색을 통해 뭔가를 조금씩 습득하고 있답니다.

역시 옛날에도 사건을 일으키는 사람이 있었군요. 어른들 얘기를 들으면 마치 요즘 애들만 문제인 것 같거든요. 강우 아저씨는 좋은 사람 같지만 스물한 살에 아이 아빠가 되었다니 괜히 문제아처럼 생각돼요. 15세 커플의 사랑을 그린 '제니, 주노'라는 영화가 나왔지만, 실제로 그런 경우는 드물거든요. 요즘 15세면 그때 21세랑 비슷하지 않을까요? 하긴 30년 차이가 그렇게 큰 건 아닌지도 모르죠. 사랑은 기다리는 사람에게 온다는 말이 어쩐지 가슴을 흔들어요. 저는 사랑을 아주 늦게 하려고 해요. 제가 사실은 여자들에게 인기가 많거든요. 하지만 다혜는 아직 저한테 별다른 호감을 보이지 않고 있어요. 저한테 냉정할 정도면 다혜는 다른 남자에게 쉽게 마음을 주진 않을 거예요. 어머니, 그런 점은 좀 안심하셔도 돼요. 좀 제 자랑 같지만요^^

전자계산기가 그렇게 대단한 물건이었다니 신기했습니다. 이젠 사은품으로 주거나 휴대전화 기능 속에 끼어 있는 대단찮은 물건에 불과한데. 어머니 세대는 주판이 무용지물이 되고 전자계산기가 간편하게 그 자리를 대신했다는 데서 또 부러움을 느낍니다. 별다른 노력을 기울이지 않고도, 그리 비싸지 않은 간단한 기기가 복잡한 계산을 대신해주었으니까요.

우리는 그때와 조금 사정이 달라졌어요. 컴퓨터를 살 돈이 없는 가정의 아이들도 PC방에 가서 컴퓨터를 만질 수 있으니 새로운 기기는 누구든 금방 익힐 수 있거든요. 문제는 그걸 가질 수 있는 재력이 있느냐 하는 것이지요. 어머니 세대는 전자계산기쯤은 누구나 좀 애쓰면 살 수 있었겠지만 우리는 갖고 싶은 걸 쉽게 가질 수 없어요. 아참, 그때는 전자계산기가 비쌌는지도 모르겠군요. 하지만 컴퓨터보다는 훨씬 쌌겠죠? 가출한 아이들은 대개 관심이 없거나 가난한 아빠를 가졌어요. 그런 아빠조차 없는 애들도 많답니다. 상대적 박탈감이 너무 커요. 길 하나를 사이에 두고 쭉쭉 뻗은 고층 아파트와 게딱지 같은 집이 마주보고 있는 세상에 사는 게 우리는 정말 피곤하고 자존심 상하고 허탈해요.

또 한 가지 재미있는 발견을 했어요. 사실 어머니의 편지를 읽고서야 발견한 거랍니다. 어머니 세대는 끝치 아픈 주산을 간단한 계산기가 대신해줬지만 우리는 결코 누가 대신해줄 수 없는 것으로부터 위협당하고 있어요. 한 가지만 예를 든다면 영어 실력이죠. 세상은 영어 과외를 받는 아이들, 외국 연수를 다녀온 아이들, 외국으로 유학 가는 아이들, 그리고 영어를 배울 수 없는 아이들로 나뉜답니다. 세상은 간편해졌지만 돈과 시간을 들여야만 가능한 일들이 여전히 우리를 위협하고 있죠. 머리가 좋아도 재력이 뒷받침되지 않으면 따라가기 힘든 세상이 되었어요. 가출한 애들은 영어 같은 건 아예 포기했다고 봐야죠. 영어가 걱정됐다면 가출을 안 했을 테지만 영어가 걱정되어 가출한 애들도 있을 겁니다.

저는 제 나름대로의 방식으로 사람들에게 새로움을 줄 수 있으면 좋겠어요. 영어를 잘하는 일은 절대 저한테 일어나지 않겠지만, 전자계산기처럼 짠 하고 나타나서 시원하게 해주고 싶어요. 그것에 대해 생각하면 가슴이 뛰어요. 그것이 아직 뭔지 모르겠지만, 작가가 되고 싶기도 하고 다른 것이 되고 싶기도 해요. 하지만 뭐든 되기 위해서는 체계적으로 교육을 받아야 한다는 생각을 하면 끝치가 지끈거립니다.

다혜는 아직 네 번째 편지를 읽지 않았을 거예요. 이틀째 PC방에 오지 않고 있거든요. 패스트푸드점에서 아르바이트를 하게 되었다고 하던데 일이 바쁜가 봐요. 패스트푸드점에 다녀서 언제 돈을 모으냐며 툴툴거리는 걸 보면 더 좋은 아르바이트 자리를 아직 못 찾았나 봐요.

다혜의 마음을 잘 모르겠는데 돈을 많이 벌고 싶은가 봐요. 일단 다혜의 목표는 돈을 많이 버는 거 같은데 그렇다면 조심해야 할 점도 있죠. 어머니가 놀라실까 봐 말씀은 못 드리겠지만 사실 위험한 일을 하는 애들이 있거든요. 제가 유의해서 보고 있겠습니다. 다혜는 어쩌면 사랑을 아주 늦게 하려는 제 결심을 허물어뜨릴지도 모를 아이거든요.
다음 편지도 보내주실 거죠? 꼭 읽고 싶어요. 안녕히 계세요.

진구 드림

진구의 편지를 읽을 때 문득 떠오르는 일이 있었다. 컴퓨터 때문에 기분이 좋아진 다혜가 전에 없이 말을 많이 하던 날이었다.
"우리 반에 부잣집 애들이 반이나 섞여 있는 거 알죠? 길 건너 저쪽 고층 아파트는 평수가 엄청나게 넓어요. 우리 반 애 집에 한번 놀러 가본 적 있어요. 지난 학기에 우리 반 애 세 명이 유학 갔어요. 비싼 영어학원에 다니는 것도 마음이 안 놓이는지 본토에 가야 제대로 할 수 있다면서."
다혜가 투정 섞인 말을 건넬 때 나는 좀 더 받아주지 못하고 "팔자도 좋은 애들이구나"라고 일축했다. 내가 부산에 있는 고등학교에 가려고 갖은 애를 썼던 사실을 그 순간 까맣게 잊고 있었다. 어머니에게 온갖 투정을 다 부렸던 나는 정작 딸의 말을 담을 마음바구니조차 마련해놓지 않았던 것이다. 다혜는 그날 씁쓸한 표정을 짓더니 곧바로 침묵했다. 나는 전자계산기가 마냥 홀가분하기만 했는데, 다혜는 무거운 영어를 짊어지고 살아야 하는 세대가 된 것이다. 진구의 분류에 다혜가 들어갈 자리는 없었다. 다혜는 영어 과외를 조금 받다 그만둔 아이니까.

찌그러지지 말라고 신문지 뭉치를 쑤셔 넣은 가방처럼 머릿속이 온갖 뭉치로 꽉 들어찬 듯 답답해졌다. 그 뭉치 속에서 의무라는 단어가 오롯이 떠올랐다. 딸과 같은 공간에 머물게 된 이후 머릿속에서 신경줄이 복잡하게 얽힐 때면 그냥 내가 낳은 아이니 의무만큼은 다하자고 결심했다. 하지만 얼마 안 가 그게 얼마나 힘든 일인지 실감했다. 의욕이 넘쳤던 나의 10대에 어머니가 의무를 다할 수 없었던 걸 나는 그제야 이해했다. 세상 모든 걸 흡입하고 싶은 10대에게 간절히 원해도 이루어지지 않는 게 있다는 사실을 깨닫도록 하는 건 잔인한 일이다. 내 딸도 한 세대가 지나면 의무를 다할 수 없는 나를 이해할 수 있으려나.
 나는 지진해일이 몰아닥치기라도 한 듯 황망히 달려나갔지만 다혜는 이리저리 재보고 더 이상 가망이 없다고 판단한 뒤 떠난 게 분명했다. 어떤 방식이든 우리 모녀는 열일곱 살에 가출 기록을 공유하게 되었다. 없는 게 훨씬 나은, 추억이라고 부르기엔 씁쓸한 기억을 갖게 된 것이다. 의무를 다할 수 없는 부모를 둔 우리, 그게 우리의 공통점이라니.

　진구에게 간단한 답장을 보내면서도 마음이 무거웠다. 내용은 역시 다혜를 잘 지켜봐달라는 것이었다. 가출한 아이에게 가출한 딸을 부탁하다니, 정말 삶은 아이러니가 아닐 수 없다.
　다혜가 돈을 많이 벌고 싶어 한다니 그건 미처 생각지 못한 일이다. 하지만 조금만 생각하면 너무도 당연한 일이다. 나 같은 엄마를 두었으니. 많은 돈을 벌기 위해서 위험한 일을 하는 소녀도 있다는 진구의 경고에 〈사마리아〉가 떠올랐다. 방법이 없다고 진구만 바라보며 한가하게 컴퓨터나 두드리고 있어서 될 일인지, 매양 하는 근심을 되풀이했다. 하지만 내가 진구의 거처를 캐내려다 그 아이조차 메일을 뚝 끊으면 어쩔 것인가.
　내가 쓴 편지를 보고 다혜가 섣부른 행동을 하지 않기만 바랄 뿐, 내가 할 만한 일이 별로 없었다. 내가 쓴 글이 최소한 나와 다혜, 진구, 다혜 친구에게 위안이 될 거라는 바람으로 나를 다독였다. 어쨌든 내가 편지 쓰는 일이나마 한다는 게 다행스러웠다.
　오늘 밤에는 어떻게든 도매시장을 다녀와야겠다고 결심했지만 마치지 못한 편지가 나를 끌어당겼다. 내 안에 괴어 있는 물을 다 길어 올려야 나도 살고 딸도 살 수 있을 것 같았다. 하지만 내 마음의 물만 퍼내고 있다가는 이번 달 월세도 못 낼 판이었다.
　갑자기 가게 뒤편 창고에 재놓은 재고 물건이 떠올랐다. 새 물건에만 관심을 갖는 사람들 때문에 자꾸만 떠밀려서 창고로 숨어든 재고품들. 새 물건을 들여오는 만큼 재고 물건도 쌓여만 갔다. 세월이 쌓이는 만큼 회한의 더께도 높이를 더하듯. 산만큼 쌓여 있는 재고 물건이 떠오를 때면 명치끝에 묵직한 돌이 매달려 있는 듯 답답해지곤 했다. 애써 외면해도 늘 거기 있는 골칫덩어리.

'그래, 재고품을 끄집어내는 거야.'

마음속의 얘기와 함께 습기와 먼지만 먹고 있는 물건을 밖으로 끌어내리라 결심했다. 제값 받을 날을 기다리다가 영영 폐기처분 될지도 모를 일이었다. 또 다른 물건을 들여놓기보다 쌓여 있는 물건 없애는 게 짐을 더는 방편이다. 내일 아침 당장 재고 물건을 문밖에 걸어놓고 싸게 팔기로 마음먹었다. 가게의 품위를 생각해서 떨이 장사 같은 건 결코 하지 않겠다는 고집스러운 법칙은 이제 던져버릴 테다. 소녀 무경의 얘기와 함께 재고 물건도 세상을 향해 날려 보내야 뭐든 다시 시작할 수 있을 것 같았다.

가게 셔터를 내리자마자 편지쓰기를 시작했다. 편지를 끝내면, 재고 물건을 다 팔면, 다혜와 다시 시작할 수 있을 거라는 확신을 나 자신에게 불어넣으면서. 딸이 내가 보내는 첨부파일을 단순한 글이 아닌 가슴을 담은 편지로 여겨주기만 바랄 뿐이다. 함께 있을 때 보여주지 못한 나의 심장을. 나도 몰랐던 그 마음을.

m070이 d070에게 보내는 다섯 번째 편지

♥

뜻밖에도 하영을 만났다. 만났다기보다 방학을 맞은 하영이 나를 찾아온 것이다. 하영을 보자 고맙기도 하고 창피하기도 했지만 내가 장필곤에게 구박을 받으면서도 단발머리를 고수했다는 사실만큼은 여간 다행스럽지 않았다. 중학교 때처럼 실핀은 꽂지 않았지만. 하영도 교복 대신 사복을 입고 핀을 꽂지 않은 상태여서 우리 둘은 겉으로는 비슷한 모습이었다. 실험실원들이 선물해준 빨간 점퍼에다 차현이 선물한 흰 모자와 머플러를 두르고 하영과 함께 시내로 향했다. 하영은 예뻐졌다며 나를 한참이나 살펴봤다. 하영은 검은색 학생 코트를 입고 있었다. 비록 학생 코트지만 중학교 때 우리가 입었던 것과 비교가 되지 않았다. 포근한 느낌이 드는 모직에 허리가 잘록하게 들어가는 디자인이었다.

하영은 왕다방에 들어가려는 나에게 양과자점에 가자고 했다. 갑자기 얼굴이 화끈 달아올랐다. 하영이 아직 학생이라는 걸 나도 모르게 잊어버렸던 것이다.

곰보빵과 우유를 앞에 놓고 하영이 조심스럽게 물었다.

"난 네가 이번에 고등학교 시험을 친 줄 알았어. 버스에서 성희를 만났는데 너랑 같이 회사에 다닌다는 얘기를 듣고 깜짝 놀랐어. 지난 여름방학 때 너를 찾아오려다가 괜히 니가 마음 상할까 봐 안 온 거야. 이번에 니가 어느 고등학교에 들어갔나 궁금해서 안 그래도 너한테 연락하려던 참에 성희를 만난 거야. 아직도 여상에 가기 싫어서 그런 거야? 어차피 부산에 갈 수 없게 되었잖아. 나도 학교 들어가서 알았어. 부산으로 진학할 수 없게 되었다는 거.”

하영이 걱정스런 표정으로 물었지만 대꾸할 말이 없었다. 회사 다니는 게 너무 즐거워서 고등학교 입시 같은 건 완전히 잊었다고 말하면 하영은 과연 어떤 표정을 지을까? 실험실의 언니들, 성희와 연우, 차현과 형묵의 얘기를 하면 하영은 재미있어할까? 무슨 말부터 꺼내야 할지 도무지 생각나지 않았다.

"너 공부도 잘했고, 너희 집이 그렇게 어려운 것도 아니고. 너 혹시 후배들하고 공부하는 게 싫어서 그래? 부산에 못 간다고 아예 공부를 안 하는 것보다 마음에 좀 안 드는 학교여도 들어가는 게 낫지 않을까? 고등학교를 나와야 대학에 갈 수 있잖아. 대학교 졸업하고 나랑 선생님 되기로 한 약속 잊었어?"

너무도 까마득한 옛일 같았다. 우수반에서 하영과 대학교 이름을 죽 적어놓고 대학교만큼은 서울로 가자고 했던 게 불과 2년 전이건만. 나는 하영에게 아무 말도 못했다. 학교에 관해서도, 회사에 대해서도.

"무경아. 지금부터 공부해서 내년에 고등학교 가. 2년 늦었다고 아예 안 간다는 건 어리석은 일이야. 우리가 살 날이 얼마나 많은데 그깟 2년 때문에… 그리고 자존심이라는 거, 그거 별거 아냐. 너 공부 잘했으니까, 조금만 공부하면 여상이든 여고든 들어갈 수 있을 거야. 어디를 들어가든지 열심히 하는 게 중요한 거잖아. 내가 우리 학교 시험지 보내줄게. 1학년 거 다 모아놨어. 그거 보면 대학 갈 때 도움이 될 거야. 난 너랑 같이 대학 가서 미팅도 하고, 함께 여행도 가고 싶어. 부산이 내 고향이 아니어선지 아이들하고 정이 안 들어. 늘 엄마 보고 싶고 친구도 보고 싶고. 친구와 장은 오래될수록 좋다잖아."

하영은 양과자점 앞에서 손을 꼭 잡고 내 눈을 맞추며 얘기했다. 우수반 때 우리는 꼭 부산으로 가자고 다짐했는데, 하영은 이제 나에게 현실을 직시하라고 충고하고 있다. 이제 제발 여상에라도 가라고. 그게 너에게 맞는 일이라고. 섭섭했지만 그래도 부산여고에 다니는 하영이 나를 아직도 친구라고 말해주는 게 고마웠다.

하영과 헤어진 뒤 강변을 거닐었다. 한겨울이어서 강바람이 찼지만 그게 오히려 다행스러웠다. 회사에 다니게 된 이후 나는 거의 학교 생각을 하지 않고 지냈다. 만약 하영이 찾아오지 않았더라면 이번에도 아무 생각 없이 지나쳤을 것이다. 닿을 수 없는 곳으로 날아가버린 나의 고등학교를 나도 철저히 외면하고 있었던 것이다. 하지만 내가 외면한다고 하여 그 일이 내게서 완전히 떠날 리 만무했다. 갑자기 대학입시를 준비하겠다던 형묵이 떠올랐다. 형묵과 얘기하면 답답한 가슴이 풀릴 것 같았다. 형묵은 친구로 지내자더니 한 번도 전화하지 않았다. 식당에서 가끔 마주치면 웃어주는 정도였다. 망설이다가 남자 기숙사로 전화했다. 형묵을 찾았는데 뜻밖에도 차현이 전화를 받았다. 차현이 형묵의 룸메이트라는 사실이 그제야 떠올랐다.

"어, 무경이구나. 형묵이 부산 집에 갔어. 난 성희랑 만나기로 해서 집에 안 갔는데 오늘 성희네 할머니 생신이라서 못 나온대. 낙동강 오리알 됐지 뭐. 무경아, 나랑 데이트할까?"

내가 머뭇거리자 차현은 일방적으로 약속을 정했다. 나도 그냥 들어갈 기분이 아니어서 잘됐다 싶었다.

차현은 눈에 확 띄었다. 모직으로 된 긴 코트를 휘날리며 들어서는 멋진 남자에게 무수한 시선이 꽂혔다.

"어, 내가 선물한 거 하고 나왔네. 빨간 잠바랑 잘 어울린다. 근데 늘 생기발랄한 무경이가 웬일로 오늘 기운이 좀 없어 보인다. 생기발랄, 귀여운 게 너의 무기라는 거 잊지 마."

차현은 금방 나의 기색을 알아차렸다. 내가 하영과 만난 얘기를 했더니 차현은 아무래도 술 한잔 해야겠다면서 파전집으로 나를 데려갔다. 막걸리와 해물파전을 시켜놓고 차현은 나에게 한 잔 마시라고 권했다.

"마셔. 넌 미성년자긴 하지만 회사원이기도 하잖아. 막걸리 한 잔 정돈데 뭘. 나도 며칠 전에 공대 다니는 친구 만났어. 난 대학 가는 거 별로 관심 없어. 공부를 잘하는 편도 아니었고 뭐 그렇게 넉넉한 형편도 아니고. 난 아등바등 사는 거 별로 취미 없어. 형묵이 자식, 요새 코피까지 쏟으면서 공부하더라. 몸도 약한 녀석이 낮에 근무하고 밤늦게까지 공부를 하니 그럴 수밖에 없지. 내년에 꼭 공대 가겠다면서 얼마나 악바리같이 설치는지. 그 녀석은 꼭 해낼 거야. 자, 마서."

차현은 돈 모으면 나중에 작은 정비소 같은 걸 차려서 그냥 평범하게 살겠다고 했다.

"성희랑 결혼해서?"

내 질문에 차현은 푸푸 웃었다.

"넌 성희가 얼마나 허영심이 많은 앤 줄 모르는구나. 나도 사회에 나와서 처음 만난 여자랑 결혼할 만큼 순정파는 아니지만 성희도 아마 그럴 거야. 우린 그냥 친구처럼 지내는 거야. 뭐 굳이 따지자면 애인 같은 친구지. 너랑 나랑도 친구잖아. 애인 같은 친구도 될 수 있는 거고."

차현이 파전을 떼서 나에게 먹으라고 내밀었다. 내가 고개를 흔들었지만 차현은 눈을 부릅뜨고 먹으라는 시늉을 했다. 가게 안에 있는 사람들이 자꾸 쳐다봐서 받아먹긴 했지만 얼굴이 화끈 달아올랐다. 차현은 정말 알 수 없는 남자였다. 정말 나에게 애인같이 굴었다.

"너 기분이 영 안 풀어지는 모양이구나. 좋아, 고고장 어때?"

차현은 미적거리는 나를 데리고 고고장으로 갔다. 들어서는 순간 찢어질 듯한 음악 소리에 귀가 멍멍해졌다. 사이키 조명 아래서 모두들 열심히 몸을 흔들고 있었다. 빙글빙글 돌아가는 불빛에다 시끄러운 음악까지 겹쳐 정신이 아득해졌다. 작은 코카콜라 두 병을 받아온 차현은 마시라는 시늉을 하더니 마시기도 전에 나를 끌고 플로어로 나갔다. 긴 팔을 위로 쳐들고 온몸을 천천히 흔들기 시작했다. 리드미컬하게 움직이는 그는 어디서든 빛을 발했다. 뻣뻣하게 서 있는 나를 쿡쿡 찌르며 윙크를 하기까지 했다. 어떻게 해야 할지 몰라 당황하고 있을 때 갑자기 차현이 내 어깨를 부여잡고 마구 흔들었다. 차현은 키 작은 나를 위해 어깨를 구부리고 고개를 귀엽게 아래위로 흔들었다. 마치 그가 소나기처럼 나에게 쏟아지는 기분이었다. 하영도 성희도 잊고 차현과 보조를 맞추어 마구 춤을 추었다. 생전처음 간 고고장에서 말도 안 되는 춤을. 다행히 기분이 많이 나아졌다.

집으로 돌아올 때 차현이 슬쩍 내 어깨에 팔을 둘렀다.

"너무 마음 쓰지 마. 네가 나중에 정말 하고 싶은 마음이 생기면 그때 공부할 길이 생기겠지. 난 세상은 마음 가는 대로 사는 게 좋다고 생각해. 억지로 뭘 하다 보면 어딘가가 터지게 되어 있어. 기다리다 보면 길이 생기겠지. 괴로운 일 있으면 이제 형묵이 찾지 말고 날 찾아. 형묵이는 공부하느라 시간이 없어. 오빠가 있잖아. 세상 모두를 사랑하는 이 오빠가. 너 괴로울 때 파전하고 술은 언제든지 사줄게. 고고장도 데려가고."

차현이 장난스런 목소리로 가볍게 얘기했지만 고맙기 그지없었다. 오늘 만난 것을 성희에게 알리지 않았으면 좋겠다는 말을 하려다 그만두었다.

마음 가는 대로 사는 게 좋다는 차현의 말은 확실히 위로가 되었다. 아직 나는 공부에 마음이 가지 않는다. 내 마음은 지금 실험실에 있다는 사실, 그것만 기억하자. 하지만 또 하나 여전히 차현에게 내 마음이 가 있는 것, 그건 어쩔 셈인가.

성희가 나와 차현이 만난 걸 모르는 것 같아 아무 말도 하지 않았다. 약간 미안한 마음이 들었지만 성희가 공과대학 학생과 만났다는 사실을 알고 곧 그 마음이 사라졌다.
"나 공대생들하고 미팅했어. 우리 라인에서 일하는 언니가 주선한 미팅인데 애들이 역시 멋있더라. 아 근데 나 딸려서 죽는 줄 알았어. 대학생활에 대해 얘기하는데 맞장구를 칠 수가 있어야지. 그리고 그 언니가 우리를 고졸이라고 속여서 들킬까 봐 말을 함부로 못하겠는 거야. 공대생들 대부분 외지에서 온 애들이어서 여기 사정을 모르니까. 나중에 걔들이 확인해보진 않겠지만 괜히 켕겨서 불편하더라. 내가 거짓말한 건 아니지만."
성희는 첫 미팅에서 만난 대학생과 몇 번 만나다가 자기가 먼저 연락을 끊었다고 했다. 자꾸 깊이 알려고 하는 것 같아 그냥 피했다는 것이다. 성희는 차현과 어떻게 할 거냐는 나의 질문에 차현과 똑같은 대답을 했다. 애인 같은 친구로 지낼 거라고.
"내 나이 열여덟 살에 결혼을 하겠니? 지금부터 차현만 바라본다면 인생이 너무 지루하지 않겠니? 하지만 차현이 다른 여자를 만나면 기분이 나쁠 거 같아. 나도 들키지 않게 조심하면서 잘 지켜봐야지. 아직은 차현이 제일 멋지니까. 참, 너 하영이 만났니? 하영이가 니 걱정 많이 하더라. 근데 나한테는 학교 얘기 안 물어봐서 섭섭하더라. 우수반은 무슨 선택받은 아이들이나 되는 것처럼 자기네들끼리만 걱정하고. 더러워서. 중학교 다닐 때 우수반 애들끼리 몰려다니는 거 얼마나 꼴사나웠는 줄 아니? 못생겨가지고 공부만 잘하면 다냐? 우리가 그렇게 말한 거 모르지?"

성희 얘기에 나는 쿡 하고 웃었다. 성희와 차현이 그렇게 편한 관계로 정립되었다니 마음이 가벼워졌다. 다른 여자를 만나면 기분 나쁠 것 같다곤 하지만 성희가 나를 다른 여자라고 생각하진 않을 것 같았다. 아마 성희는 내가 차현을 만났다고 해도 웃고 지나갔을 것이다. 성희는 외모에 관한 한 확고한 자신감을 갖고 있었다. 특히 나에 대해서는. 성희는 그러면서도 차현의 얘기를 많이 했다. 시내에 같이 다니면 모든 여자들이 차현을 바라보고 자기한테 얼마나 잘해주는지 감동할 때가 많다고 했다. 크리스마스 때는 노란 모자와 노란 머플러를 선물받았다고 자랑했다.

"어, 너도 내 거랑 비슷하네. 색깔만 다르네. 하얀색도 예쁘다."

나는 가슴이 조마조마했다. 차현이 선물했다는 걸 성희에게 말하기가 왠지 켕겨 함구하고 있었던 것이다. 성희는 여전히 명랑하고 자신만만했다. 성희와 회사 얘기며 남자 얘기를 하다 보니 어느새 하영을 만났던 일이 까마득한 옛일 같았다.

우리 실험실은 예전과 다름없이 돌아갔다. 박양 자리에 나양이 앉았고, 좌르르 주판 터는 소리가 탁탁 전자계산기 두드리는 소리로 바뀐 것 외에는. 김양의 얼굴에 수심이 더 깊어진 게 변화라면 변화였다. 또 하나 박양이 있을 때와 달라진 건 사람들이 나양의 눈치를 보기 시작했다는 점이다. 나양은 언제나 상냥했지만 아직 그녀가 누구인지 확실히 아는 사람이 없어 모두들 조심했다. 누가 밀어서 들어왔는지, 특히 조과장과 어떤 관계인지, 모두들 궁금해했다. 예전처럼 오후에 사다리타기를 하여 간식을 사먹는 일 따위는 생각도 할 수 없었다. 큰 탁자에 앉아 언니들과 시시콜콜한 얘기 나누던 시간이 사라진 건 나에게 아쉽기 그지없는 일이었다. 정계장과 박양의 데이트 후일담, 김양이 최계장 때문에 속 끓이는 얘기, 황양의 멋내기 작전을 듣는 게 즐겁기만 했는데. 가끔은 내가 화제의 중심이 되기도 했다. 그 시간이 아직은 소녀인 나에게 어른들과 친해지는 완충지대 역할을 해줬건만, 이제 나를 둘러쌌던 보호막이 한 꺼풀씩 벗겨지고 있었다.

세상은 변화하고 인생은 계획대로 딱딱 되는 게 아니다. 여전히 실험실에 출근하는 일은 즐거웠으나 예전과 확실히 달라진 분위기 때문에 어쩐지 긴장되기도 했다.

자리를 자주 비우던 정계장도 거의 외출을 하지 않았다. 정계장과 박양 체제 하의 여유롭던 실험실 분위기는 점차 사무적으로 바뀌어갔다. 다른 사람은 자기 일만 열심히 하면 그만이지만 내 처지가 가장

난감했다. 나는 이제 더 이상 귀여운 따르뱅이가 아닌 처치 곤란의 잉여인간이 되고 말았다. 오전 중에 나를 데리고 유람 다니듯 회사 내를 휘휘 돌아다녔던 이강우 씨도 이제 다 전수했으니 하산하라는 듯 혼자서 후딱 외부 일을 보고 들어왔다. 이강우 씨도 그게 마음에 걸리는지 분위기가 달라졌으니 이해하라는 식으로 돌려서 말했다.

나는 내가 이 실험실에서 필요한 존재라는 걸 증명하기 위해 더 부지런히 움직여야 했다. 온도가 조금만 올라가면 공무과에 전화를 걸고 언니들이 실험을 끝낸 보빈은 쌓이기가 무섭게 현장으로 갖다 날랐다. 황양이 게이지 실험을 할 때 괜히 샘플을 많이 잘라서 큰 탁자 위에 죽 늘어놓기도 했다. 나양이 출근할 때에 맞춰 몇 번 걸레질을 한 적도 있었다.

다행히 처음의 팽팽하던 사무실 분위기는 시간이 가면서 점차 누그러졌다. 나양이 자기 일만 열심히 할 뿐 주변에 별달리 신경을 쓰지 않는 눈치였기 때문이다. 긴장을 늦추지 않던 이강우 씨도 한결 느긋해진 모습이었다. 간만에 나를 공장 뒤편 개울가로 데리고 가서 말을 많이 했을 정도로.

"무경아, 난 사실 별로 용기가 없는 놈이야. 용기가 없어서 내가 큰 걸 못 이룰 수도 있지만 괜히 만용을 부리다가 한꺼번에 망치는 것보단 그편이 낫다고 생각해. 평생 이 회사에 다닐 거 생각하면 벌써부터 지루하긴 하지만 난 월급 좀 더 준다는 데로 옮기고, 돈 좀 더 벌려고 다른 부업 하고, 퇴직금으로 뭐 차리고 이런 거 별로 관심 없어. 나도 이 회사 실습생으로 왔는데 우리 회사 정도면 괜찮고 우리를 부러워하는 사람들도 많거든. 감사하면서 살아야지. 난 이 안에서 행복을 찾을 거야."

이강우 씨는 상용공과 일용공 들을 볼 때마다 자신의 현재 위치가 감사하다고 했다. 회사 안에서 근무하는 사람 가운데 정식 직원이 아닌 상용공과 일용공 들이 많다는 걸 나는 한참 후에 알았다. 상용공은 매일 출근하지만 한 가지 일이 마무리되어 더 이상 인원이 필요 없을 때는 언제든지 나가야 할 사람들이다. 일용공은 그때그때 필요할 때마다 부르는 사람들이다. 남자는 고졸 이상만 뽑기 때문에 상용공과 일용공은 대개 중학교 졸업 이하 학력이었다. 이강우 씨는 안분지족(安分知足)이라는 사자성어를 좋아한다고 했다. 그날따라 이강우 씨는 나를 잡고 이런저런 얘기를 많이 했다. 이강우 씨의 얘기를 들으며 예전에 그가 했던 말을 떠올렸다.

'남자가 말이 많아질 때는 허허롭다는 뜻이야.'

이강우 씨는 그날 정말 허허로운 듯했다.

"예전에 니가 나더러 황양을 좋아하냐고 했지? 한때 열병을 앓을 정도로 좋아했어. 내가 황양한테 막 빠졌을 때 우리 집사람이 아기 가졌다는 걸 알았거든. 그때 내가 얼마나 열패감이 들었는지 아니? 한 번의 실수든 뭐든 내 아이를 가진 여자를 버리거나, 내 아이를 없애거나, 나는 그런 독한 놈이 못 돼. 집사람과 결혼하기로 결정하고 난 후에도 황양을 좋아하는 마음을 누르지 못해서 미칠 뻔했어. 하지만 요즘 용기 없는 게 때론 얼마나 다행인가, 그런 생각을 해. 꼭 사랑을 선택하는 것만이 용기인가, 그런 생각도 함께. 사랑은 기다려야 오지만 사랑은 또 쉽게 가더라. 아무리 잡아도 단호하게 뿌리치고 가지. 눈이 뒤집힐 것 같은 사랑도 시간이 지나면 일상이 되어버려. 그게 인생이거든."

이강우 씨는 "진짜 중요한 건 참는 거야"라고 결론처럼 말했다. 그는 현재 매우 평안하며 아들이 사랑스럽다고 했다.

"아저씨, 난 더 많은 사람이 평안하면 그게 더 가치 있다고 생각돼요. 아저씨 아이와 아내는 아저씨를 꼭 필요로 하지만, 황양 언니는 꼭 그랬을 거 같지 않아요. 한 명보다 두 명이 더 많으니 아저씨가 잘하신 거예요."

내 얘기에 이강우 씨는 "너의 수학적 접근법으로 내 행복은 증명되었군" 하며 웃었다.

"내가 하고 싶은 말을 니가 다 알고 있구나. 맞아, 내가 그때 아내를 버렸더라도 황양이 나를 선택했을 거라는 보장은 없지. 만약 아내한테 아이를 지우게 하고 아내와 이별했더라면 아마 난 견딜 수 없었을 거야. 솔직히 스무 살 초입에 애아버지가 아니라 완전히 애늙은이가 되어버린 내가 너무 한심해서 자주 무료하고, 가끔 회한이 들기도 하지만 뭐든 길게 보기로 했어. 내 결정이 나를 최소한 죄책감에 시달리지 않게 한 것만 해도 얼마나 다행이야. 난 지금 이 자리, 이 환경에서 내 행복을 가꾸어갈 거야."

이강우 씨는 갑자기 얼굴이 화사해지더니 근사한 기획을 내놓았다.

"요즘 우리 회사에서 나랑 친하게 지내는 사람들과 모임을 하나 구상하고 있어. 예림회라고. 예술의 숲이라는 뜻이야. 문학동호회 같은 건데 책도 읽고, 작품집도 낼 거야. 다들 시 쓰는 거 좋아하는 친구들이거든."

회색의 공장에서 예술의 숲을 이루겠다니, 이 얼마나 신선하고 고상한 일인가.

"남자들만 가입하는 거예요? 여자 사원은 못 들어가나요?"

내 질문에 이강우 씨는 우선 남자들로만 시작한다고 했다. 나중에 여자들도 넣을 계획이 있다면 나도 꼭 들어가고 싶다고 말했다. 이강우 씨는 그저 애매한 표정으로 피실 웃었다. 그 웃음이 약간 걸렸지만 앞으로 도서관에서 더 자주 책을 빌려 봐야겠다고 결심했다.

3월 1일, 정계장과 박양의 결혼식에 우리 실험실은 물론 다른 실험실에서도 많이 참석했다. 박양의 얼굴에서 기미가 많이 옅어진 느낌이었다. 박양은 연신 함박웃음을 지었다. 김양은 신부대기실에서 축하는 하지 않고 실험실 분위기를 털어놓더니 전자계산기가 말이나 되느냐고 열을 올렸다. 박양은 김양의 푸념을 넉넉한 표정으로 들어주었다. 곧 신부 입장이 있을 거라는 통보가 있은 후에야 김양의 얘기는 끝났다. 우리는 우울함이 잔뜩 묻어 있는 김양과 함께 하객 자리에 가서 앉았다. 키가 작은 정계장이 그날따라 부쩍 커 보였다. 결혼식이 끝난 뒤 사진 촬영을 할 때 짓궂은 얘기가 터져나왔다.
"정계장님, 키높이구두 신었죠? 박양은 납작한 고무신 신었죠?"
누군가의 고함에 김양이 박양의 드레스를 살짝 올렸을 때 실제로 박양은 고무신을 신고 있었다. 정계장의 양복단을 들쳤을 때 여자 하이힐만큼 높은 구두굽이 고스란히 드러났다. 구두 안쪽으로도 좀 높였을 거라고 누군가 크게 말하자 다들 식장이 떠나가라 웃었다. 오랜만에 화기애애한 분위기여서 가슴이 툭 터지는 기분이었다. 김양은 사진 찍을 때 슬쩍 최갑호 계장 옆에 섰다. 김양의 얼굴이 그제야 좀 펴졌고 최계장은 여전히 심드렁한 표정이었다.
집들이 때는 모두들 감탄하느라 정신이 없었다. 두 사람이 살기에 너무 큰 집에서 모두들 술래잡기를 하자며 너스레를 떨었다. 대지가 100평이나 되는 집이었다. 마당에 두 명씩 마주보고 앉을 수 있는 그네까지 있었다. 아직 잔디를 채 가꾸지 않아 조금 살풍경했지만 잔디가 파릇파릇 돋으면 훌륭한 저택으로 변모할 것 같았다. 방마다 박양이 꼼꼼하게 마련한 혼수가 그득했다. 김양과 황양은 부러움을 금치 못하는 표정이었다. 이강우 씨와 장필곤은 기가 죽어서 다시는 못 오겠다며 낙담하는 모습이었다.
"이거 우리 아버지가 집장사 하시느라 지은 집이야. 누가 와서 사겠다고 하면 비워줘야 돼. 아버지가 다섯 번 옮기면 집을 하나 주시겠다고 했지만, 이사 다니려면 고역이야."
정계장의 얘기에 박양은 살림 다 망가질까 봐 걱정이라면서도 웃음을 멈추지 못했다. 윤택함이 넘쳤다. 윤택함이 결국 마음을 넉넉하게 만드는 건가, 하는 생각에서 기분이 조금 씁쓸해졌다. 돌아오는 길에 다들 부럽다는 말을 연발했다. 황양이 "게다가 연애결혼이라니 정말 부러워"라고 말했을 때 두 사람의 행복이 확정지어지는 느낌이었다.

나양은 일이 있다면서 집들이에 빠졌는데, 더 이상 그녀의 눈치를 살피지 않는다지만 사람들과 나양 사이에는 여전히 거리가 있었다. 나양은 다른 언니들과 확실히 동떨어진 느낌이었다. 나양 쪽에서도 실험실원들과 가깝게 지내려는 노력을 하지 않는 것 같았다. 하지만 나양의 심정이 그게 아니라는 사실을 곧 알게 되었다. 그날따라 낮에 계산기가 고장 나서 한바탕 소동이 일었다. 나중에 고장이 아니라 배터리가 떨어졌다는 걸 알고 몇 시간 만에 나양이 다시 자리에 앉았지만 그 몇 시간 동안 그녀는 참혹함을 맛봤을 것이다. 참혹함은 누구든 피해 가지 않는다는 점에서 공평하다. 강도와 빈도는 공평하지 않더라도. 그날 계산기가 작동되지 않자 오전에 현장과 품질관리과에 보고해야 할 보고서를 작성할 수 없었다. 각종 데이터를 합산해서 평균을 내야 하는데 계산을 할 수 없었던 것이다. 정계장은 하는 수 없이 김양에게 계산을 부탁했고, 김양은 좌르르 주판을 털며 신속하게 일을 처리했다. 리드미컬하게 움직이는 김양의 손가락을 보는 나양의 얼굴이 거무죽죽하게 타들어가는 느낌이었다.

계산기를 들고 공무과까지 갔다가 배터리 때문이라는 사실을 알고 맞는 배터리를 찾아서 끼워온 사람은 장필곤이었다. 나양은 그날 고마웠다며 장필곤이 비번인 토요일에 저녁을 사겠다고 했고 그 자리가 어색할까 봐서인지 나를 끼워 넣었다. 나양은 우리를 관광호텔 레스토랑으로 초대해 비프스테이크를 사주었다. 장필곤은 연신 싱글벙글했다. 나양이 우리 품관과에서 제일 미인이라는 둥 다른 실험실에서도 다들 관심 있어 한다는 둥 계속 치켜세웠다.

저녁을 먹은 뒤 뜻밖에도 나양이 나를 자기 집으로 초대했다. 장필곤도 가고 싶어 했지만 나양은 그저 웃기만 했다. 나양의 집은 시내 한복판에 있는 건물의 제일 꼭대기인 6층에 있었다. 집 안은 복층 구조로 되어 있어 나무계단을 올라가자 예쁘게 꾸민 나양의 방이 나왔다. 그 건물은 나양 아버지의 소유이고 일층에서 어머니가 음식점을 운영하고 있었다.

알고 보니 우리 회사 공장장이 그 음식점 단골이고 그 인연으로 나양이 회사에 들어온 것이었다. 후원자가 누구인지 궁금했는데 공장장이라니 과연 대단하긴 했다. 하지만 부모의 음식점 덕택에 입사했다면 다들 어떤 반응을 보일지 궁금했다. 물론 그 얘기를 실험실에 전할 생각은 전혀 없었다. 내가 소문의 진원지가 되는 일을 피하는 게 안전하다는 것쯤은 누가 가르쳐주지 않아도 알고 있었다. 그게 사람 사는 도리이기도 했다. 나양은 자기가 직접 염색한 실크 머플러를 나에게 선물했다.

"학교 다닐 때 실습하면서 만든 거예요. 크리스마스 때 많이 만들어서 선물하면 다들 좋아해요. 난 산업디자인과에서도 제품을 디자인하는 공업디자인 쪽을 전공했는데 참 재미있는 분야예요."

그러고 보니 나양이 나에게 존댓말을 쓰고 있었다. 하긴 나양이 입사하고 두 달이 지나는 동안, 회사에서 얘기를 나눈 적이 별로 없었다. 언니들 눈치를 보기도 했지만 예전과 달리 실험실에서 잡담을 하는 일이 극히 드물어졌기 때문이다. 게다가 나양은 여전히 보온도시락을 갖고 다녀 우리와 점심시간에도 어울리지 않았다.

"말씀 낮추세요. 저 이제 열여덟 살이에요. 중학교 나왔거든요… 언니."

나양은 내가 언니라고 부르자 감격했다는 표정을 지었다. 나양은 내년에 미국 유학을 떠날 예정이라고 했다. 너무 나약하다며 아버지가 1년 동안 사회생활을 잘하면 보내주겠다고 하여 실험실에 들어오게 되었다는 것이다.

"나 사실 힘들어요. 박양 언니가 주산을 할 줄 아느냐고 했을 때 얼마나 놀랐는지 몰라요. 사실 그날 우리 가족들이 회의까지 했어요. 아버지는 아주 잘됐다면서 다니지 말라고 하셨지만 어머니는 공장장님이 넣어주셨는데 일을 못하면 안 된다면서 얼마나 애를 쓰는지. 사실 실험실원들이 나를 못마땅해하는 거 알아요. 다들 악의는 없겠지만. 여기서 잘 견뎌야 유학 갈 수 있기도 하지만 그전에 나 자신과의 싸움에서 이겨야 한다는 생각이 들어요. 고등학교 3학년 때부터 유학 보내달라고 했는데 집에서 안 된다고 해서, 4년제 가면

늦어질 거 같아 일부러 2년제 대학에 간 거예요. 미국에 친척이 있어서 수속은 쉽게 밟을 수 있거든요. 나 아주 멋진 제품디자이너가 되고 싶어요."

나는 나양의 얘기에 감격하여 그녀가 의지를 꺾지 말 것을 빌어 마지않았다. 나도 부산으로 못 가서 고등학교 입학을 포기했다는 얘기를 털어놓았다. 속마음을 드러내고 나서 우리는 금방 친해졌다. 나양은 공업디자인의 무한한 가능성에 대해 많은 얘기를 들려주었다. 우리나라가 발전할수록 많은 물건을 만들 테고, 그 물건을 사고 싶게 만드는 건 디자이너의 몫이라고 했다. 앞으로 자기가 만들고 싶은 냉장고 모양을 직접 그려서 보여주었다. 흰색 냉장고밖에 생산하지 않는다는 게 말이나 되느냐면서 유학에서 돌아오면 가장 먼저 펄이 들어간 빨간색 냉장고를 만들고 싶다고 했다. 무얼 만들겠다는 계획까지 세운 나양의 구체적인 꿈이 그 순간 몹시 부러웠다. 인생은 계획대로 되지 않는다고 생각하는 나와 많이 다른 모습이었다. 구체적인 꿈을 갖기, 나는 나양이 그린 빨간 냉장고를 보며 그런 생각을 했다.

나양은 퇴근 후에 영어를 두 시간씩 배우고 있다고 했다.

"내년에 스물세 살인데 유학 가면 결혼은 언제 해요? 부모님이 결혼 얘기 안 하세요?"

실험실 다른 언니들의 관심이 온통 결혼이었던 게 떠올라 던진 질문이었다.

"아버지는 내가 회사에서 결국 못 버틸 거라고 생각하시고, 어머니는 열심히 하라고 밀어주세요. 우리 집도 사실 우리 어머니가 다 일으킨 거예요. 우리 어머니가 젊었을 때부터 식당 하셔서 이 빌딩을 샀어요. 아버지도 착실한 분이지만 어머니 덕을 많이 봤죠. 어머니는 여자도 공부해서 일을 가져야 한다고 생각하시는 분이에요. 나한테 언제까지든 밀어줄 테니 열심히 하라고 하시죠. 아버지는 빨리 결혼시키고 싶어 하시지만."

구체적인 계획에다 밀어주는 어머니까지 있다니 너무 부러워서 질투가 날 지경이었다. 우리 어머니는 대체로 내가 하는 일에 큰 관심이 없었다. 언제나 내가 밥을 잘 챙겨 먹고 다니는지 어떤지가 최대 관심사였다. 그래서 회사 식당에서 나오는 밥이 먹을 만한지를 가끔 물어보는 정도였다.

그날 이후 회사에서 나양에게 나양 언니라고 부르면서 일을 빙자해 수시로 얘기를 나누었다. 김양은 그런 나에게 못마땅한 표정을 지었지만 별다른 말은 하지 않았다. 다만 황양이 "무경아, 지조를 지켜라 지조를" 하고 말했을 뿐 더 이상 눈치를 주진 않았다. 사실은 황양도 나양에게 자주 말을 걸며 친해지는 중이었다.

6장
변화의 시대

　기억을 더듬어보니 그 시절에도 유학 가는 사람이 있긴 했다. 나는 그때 나양을 보면서 상대적 박탈감을 느끼지 않았다. 친구가 아니어서 그랬던 게 아니라 매우 희귀한 경우였기 때문일 것이다. 다들 중학교나 고등학교를 졸업하고 고만고만하게 살았는데 이젠 달라졌다. 아이들은 컴퓨터로 온 세상을 돌아다니면서 멀리 있는 아이들과도 비교하며 산다. 유학을 간 나양 언니는 얼마만큼 행복해졌을까?

　재고 물건을 가게 앞 임시 판매대에 진열하고 있을 때 양씨가 눈이 휘둥그레져서 다가왔다.

　"어쩐 일이야. 싸구려 안 팔기, 디스플레이 고급스럽게 하기, 이런 걸 신앙처럼 지키더니. 이거 재고 물건인 거 같은데."

나는 대답 대신 그냥 피실 웃었다. 재고가 쌓여가는데도 새 물건으로 진열장을 화려하게 장식하는 일에만 신경 써온 아둔함에 새삼 실소가 나왔다.

재고 물건 대신 진구 얘기를 꺼내자 양씨가 눈을 반짝였다.

"다혜 친구가 메일을 보냈다구? 그렇다면 방법이 생기겠는데."

내 메일을 열어서 글을 읽겠다더니 양씨는 통 내용을 모르고 있었다.

"내 메일 본다고 하지 않았어요? 난 내 편지를 읽고 왜 아무 말이 없나 오히려 궁금하게 생각하고 있었는데. 나한테 관심 있다더니 순 거짓말이었군요."

"말은 그렇게 했지만 어떻게 남의 메일을 봐. 남의 사생활인데. 같이 본다면 모를까."

새삼 그의 신사적인 태도에 신뢰가 갔다. 메일을 열어 진구의 편지를 보여주자 빠르게 훑어내리던 그의 얼굴에 화색이 돌았다.

"왜, 갑자기 표정이 밝아져요?"

"아냐, 앤이 딸 친구랑 연애편지 나누는 거 같아서."

나는 그에게 부담 느끼지 말고 편지를 읽으라고 말했다. 그가 나의 진심을 읽어주는 것도 좋을 것 같았다. 치열하게 살았던 나의 한 시절을 한 사람이 더 간직해주면 그만큼 의미가 배가될 거라며 나를 달랬다. 컴퓨터에 능숙한 그가 수시로 메일함을 확인하여 새로운 조짐을 포착해주길 바라는 마음도 있었다.

다혜는 내 편지가 도착하면 적어도 사흘 안에 확인했다. 수신 확인에서 '읽음'이라는 글자를 보면 마치 구원의 메시지라도 받은 양 안심이 되었다. 양씨도 다혜가 엄마 편지를 기다리는 건 좋은 조짐이라며 나를 안심시켰다. 긍정적인 말 한 마디가 큰 힘이 된다는 걸 그즈음에야 깨닫게 되었다. 나는 당연한 것들을 새롭게 확인하며 작은 것에도 위안받고 감사하기 시작했다.

성실하고 다정한 양씨를 볼 때면 어쩔 수 없이 다혜 아빠와 비교가 되었다. 그가 너무 싫어 다혜를 포기한 일은 어떤 식으로도 정당화될 수 없다는 걸 딸이 떠난 뒤에야 깨닫게 되었다. 다혜가 훌쩍 커서 나에게 왔을 때 사실은 내가 더 서먹했다. 나의 무모한 결혼과 기억하고 싶지 않은 사람과의 사이에서 난 아이에게 정을 주기가 머뭇거려졌다. 딸과 다시 만났을 때 복잡한 마음속에서 의무라는 단어만 끄집어내 다른 생각을 하지 않기로 마음먹은 뒤 그나마 평온해질 수 있었다. 눈치만 빨랐을 다혜는 그런 기류를 재빨리 감지했을 것이다. 나와 함께했던 시간 동안 많이 불편했을 딸은 나에게 뭔가를 요구한 일이 거의 없었다. 컴퓨터를 사달라고 한 것 외에는. 필요하다고 생각되어 내가 미리 마련해주었을 뿐 자기가 필요한 게 있으면 아르바이트를 하여 직접 장만했다. 내 숨소리조차도 신경 쓰며 살았을 딸이 가출한 건 어찌 보면 당연한 일이다. 그걸 내가 모른 체했을 따름이다.

변명을 하자면 부산여고에 가지 못한 이후 나의 결정은 우발적이거나 편승하는 쪽이었다. 성희를 따라 회사에 들어갔고 어머니의 부추김에 결혼을 결정하는 식의.

스물아홉, 사람들은 왜 나이라는 함정에 그렇게 쉽게 굴복하는 것일까. 스물아홉을 넘기면 마치 폭삭 꼬부라지기라도 하는 것처럼 을러댄 주변이나 떠밀려간 나 자신이나 무책임하기는 마찬가지다. 스물아홉을 앞두고 몇 남지 않은 친구들도 모두 황급히 결혼이라는 장막 안으로 숨어들었다. 마음에 들지 않는 여상을 끝내 가지 않은 나에게 한번 된통 질린 어머니는 스물아홉이 되자마자 닦달하기 시작했다. 서른이 되면 내가 꼬리가 아홉 개 달린 구미호로 변하기라도 하는 것처럼.

큰 공장에 정기적으로 물건을 납품하는 업자 중에 웬만한 규모의 가게를 가진 사람보다 더 실한 사람이 있긴 했다. 어머니는 어디에 납품하는지도 모르고 그저 총각 납품업자라는 사실에 점수를 주었고, 서른이 되어서도 하청업체 사무실에서 허드렛일을 할 생각에 골머리가 지끈거렸던 나는 떠밀리듯 선을 보게 되었다. 훌쩍 큰 키의 그가 들어설 때 괜스레 가슴이 쿵 떨어졌다. 그 옛날 왕다방에 들어서던 차현과 어딘지 모르게 닮았다고 느꼈던 것일까? 그와 세 번째 만날 때 결혼을 결심했다. 그가 작은 하청업체에 납품하는 업자라는 걸 이미 알았고, 그렇다면 외모가 아닌 다른 걸 꼼꼼히 따져봤어야 했건만 나는 마치 뭔가에 홀린 듯했다. 원청업체에 문제가 생기면 하청업체는 줄도산을 하게 되어 있으니 부실한 하청업체의 납품업자는 바람 앞의 등불 같은 존재였다.

식을 올리기 전에 그가 차현과 닮은 건 큰 키밖에 없다는 걸 깨달았지만 결혼했다. 어쩌면 스물아홉, 아무런 꿈을 꾸지 않고 살았던 그때 나는 키 큰 그가 차현을 닮았다고 믿고 싶었는지도 모른다. 그냥 내가 결혼을 결정한 이유나마 만들기 위해. 잊었다고 생각한 차현이 여전히 가슴속에 담겨 있었다는 따위의 감상에 젖진 않았다. 그건 사실도 아니었고, 키 큰 그 남자에게서 문득 차현이 연상되었을 뿐이니까. 그리 인상적인 사람이 아니어도 어느 날 문득 떠오를 수 있듯, 그렇게.

맞선을 보고 사랑이란 과정을 생략한 채 스물아홉 가을에 떠밀리듯 한 결혼은 얼마 가지 못했다. 마치 연속극처럼. 신통찮은 납품업자였던 그도 나처럼 서른셋이라는 나이가 버거워 결혼을 선택했을 뿐, 사랑 따위에는 관심이 없었다. 우리의 결혼은 맨송맨송하게 시작해 격렬하게 끝맺었다.

우리가 헤어진 후 어머니가 "사람이 선량해서 괜찮아 보이더니만 그럴 줄 몰랐네. 쭉 빠져서 훤한 게 걸리더라니 역시 인물값 하네"라고 말했을 때 내가 결혼을 결심한 이유가 생각나 실소가 나왔다.

내가 남편과 헤어진 과정은 어쩌면 그렇게 드라마와 똑같은지 감탄사가 나올 지경이었다. 결혼 후 거래하던 하청업체가 도산하자 남편은 변하기 시작했다. 날마다 폭음을 하고 들어오더니 점차 들어오지 않는 날이 많아졌다. 가끔 들어와서는 "점을 봤는데 니가 재수 없는 년이어서 내 사업이 안 된다더라. 내 앞에서 꺼져" 하며 폭언을 퍼부었다. 그 다음 상황도 거의 드라마처럼 흘러갔다. 아이를 낳은 후 남편이 들어오지 않는 빈집에서 한동안 친정어머니가 해오는 음식으로 연명하며 살았다. 그 와중에도 다혜는 별 탈 없이 자랐다. 삶이 팍팍하여 살뜰하게 애정을 건네지 못했는데도. 남편은 가뭄에 콩 나듯 들어와서 다혜를 쳐다보는 둥 마는 둥 하고는 다시 나가버렸다. 더 이상 버틸 수 없게 되어 코딱지만 한 아파트를 팔려고 내놓았을 때 그는 여자를 데리고 들어왔다.

시내에 새로 생긴 백화점에 매장을 갖고 있는 여자였다. 남편은 내 사업을 망쳐먹었으니 한 푼도 줄 수 없다며 당장 나가라고 했다. 그 여자를 통해 큰 회사의 납품 건을 땄다며 자기 사업을 도와줄 여자가 필요하다는 말로 쐐기를 박았다. 그 여자는 아이를 미끼로 내가 남편과 연락할지도 모른다고 생각했는지 아이는 줄 수 없다고 했다. 허우대만큼은 멀쩡하여 잠깐 여자의 눈을 멀게 할 정도의 힘을 갖고 있는 게 남편에게 무기라면 무기였다.

내가 미처 항변할 사이도 없이 남편은 나를 문밖으로 밀어내고 철문을 쾅 닫아버렸다. 잠깐 문밖에 서서 생각해보았다. 다시 문을 밀고 들어간들 달라질 게 뭐가 있겠는가. 친정 식구들을 동원해서 여자를 몰아낸다 한들 이미 돌아선 남편의 마음을 되돌릴 수 있겠는가. 무엇보다도 내가 그를 간절히 원한 적이 한 번이라도 있었던가? 그렇다면 다혜는? 누구에게나 방실방실 잘 웃고 병치레도 안 하니, 아무것도 모를 때 새엄마와 정붙이는 편이 나을 것 같았다. 그들은 어쨌든 지금 에너지가 넘칠 테니까. 몸도 마음도 지쳐 아이를 잘 기를 자신이 없었다. 아이를 낳고 2년간 부대끼기만 해 내 가슴에 한 줌의 사랑도 남아 있지 않았다. 나는 그대로 돌아섰다. 3년의 세월이 그저 꿈인 듯했다. 기억하기 싫은 악몽.

그랬는데 어느 날 훌쩍 키가 큰 아이가 제 고모의 손을 잡고 내 삶 속으로 걸어들어왔다. 내 기억 속의 다혜는 겨우 두 돌이 지난 아기였는데 소녀가 되어 있었던 것이다. 딸은 서먹서먹해하는 내 감정을 재빨리 읽고 나에게 가까이 오지 않았다. 그게 자신이 튕겨나가지 않을 방편이라는 걸 아이는 동물적으로 알고 있는 듯했다. 그 애의 빤한 감정이 읽혀 더 가까워지기 힘들었다. 그렇게 우리의 동거는 시작됐고 딸의 가출로 엉거주춤한 삶조차 끝났다.

보내는 즉시 편지를 열어보고 답장을 보내주던 친구가 감감무소식이다. 편지도 열어보지 않은 상태였다. 다행히 다혜는 다섯 번째 편지를 받아본 것으로 표기되어 있었다. 불안한 마음이 들기도 했지만 다혜가 편지를 보았다는 사실을 확인하니 그나마 마음이 놓였다. 진구는 어떻게 된 걸까. 확고한 생각을 깊고 있는 아이지만 그 애 역시 가출을 한 위험한 상태가 아니던가. 대체 아이들에게 무슨 일이 일어나고 있는지 엄마들이 이렇게 몰라서야…… 답답해서 숨이 가빠올 지경이었다.

"이제 아이들은 너무 빨리 엄마 곁을 떠난다."

그렇게 읊조리다가 피실 웃었다. 30년 전이든 5년 전이든, 아이들은 고개 들 힘만 있으면 자기가 어른이라고 생각하거늘. 어른이 뭐에 그리 동경할 만한 구석이라고.

막막했다. 이대로 어디론가 사라져버렸으면 좋겠다고 생각하고 있을 때 17세 무경이 채근했다. 빨리 자신을 놓아 보내라고. 속히 동갑내기 다혜에게 다가가고 싶다고. 나는 제법 빨라진 솜씨로 자판을 만지기 시작했다.

m070101 d0707에게 보내는 여섯 번째 편지
♥

5월이 되자 두 가지 일이 동시에 일어났다. 하나는 우리 실험실에 서울대학교 졸업생이 실장으로 부임한 일이고, 또 한 가지는 이강우 씨가 말했던 예림회에서 회보를 발간한 일이었다. 이강우 씨가 예림회보 창간호를 들고 온 날, 우리는 모처럼 화기애애한 분위기에서 그가 쓴 〈비상〉이라는 시를 읽고 또 읽었다.

늘 그곳은 같은 공기가 떠돈다.
똑같은 온도와 습도를 머금은 지루한 공기.
똑같은 공기를 마셔도 삶은 모두 다르다.
온도와 습도는 조절할 수 있어도
마음은 조절될 수 없기에.
똑같은 그곳,
서로 다른 꿈을 꾸는 이들이 모여 있다.
비상을 꿈꾸며.

정계장은 운율을 넣어가며 읽더니 역작이라고 칭찬했다. 하지만 나는 어쩐지 밍밍한 기분이 들었다. 시라면 뭔가 아름다운 표현이 있어야 할 것 같은데 너무 일상용어로 구성되어 있었다. 게다가 은유적인 표현이 전혀 없어 전달하고자 하는 것이 너무 노골적으로 드러

낯다. 김양이 내 생각과 비슷한 말을 하자 장필곤이 그랬다.
"공장에서 나온 시가 그렇지, 뭐. 나야 이해 잘되어 좋기만 하네. 괜히 무슨 말인지도 모르게 써놓고 명작 어쩌구 하는 거, 밥맛이야 진짜. 온도와 습도는 조절할 수 있어도 마음은 조절될 수 없기에. 그렇고말고. 서로 다른 꿈을 꾸는 이들이 모여 있다, 비상을 꿈꾸며. 캬! 명작 탄생이다. 강우 형. 이제 나 이강우 시인이라고 부를래. 야, 이 공장시 진짜 최고다."

장필곤의 공장시라는 말에 모두들 폭소를 터뜨렸다. 황양도 이해하기 쉬운 시라며 맞장구를 쳤고, 별로 끼어들지 않던 나양까지도 관심을 보였다. 시끌벅적한 가운데 분위기가 화기애애해지자 실험실이 예전처럼 정이 넘치는 공간으로 회복될지 모른다는 기대가 새록새록 솟아났다. 몇 달 동안 알게 모르게 균열이 생겼던 실험실이 완전히 봉합되는가 했으나, 곧 강신도 측정 때 나일론실이 끊어지기 직전처럼 팽팽한 긴장이 감도는 사태가 발생했다.

우리가 이강우 씨의 작품 〈비상〉을 아예 붓글씨로 써서 벽에 걸자며 의기투합하고 있을 때 품질관리과 민양이 회람을 갖고 왔다. 회람을 받은 정계장의 얼굴이 갑자기 굳어지더니 나가려는 민양을 다시 불러 세웠다.

"아니, 언제 결정된 거야?"

정계장이 긴장하는 모습을 처음 본 우리는 입을 다물고 두 사람을 주시했다.

"저도 잘은 모르는데 회사 방침이 바뀌었다나 봐요. 이번에 대졸 신입사원을 많이 채용했대요. 예전에는 서울 본사에만 몇 명 뽑았는데, 이제 전국의 공장에도 대졸 사원들을 배치한다나 봐요. 올 2월에 뽑은 신입사원들이 서울 본사에서 1차 교육을 받고 내려와 BOQ(독신자 숙소)에서 묵고 있어요. 우리 품관과로 네 명이 발령 났어요. D실험실뿐만 아니라 A, B, C실험실에도 실장들이 부임할 거예요. 올해 2월 졸업생들이어서 나이가 스물일곱, 스물여덟 정도라는 것밖에 몰라요, 저는."

금방 사태를 파악할 수 있었다. 실험실 온도는 나양이 왔을 때보다 더 내려간 것처럼 냉랭해졌다. 민양이 나간 뒤 사무실은 침묵 속에 빠지고 말았다. 나양이 들어올 때와는 차원이 다른 문제였다. 나양은 박양이 나간 자리로 왔지만 다섯 살이나 적고 학벌이 높은 실장이 정계장이 엄연히 있는 상황에서 상사로 부임하는 것이다.

회람을 읽어보던 이강우 씨 얼굴도 급속도로 굳어졌다. 슬쩍 회람을 훔쳐본 나도 참혹한 마음이 들었다. 참혹함, 세상에는 도처에 참혹함이 복병처럼 도사리고 있다. 실장이 부임한다는 소식과 함께 책상 배치를 다시 하라는 지시가 참혹함을 더했다. 정계장 자리에 새로운 실장 자리를 마련하고 정계장과 나양이 마주보고 앉는 것으로 배치도까지 그려져 있었다. 각자 말없이 자리로 돌아갔다. 이강우 씨가 나눠준 예림회보를 들고, 비상하려던 마음을 접은 채.

조절될 수 없는 마음을 갖고 각자의 꿈을 꾸는 이곳에 비상은 꿈도 꿀 수 없을 정도로 강한 폭풍우가 몰아치기 시작한 것이다. 나도 덜컥 겁이 났다. 지금까지는 정계장과 이강우 씨의 그늘 아래서 자리 없이도 그럭저럭 버틸 수 있었지만, 새 실장이 오면 어떻게 될지 알 수 없는 일이었다. 그제야 내 마음도 정계장과 이강우 씨의 얼굴처럼 급속도로 복잡해졌다. 이강우 씨는 어디서든 자기 할 일만 잘하면 문제없다고 했지만 나는 일을 하고 싶어도 할 수 없는 처지가 아닌가. 나에게 맡겨진 일이라는 게 도무지 없으니.

실험실은 침묵 속에 깊이 빠져들었다. 각종 실험기기들이 내는 웅웅거림과 철문 사이로 비집고 들어오는 직기의 철컥거림만이 침묵을 헤집고 다녔다. 큰 탁자 주변에 놓여 있는 접이식 의자를 내 자리 삼아 지냈는데 그게 갑자기 마음에 걸리기 시작했다. 큰 탁자는 회의할 때나 시료를 늘어놓을 때 쓰는 것이지 결코 내 자리가 아니었다. 비상은커녕 시궁창에 박히는 기분이었다.

이럴 바엔 차라리 현장에 가서 일하는 게 나을 것 같았다. 하지만 내 키는 그동안 겨우 1센티밖에 자라지 않아 그것도 불가능한 일이었다. 여전히 나는 이 회사 천여 명의 직원 가운데 가장 작은 아이였다. 다들 조용히 일을 끝낸 뒤 소리 없이 퇴근했다. 나도 복잡한 마음으로 실험실을 나섰다.

태양은 어김없이 떠올랐다. 처음으로 회사에 가는 게 즐겁지 않았다. 정계장이 곤혹스러워하는 모습을 볼 자신이 없고 대체 나는 어떻게 될지 갑갑하기만 했다. 터덜터덜 회사에 도착했을 때 사람들이 무리지어 들어오고 있었다. 출근버스가 도착한 모양이었다. 멀리서 정계장이 힘없이 걸어오는 게 보였다. 나는 괜히 정계장의 눈에 띌까 봐 잰걸음으로 실험실에 먼저 도착해 옆방에 가서 앉았다. 이강우 씨는 아침마다 나에게 이런저런 얘기를 했으나 그럴 기분이 아닌지 실험도구만 챙겼다.

"초상났니? 왜 다들 죽을상이야. 당할 때는 큰일 같아도 시간이 지나면 다 별거 아닌 게 돼. 무경아, 나랑 커피 타자."

가운 주머니에 손을 꽂고 긴 웨이브 머리를 날리며 김양이 활기차게 소리 질렀다. 나양이 들어왔을 때 누구보다도 마음이 심란했을 김양의 얘기니 설득력이 있었다.

"시간 지나면 다 별거 아냐. 마음만 굳게 먹으면 이기지 못할 게 없어."

언젠가 이강우 씨가 들려준 얘기였다. 중졸 학벌 때문에 행여 위축될까 봐 이강우 씨가 수시로 해준 얘기들이 실은 모든 사람에게 적용될 수 있다는 게 신기했다. 세상에는 마음을 굳게 먹고 맞닥뜨려야 할 일이 도처에 깔려 있다. 참혹함이 여기저기 도사리고 있으므로.

김양은 직접 커피를 쟁반에 받쳐 들고 가서 정계장과 나양에게 건네주었다.

"나양, 프림 두 스푼 넣었는데 너무 많이 넣은 거 아니지?"

환히 웃으며 커피를 건네는 김양에게 나양은 고마워 어쩔 줄 몰라

했다. 김양은 정계장에게 용기를 주려는 듯 일부러 나양에게 친절하게 행동하는 것 같았다. 그 모습을 보자 괜스레 눈물이 핑 돌았다.

오전 열 시쯤 조과장이 젊은 남자를 데리고 왔다. 나는 깜짝 놀랐다. 성희가 이상형이라고 말했던 모습의 남자였던 것이다. 안경을 끼고, 얼굴이 희고 갸름하며, 키가 훌쩍 크고, 지성적으로 생긴 남자. 조과장이 올해 2월에 서울대학교 섬유공학과를 졸업했고 나이는 스물일곱 살이라고 소개한 뒤 인사를 하라고 했을 때, 그 남자는 성희가 말한 마지막 조건까지 갖추고 있었다.

"임준혁입니다. 잘 부탁드립니다."

이름에 준이나 혁이 들어가고, 서울말 하는 사람. 역시 성희가 말한 이상형은 훌륭했다. 여자라면 누구나 흔들릴 만했다. 황양은 거의 황홀하다는 표정을 지었다. 늘 차분하던 나양도 약간 흥분하는 듯했다. 유일하게 김양만 무표정한 얼굴로 입술을 비틀었다.

"정계장, 임실장이 아무리 서울대를 나왔어도 사회생활은 처음이니 부족한 게 많을 거야. 잘 좀 가르쳐줘요. 내 섬유공학과 직속 후배야. 임실장, 당분간 오전만 근무하고 오후에는 과사무실에서 품관과 오리엔테이션이 있으니까 참석하도록."

조과장의 얘기에 정계장은 억지로 웃으며 고개를 끄덕였지만 곧 눈물이 떨어질 것 같은 표정으로 바뀌었다. 조과장이 떠난 뒤에도 다들 엉거주춤 서 있었다.

"어디가 제 자린가요?"

임실장은 자신이 던진 질문에 대한 답변을 듣지도 않고 가장 윗자리, 어제까지 정계장이 앉았던 자리로 갔다. 그는 거침이 없었다. 나 양이 다소곳하고 조용했다면 그는 실원들이 어떤 생각을 하고 있는지 따져볼 이유가 없다는 듯한 태도였다. 사실상 그는 전날 실험실이 냉장고처럼 얼어붙은 것에 대해 알 리도 없고 알 필요도 없었다. 그는 대졸 신입사원이 아니던가. 최고의 조건을 갖춘 그가 기세등등하게 사회에 첫발을 디뎠는데 거칠 게 뭐가 있겠는가. 그는 지금 자연스럽게 행동하고 있는 것이다. 자신감. 나는 그의 태도에서 자신감이 어떤 건지 확실히 깨달았다. 그때까지 회사에서 본 사람들에게서 결여되었던 것, 그게 자신감이라는 걸 그제야 알아차렸다.

임실장이 책상 서랍에 자신이 가져온 물품을 채워 넣고 책상 위에 몇 권의 책을 올려놓을 때까지 정계장은 엉거주춤 서 있었다.

"정계장님, 실원들 소개도 좀 해주시고 실험실 안내도 해주세요."

정계장은 그제야 정신이 드는지 "아, 예" 하면서 당황한 표정을 지었다. 늘 여유가 가득했던 정계장은 어디론가 사라지고 없었다. 다섯 살 적은 전도양양한 젊은 남자 앞에서 그는 약간 구부정한 자세로 우리들을 소개했다. 한 사람 한 사람 하는 일을 소개하다가 내 차례가 되었을 때 정계장은 잠깐 말을 멈췄다.

"무경이는… 인원이' 빌 때 실험도 하고 다양한 일을 하고 있습니다. 애가 영특하고 부지런합니다."

그 순간 수치심이 확 몰려왔다. 김무경은 잉여인간입니다, 정계장이 그렇게 말하는 것처럼 느껴졌다. 나양이 왔을 때의 내가 애매모호했다면 지금은 침몰 직전처럼 절망적이다. 다양한 일을 하고 있다니, 영특하고 부지런하다니, 그게 다 무슨 소용인가. 자리가 없는데. 단지 키가 작다는 이유만으로 잉여인간 취급받는다는 게 그 순간 한없이 원망스러웠다.

나양이 들어왔을 때는 이강우 씨가 실험기구를 소개했지만, 이번에는 정계장이 직접 나섰다. 키가 훨쩍 큰 임실장 옆에 작달막한 정계장이 서 있는 모습을 보니 눈물이 쿡 쏟아질 것 같았다. 박양이 남편의 모습을 봤다면 또 한 번 참혹했을 것이다. 결혼식 때 신었던 키놉이구두라도 신고 왔더라면 좋았을 텐데, 하는 생각에 목울대가 얼얼해졌다. 다들 자기 자리에서 실험에 열중했고 정계장의 힘없는 목소리만 실험실에 떠다녔다. 우리는 대통령이 새해벽두만 되면 얘기하는 '변화의 시대'를 정말 맞고 있었던 것이다. 나는 수레에 실험을 끝낸 보빈을 싣고 실험실을 나섰다. 이럴 때는 복잡함을 단숨에 잊게 하는 현장의 기계 소음 속에 묻혀버리는 게 상책이라고 생각하면서.

임실장이 부임하고 나서 자리 배치만 바뀐 게 아니었다. 모든 면에서 변화가 일어났다. 당장 가시적인 변화가 온 건 아니지만 갖가지 설이 난무했다. 하루가 다르게 새로운 설들이 나와 모두들 촉각을 곤두세웠다. 나도 당연히 관심을 가질 수밖에 없었다. 잉여인간으로서, 취업 부적격자로서, 내 앞날이 모호했으니. 들어오고 싶어 온 곳도 아닌데 막상 여기서 나가면 나의 존재를 인정받을 수 없을 것 같은 위기감마저 들었다. 사람은 길들여지기 마련인가. 나는 어느 틈엔가 실험실의 충실한 조직원이 되어 있었다. 필요한 인물이 아닌데도 눈치껏 내 자리를 확보해 사람들 틈에서 요행히 먹고사는 그런 인간으로.

떠도는 설 가운데 나쁘면서도 다행스러운 것은 낮에만 근무하는 주전반인 우리 실험실이 교대반으로 바뀔지도 모른다는 것이었다. 품질관리에 더욱 완벽을 기하기 위해 밤에 생산되는 제품을 그때그때 실험하는 체제로 전환한다는 얘기였다. 그리 되면 당장 숙련된 사람이 필요할 테고, 나에게도 자리가 생길지 모른다. 하지만 일주일씩 교대근무를 하면 생활이 불규칙해지고 말 것이다. 성희는 교대반을 하면서 피부가 나빠지고 건강에도 무리가 오는 것 같다고 했다. 특히 야반을 마치고 아침 일곱 시에 퇴근하면 거의 잠을 못 자고 다시 출근하기 일쑤라고 했다. 창문에 커튼을 쳐도 낮에는 좀처럼 잠이 안 와 야반 때 직기 앞에서 꼬박꼬박 졸게 된다고 했다. 한번은 졸다가 작업복 자락이 기계에 끼어 큰일 날 뻔한 적도 있다고 하여 얼마나 놀랐는지 모른다. 성희는 주전반으로 옮기고 싶은 마음이 많다고 했다. 주전반은 지원조여서 자질구레한 일이 많지만 위험은 그리 크지 않다면서. 성희는 가끔 의미심장한 말을 남겨 나를 놀라게 했다.

"편하면 사람은 방심하게 되고, 편하면 그만큼 또 위험이 따르는 법이야."

나는 성희가 이강우 씨 수준의 말을 할 때면 감탄하다가 아직도 내게 우수반의 시각에서 성희를 업신여기는 마음이 남아 있는 것 같아 반성하곤 했다.

나는 그동안 회사에 다닌다곤 했지만 따르뱅이여서 과한 일도 하지 않았고 더구나 저녁에는 근무를 해본 적이 없는지라 과연 해낼 수 있을지 걱정되었다. 나에게 일이 주어질지 어떨지도 모르지만 그런 상상으로 머릿속이 분주했다. 어쨌든 아무리 힘이 든다 하더라도 할 일이 없어서 눈치 보며 지내는 고통보다는 크지 않을 것 같았다. 피곤한 몸은 쉬면 회복되지만 마음이 불편한 건 영영 치유되지 않을 수도 있으니까.

이강우 씨는 입사해서 5년간 줄곧 주전반 근무만 했는데, 교대반 근무를 하려니 걱정된다고 했다. 이강우 씨가 나에게 일에 대한 걱정을 털어놓은 건 처음이었다. 우리들의 고민은 따지고 보면 심각한 게 아니었다. 정민석 계장은 종일 아무 말도 하지 않았다. 늘 푸근한 웃음을 달고 살면서 언니들 대화에 동네 아저씨처럼 끼어들던 정계장은 어디에도 없었다. 정계장도 나처럼 일거리가 없어서 곤혹스러워하는 눈치였다. 그간 품질관리과 사무실과 연결하고 실험실 관리 책임을 맡았는데, 그건 이제 임실장의 몫이었다. 정계장은 마땅히 할 일이 없었다. 그렇다고 실험실에 우두커니 앉아 있을 수도 없는지 자리를 자주 비웠다. 이강우 씨와 함께 수레를 끌고 공장 끝에 있는 개울 쪽으로 갔다가 그곳에서 뜻밖에도 정계장을 만났다. 정계장은 담배만 뻑뻑 피워대고 있었다.

"짜식들, 맨날 뭐 가지러 간다고 나가서는 여기서 놀았냐?"

웃으면서 말했지만 정계장의 얼굴은 밝지 않았다.

"형님 요즘 안색이 안 좋아요."

'형님'은 이강우 씨가 회식 때 술이 얼큰하게 들어가야 끄집어내는 호칭이다.

"짜식아, 내가 요즘 기분 좋을 일이 있겠냐? 때려치울 궁리 하고 있다."

"형님이야 때려치워도 아버님과 건축사업 하면 되죠, 뭐."

"인마, 내가 나가고 싶을 때 나가는 거랑 밀려서 나가는 거랑 같냐? 이럴 줄 알았으면 지난달에 그만두는 건데. 지금 나가려니 괜히 남의 입에 오르내릴 거 같고 말야. 박양도 반대하잖아. 남자는 모름지기 출근을 해야 된다면서. 아버지 사업이 그리 규모가 큰 것도 아니고… 어쩔까 싶다. 넌 아직 젊으니까, 열심히 해. 열심히 하는 놈한테는 아무도 못 당해. 지가 서울대를 나왔건 유학을 갔다 왔건."

두 사람은 줄담배를 피우며 두런두런 얘기를 나누었다. 회색 공장과 어울리지 않을 정도로 맑은 코발트빛 하늘이 머리 위로 끝없이 펼쳐져 있었다. 밤이면 공장마다 시커먼 공해를 뿜어댄다고 다들 걱정이지만 낮이 되면 거짓말처럼 하늘이 파랬다. 바닷바람이 도시의 탁한 공기를 하루에 몇 번씩 몰고 나간다는 얘기도 있었고, 공해는 많을지 몰라도 먼지가 많지 않아서 하늘이 맑은 거라는 얘기도 있었다. 바닷바람이 정계장의 마음에 낀 걱정과 근심도 몰고 가버려 저 하늘처럼 맑아지기만 바랄 뿐이었다.

"세상 참 고달파요. 대학교에서 뭘 그렇게 잘 가르치기에 형님보다 다섯 살이나 어린 사람을 형님 위로 앉힙니까. 난 이 회사에 뼈를 묻으려고 했는데, 요새 마음이 달라지고 있어요. 안 그래도 할아버지가 삼대독자니 고향 와서 땅을 지켜야 한다고 호통이신데 농사나 지어볼까 고민 중입니다."

"짜식아, 세상이 변하고 있잖아. 옛날에는 공고만 나와도 큰소리쳤지만, 나양 봐라. 이제 여자도 대학교 나오는 세상이다. 전문대긴 하지만. 내가 너보다 조금 더 산 사람으로서 말하는데 대세는 거스를 수 없는 거야. 우리가 입사할 때랑 지금이랑 회사가 얼마나 커졌냐. 이제 좀 있으면 여자들도 대학 안 나오고는 맥을 못 추는 세상이 올 거야. 사실 나양이 계산기 꺼낼 때 숨이 멎는 줄 알았다. 세상은 움직이는구나, 그 생각이 들어서. 내 마누라가 그 꼴을 안 당해서 다행이야. 나양 들어올 때 이상하게 나도 나중에 김양 꼴 나지, 그런 생각이 들더라구. 참나, 무슨 족집게 도사도 아니고 말야. 이번 회사의 조치에 대해 별로 원망은 없어. 난 좀 늦은 거 같다. 넌 인마, 아직 서른 되려면 멀었으니, 준비를 좀 해봐. 난 마음이 떠났어. 나도 참 여길 좋아하고 자랑스러워했는데."

갑자기 눈물이 쿡 쏟아졌다. 겨우 서른을 넘긴 정계장이 늦었다고 말하는 게 왠지 서글프게 들렸기 때문이다. 세상은 계속 변하는데 그에 대처하지 않으면 안 된다는 정계장의 얘기는 열여덟 살인 나, 고등학교를 외면한 내가 새겨들어야 할 말이었다. 미래를 준비하면서 살아야 한다는 건 진리다. 그게 대학이 됐든 무엇이 됐든. 한숨을 푹푹 쉬는 두 사람 옆에서 함께 고민하다가 파란 하늘을 바라봤다. 문득 하영의 얼굴이 보였다. 미래를 착실히 준비하고 있는 친구의 얼굴이. 대책 없이 눈물이 주르르 흘러내렸다.

임실장이 부임한 지 한 달이 지나지 않아 개혁안이 수면 위로 모습을 드러냈다. '전사적 품질관리' 구호에 충실히 대처하기 위해 3교대를 하지 않았던 C실험실과 D실험실도 전격적으로 3교대를 하게 될 거라고 했다. 회사 여기저기에 '품질관리만이 살 길이다'라는 구호가 나붙기 시작했다. 우리 실험실의 경우 남자들은 3교대를 하고 여자들은 야반은 뺀 조반과 석반 교대를 하게 될 거라고 했다. 그렇게 되면 당장 남자 두 명과 여자 두 명이 필요하다. 이강우 씨는 자기는 교대반으로 가고 나에게 자리가 생길 것으로 예측했다. 이강우 씨 예측대로라면 남자 한 명, 여자 한 명만 필요하다. 그렇게 되면 정계장은 이강우 씨가 하던 일들을 하게 된다는 결론이 난다.
뒤숭숭하던 날 정계장이 우리들을 할매집으로 소집했다. 정계장은 자기 휘하에 있던 우리들은 온전히 자신을 지지한다고 생각하여 우리들에게 '진성당원'이라는 호칭을 달아줬다. 장필곤을 제외한 정계장, 이강우 씨, 김양, 황양, 그리고 나 이렇게 다섯 명이었다. 나양에게 필요 이상으로 친절하고, 벌써부터 임실장에게 아부를 하는 장필곤은 말이 많아 글렀다는 게 정계장의 판정이었다. 모두들 술을 많이 마시고 그간의 답답했던 심경을 털어놓았다. 정계장은 자신이 몇 년 전에 했던 일을 다시 할 수 없다며 허탈해했다. 계장이 되기 전에 이강우 씨처럼 품관과 사무실을 드나들면서 사무용품도 타오고 현장 반장들과 실험 샘플 채취에 대해 논의도 했다며, 지금 와서 그 일을 다시 하라는 건 나가라는 얘기나 다름없다고 했다. 세상은 변하고 대세는 거스를 수 없다더니 정계장은 그냥 푹 꺾이겠다는 의사를 표명했다. 다른 사람이 하는 말을 주로 듣는 쪽이던 황양조차 목소리를 높였다.

"아니, 우리들한테 현장에서 일하는 중졸 공원들처럼 교대근무를 하라는 거야? 나 참 기가 막혀서. 스타일 완전히 구기는 거 아냐? 아니, 오밤중에 퇴근하면 우리 동네 사람들이 내가 이상한 데 다니는 줄 알 거 아니냐구."

황양의 얘기를 듣기 전까지 결코 상상하지 못했던 정서였다. 그러니까 김양과 황양은 전혀 다른 차원에서 교대근무를 받아들이기 힘들다는 반응이었다. 김양도 목소리를 높였다.

"고등학교 나와서 사무직이 아닌 현장 실험실로 발령 난 것도 억울해 죽겠는데 이 나이에 내가 석반 근무까지 해야 돼? 우리를 무슨 공순이로 보는 거야 뭐야. 우리 이거 그냥 받아들여서는 안 돼. 회사가 갑자기 돌았나 봐. 왜 사원들을 괴롭히는 거지?"

언니들의 얘기를 듣다가 나는 아주 중요한 사실을 깨달았다. 현장의 중졸 직원들을 지칭할 때는 '공원', '공순이'라고 하면서, 고졸 직원들을 지칭할 때는 '사원'이라고 한다는 점이었다. 대졸 임실장을 받아들이기 힘들다면서, 자신들은 또 다른 차별을 하고 있는 것이다. 나는 진성당원에 끼었지만 아무 말도 하지 않았다. 그들이 볼 때 나는 얼떨결에 횡재를 한 사람이니.

사실 밖에서도 나는 그런 식으로 인식되었다. 모두들 나를 중졸 학력으로 들어가기 힘든 곳에 안착한 '대단한 아이'라고 했다. 어머니는 거기 몇 년 다니다가 좋은 신랑감 만나 시집가라고 나를 세뇌시키는 중이었다. 부산으로 보내달라고 떼쓰던 내가 회사에 들어가 매달 월급을 꼬박꼬박 받아오는 걸 어머니는 매우 흡족해했다.

다른 사람들의 생각이야 어떻든 나는 정직하게 일하고 당당하게 월급 받고 싶었다. 다만 우리 동네로 가는 회사버스 노선이 없어 퇴근하는 일이 걱정이었다. 정문 한참 아래에 있는 시내버스 정류소까지 회사버스를 타고 가면 된다지만, 휑하니 빈 공단 정류소에서 밤 열한 시에 시내버스를 기다리는 일이 쉽진 않을 것 같았다. 모두들 술이 억병으로 취해서 단체로 항의하자고 결의했다. 나는 항의할 게 없어 그냥 어깨동무만 하고 있었지만, 네 사람은 소리를 악악 지르며 실험실을 초토화시키자고 기염을 토했다.

다음날 실험실은 평소와 다름없이 평온했다. 진성당원들은 어젯밤 의분은 다 어디로 날려 보냈는지 그저 초췌한 몰골이었다. 다들 어제 먹은 술에 속이 부대끼는지 가끔 인상만 썼을 뿐 모반의 조짐은 나타내지 않았다. 임실장은 실원들이 어떤 고민을 하는지, 어떤 얘기를 하는지, 조금도 관심 없다는 듯 새로운 방침이 설 때마다 거침없이 발표했다. 모두들 심란한 표정이었지만 나양만 평온했다. 퇴근버스를 타려고 모두들 분주하게 달려나간 뒤 텅 빈 실험실에서 가방을 챙기고 있을 때 나양이 내 등을 두드렸다.

"아, 나양 언니 아직 퇴근 안 했어요?"

"일이 조금 남기도 했고, 또 무경 씨 축하도 해주려고. 무경 씨 이번에 자리가 생길 거 같던데. 임실장님, 참 합리적인 분이야. 그동안 우리 실험실 역사를 죽 듣더니 박양 언니 나갈 때 날 받아들이지 말고 무경 씨한테 자리를 주는 게 순리였다고 하더라구. 너무 거침없어서 좀 아슬아슬할 때도 있지만 정확한 사람이야."

나양이 임실장과 개인적으로 만난다는 사실에 나는 조금 놀랐다. 하긴 그들은 어울리는 모습이었다. 그제야 내가 공고 실습생들에게 관심을 가지면서 대졸 사원은 염두에 둔 적이 없다는 사실을 깨달았다. 나이 차이도 있지만, 아예 넘보지 못할 대상이라고 생각했기 때문이다. 임실장은 그야말로 성희가 원하는 조건을 고스란히 갖춘 아주 멋진 사람이건만. 조금 쓸쓸한 기분이 들었다.

"언니는 심란하지 않아요?"

"나야 뭐, 심란할 건 없구. 함께 일하는 사람들이 다 만족하는 결과를 얻기만 바라지. 유학 가기 전에 잠시 머무는 곳이라고 해서 조금도 소홀해서는 안 된다, 그 생각으로 열심히 일하고 있어."

이강우 씨가 나를 교육시킬 때 했던 말이다. "무경아, 하루를 머물더라도 소홀해서는 안 된다."

나양은 퇴근버스를 탈 생각이 없는지 계속 말을 이었다.

"내가 빚이 있잖아. 들어올 때 몰랐다고 하지만 따지고 보면 김양 언니 자리를 뺏은 거잖아. 그것도 편법으로. 주판이 아니라 전자계산기를 갖고 왔으니 말야. 김양 언니가 지금 내 자리를 오랫동안 간절히 원했다는 사실을 미리 알았다면 난 들어오지 않았을 거야. 사람은 다 갈망이 있어. 아무리 편한 곳이라 할지라도. 하긴 갈망이 없으면 인간은 발전이 없겠지."

인간은 갈망이 없으면 발전할 수 없다는 말에 공감했다. 나의 요즘 갈망은 실험실에서 자리를 얻는 것이고, 그 다음 갈망은 아직 뭐가 될지 모른다.

"나 요즘 안주하려는 마음이 조금씩 생겨. 하지만 흔들리지 않기로 결심했어. 프로스트의 '가지 않은 길'이란 시처럼 인생에는 가볼 수 없는 여러 길이 있지만, 난 내가 정한 길로 갈 거야. 내가 너무 성취 지향적인지 모르지만."

그녀의 마음을 흔든 건 뭘까. 나는 그 순간 직감적으로 알았다. 임준혁 실장이다. 흔들릴 만했다. 하지만 그녀가 흔들림에 지지 말고 유학을 가면 좋겠다고 생각했다. 그냥 그런 마음이 들었다. 마치 나양의 유학이 나에게 희망 신호라도 되는 것처럼.

7장
인생의 조건

　양씨는 원두커피를 담은 보온병을 들고 새로운 물건이라곤 도무지 없는 내 가게로 들어왔다. 그는 향이 좋은 원두커피를 내려서 반드시 예쁜 머그컵에다 따라 마셨다. 그는 머그컵을 건넬 때면 꼭 이렇게 덧붙였다.
　"나 같은 사람이 까다로워서 마누라 피곤하게 할 거라고들 하는데 절대 안 그래. 난 요리하는 거, 커피 내리는 거, 좋아해. 홀아비니까 어쩔 수 없어서 하는 것도 있지만. 그러니까 앤은 나중에 내가 해주는 거 먹기만 하면 돼. 괜히 내가 까다로울 거라는 오해 같은 거 하지 마. 알았지?"
　그는 어젯밤 꼴딱 새우며 내가 그동안 쓴 편지를 다 읽었다고 했다.
　"나도 실습생으로 회사에 들어갔고, 정식 직원이 된 뒤 3교대로 꼬박 20년을 근무했잖아. 군대 가기 전까지는 회사생활이 재미있었는데 제대 후에 복직해서 생업이다 생각하니 그때부터 따분하더군. 특히 야간근무가 힘들었어. 낮에 잠이 안 와서 야간반 일주일은 늘 피곤한 상태로 지냈어. 회사에서의 시간을 아름답게 기억하고 있다는 건 행운이지. 다혜도 편지를 읽으면서 앤을 많이 이해하게 되었을 거야. 아이에게 훈계를 늘어놓기보다 눈높이를 맞춰서 다가가기로 한 건 좋은 발상이야. 앤이 방송대에서 국문학을 전공했다더니 그거 지금 써먹는군. 이참에 아예 글 쓰는 쪽도 생각해봐. 내가 팍팍 밀어줄게."

내가 쓴 편지를 다 읽은 그가 갑자기 내 마음에 들어온 느낌이었다. 그는 뭔가 할 얘기가 더 있는 듯 내 눈치를 봤다. 내가 채근하자 어렵사리 입을 열었다.

"앤에게서 늘 허전함이 느껴졌어. 다혜한테 보낸 편지를 읽고 그 실체를 알게 되었어. 열일곱 살에 원하는 고등학교에 가지 못한 갈망, 그 갈망이 채워지지 않아 허전함이 앤의 가슴에 박힌 거 아닐까? 최선을 다했는데 어느 순간 좌절되니까 자신도 모르게 가슴이 비어버렸겠지. 내가 앤한테 좋은 감정을 갖게 된 건 틈만 나면 책을 읽고 뭔가 새로운 걸 배우려는 자세 때문이었어. 다들 살기 바빠서 신문이나 제대로 읽게 되나? 근데 앤은 열일곱 살에 채우지 못한 갈증이 있어서 늘 허전했고 그래서 부단히 뭔가를 습득하는 거라고 봐. 다혜를 아빠한테 두고 떠나올 수 있었던 것도 삶이 허전해서 가능했을 거야. 쉽지 않은 일이거든. 딸을 남의 손에 맡긴다는 게. 앤은 그때부터 처연해졌을 거야. 아무튼 삶에 무심해진 거야."

양씨의 얘기에 나는 고개를 끄덕였다. 아무리 열망해도 가질 수 없는 게 있다는 걸 너무 빨리 깨달은 나는 새롭게 등장하는 걸림돌 앞에서 지레 백기를 들곤 했다.

"근데 요즘 내가 편지를 쓰면서 다혜에 대한 마음이 달라지고 있는 게 느껴져요. 그래서 끝까지 쓰고 싶어요. 다혜도 내 편지를 읽으면 달라지지 않을까 하는 기대를 하게 돼요."

양씨는 내 손을 잡더니 내 눈을 가만히 응시했다.

"다혜와 소통하면서 앤이 잃어버린 마음을 찾았으면 해. 열일곱 살에 잃어버린 가슴을. 성취만이 최선은 아니야. 우리가 어디를 향해 갈 때 오다가다 만나는 사람, 오다가다 보는 게 더 중요하잖아. 갑자기 기상이 악화돼 정상에 못 올라가더라도 시골 이발소 처마 밑에서 비 그치기를 기다리며 아저씨가 바리깡으로 머리 미는 걸 구경하는 것도 인생이거든. 사실 나 이런 거 프랑스 영화 보면서 깨달은 거야. 할리우드 영화처럼 숨 가쁘게 넘어가면서 끝장을 본다고 속시원한 건 아니거든. 느릿느릿 이해가 될 듯 말 듯 해도 아름다운 이미지가 남는 거, 그게 좋은 영화더라구. 삶은 아름다운 이미지의 모음인 거 같아. 좌절하더라도 나한테 남는 이미지만 있으면 삶은 보람 있는 거 아닐까? 앤이 소녀시절에 대해 아름다운 이미지를 갖고 있듯이 말야."

나는 가만히 고개를 끄덕였다. 내가 의식했든 그렇지 않든 열일곱 살의 좌절이 나를 지배하고 있는 건 사실이었다. 그 이후 삶이 심드렁해졌다. 그런데 요즘 조금씩 달라지는 게 느껴졌다. 다혜에 대한 갈증이 생기기 시작한 것이다.

모니터의 글씨가 잘 안 보이고 어깨가 아프다고 하자 양씨는 대학노트에다 써두면 자기가 대신 타이핑해주겠다고 했다. 어차피 읽을 건데 입력하면서 미리 읽으면 더 좋을 것 같다면서. 마음이 급해 다혜에게 나머지 이야기를 빨리 들려주고 싶은데, 조금 익숙해졌다곤 하나 자판을 두드리는 일은 여전히 힘들었다. 양씨에게 신세를 지기로 했다. 타이핑보다 글씨 쓰는 게 빠르기도 하지만 생각을 정리하기도 수월해 작업이 빨리 끝날 것 같았다.

무엇보다도 재고를 파격적인 가격으로 내놓자 물건이 쏠쏠하게 팔려나가 체증이 내려가는 기분이다. 원가를 생각하면 가슴이 쓰리지만 창고에 묵혀두었다가 쓰레기가 되거나 땡처리 업자에게 고물로 파는 것보단 훨씬 나은 선택이었다. 싼 값에 재고 물건을 팔기 시작하면서 월세까지 낼 수 있게 되었다. 재고 물건 파느라 빼앗긴 시간 때문에라도 자판 대신 노트에 글을 써야 했다. 마음에 괴어 있는 얘기와 창고에 박혀 있던 물건이 점점 빠져나가자 그 빈자리에 희망이 고이는 듯했다.

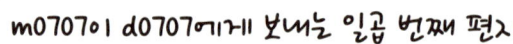

m070이 d070에게 보내는 일곱 번째 편지

♥

그즈음 성희가 나에게 회사 기숙사로 들어가자고 했다. 회사 인근에 사는 사람은 자격이 안 되지만 자기가 얘기를 잘 해놨다는 것이었다. 나도 밤 열한 시에 퇴근하는 건 아무래도 자신이 없었다. 어머니도 밤에 위험하니 기숙사에 들어갈 수 있으면 그렇게 하라고 했다. 다들 심란해하는데, 나만 준비를 착착 하는 것 같아 내심 미안했다. 정작 내게 자리가 주어질 것인지 어떤지 결론도 나기 전에 나는 이미 움직이고 있었다. 성희는 실험실의 복잡한 사정을 듣더니 현장은 단순해서 좋다고 했다.

"그냥 내가 맡은 라인에서 그날 근무만 잘하면 되니까 골치 아플 일이 없어. 자기 직기만 딱 지키면 되거든. 기계가 거의 자동이니 뭐 힘들 것도 없고. 주전반 애들이 직기마다 돌아다니면서 시다바리 해주니까 교대반은 편하지. 걔들이 필요한 거 다 조달해주지, 기계 고장 나면 공무과에서 와서 다 봐주지, 우리는 어떻게 보면 깔끔해. 자기가 기계 주인이잖아. 코드지만 잘 짜면 돼. 그래서 속편해. 실험실은 왜 그렇게 속시끄럽냐?"

연우도 의견을 같이했다. 골치 아플 게 하나도 없다는 반응이었다. 반복적인 작업이어서 따분하긴 하지만 여덟 시간 동안 자신을 기계라고 생각하면 오히려 말끔해진다고 했다. 과연 거기에 말끔하다는 표현이 맞는지 어쩐지 판단이 서지 않았지만 어쨌든 친구들은 자기 자리를 공고히 다지고 있었다.

모든 게 이강우 씨 예측대로 되었다. 정계장은 이강우 씨 일을 인계 받았고 이강우 씨와 장필곤은 3교대, 김양과 황양, 그리고 나는 조반과 석반 근무를 맡게 되었다. 나에게 드디어 자리가 생긴 것이다. 하지만 기쁜 티를 낼 수가 없었다. 이강우 씨는 별말이 없었지만 김양이 대표로 임실장에게 이의를 제기했다.

"저 이 회사에 들어온 지 7년째예요. 지금 와서 교대근무라니요. 고졸 여사원은 처음에 교대근무라는 조건 없이 들어왔습니다. 사원들의 의견도 듣지 않고 그렇게 일방적으로 정하는 게 어디 있습니까?"

김양은 감정이 격해지는지 얼굴이 벌겋게 달아올랐다. 임실장은 대수롭지 않다는 표정으로 말했다.

"7년 전과 지금은 상황이 많이 달라졌어요. 제가 그때 이 회사에 있지 않았지만 그때보다 회사가 훨씬 성장했습니다. 곧 현장에 생산 라인도 늘어날 겁니다. 실험실은 현장 사정에 맞춰야 합니다. 김선희 씨, 회사는 민원을 접수해서 해결해주는 데가 아닙니다. 조직원은 조직이 정한 법칙을 따라야 합니다. 이미 확정된 사항입니다. 따르고 안 따르고는 개인의 자유입니다. 자유에는 책임이 부과되지요. 자, 내일 새로운 사원들이 올 겁니다. 두 달 정도 실습기간을 거친 뒤 바로 교대근무를 실시할 거니까, 잘들 지도해주세요. 저는 회의가 있어서 사무실에 가보겠습니다."

임실장이 나간 뒤 실험실은 침묵에 빠졌다. 임실장의 결론은 하나였다. 싫으면 떠나라는 것이다. 나는 그 순간 전혀 다른 생각을 하고 있었다. 김양의 이름이 선희라는 사실을 새삼 깨달은 것이다. 정계장은 모든 사람을 성으로만 구별했지만 임실장은 이름을 불렀다. 임실장은 다른 실원들과 달리 나를 '무경아'가 아닌 '김무경 씨'로 불러주었다. 솔직히 말하면 나는 임실장에게 불만은커녕 고마운 마음이 들었다. 하지만 내색할 수가 없었다.

거스를 수 없는 대세가 형성된 것이다. 오후에 황양은 체념한 듯 다른 걸로 고민하고 있었다.

"김양 언니랑 나, 이제 다시는 근무를 같이 못하겠네. 무경이랑 새로 온 애랑 같이 근무시킬 리는 없잖아. 무슨 날벼락이야. 말도 안 돼. 박양 언니 나간 뒤에 김양 언니 의지하고 일하는데, 언니랑 헤어져서 어떻게 근무해. 나 몰라."

아, 그건 미처 생각지 못한 일이었다. 나 역시 김양이나 황양 중 한 명과 이제 다시는 근무를 못하게 된다. 가슴에서 갑자기 찬바람이 일었다.

"인생의 골목골목마다 삭풍이 기다리고 있어. 그냥 가슴이 스산할 때가 많거든. 그냥이라곤 하지만 지나간 옛사랑 때문에도 그렇고, 갑자기 나는 어디서 왔나 그런 생각도 들고."

이강우 씨가 어느 날 뜬금없이 했던 얘기까지 떠올라 가슴이 더 싸해졌다. 하지만 나는 어떤 표현도 하지 않았다. 자격 없이 들어와서 당당히 자리를 차지하게 됐는데 괜히 말 잘못 했다간 오해에 휩싸일 수 있다. 나는 따르뱅이살이 1년에 엄청난 눈치꾼이 되어 있었다.

차현은 여전히 샘플을 갖고 실험실을 들락거렸지만 예전처럼 너스레를 떨지 않고 바로 돌아갔다. 가끔 임실장이 없을 때면 한마디씩 했다.

"D실험실 분위기가 영 냉랭해요. 여기 올 때마다 고향집에 오는 것 같아 좋았는데, 요즘 분위기가 왜 이래요. 무경이가 나날이 예뻐지는 거 빼곤 뭐 하나 좋아지는 게 없는 거 같아요. 그나저나 이강우 선배님, D실험실에 한 사람 뽑는다는 소문을 들었는데, 저 좀 추천해주세요. 우리 현장이 영 살벌해서요. 며칠 전에 박 선배 사고 난 거 아시죠. 다행히 크게 다치진 않았지만 롤러에 옷이 딸려 들어가서 하마터면 큰일 날 뻔했잖아요. 예전에 롤러에 딸려 들어가 납작해져서 죽었다는 사람 얘기를 듣고 나니 정이 떨어졌어요. 혹시 누구 추천하라고 하면 저 좀 말해주세요. 무경이랑 같이 근무하게요."

차현은 싱글싱글 웃으면서 얘기했지만 표정에 절절함이 묻어 있었다. 이강우 씨는 자기가 추천할 수 있다면 한번 해보겠다고 말했다. 차현이 왔다 가면 여전히 기분이 좋아졌지만 가슴이 울렁거리는 건 좀 뜸해졌다. 차현을 생각하며 가슴 두근거리기에는 실험실 상황이 급박하게 돌아가기도 했지만, 여전히 성희와 좋은 관계를 유지하고 있는데 내가 마음속으로나마 좋아하는 것도 바람직한 일이 아니었으니.

차현이 우리 실험실에 오면 좋을 것 같았다. 그렇다고 해도 성희가 날 견제하지는 않을 것이다. 나는 단발머리에 작업복 차림을 고수하고 있는 데다 여전히 키가 작고 버석거려 소년 같아 보이므로. 그 어떤 기회가 온다 하더라도 나는 성희를 배반할 자신이 없으므로. 사실은 이길 자신이 없으므로.

성희는 차현처럼 멋진 애인을 두고도 살금살금 미팅을 하러 잘도 돌아다녔다. 한 달 전에는 공대 쌍쌍파티에 다녀왔다면서 흥분을 감추지 못했다. 성희가 떠들 때 나에게 함께 가자고 제안하지 않은 것에 약간 섭섭함을 느꼈다.

하지만 현장에서 엄선한 친구들끼리 몰려다니는 그룹에 내가 낄 수 없다는 건 인정할 수밖에 없는 일이다. 요소요소에 어쩔 수 없는 경계들이 있다. 성희가 친구들과 사복을 입고 외출하는 모습을 보고 나와 그들과의 경계를 인정했다. 나보다 목 하나는 큰 그들은 대개 긴 생머리에다 화장을 한 모습이었다. 양장점에서 맞춘 원피스 대신 시내에 새로 들어선 기성복 매장에서 구입한 캐주얼한 옷이 그들을 더욱 세련되어 보이게 했다.

우리 실험실로 지난해 입사한 공고 실습생 중 한 명과 올해 연초에 뽑은 고졸 여사원 중 한 명이 들어올 거라고 했다. 나는 은근히 차현이 오길 기대했으나 뜻밖에도 형묵이 배치되었다. 다른 실습생들은 다 기계에 익숙해져 배치를 받았지만 형묵은 여전히 실습 중이었던 탓이다. 공장 전체 기계를 익혀야 하는 공무과여서 아직 숙련되려면 기간이 더 필요해 형묵은 여전히 보조에 불과했다.

실험실로 들어서는 형묵을 보자 갑자기 얼굴이 화끈 달아올랐다. 내가 전화했을 때 형묵이 바쁘다면서 두 번이나 거절했기 때문이다. 정말이지 변명할 기회를 준다면 형묵을 좋아해서가 아니라 열심히 공부하는 그에게 자극을 받고 싶어서였다고 꼭 말하고 싶다. 형묵이 기분 상하지 않게 거절해서 그나마 다행이었다. 자신이 목표로 세운 학습량을 달성하지 못해 시간을 뺄 수 없다고 조심스럽게 말했다. 아무리 그렇더라도 두 번이나 거절당한 뒤여서 다시는 마주치고 싶지 않았건만 아예 한 실험실에서 근무하게 되다니… 나의 기막힌 심정을 아무에게도 토로할 수 없어 숨이 막힐 지경이었다.

형묵은 나를 보더니 머쓱한지 피식 웃었다. 나는 형묵이 꼭 대학에 가길 바라는 마음에서 속으로 응원을 보내고 있었기에 원망은 없었다. 나양과 형묵이 목표를 이루는 게 나에게 어떻게든 자극이 될 것 같아서였다. 실험실에 내 자리가 생기는 건 나의 갈망이긴 했지만, 가끔 나 스스로를 이해하지 못할 때도 있었다. 지금 이곳에 머물러 있긴 하지만 대체 어떻게 해야 하는 건지 갈피를 잡을 수가 없었다. 그렇다고 하영의 권유대로 2년이나 지난 지금 여상에 가는 일은 결코 내키지 않았다. 막연히 나양과 형묵을 지켜보면서 어떤 자극을 받으면 내가 가야 할 길이 보일지도 모른다는 기대를 하는 정도였다.

직기에서 일하던 최영란이라는 여사원이 다음날 우리 실험실로 배정되었다. 최영란은 인문계 여자고등학교를 졸업하고 현장에서 일하던 중이었다. 성희가 언젠가 그녀에 대해 했던 얘기가 떠올랐다.

"여고 나왔다고 괜히 잘난 체하면서 우리랑 안 어울려. 지가 여고 나왔으면 나왔지, 같이 현장에서 일하는 주제에 학벌 따지기는. 그렇게 잘난 게 왜 현장에서 일해. 기가 막혀서. 말이 나와서 그렇지 여고가 어디 학교냐? 줄만 서면 들어가는 덴데. 여상이면 또 몰라. 얼굴 좀 반반한 거까지 보태서 얼마나 얄밉게 구는지."

최영란은 정계장이 실원들을 소개할 때 허리를 거의 90도로 굽혀서 인사했다. 하지만 나에게는 까딱 목인사만 했다. 너에 대해 잘 안다는 의미였다. 성희가 언젠가 현장 아이들이 나를 다 알고 있고 또 부러워한다고 말한 적이 있었다. 최양의 태도에는 나이도 어리고 학벌도 낮은 너한테 인사할 수 없다는 생각이 깔려 있었다. 나는 활짝 웃으며 인사하려다 머쓱해지고 말았다. 뭔가 좀 복잡해지는 조짐이 느껴졌다. 형묵과 최영란, 두 껄끄러운 인물의 진입 앞에서.

형묵이 우리 실험실에 배정되자, 차현은 자신이 배제된 것을 아쉬워하면서도 반갑게 맞았다. 친구를 더 자주 보게 되어 잘됐다면서.

우리 실험실은 점점 더 경직되었다. 마치 소풍이라도 가듯 회사로 달려왔던 나는 심드렁한 표정으로 드나들게 되었다. 이강우 씨가 형묵과 최양의 교육을 맡았다. 나도 교대반이 시작되기 전부터 언니들과 실험을 나눠 하게 되었다. 실전에 투입된 것이다. 언니들이 일을 적당히 나눠주면 나는 그 일을 처리하면서 변함없이 내가 도왔던 일들도 점검했다. 초심을 잃지 않아야 한다는 이강우 씨의 말을 떠올리면서 온습계를 살펴보고, 돌아다니는 물품도 챙기고, 수시로 정리 정돈도 했다.

최양은 김양과 황양에게 깍듯하면서도 의도적으로 나를 차갑게 대했다. 은근히 자기가 나보다 우월하다는 것을 사람들에게 각인시키려는 의도처럼 보였다. 대체 그런 의도와 그런 산술이 왜 필요한지 알 수가 없었다.

"자신과 상관없는 일은 복잡하게 따지지 말고, 그냥 단순하게 생각해. 마음 상하게 하는 사람이 있을 때 그렇게밖에 못하는 상대를 불쌍히 여기면 오히려 속이 편해져. 어디서건 자기 할 일만 잘하면 되거든. 그 누구에게도 지적당하지 않도록 완벽하게."

이강우 씨가 나에게 수시로 해준 얘기들을 서서히 적용할 때가 된 것이다. 나는 최양의 태도에 연연하지 않기로 했다. 어차피 같은 조로 편성될 것도 아니니까.

9월 1일부터 교대근무를 실시한다는 결정이 났다. 아직 새로 온 직원들이 완전히 익숙한 건 아니지만, 더 미룰 수 없다는 게 임실장의 판단이었다. 다만 형묵이 혼자 밤에 근무할 만큼 숙련되지 않아 당분간 조반 근무를 하게 되었다. 대신 이강우 씨와 장필곤이 석반과 야반 교대를 맡기로 했다. 장필곤은 "난 언제까지 스페어 인생이

213

냐"며 툴툴거렸지만 곧 받아들였다. 다른 방법도 없었지만 언제든 가장 빨리 순응하는 건 장필곤이었다. 그런 태도에 대해 언니들은 약삭빨라서 싫다고 했지만 나는 적응을 잘하는 게 나쁠 이유는 없다고 생각했다. 그리고 장필곤은 누구에게든 벽이 없었다. 언니들은 그걸 아부라고 말했지만 내가 보기엔 천성이었다. 장필곤은 아부를 통해 얻을 게 별로 없는 위치여서 비굴해 보이지 않았다. 누구와 쉽게 친해지고 친절한 건 결코 비난할 일이 아니라 배울 점이었다. 대신 너무 의욕적이다 보니 좌절이 잦아 안쓰러웠다. 나양에게도 무척 친절했지만 별 소득이 없어 보였다. 장필곤은 바로 방향을 바꿔 최양에게 정성을 들이기 시작했다. 이강우 씨가 교육을 시키는데도 옆에서 참견하며 최양을 살뜰히 챙겼다.

나는 황양과 짝이 되었다. 예측대로 좀 더 노련한 김양이 최영란과 함께 일하게 된 것이다. 황양은 김양과 헤어지기 싫다더니 내가 자기 짝이 되어 기분 좋다고 했다.

교대근무가 시작되기 이틀 전 정계장이 진성당원들을 집합시켰다. 정계장은 할매집에서 나에게 막걸리를 따라주면서 축하해주었다.

"무경아, 정식 실험요원이 된 걸 축하한다. 그러고 보니 무경이가 들어온 지 딱 1년 만에 따르배이 신세를 면했네. 무경이는 실속 있는 따르배이였지. 이번에도 김양이 너 데리고 가려 했었어. 황양도 너랑 짝이 되고 싶어 했고. 그만큼 무경이가 지난 1년 동안 열심히 일했다는 증거지. 때때로 눈치를 보는 거 같아서 좀 안쓰럽긴 했지만 아주 잘했어. 그냥 놀아도 되는데 괜히 일을 찾아서 하고 말야. 잘했어. 이제 눈치 보지 마. 넌 잘하고 있으니까. 넌 정식 실험요원이니까."

정계장의 말에 모두들 나에게 잘했다고 칭찬했다. 좀처럼 칭찬하지 않던 이강우 씨까지 옆에서 거들었다.

"사실 너 처음 여기 들어왔을 때 한 달 있다가 나갈 거라고 생각했어. 키도 작고, 너무 어려 보이는 데다 철도 없어 보이고 말야. 엄마 품으로 돌아갈 거 같더라구. 근데 애가 어찌나 실한지. 무경이는 앞으로 어디다 내놔도 걱정이 없어. 그게 다 내가 훈련을 잘 시킨 덕이기도 하지만 말야."

이강우 씨의 마지막 말에 모두들 자화자찬 그만하라며 왁자하게 웃었다. 언니들도 모두 '사랑스러운 무경이'라고 치켜세웠다. 기분이 한껏 고무되었으나 곧바로 분위기가 형편없이 허물어지고 말았다. 정계장과 언니들이 하루라도 빨리 회사를 그만두는 길을 찾아봐야겠다고 말했기 때문이다. 그 길 외에는 다른 방법이 없다는 것이었다.

"형님은 기댈 언덕이 있으니 걱정 없고, 김양 누나는 최계장님 잡아. 최계장님은 결혼 자체에 심드렁한 거 같더라고. 김양 누나한테 관심이 없는 게 아니고. 그럴수록 김양 누나 쪽에서 관심을 보여야지. 황양이야 지금이라도 마음만 먹으면 바로 시집갈 수 있을 테니 걱정 없고. 난 딸린 식구도 있고, 여기다 말뚝 박아야지 뭐. 고향에 가서 얼마 안 되는 땅뙈기에다 농사 지어봐야 먹고살기 힘들 테고. 그동안 교대근무 안 하고 주전반만 한 걸 감사하며 열심히 할랍니다. 교대반 되면 수당 붙어서 월급 많이 받을 테고 잘됐지 뭐. 하지만 이렇게 회사에서 일방적으로 통보하고 무조건 따르라고 하니 좀 거부감이 드네요. 사원들도 뭐 말할 통로가 있어야지 말야."

이강우 씨의 얘기에서 나는 깊은 감명을 받았다. 그동안 주전반만 했던 것에 감사하겠다는 말에. 나도 1년 동안 교대근무를 안 한 데다 별로 하는 일 없이 월급을 받았으니 감사할 일이다. 어떤 일이 닥쳤을 때 불평하기보다 감사할 사안을 찾아내는 게 훨씬 마음 편하다는 걸 새삼 깨달았다.

"이 자식은 이렇게 긍정적이니 앞으로 잘될 거야. 우리 셋은 나갈 테니, 니 혼자 회사 지켜라 인마. 기왕에 회사에 있을 거면 니가 말한 대로 사원들이 말할 통로 같은 것도 좀 만들어가면서 일해라."

정계장의 얘기에 언니들도 "맞아, 뭐 우리도 할 말 좀 할 수 있으면 좋겠어"라며 맞장구를 쳤다. 지난번 모임에서 우려했던 게 그대로 확정되었지만 이상하게도 분위기는 좋았다. 임실장 말대로 개인은 조직에 그냥 따라가는 수밖에 없기 때문일까. 개인과 조직의 상관관계를 따지는 일은 너무 복잡했다. 나도 분위기에 휩쓸려 막걸리를 세 잔이나 마셨다. 속이 울렁거렸지만 기분이 좋았다. 회사를 그만두든 말뚝을 박든 그날 밤 우리는 기분이 좋았다. 이상하게도.

교대근무는 예정대로 실시되었고 실험실은 큰 혼란 없이 돌아갔다. 사실 혼란이 일어날 만큼 대단한 숙련을 필요로 하는 일이 아니었다. 하지만 내가 책임을 맡아 실험을 진행하면서 그동안 실험실 업무를 과소평가한 면이 있다는 사실을 깨달았다. 실험의 단순함을 떠나 자신의 일에 책임을 진다는 것부터가 대단한 부담이었다. 여덟 시간 동안 그날 나온 실의 강도와 신도를 재고, 꼬임을 세고, 실의 무게와 두께를 알아보는 것이 그날 우리 회사에서 생산되는 물건이 완제품이 되어 시장에 팔려나가는 데 중요한 한 부분을 담보하고 있었다. 거대한 공정의 어느 한 부분에서 사고가 생기면 물건은 시장에 나갈 수 없게 되고, 따라서 우리 공동체 전체에 문제가 생기는 것이다. 그것이 나로 인해 비롯될 수도 있는 일이었다. 그날 내가 불량을 잡아내지 못해 그 물건이 나중에 리콜 된다면, 회사에 엄청난 피해를 끼치게 될 것이다. 내게 자리가 생기자 비로소 책임감이 생겼다.

종일 한 가지 실험에 매달려서 끝없이 반복하는 것도 대단한 인내를 요하는 일이었다. 실이 가득 감긴 보빈을 갖고 와서 10센티에 몇 개의 꼬임이 있는지 살펴본 다음 5미터를 풀어내고 다시 10센티를 실험했다. 한 보빈에서 열 번의 실험을 한 다음, 다른 보빈을 갖고 와서 똑같은 실험을 되풀이했다. 언니들이 반복적으로 실험하는 걸 쉬운 일이라고만 생각했으나, 그것은 반복과의 싸움, 곧 지루함과의 결투였다. 강신도도 마찬가지였다. 나일론실 10센티를 추를 달아 계속 늘리다가 딱 떨어졌을 때 과연 얼마나 늘어났고 얼마의 하중을 줬을 때 실이 끊어졌는지 재는 일, 종일 딱딱 소리를 들으며 실을 늘리다 보면 잔인하다는 생각조차 들 정도였다.

나는 열흘 정도 지났을 때 반복이 얼마나 고통스럽고 따분한지 실감했다. 그 일을 7년씩, 5년씩 계속해온 언니들이 갑자기 위대하게 보였다. 하지만 내가 실험한 데이터를 현장에 보내면, 현장에서 품질에 자신을 갖고 생산하는, 이 순환 사이클의 한몫을 담당하는 일에 보람을 느꼈다. 드디어 나도 이 큰 회사의 당당한 일원이 된 것이다.

매주 월요일 회의 때 나는 이제 옵서버가 아니라 내 의견을 밝혀도 되는 실험요원이 되었다. 주로 오후 두 시 오십 분에 야반 한 명을 제외하고 모두 모였을 때 큰 탁자에 둘러앉아 회의를 했다. 이것도 달라진 풍경이었다. 정계장 체제에서는 회의를 따로 소집하지 않고 대충 서서 얘기하는 게 고작이었다. 임실장은 정식으로 실원들을 집합시켜 의견을 청취한 뒤 다시 지시를 내렸다. 더 이상 큰 탁자는 사다리타기를 하여 간식을 먹던 나른한 장소가 아니었다. 사무적인 말이 오가고, 명령이 꽂히는 공적인 공간으로 변모했다. 대단히 프로페셔널하게 보였지만, 비인간적인 느낌이 들기도 했다. 사람들의 표정은 뒤통수에 달린 나사를 꼭꼭 잠근 듯 각박해 보였다.

마치 떠들썩한 동네 방앗간에서 쌀가루나 고춧가루가 슬슬 내려오듯 천천히 돌아갔던 우리 실험실은 갑자기 다람쥐 쳇바퀴처럼 분주해졌다. 방앗간을 그리워하는 몇몇을 제외하고 다들 아무 감정이 없는 듯했다. 나는 둘 다 좋다. 내가 예전의 실험실 분위기를 1년이나마 체험했다는 것이 감사했다. 그렇지 않았더라면 아마 나는 견디지 못했을 것이다.

성희와 함께 기숙사에 들어갔다. 허가받은 가출을 하게 된 것이다. 어머니는 역시나 밥 잘 먹고 다니라는 당부를 했다. 연우는 아버지와 동생 때문에 들어오지 못했지만, 석반 때면 슬쩍 우리 방에 잠입해서 함께 자곤 했다.

최영란은 실원들에게 상냥하게 대하면서 나만 외면했다. 유독 형묵에게 친절하게 굴어서 혹시 나와 관련한 소문이라도 난 걸까 걱정했는데 사실 그녀의 의도는 다른 데 있었다. 내가 성희에게 최영란의 태도에 대해 분통을 터트렸을 때 명쾌한 해답이 나왔다.

"영란이 걔, 우리보다 두 살 많을걸? 밥맛없어서 다들 언니라고 부르지도 않아. 걔가 현이 오빠 좋아하잖아. 괜히 잘난 척하면서 현이 오빠한테 접근한 모양이야. 그러다가 내가 현이 오빠랑 사귀는 거 알고 날 얼마나 못살게 굴었는데. 아마 내가 니 친구라는 거 알고 그러는 걸 거야. 영란이 걔가 현이 오빠한테 코바늘로 니트 셔츠까지 짜줬잖아. 난 스웨터는 털실로만 뜨는 건 줄 알았는데 코바늘로 뜬 면 니트가 얼마나 예쁜지 놀랐다니까. 애가 손재주는 좋더라고. 오빠가 그거 입고 나와서 글쎄 나더러 분발하라나. 어느 날 현이 오빠가 그거 입고 나랑 가는 걸 걔가 보고 이를 북북 갈았대. 지금 형묵 씨한테 친한 척하는 건 현이 오빠한테 접근하려고 수 쓰는 걸 거야."

그러고 보니 성희가 차현을 '현이 오빠'라고 부르고 있었다. 이유를 묻자 성희가 생글거리며 대답했다.

"음, 오빠가 갑자기 더 좋아졌어. 사실은 우리 현장에서 현이 오빠 인기가 점점 높아지니까 괜히 오빠가 더 멋져 보이더라. 특히 여고 나온 영란이 같은 애까지 껄떡대니까 내 자존심도 좀 높아지고. 영란이 걔, 얼굴도 좀 예쁘잖아. 그리고 아무리 공대생 만나도 오빠만큼 잘생긴 애는 없더라. 대학생들 왜 그렇게 돈이 없니? 있어도 안 쓰는 건지 모르지만. 공대생 중에서 회사 다니는 애들 뜯어먹는 놈들이 있대. 학교 다닐 때 실컷 사귀다가 졸업할 때는 다른 여자애를 떡 데리고 온다는 거야. 학벌이 뭐가 그렇게 대단하다고 사람을 기만해. 난 그런 거 절대 용납 못해. 온갖 희생을 다 했더니 다른 여자에게 가더라, 뭐 그런 신파가 지금도 있다니. 치사해서 공대생 안 만나기로 했어. 다 그런 건 아니겠지만, 그냥 그런 생각 하면 공대생들 재수 없어."

성희는 자신만만하게 얘기하다가 끝에 "아무리 예쁘면 뭘 해, 내가 조건이 그렇잖아. 공대생 만나니까 자꾸 그런 생각이 들더라" 하면서 허탈하게 웃었다. 차라리 잘난 체할 때가 좋았는데 성희가 자신 없어 하니 나까지 우울해졌다. 연우는 그런 성희를 보고 "미친 가시나"라며 클클 웃었다. "남자 작작 좋아해라, 가시나야"라고 할 때 나는 눈을 동그랗게 뜨고 연우를 봤다. 말이 없기도 했지만, 그렇게 친밀감을 표시하며 웃는 모습을 본 적이 없었기 때문이다.

"왜, 이상하니? 나 이상한 애야."

연우는 시니컬하게 웃더니 이내 어두운 얼굴이 됐다. 연우를 이상하게 본 건 아니지만 미안한 마음이 들었다. 어쨌든 나는 늘 그녀를 탐색하듯 대했으니까.
"참, 너희 실험실에 이강우 아저씨 있잖아. 그 아저씨가 나한테 뭐 리틀 예림횐가 뭐 그런 데 가입하라더라. 아주 아주 까다로운 심사를 거쳐 나를 뽑았대. 전에 나온 회지도 하나 주더라. 무경이 너도 리틀 예림회 회원이지?"
연우가 가방을 주섬주섬 열어 예림회 창간호를 꺼낼 때 머리가 아득해지는 기분이었다. 이번주 내내 석반 근무를 같이 하는 동안 이강우 씨가 예림회에 대해 한 마디도 안 했는데, 이게 어찌 된 일인가. 아주 아주 까다로운 심사에서 나는 나도 모르게 탈락했음이 분명했다. 어쩌면 처음부터 나를 염두에 두지 않았는지도 모를 일이다. 이강우 씨 말에 의하면 예림회 회원은 사내에서 엄선한 사람들로만 구성되었다고 하지 않았던가. 대부분 고등학교 때 문예반에서 활동했고 개중에는 대회에서 상을 받은 사람도 있다고 했다. 예림회 창립 얘기를 할 때 내가 분명히 들어가고 싶다는 의사를 표명했건만 나를 배제하고 연우에게 제안하다니, 순간 배신감이 밀려왔다.
"이런 데라면 무경이도 들어가야지. 무경이 얘가 중학교 다닐 때 진짜 공부 잘했어. 잘하는 애들만 모아서 공부시키는 우수반에서 한 번도 떨려난 적이 없다니까. 우수반 애들 재수는 없지만 실력은 인정할 수밖에 없으니까. 우리 입사할 때 얘가 일등 했잖아. 이강우 아저씨가 만든 클럽이면 무경이는 자동으로 들어갈 테고, 나도 어떻게 좀 안 될까? 나야 이런 데 취미는 없지만, 그냥 너희들이 좀 도와줘서 시도 쓰고 그러면 현이 오빠가 날 대단하다고 생각할 텐데… 얘들아, 나도 좀 밀어주라."

성희는 내가 들어간 게 기정사실인 것처럼 말했다. 연우는 "그거야 무경이가 얘기하면 바로 되겠지. 나도 무경이가 얘기했을 테니까"라고 말했다. 나양의 전자계산기, 임실장의 등장은 따지고 보면 나에게 실질적인 충격이 아니었다. 하지만 리틀 예림회 탈락은 내게 엄청난 충격을 안겨줬다. 아직 확인하지 않았으니 속단하지 말자고 마음을 달랬지만 불길한 예감으로 가슴에 소용돌이가 일었다.

다음날, 근무시간 내내 이강우 씨의 눈치를 봤지만 리틀 예림회 얘기를 꺼낼 기미가 조금도 보이지 않았다. 다른 회원에게 전화를 할 때 잠시 연우 이름이 나오더니, 내가 들어본 적 없는 이름이 한두 개 더 등장했다. 아마도 다른 회원과 함께 리틀 예림회 멤버에 관해 의논하는 모양이었다. 이제나저제나 기다렸지만 이강우 씨는 끝내 나에게 아무런 얘기도 하지 않았다. 이강우 씨의 움직임을 살피느라 실험이 제대로 되지 않을 지경이었다. 퇴근 한 시간 전 결국 참지 못한 내가 입을 열었다.

"아저씨, 저 리틀 예림회요, 그거 회원 모집한다면서요."

이강우 씨는 고개를 끄덕이며 감이 잡힌다는 표정으로 말했다.

"연우가 말했구나."

거기까지가 끝이었다. 더 이상 대꾸가 없었다. 너는 해당사항이 없다는 걸 명백히 한 것이다. 참혹함, 한 사람의 실험요원으로 당당히 대접받고도 또다시 참혹함과 맞닥뜨릴 줄이야. 자꾸 말하면 더 참혹해진다는 걸 알지만 말하지 않고는 견딜 수가 없었다.

"근데 왜 저한테는 아무런 제안도 안 하세요?"

거의 눈물이 떨어질 듯한 표정으로 바라보는 나에게 이강우 씨는 무심한 얼굴로 말했다.

"예림회는 나 혼자 이끌고 가는 게 아니야. 여섯 명의 임원이 엄선해서 회원을 뽑는데, 넌 이름이 안 나왔어. 서연우는 책을 많이 빌리기로 유명하잖아. 우리 회원들이 다 도서관 귀신들인데, 도서대출카드에서 서연우 이름이 가장 많이 나왔어. 그래서 뽑은 거야."

결국 눈물이 툭 떨어지고 말았다. 그럼 아저씨는 내 이름을 꺼내기는 했나요, 라고 묻고 싶었지만 눈물이 줄줄 흘러내려 그냥 돌아섰다. 나를 끝까지 밀어줄 거라고 생각했던 이강우 씨가 냉랭한 얼굴로 나를 바라보는 게 너무 낯설어서 서러웠다.

"왜 애를 울리고 그래?"

황양의 질책에 무심한 목소리가 이어졌다.

"모르면 가만히 있어. 이건 공적인 거야. 우리도 나름대로 정관까지 다 세운 모임이야. 그냥 열심히 하면 되는 실험이랑 이건 질적으로 다른 거야. 시를 쓰는 일이라구."

"시가 별거냐. 찍찍 갈기면 되지. 무경아, 눈물이 아깝다. 자기네가 뭐 대단한 시인이라고. 쳇!"

황양은 내 기분을 북돋아주려고 했지만 그럴수록 더 눈물이 나왔
다. 이강우 씨는 끝내 나에게 아무 말도 하지 않고 퇴근해버렸다.

그날 연우는 기숙사에 오지 않았고, 성희도 벌써 잊었는지 더 이상
그 얘기를 꺼내지 않아 다행이었다. 만약 연우가 와서 다시 리틀 예
림회 얘기를 꺼냈다면 나는 정말 서럽게 울었을지도 모른다. 마치 이
강우 씨로부터 배신을 당하기라도 한 것처럼. 그로부터 연우를 계속
만날 수 없어 우리 사이에서 리틀 예림회 얘기는 더 이상 거론되지
않았다.

하지만 두 달 후 리틀 예림회원들의 시가 포함된 예림회보 2호가
나왔을 때 가슴이 미어질 것만 같았다. 이강우 씨는 무표정한 얼굴
로 나에게 회보를 주었다. 마치 헤어지는 연인에게 마지막 편지를 건
네듯. 거기에 연우의 시가 실려 있었다. 나는 행여 회보가 성희 손에
들어갈까 봐 걱정했으나 다행히 성희는 보지 못한 모양이었다. 나는
다른 사람의 시는 거들떠보지도 않고 몰래 연우의 시만 읽어봤다.

가벼움

껍질이 걸어간다
휘발된 영혼은 어디를 헤매고 있을까
회색의 담벼락 위에 걸려 있는지도 모른다
엉켜 있는 전선줄에 목매달아

지금쯤 전사했을지도 모른다

껍질만 있어서 오히려 홀가분하다

기웃대지 않고 갈 수 있으니까

껍질이 걸어간다

저만치에서,

흐물거리면서.

연우의 시를 읽는 동안 소름이 돋았다. 두 번 다시 읽고 싶지 않았다. 기분이 좋지 않았다. 연우의 처지가 떠올라 새삼 가슴이 아렸다. 성희 눈에 띄지 않게 하려고 이불 속에 넣어둔 예림회보가 어찌 된 셈인지 비죽 얼굴을 내밀었고, 성희가 기어코 연우의 시를 찾아 읽기 시작했다.

"이게 뭔 소리야? 껍질이 걸어가고 영혼이 없으면, 그럼 뭐야, 미쳤다는 거야, 아니면 죽었다는 거야. 골치 아프게도 썼네. 근데 시라는 게 아름다워야 되는 거 아냐? 하늘이 파랗다, 구름이 예쁘다 뭐 이런 거. 이거 읽으니까 괜히 머리만 아프다. 그나저나 연우 개는 요즘 툭하면 결근이야. 잘못하다 회사서 잘리겠어. 가시나가 왜 그러는지. 근데 왜 니가 쓴 시는 없어?"

성희의 질문이 가슴에 송곳처럼 박혀 피가 흐르는 듯했다. 나는 대충 얼버무리고 말았다.

그즈음 기숙사에 있는 아이들의 관심은 여상에 신설된 야간학교에 쏠려 있었다. 지원한 중졸 사원을 심사하여 각 과에서 몇 명씩 학교에 보내주고 학비를 지원한다는 공고까지 나붙었다. 다른 도시의 큰 회사들은 아예 회사 안에다 학교를 세웠다는 얘기도 들려왔다. 우리 회사는 남자들이 훨씬 많은 데다 남자들이 모두 고등학교 졸업 이상의 학력을 갖추고 있어 그럴 계획이 없다고 했다. 야간 여상은 주전반만 입학이 가능했다. 교대반원이 된 나는 고민해볼 여지도 없이 지원 대상에서 제외되었다. 만약 주전반이었다면 마음이 흔들렸을지도 모른다. 실험요원에다 고졸 학력까지 얻는다면 갈망할 거리가 없어질까?

야간 여상을 놓고 고민할 여지가 없어 다행스러웠다. 정계장처럼 몇 년 전 고민으로 후퇴하는 건 어떤 의미로든 발전은 아니니까. 그리고 이미 주산의 시대는 끝나지 않았는가. 내가 이런저런 이유를 끌어다 대는 건 어쩌면 아쉬움 때문인지도 모른다. 안주(安住)가 편안하다는 걸 그즈음 서서히 느끼는 중이었다. 이강우 씨가 말한 안분지족의 달콤함이 나에게도 슬슬 접근하고 있었다.

성희는 주전반으로 옮겨서 진학하고 싶다고 했다.

"미팅 나가면 다 어느 고등학교 졸업했냐고 물어 쪽팔린다니까. 사실 너한테 말 안 한 거 있는데, 서울공대 졸업한 남자들이랑 미팅한 적도 있어. 자동차회사에 다니는 남자야. 그중 한 명과 두 달 동안 만났는데, 물론 현이 오빠는 모르는 일이니 비밀 지켜. 근데 대학 나오면 뭐하냐, 일반 상식이 너무 없더라. 지금까지 본 영화라곤 〈벤

허〉 하나밖에 없대. 근데 자동차에 대해서는 박사야. 그래도 그렇지. 클린트 이스트우드도 몰라. 〈어둠 속에 벨이 울릴 때〉도 안 봤대. 비지스 노래도 모르고. 아 정말 답답해. 근데 매력 있어. 서울말로 서울 얘기도 해주고. 대학 때 얘기도 재미있고. 근데 어느 날 친구를 데리고 왔는데, 나더러 어느 대학 나왔냐고 하는 거야. 얼마나 당황했는지, 내가 말을 막 더듬었어. 여기 사정을 잘 아는 공대생들은 적어도 그런 질문은 안 하는데, 서울서 온 애들은 뭘 몰라도 한참 몰라. 우리 도시에 대학 나온 여자가 몇 명이나 된다고 그런 개구리 같은 질문을 던지냐? 아무 생각 없이 연못에 던진 돌에 개구리가 맞으면 죽는다나 어쩐다나. 어느 대학 나왔냐는 말에 기절하면 어쩌려고 겁도 없이.”

성희가 한숨을 푹 쉬는 동안 나는 깔깔거리고 웃었다. 개구리 비유가 개구리 질문으로 둔갑하여 기절까지 운운하는 성희의 심각한 표정 때문에. 그날 이후로 그 남자를 안 만나기로 결정했다고 했다. 서울대학을 나왔다는 그 남자는 자기가 고졸인 줄 안다고 했다.

"맨날 똑같은 레퍼토리, 지겹지도 않니? 늘 거짓말하고 다니는구나. 차현 오빠로 마음잡았다면서 왜 그러고 다녀!”

정말로 한심해서 내가 소리를 빽 지르자 성희가 기어들어가는 소리로 말했다.

"어느 대학 나왔냐는 질문 받고 그 다음부터 마음잡았다니까. 그래서 말인데 나 야간고등학교라도 졸업해야 할까 봐. 평생 사람들이 어디 나왔어요, 물을 때마다 쪽팔릴 거 생각하니 말야. 쪽 안 팔리면 된다, 이렇게 결심해도 쪽팔리는 건 사실이야. 왜 그러냐면 중졸이에요, 이러면 사람들 얼굴 표정이 달라지거든. 아주 한심하다, 혹은 아주 안됐다 뭐 그런 표정으로. 그러니까 내가 눈 딱 감고 고졸이라고 거짓말하는 거야. 근데 사람들은 대체 왜 그렇게 학력이 궁금한 걸까?"

성희는 이해가 안 된다는 듯 고개를 가로저었다. 결국 "너처럼 아예 남들이 못 묻게 안 돌아다니면 되는데 말야"라며 쓸쓸한 표정을 지었다. 성희는 졸업장은 따고 싶지만, 학교 다니는 건 정말 고역일 거 같다고 했다.

"현이 오빠가 편해. 오빠는 내 처지 다 알잖아. 새삼스럽게 뭐 안 묻잖아. 우리 집이 대충 먹고살 만한 정도라는 거, 우리 오빠들이 별 볼일 없다는 거, 내가 얼굴 예쁜 거 빼고는 도무지 볼 게 없다는 거. 참, 하나 더 있다. 몸매도 좋잖아?"

성희는 킬킬 웃다가 또 쓸쓸한 표정을 지었다. 사람은 누구나 갈망을 안고 살아간다. 성희처럼 예쁘고 날씬해도 허전한 구석이 있고, 연우처럼 고급스런 분위기를 지녀도 삶은 여전히 고되다.

그날 나는 중대한 결심을 했다. 성희가 완전히 마음을 잡았다고 한 이상 결코 차현을 보고 가슴 울렁이는 일 따위는 하지 않겠다고. 그즈음에도 차현을 보면 두근거림이 멈추지 않기 때문이다. 구태여 변명을 하자면 차현이 나를 볼 때마다 눈을 찡긋거리거나 볼을 꼬집는 등 친밀감을 표시했기 때문이다. 차현을 형묵이나 장필곤처럼 보기. 머리로 눌러도 가슴에서 들썩이니 소용없는 일이었다. 하지만 이제 더 이상은 안 된다고 나 자신에게 간곡히 타일렀다.

실험실의 개혁이 어느 정도 정리된 후 조인식 과장이 우리 실험실원들을 자기 집으로 초대했다. 나양이 우리가 조과장 집에 초대받은 과정을 나에게 살짝 일러주었다. 조과장이 임실장을 집에 초대했을 때 임실장이 D실험실원들을 모두 초대해달라고 부탁했다는 것이었다. 나양과 임실장이 데이트를 하는 게 확실해 보였다.

그날 석반의 남자 근무자 한 명만 제외하고 모두 참석했다. 조과장은 과장급 이상 입주 자격이 있는 간부사택에 살고 있었다. 넓은 대지에 단독주택이 드문드문 자리한 간부사택은 마치 외국 영화에 나오는 전원마을처럼 아름답고 평화로워 보였다. 10여 년 전에 지었다는데도 수세식 화장실이 있고, 부엌에는 타일까지 박혀 있었다. 부엌에 딸린 방에 음식이 그득 준비되어 있었고 일제 전기 쿠커에서 끓고 있는 갈비찜이 맛있는 냄새를 피웠다.

정계장의 신혼집보다는 못했지만, 간부사택은 뭔가 격조가 느껴졌다. 무엇보다도 넓은 잔디밭과 지형을 그대로 살린 집들이 도드라지지 않아 고즈넉하고 안정감이 있었다. 황양은 김양에게 "나 이런 집에서 살고 싶어"라고 작은 소리로 말했다.

나양은 조과장 부인과 면식이 있는지 반갑게 인사한 뒤 부엌에 스스럼없이 들어가서 일을 도왔다. 나중에 밥을 먹을 때 나양 집에서 불고기를 재왔다는 사실을 알게 되었다. 조과장도 나양 엄마가 운영하는 식당의 단골이어서 가족들과 가끔 외식을 한다고 했다. 조과장이 불고기가 정말 맛있다고 칭찬하자 임실장도 거들었다.
"정말 나진선 씨네 식당 음식이 맛있어요. 서울 명동에 가서 음식점을 차려도 손색이 없을 정도로 어머니께서 솜씨가 좋으시더군요."
그제야 모두들 그렇구나, 하는 표정을 지었다. 그 순간 황양의 눈꺼풀이 파르르 떨렸다. 그제야 황양의 마음을 알아차렸다. 그동안 눈치 하나로 사무실 분위기를 파악했던 나는 어느새 다른 사람 일에 둔감해져 있었다. 내 자리가 생겨 느긋해진 덕분일까. 재빨리 분위기를 파악해본 결과, 그동안 황양의 마음이 임실장에게 기울고 있었던 모양이다. 나양과 황양, 그리고 임실장을 비교해봤다. 임실장은 가녀린 나양에게 친절했고 자연스럽게 친밀감을 표시했다. 책상을 맞대고 앉아서 종일 같이 일하는 나양이 훨씬 유리하다. 등 돌리고 앉아 실험하는 교대반 황양은 일단 시간적으로도 불리할 뿐만 아니라 전문대도 안 나왔고 부모님은 농사를 짓고 있다. 실제로 임실장은 나양과 정계장 외의 직원은 하급자로만 대하고 있었다.
어쨌거나 5년간 품질관리과 남자들 앞에서 눈도 깜짝 안 한 도도한 여인, 황양이 드디어 가슴앓이를 시작한 걸까? 성희와 차현, 그리고 나의 관계가 떠올랐다. 나는 차현에 대해 그냥 바라보는 정도지만, 황양이라면 자신감을 갖고 임실장에게 도전해도 되지 않을까?

마음에 들지 않는 일이지만 남자들은 일단 예쁜 여자를 좋아하니까. 하지만 그랬다간 황양이 다칠 수도 있다. 이 게임에서 황양은 여러모로 불리하다. 나양은 보호본능을 일으키는 묘한 매력을 가진 여인이다. 나는 어느새 약자의 감정을 잘 읽는 사람이 되어 있었다. 왜 나양이 강자인가? 일단 나양이 가진 여러 가지 조건들이 그랬다. 조건이라는 게 사람을 계속 따라다닌다는 사실, 엄혹한 현실이다. 조건도 그 사람에게 속한 것이므로. 처음으로 황양이 안쓰럽게 보였다.

8장
딸에게서 온 첫 편지

나는 받은편지함을 열다가 기절할 듯이 놀랐다. 보낸이 d0707 과 함께 '다혜예요'라는 제목이 눈을 찔렀기 때문이다. 마우스를 잡은 손의 떨림이 급속히 심장의 팔랑거림으로 이어졌다.

엄마는 제 예측과 딱 맞게 행동하셨어요. 저는 엄마가 저를 찾아 삼만 리 하지 않으시리라는 거 알고 있었어요. 경찰서에 신고한 뒤 제 사진으로 전단지를 만들어 온 동네에 도배하는 일 같은 건 하지 않으실 거 짐작했어요. 하지만 17세의 무경이로 저한테 다가오실 줄은 짐작도 못했어요.

저를 찾아 삼만 리를 걷지 않고 가만히 앉아서 저한테 다가오신 거 섭섭하지 않아요. 그래서 집을 나왔는지도 모르죠. 엄마가 다 팽개치고 거리를 헤매면 제가 못 나오죠. 아버지 때문에 고생하셨는데 저까지 힘들게 해 드리면 안 되는 거잖아요.

엄마가 가출을 하셨으리라고는 상상도 못했어요. 더더구나 어린 나이에 회사에 다닌 줄은 정말 몰랐어요. 제가 엄마를 기억하는 건 늘 단아하게 입고 틈나면 책을 보는 양품점 주인일 뿐. 엄마와 저는 다행히 공통점이 있네요. 가출소녀 경력.

제가 왜 집을 나갔을까, 궁금하셨을 거예요. 가출해보셨으니 짐작하셨으리라 생각해요. 엄마만큼의 갈증은 아니지만 지금 이대로 고등학교를 졸업해봐야 별로 비전이 없다고 생각했어요. 그걸로 고민하고 있을 때 하필이면 같이 집을 나가자는 친구가 있었고, 그래서 나왔어요.

엄마와 함께 지내는 동안 사실 최고였어요. 어디를 가든 제가 아빠와 살 때보단 훨씬 나을 거예요. 열 살도 되기 전에 알코올중독인 아빠를 돌보며 살림까지 했으니까요. 저는 어디서든 견딜 수 있으니 걱정 마세요.

도대체 왜 떠났니, 라고 다시 물으신다면 죄송하지만 늘 떠나고 싶었다고 말씀드릴 수밖에 없어요. 사실 우린 같이 살아야 할 이유가 없잖아요. 엄마도 저도 떨어져서 잘 살았잖아요. 그런데 제가 갑자기 엄마 삶에 끼어들어 부담을 주고 있다는 거, 잘 알고 있어요. 제가 모른 척하고 엄마의 도움을 받아 고등학교를 마치면 저야 편하겠죠. 하지만 요즘 장사도 안 되는데 제가 얹혀살기에는 너무 염치가 없었어요. 그래도 제가 고등학교 정도는 마치고 떠나야 엄마 마음이 홀가분하실 텐데, 일이 이렇게 되고 말았네요.

하지만 지금 홀가분해하셔도 아무도 엄마를 탓할 수 없어요. 엄마가 저에 대한 의무감을 갖고 계시다는 거 잘 알아요. 걱정 마세요. 고등학교 졸업은 다른 방법으로도 가능하거든요.

엄마와 함께 5년을 지냈지만 솔직히 엄마를 잘 몰랐어요. 그랬는데 제 나이 때의 엄마를 만나 반갑고 고마웠어요. 제가 엄마에 대해 어떤 부분이나마 알게 되었다는 것이 소중해요. 엄마도 제 나이에 좌절을 했고, 그 과정을 어떻게 극복했는지 보여주려고 하시는 거 잘 알아요.

인생은 참 이해할 수 없는 것인가 봐요. 열심히 산 엄마가 결국 아빠 같은 분을 만나게 되었으니 말예요. 저도 이렇게 빨리 가출하게 될 줄은 몰랐어요. 예측불허인 인생이 흥미롭지만 사실은 불안해요.

제가 엄마에게 편지를 쓰는 건 진구가 엄마와 메일을 주고받는다는 걸 알게 되었기 때문이에요. 제가 로그아웃을 안 해서 진구가 엄마와 만나게 되었는데, 이번에는 진구가 로그아웃을 안 해서 제가 찾아뵙게 된 거예요. 로그아웃만 하지 않으면 인터넷에서는 참 많은 사람을 만나게 되지요. 진구는 성실한 아이예요. 좀 지루할 정도죠. 그런 애가 왜 가출을 했는지 이해가 되지 않아요. 사실 가출한 아이들 중에는 우울하고 조용하면서 착실한 애들이 많아요.

친구가 엄마에게 보낸 편지를 읽고 남의 엄마를 위로하는데 딸이 못 본 체 지나치는 건, 가출보다 더 나쁘다고 생각했어요. 제가 말하고도 우스운 논리라고 생각하지만 정말 그렇게 느꼈어요. 엄마가 저를 찾아 삼만 리 하지 않은 것은 어쩌면 친구 때문일 수도 있겠다는 생각이 들었어요.

저, 지금 잘 지내고 있어요. 엄마는 찬장에다 돈을 숨겨놓지 않았지만 지갑을 싱크대에 놔두는 스타일이죠. 나쁜 거지만 집을 나가고 싶을 때 돈이 있어야겠다는 생각이 들어 몇 년 전부터 지폐를 한 장씩 꺼내서 모아두었어요. 엄마의 지갑에 구겨진 돈이 수북이 들어 있을 때만 빼냈기 때문에 아마 표시가 나지 않았을 거예요. 제가 나중에 어른이 되면 꼭 이자까지 보태서 돌려드릴게요.

제가 행여 나쁜 길로 빠지지나 않을까 걱정하지 마세요. 그것도 순진한 애들이나 하는 일이에요. 혹시 <사마리아>라는 영화를 보셨나요? 세상에는 그렇게 철이 없는 애들만 사는 게 아니거든요. 저처럼 어릴 때부터 고생을 많이 해서 눈치가 빠른 애들은 그런 순진한 행동을 할 수가 없어요. 그런 아이들을 순진하다고 표현하다니, 좀 우습네요.

전 사실 그림을 그리고 싶었는데 우리 형편에 가당치도 않은 꿈이라는 걸 깨닫고 포기했어요. 그래서 한 번도 그림 얘기를 꺼내지 않은 거예요. 좀 여유가 생기면 검정고시 봐서 2년제 대학에 가려구요. 산업디자인 쪽에 아주 강한 학교가 있어요. 들어가긴 힘들지만 졸업하면 취업률이 100%예요. 거기 나와서 취직하면 그때 본격적으로 그림을 그릴까 해요.

얘기를 하다 보니 가출한 본심이 좀 드러나는데요. 고등학교 졸업하면 엄마는 저를 어떤 대학이든 보내려고 하실 거잖아요. 저한테 그 정도는 해줘야 의무를 다하는 거라고 생각하실 거잖아요. 엄마가 저 때문에 그런 희생을 치를 필요는 없는 거거든요. 아빠와 헤어진 건 엄마 때문이 아니라는 거 잘 알아요. 단지 딸이라고 해서 엄마가 무거운 짐을 질 이유는 없어요. 특히 우리 사이에서는. 무엇보다 지금 형편에 제가 대학에 가는 건 무리라고 생각해요. 엄마가 넉넉하다면 제가 눈 딱 감고 신세진 뒤 나중에 갚을 수도 있겠지만 지금 그런 형편이 못 되잖아요. 이런 상황에서 제가 미술대학이 아닌 다른 데 가서 시간을 낭비하면 정말 억울하잖아요. 애써서 보내주셔도 저는 감사하지 않고, 나중에 그 사실을 알면 엄마도 화나고 억울할 거잖아요. 제가 얘기를 하면 엄마는 무리를 해서라도 미술 공부를 시켜주시겠지만 그러면 엄마는 파산하시겠죠. 가게도 처분하고 집 보증금도 저한테 밀어 넣어야 할 거예요. 그건 정말 제가 바라는 일이 아니에요.

결국 다 얘기해버렸네요. 엄마가 열일곱 살부터 혼자 개척해나갔듯 저도 그렇게 할 거예요. 엄마 딸이어서 어쩔 수 없나 봐요. 편지를 읽으면서 제가 엄마를 닮은 게 확실하다고 생각했어요. 엄마가 방송통신대를 나오신 거 알고 있어요. 그렇다면 혹시 검정고시를 보셨나요? 만약 그렇다면 그것도 엄마와 저의 공통점이 되겠네요. 합격해야 가능한 일이겠지만 제가 아빠를 닮아 키가 훨쩍 크지만 속은 고스란히 엄마를 닮았나 봐요.

 걱정 마세요. 열일곱 살 무경이가 잘해냈듯이 저도 지금 잘하고 있어요. 엄마만큼 재미있게 살고 있진 않지만. 친구와도 얘기했는데 엄마 시대가 지금 우리보다 훨씬 활동영역이 넓다는 생각이 들어요. 우리는 인터넷으로 못 가는 데가 없다고 생각하지만 PC방과 패스트푸드점만 왔다 갔다 할 뿐이거든요. 우린 종일 별말을 안 할 때도 많지만 엄마는 그 시절 늘 까르르 웃고 지낸 것 같아요. 정보화 시대가 산업화 시대보다 더 진보했다고 생각하는 것도 오만이겠죠? 엄마가 저를 위해 긴 글을 주시니까 저도 짧게 맺기가 죄송해서 자꾸 말을 많이 하게 되네요. 사실은 엄마와 함께 있을 때 얘기를 많이 하고 싶었는데 그렇게 못한 일이 후회돼요. 그래서 자꾸 말이 많아지나 봐요.

 메일을 못 드리더라도 야속해하거나 걱정 마세요. 또 드리게 될지 어떨지 저도 모르겠어요. 양씨 아저씨가 엄마를 잘 돌봐주실 거라고 믿어요.

다혜 드림

 몇 번이나 눈물을 훔치며 딸의 편지를 읽고 나자 가슴이 먹먹해졌다. 내가 열일곱 살에 다 컸다고 생각했던 것처럼 다혜도 스스로를 그렇게 생각하는 것 같았다. 어른들은 인정하지 않아도 아이들은 언제나 자신들은 보호당할 이유가 없다고 생각한다. 다혜의 편지는 자격 없는 엄마에 대한 많은 얘기를 담고 있었다. 다혜가 잘 있다는 게 명백히 확인되었는데도 가슴이 답답하고 뒤통수를 한 대 맞은 듯 머리가 멍했다. 내 속을 빤히 들여다보고 있으면서 나와 대화하고 싶어 했던 딸. 그 딸이 나의 한계를 너무 명확히 알고 있어 두렵기조차 했다. 의무감으로 대한 나에게 더 이상 기대지 않겠다는 딸의 최후통첩을 받고 나니 참담하기만 했다.

양씨는 직접 만든 샌드위치와 커피를 들고 들어와서는 얼이 빠져버린 나를 젖히고 모니터를 들여다봤다. 다혜 편지를 다 읽은 후 그도 잠시 말이 없었다.

"그러고 보니 다혜가 가출하기 이틀 전인가 내 가게에 와서 했던 얘기가 생각나네. 생전 가게에 안 들어오던 녀석이 괜히 비디오를 이것저것 꺼내보더니 나더러 그러는 거야. '우리 엄마는 혼자가 어울려요. 지금 가게 앞으로 지나왔는데 엄마가 카운터에 앉아서 책 보고 계시더군요. 아저씨도 우리 엄마의 그런 모습에 반하신 거죠?' 그때 마침 손님이 비디오를 골라 왔길래 컴퓨터에다 대출 입력을 했지. 조금 있다 보니 다혜가 가고 없더라고. 집을 나갈 계획을 세웠지만 마음은 허전하고 그래서 나한테 온 거 같아. 자살하려는 사람은 일 치르기 전에 주변 사람들에게 꼭 암시를 한다잖아."

눈물이 툭 떨어졌다. 아이가 내게로 왔을 때 왜 마음을 완전히 열지 못했던가. 매일 밤 열 시나 되어서 들어가고 일주일에 한두 번은 물건을 하러 가느라 밤중에 집을 비우다 보니 초기에 아이와 친할 기회를 놓친 게 가장 큰 불찰이었다. 아이가 왔을 때 일부러라도 시간을 내서 가까워질 계기를 마련하지 않은 건 어쩌면 의도적이었는지도 모른다. 큰 말썽 안 부리고 겉으로 표시를 내지 않아 적응을 잘한다고 생각했건만. 가끔 아이가 짐이 되는 것 같아 마음 갑갑할 때도 있었는데, 아이는 그럴 때마다 내 속을 말갛게 들여다본 모양이다. 좀 둔감하게 지내줄 순 없었는지 원망스런 마음이 들기도 했다.

"이 편지 보니까 걱정 안 해도 되겠네. 그런데 이렇게 맹랑한 애들이 한 쾌에 가는 수가 있다는 게 문제지. 논리가 정연하잖아. 지 나름대로 논리를 만들어서 어떤 결정을 내리면 그때는 무서워지는 거지. 하여간 맹랑한 녀석이야. 우리 때랑 시대가 많이 달라졌으니 논리도 정연하고 유혹도 단순하지가 않아."

양씨는 계속 불안한 얘기만 늘어놓았다. 다혜가 연락을 했는데도 걱정은 더 깊어졌다.

"근데 맹랑한 거 같아도 애는 애야. 다혜가 계속 되풀이하는 말이 있잖아. 엄마가 자기 찾아 삼만 리 안 할 거 알았고, 그것 때문에 섭섭하지 않다고. 이게 무슨 얘기야. 자기를 찾아 나서달라는 거지. 한 번의 문제제기를 거쳐서 엄마와의 간격을 확 줄이겠다는 의지가 있네 뭐. 그리고 미술대학 얘기도 자기가 해법을 제시했잖아. 2년제 간다잖아. 그러면 학원비 많이 안 들여도 보낼 수 있을 거야. 돌아오면 그렇게 해주면 되겠네. 하여간 맹랑해.”

그렇다면 내일 당장 경찰서에 신고하고 전단지를 만들어 온 도시를 뒤덮을 만큼 뿌리러 나가야 할 것 같았다. 아이가 그걸 원하고 있고, 나는 아이를 찾아야 하니. 나중에 만났을 때 전단지라도 보여줘야 다혜가 나를 엄마로 인정할 것 같은 생각이 들었다. 양씨는 내 얘기에 웃음을 터트렸다.

“인터넷 시대야. 그렇게 해서 애를 어떻게 찾아. 얘가 지금 힌트를 많이 주고 있잖아. 다혜는 지금 앤이 재혼하는 걸 더 원하고 있어. 자기가 엄마한테 짐이 되는 건 안 된다고 생각하고 있잖아. 앤은 다혜 때문에 그 누구도 안 만나겠다고 결심하지만 다혜는 그런 것에 더 부담을 느낀다고. 얘가 고생을 해봐서 쿨하잖아. 편지를 봐. 얼마나 시원한가. 하여간 딸은 키우는 맛이 있다니까. 우리 아들은 애가 아직도 미련해. 지 엄마 없이 살아도 태평이야. 그게 다행이긴 하지만. 아마 나라면 다혜가 좋아할걸? 봐, 마지막에 화룡점정을 딱 찍었잖아. 양씨 아저씨가 엄마를 잘 돌봐줄 거라고. 이게 다혜를 돌아오게 하는 해법이야.”

껄껄 웃는 양씨에게 아무 대꾸도 못하고 멍하니 앉아 있었다. 나중에 꼭 너 같은 딸 하나 낳아라, 부산에 보내달라는 내게 했던 엄마의 악담이 떠올라 피식 웃음이 새어나왔다. 제가 엄마를 닮긴 닮았나 봐요, 다혜의 낭랑한 목소리가 귓가에 잉잉거렸다.

D실험실 눈치꾼으로 실원들의 마음을 주르르 꿰고 있던 소녀는 어디로 가고 딸의 마음 하나 못 읽는 무기력한 중년만 남아 있다. 혼란스러웠다. 양씨는 마치 뭐가 집힌다는 듯 의기양양하지만 나는 점점 더 오리무중으로 빠지는 기분이었다.

다혜가 내 편지를 열심히 읽는 걸 확인했으니 어쨌든 편지는 마무리해야겠다는 생각이 들었다. 하지만 몸이 자꾸만 아래로 가라앉는 기분이었다. 더구나 딸은 더 이상 답장을 보내지 않겠다는 의사까지 밝히지 않았는가. 편지를 보내지 말라는 얘기는 없으니 그나마 다행이었다. 뭐가 뭔지 헷갈렸다. 이렇게 속이 빤한 아이에게 더 이상 무슨 얘기를 해야 한단 말인가. 하지만 편지를 완성하는 것 외에 나에게 다른 방도는 없었다. 다혜가 인터넷 속에서 소녀 무경을 기다리고 있으므로.

m070701 d070701에게 보내는 여덟 번째 편지
♥

11월이 되자 새로 들어온 공고 실습생들이 까까머리를 반짝이며 회사에 생기를 불어넣었다. 지난해만 해도 성희와 함께 어떤 실습생이 오나 관심을 기울였는데, 이제 그런 게 다 시들해졌다. 성희는 이미 차현을 만나서 그렇겠지만, 나는 지난 1년간 남녀의 법칙을 너무 많이 습득해 심드렁해졌기 때문이다. 이강우 씨가 시는 열심히 한다고 되는 게 아니라고 했던 것처럼 결국 사랑도 열심히 한다고, 한쪽이 열망을 가진다고 되는 게 아니다. 남녀의 선택은 외모가 많이 좌우한다는 것, 그 점에서 나는 매우 불리하다는 것, 그 점은 내가 받아들이기 싫어도 엄연한 현실이라는 것, 이 사실을 나는 너무 빨리 터득한 것이다.

"좋은 게 다 팔려나간 과일가게에서 사과를 고르고 싶을까? 맛은 아직 모르는 상태에서 빛깔 좋고 윤기 흐르는 사과를 먼저 집게 되는 거, 그게 남자들의 속성이야."

이강우 씨의 얘기를 들으며 그런 과정을 거쳐서 시작하는 사랑이라면 나는 사양하고 싶다는 생각을 했다. 지독히도 노골적인 산술이 오가는 그 레이스에 끼어들고 싶지 않았다. "다 바보 같애"라고 혼자 읊조렸지만 내가 차현을 보며 가슴 두근거리는 것도 이강우 씨의 사과 이야기에서 벗어날 수 없었다. 차현이 근사하기에 좋아하는 거, 그걸 인정하지 않을 방도가 없었다. 나 역시 남은 것이나 흠이 난 사과를 차지하고 싶은 마음이 전혀 없고, 남자들에게 남은 것이나 흠이 있는 사과로 취급되는 것도 싫었다. 조건 없는 사랑은 드물다는 걸 나는 너무 빨리 깨달은 것이다.

석반 근무를 하면서 황양에게 이런 마음을 털어놨을 때 그녀는 또 다른 고충을 털어놨다.

"그럼 난 가장 빨리 손에 잡히는 사과겠네. 어디를 가든 난 남자들 눈에 가장 먼저 띄거든. 언니가 잘난 체하는 게 아니라 사실이 그래. 아주 어릴 때부터 언제나 그랬으니까. 근데 그게 꼭 좋은 건 아냐. 남자들은 여자한테 환상을 갖고 있거든. 사실 얼굴 좀 예쁘고 몸매 좀 좋은 게 전부는 아닌데, 남자들은 거기에 목숨 걸거든. 하지만 만나고 나서는 또 다른 걸 요구해. 착했으면, 똑똑했으면… 조금만 건방지게 굴면, 얼굴 반반한 애들은 못쓴다는 둥. 정말 화나는 건 조금만 웃어도 헤프다는 거야. 지가 예쁜 거 알아가지고 그걸 이용한다는 거야. 제일 기분 나쁜 게 뭔 줄 아니? 예쁜 여자는 다 머리가 텅 비었다고 생각한다는 점이야. 물 좋고 정자 좋은 데 없다나? 이 나이가 되었는데도 사람들이 내가 순진하고 뭘 모른다고 생각하니 한심한 일이지."

황양의 얘기는 정말 흥미로웠다. 성희가 학벌 때문에 스스로 주눅이 들어 깨닫지 못하는 것을 황양은 확실히 짚어냈다.

"진짜 짜증나는 건, 별 이상한 남자들이 다 껄떡댄다는 거야. 너 어디서든 주목받으면 좋을 거 같지? 그렇지 않아. 어디를 가든 후줄근한 남자들이 집적대서 짜증나. 지난가을에 나를 계속 따라다닌 남자는 최악이었어. 어휴, 배꼽 위까지 바지를 추켜 입고 머리에 싸구려 뽀마드 바르고, 뭐 땅부자집 아들이라나. 재수 없어서 죽는 줄 알았다니까. 밤에 혼자 다니기도 힘들어. 오빠가 늘 정류장에 마중 나와야 하니 고생이지. 예쁜 건 여자한테 아주 큰 재산이지만, 예쁘기 때문에 노력을 덜 하고, 예쁘기 때문에 여기저기 허비하는 시간이 많다는 것도 알아야 돼. 그래서 성취감을 맛볼 수 있는 중요한 일을 못하는 경우가 많아. 예쁘니까 가만히 있어도 뭐가 술술 풀려나가니, 일부러 노력을 안 하게 되는 거지. 그냥 생긴 걸 이용해서 할 수 있는 걸 하려고 해. 예뻐서 사랑받는 것만큼 위험도 도사리고 있다는 거, 그것도 알아야 돼. 미인박명이라는 얘기랑 좀 다르긴 하지만 예뻐서 불편하고 허무할 때도 있거든. 예쁜 애들을 내가 다 대변할 순 없지만, 내가 지금까지 살면서 체험한 데다 예쁜 친구들 보면 대체로 그래."

황양이 그토록 논리가 정연하다는 게 놀라웠다. 나도 어느 틈엔가 황양이 얼굴만 반반해서 생각이 없다고 여겨왔는지 모른다. 내가 그동안 그녀를 너무 모르고 있었다는 생각이 들었다. 예쁜 여자, 품질관리과 남자들이 모두 좋아한다는 황양의 강의는 계속되었다.

"근데 너, 이거 알아야 된다. 잘난 남자들은 절대 먼저 접근 안 해. 여기서 잘난 남자란 그냥 얼굴 잘난 게 아니라는 거 알지? 조건이 되는 남자들 말야. 물론 그런 남자들 중에 얼굴까지 잘난 부류를 말하는 거지. 잘난 놈들은 잘난 여자들보다 더 자존심이 세. 아주 재수 없는 놈은 명령조로 야 너 지금 나와, 이럴 때도 있지만 진짜 잘난 남자는 절대 먼저 접근 안 해. 별별 이상한 놈들이 다 따라다니고 껄떡대지만, 정작 내 마음에 딱 드는 남자가 날 외면하면 얼마나 열패감이 드는 줄 아니? 시시한 장난감 백 개 있으면 뭐하니. 딱 갖고 싶은 거 그거 하나 못 가지면 얼마나 화나고 미치는데.”

황양의 얼굴에 어느 틈엔가 허전함이 깃들었다. 역시 황양이 염두에 두고 있는 남자는 임실장이 분명했다. 그때 옆방에서 이강우 씨가 나왔다.

“황양이 그 남자 좋아하는 건 결국 조건 때문 아냐? 그렇게 도도한 척하더니, 왜 그렇게 속을 끓여? 실망이다.”

황양은 눈을 치뜨면서 말했다.

“조건? 조건도 그 사람한테 속하는 거 아냐? 조건도 능력 아니냐구. 사람을 볼 때 능력을 봐야지, 대체 뭘 보라는 거야. 나는 그럼 날 좋아하는 사람을 받아들이는 입장에만 서야 하는 거야? 내가 누구를 좋아하면 안 되는 거야? 날 좋다는 놈들은 다 시시한데 어쩌란 말야.”

황양은 소리를 빽 지르더니 탈의실로 들어가버렸다. 나는 짐짓 모른 체했지만 이강우 씨가 황양을 걱정하고 있으며, 둘 사이에 이미 얘기가 오갔다는 사실을 짐작할 수 있었다. 한때 정신이 혼미할 만큼 사랑했던 여자를 평상심으로 바라보는 이강우 씨의 가슴 저 밑바닥은 여전히 끓고 있는 걸까. 휴화산이 어느 날 주체하지 못하고 넘쳐나면 과연 이강우 씨는 어떻게 되는 걸까. 사랑 레이스는 누구에게나 힘든 일이다. 그 힘든 사랑이 내게는 과연 언제 찾아올까.

우리 실험실로 차현 대신 다른 실습생이 샘플을 갖고 왔다. 차현은 이제 교대근무를 하게 되었다. 그동안 주전반 근무를 하면서 지원 업무를 하다가, 정식으로 교대반에 투입된 것이다. 새로운 실습생에게 주전반 자리를 물려주는 게 열처리실 전통이라고 했다. 열처리실은 전자동으로 공정이 돌아가지만, 다른 공정과 마찬가지로 새로운 코드지 롤을 걸고 기계 세팅을 할 때는 사람의 힘을 빌려야 했다. 이제 차현도 그 긴 기계의 세팅을 할 수 있는 위치가 되었다. 1년간 훈련을 받아 함께 일하는 라인의 열 명 중 가장 막내가 된 것이다. 직기에서 짠 코드지 롤이 라텍스가 담긴 몇 개의 통을 통과하면서 열처리 되어 나오면 타이어 코드지가 완성된다. 아주 무거운 두 개의 롤러가 맞물려 돌아가고 그 사이로 타이어 코드지가 통과하게 된다. 직기에서 소소한 사고가 종종 일어난다면, 열처리실에서는 좀처럼 사고가 나지 않는 대신 났다 하면 대형사고가 터진다고 했다. 차현은 석반 근무 때면 가끔 실험실에 와서 커피를 마시며 이런저런 얘기를 했다. 주로 이강우 씨가 있을 때 와서 얘기를 나누다가 날 보면 농담을 던지곤 했다. 나는 여전히 그를 정면으로 바라보지 못했고, 농담에 맞장구를 치기보다 그저 눈을 흘기는 정도로 대응했다.

석반 때는 저녁을 먹어도 밤 열 시쯤엔 출출하고 심심했다. 과자로 대충 때우지만 가끔 라면을 끓여 먹거나 라면밥을 해먹었다. 실험실에서 음식을 만드는 건 금기사항이지만, 저녁에는 방문자가 별로 없어 몰래 음식을 해먹곤 했다. 라면밥은 불린 쌀에 물을 좀 많이 붓고 끓이다가 라면스프로 간을 하는 건데, 라면밥이 끓는 동안 우리는 생라면을 우걱우걱 씹어 먹었다.

형묵은 밀가루 음식을 먹으면 속이 부대낀다며 라면밥을 좋아했다. 라면밥은 끓을 때부터 저어줘야 하기 때문에 시간이 많이 걸리는데 그 일을 언제나 내가 담당했다. 형묵은 라면밥을 먹을 때마다 나에게 고마워했다. 황양이 집에서 가져온 김치를 곁들여 라면밥을 먹을 때면 세상의 그 어떤 음식보다 맛있었다.

형묵과 함께 일하면서 다행히 내가 왜 전화했는지를 밝힐 기회가 생겼다.

"앞으로 어떻게 해야 할지 몰라 형묵 씨 공부하는 거 보고 자극을 받으면 무슨 생각이 들지 않을까, 그런 마음에서 전화했던 거예요."

형묵은 매우 민망한 표정을 지으며 나를 달랬다.

"그 일 때문에 혹시라도 맘 상하지 말아요. 내가 누구를 바람맞히고 그럴 처지도 아니잖아. 난 내년에 어떻게든 여길 나갈 생각이에요. 올해 일단 시험은 쳐보겠지만, 이번엔 아무래도 힘들 거 같아. 돈을 좀 모아두었으니, 내년 2월 말쯤 그만두고 부산에서 학원에 다니려고. 여기서는 공부를 한다고 하는데도 잘 안 돼. 내가 눈이 너무 나빠서 군대 면제를 받았거든. 그러니까 군대 간 셈치고 열심히 해 보려고. 무경 씨는 답답하지 않아요? 마치 기계 같지 않아? 난 내가 부속품 같아. 애초에 대학 가겠다고 마음먹어서 그런지 여기가 갑갑해."

형묵은 말을 높였다 내렸다 하면서 쑥스러운 표정을 지었다. 그는 하루 세 끼를 회사 식당에서 해결하기 때문에 거의 돈을 쓰지 않는다고 했다.

"돈을 모으기 위해 일부러 친구들도 안 만나. 친구들한테 이미 내년 2월에 회사 그만둘 거라고 공표까지 했어. 의지가 약해질까 봐 그러는 거지. 미리 말해놓고 나중에 안 나가면 실없는 사람 되잖아. 난 수줍음이 많기 때문에 내가 한 말을 안 지키면 창피해서 못 다니게 되거든. 내가 나한테 겁을 주는 거지. 무경 씨도 여기 오래 있을 거 같진 않아. 어쨌든 공부하는 사람에게 자극을 받고 싶어 하는 건 잠재의식 속에 공부에 대한 열망이 있다는 거니까. 난 그렇게 생각해. 자기가 되고 싶은 게 있다면 가까운 쪽으로 가야 돼. 멀리서 그냥 가까이 가고 싶다는 생각만 하는 건 바보나 하는 짓이야. 목표에 도달하려면 움직여야지. 무경 씨, 그때가 언제일지는 모르겠지만 어떤 열망이 생기면 곧바로 움직여. 원하지 않는 곳에서 오래 머뭇거려도 될 만큼 청춘은 길지 않아. 난 벌써 스물한 살이 되려고 해."

형묵의 얘기에 나는 말없이 고개를 끄덕였다. 형묵의 말대로 그때가 언제일지 모르지만 나도 열망이 생기면 용기를 내서 움직여야겠다고 결심했다. 하지만 지금은 아니다. 나는 실험실에 내 자리가 생겼다는 사실이 여전히 흡족했다.

12월이 되었다. 성희는 하루 외박하고 돌아와 야반 출근을 했다가 두 시간 만에 조퇴하고 돌아왔다. 내가 막 잠들려고 할 때 그녀는 피곤에 지친 몰골로 돌아와 내가 묻는 말에 대꾸도 하지 않고 침대로 올라갔다. 내가 물은 말이란 고작 "아파? 무슨 일 있었어?"였건만. 그저께 조반 근무 마치고 야반 교대하기까지 하루 반나절을 증발되었다가 돌아온 성희는 확실히 이상했다. 누구를 만나고 오기만 하면 쉬지 않고 재잘대며 데이트 상황을 고스란히 전하던 성희가 아니었다. 사실은 출근하기 전부터 이상했다. 괜히 내 눈을 피하며 고개를 들지 못하다 멍하니 벽을 보기도 했다. 한 번도 없던 일이다. 문득 1박 2일 여행을 누구와 갔는지, 그 여행 중에 무슨 일이 있었는지, 알 것 같았다. 어른들의 세계에 너무 일찍 진입한 우리가 열여덟 살이라는 것을 자주 잊기에 가능했던 일인지도 모른다.

내게 등을 보이고 있는 성희를 보면서 결심했다. 아무것도 묻지 않기로. 그냥 차현을 내 마음속에서 완전히 떠나보내기로. 그 순간 아쉬움도 있었지만 사실은 시원했다. 만약 차현이 성희와 헤어진 뒤 나에게 프러포즈한다면 어쩔 것인가, 그런 상상을 하면서 혹시 일어날지도 모를 상황에 대한 미련 때문에 고통스러웠기 때문이다. 틈틈이 미팅하러 나가는 성희가 변심하는 경우도 생각해봤다. 성희의 빈자리로 차현이 나를 초대한다면 나는 어떻게 해야 하나, 골똘히 고민하곤 했다. 그러다가 나 자신에게 화가 나기도 했다. 그 일조차 내가 아닌 차현의 선택에 달렸다는 생각 때문이었다.

　차현을 마음속에서 완전히 떠나보내게 되어 후련했다. 차현은 진짜 성희의 남자가 되었고, 성희는 차현의 여자가 되었다. 성희가 말하지 않은 1박 2일 동안 그들에게 일어났을 그 일이 나에게 체념과 단념이라는 단어를 확실히 안겨주었다. 혼곤히 잠들어 있는 성희의 얼굴을 보면서 나는 작은 소리로 "안녕!"이라고 읊조렸다.

　밤새 성희가 뒤척이는 기색 때문에 잠을 설쳤는데도 아침 여섯 시에 어김없이 눈이 떠졌다. 선잠을 자는 동안 계속 복잡한 꿈을 꾸느라 머리가 무지근했다. 뒤죽박죽이 된 꿈속의 상황 가운데 선명하게 떠오르는 건 딱 두 가지였다. 차현이 나에게 손을 흔들며 작별인사를 고한 것, 차현의 팔짱을 낀 성희는 행복한 모습이었던 것. 일어나자마자 그 장면이 떠올랐지만 마음은 가뿐했다. 이제 더 이상 차현 생각으로 머리나 가슴이 복잡해지지 않을 자신이 생겼으므로. 뒤늦게 깊은 잠에 빠졌는지 성희는 코까지 약하게 골고 있었다. 성희가 그간 내 마음속의 소용돌이를 안다면 뭐라고 할까.

　'너희 사랑을 축하해!'

　나는 마음속으로 성희에게 인사하고 문을 열었다.

　기숙사를 나서자마자 매서운 바람이 온몸을 휘감았다. 1년 전과 비교하면 부쩍 큰 느낌이다. 한 사람 몫을 하고 있다는 점이 스스로 생각해도 대견했다. 한 달이 지나면 나는 열아홉 살이 된다. 나의 10대가 한 해밖에 남지 않았다고 생각하니 갑자기 가슴이 찌르르했다. 태어난 지 17년 몇 개월밖에 안 지났지만 나는 분명 열아홉 살이다.

스무 살은 어떤 세계일까? 명백한 건 스무 살은 하영이 대학생이 되는 나이라는 점이다. 1년만 지나면 하영이 대학생이 된다는 건 움직일 수 없는 사실이다. 그건 나와 하영 사이에 도저히 건널 수 없는 강이 생긴다는 의미다. 갑자기 눈물이 나오려고 해 눈을 가늘게 뜨고 마구 달렸다.

출근이 빨라지면서 아침 식사시간도 앞당겨져 입맛이 없었다. 조반 때마다 겨우 반 공기 정도 먹고 출근했으나 오늘따라 더 식욕이 없다. 그냥 크림 많이 넣고 커피나 한잔 마셔야겠다는 생각을 하며 실험실로 향했다. 형묵이 야반 근무를 하는 날이다. 형묵은 야간에는 할 일이 많지 않은 데다 혼자 근무하니 공부하기 좋다고 했다. 조반 출근을 하면 형묵은 실험을 깔끔하게 마무리 짓고 큰 탁자에 앉아 공부를 하고 있었다. 그렇게 정갈한 모습으로 공부에 몰두하고 있는 형묵을 볼 때면 마음속에서 뭉클한 게 솟아올랐다. 하지만 형묵이 얘기하던 그 열망은 아직 나에게 생기지 않은 듯했다. 내가 갈망하던 실험요원이 된 게 나는 여전히 벅차고 즐거웠다.

아침 일찍 출근할 때면 삶의 의지 같은 게 새록새록 솟곤 했다. 어쨌든 나는 작년과 많이 달라졌다. 내가 할 일이 있다는 건 아무리 생각해도 감동적이다. 아직 출근버스가 도착하지 않은 시각인지라 공장 안 도로는 텅 비어 있었다. 나는 도로를 달리기 시작했다. 찬 공기가 얼굴을 기분 좋게 스쳐 지나갔다. 아아아 소리라도 지르고 싶었지만 누군가 어두컴컴한 도로로 나서다가 깜짝 놀랄까 봐 꾹 눌러 참았다.

문을 열면서 나는 큰 소리로 "굿모닝!"을 외쳤다. 형묵은 다른 날과 달리 공부를 하지 않고 큰 탁자 옆에 서 있었다.

"아아, 무경 씨, 잘 왔어요. 나, 나, 나 지금 퇴근 좀 할게요. 저, 저 실험은 도저히 손이 떨려서 다 못했어. 이강우 선배님이 오시면 좀 해달라고 해주세요. 나, 나 먼저 나가볼게."

형묵의 얼굴이 새파랗게 질려 있었다. 나도 모르게 형묵의 손을 잡았다.

"왜 이러세요. 무슨 일이 있어요? 집에 무슨 일이 생겼나요?"

그 순간 형묵의 눈에서 눈물이 주르르 흘러내렸다.

"무경 씨, 차현이, 현이가 크게 다쳤어. 팔이 롤러에 말려들어가서 아까 네 시쯤 병원에 실려 갔어. 많이 다쳤다고 하는데 어떻게 됐는지 걱정돼 죽을 것 같아. 어떡해. 무경 씨, 나 지금 병원에 가봐야 해요. 알았죠. 부탁해요."

형묵은 주먹으로 눈물을 훔치며 황급히 달려나갔다. 머리가 하얗게 비어버리는 느낌이었다. 롤러에 팔이 말려들다니 대체 이게 어떻게 된 일인가. 차현이 현장에서 일어난 사고에 대해 했던 얘기가 떠올랐다. 롤러에 말려들어가서 납작하게 된 사람이 있다던. 갑자기 소름이 쭉 끼치면서 머리털이 꼿꼿이 서는 기분이었다. 제발 조금 다쳤기만 바랄 뿐 그 순간 내가 할 수 있는 게 아무것도 없었다. 안절부절못하고 있는데 이강우 씨가 들어왔다.

"무경아, 너 얼굴이 왜 그래. 형묵이는 내가 불러도 그냥 막 달려가더라. 너희들 무슨 일 있는 거니?"

"아저씨, 무서워요."

내가 파랗게 질려서 차현의 사고 소식을 전하자 이강우 씨는 부리나케 달려나갔다. 잠시 후 우리는 모든 사정을 알게 되었다. 새벽 네 시쯤, 열처리실에서 새로운 코드지를 걸었고 세팅을 하는 과정에서 접힌 직물을 펴기 위해 롤러에 손을 넣고 작업하던 차현이 미처 손을 빼기 전에 반장이 스위치를 눌러버렸다는 것이다. 차현의 비명 소리에 기계를 멈추었지만 이미 차현의 팔이 팔꿈치까지 말려들어간 상태였다고 했다. 막 출근한 황양과 나는 팔꿈치라는 말에 비명을 질렀다.

"시내 종합병원으로 실려 갔다는데 아무래도 내가 가봐야겠어. 차현이 그 자식, 어떡하지."

이강우 씨가 나가려는데 황양이 물었다.

"말려들어갔으면 으스러졌을 텐데, 팔을 잘라야 하는 거 아냐?"

이강우 씨는 잠시 멈칫하더니 황급히 나갔다.

"큰일이네. 어린 녀석이. 열처리실은 꼭 잊을 만하면 대형사고가 난다니까. 그래도 안전교육을 강화하면서 요 몇 년은 괜찮았는데 갑자기 웬일이니. 내가 처음 들어왔을 때도 사고가 크게 났었어. 그 사람도 팔을 잘랐는데, 그때 나 무서워서 회사 그만두려고 했었어. 이놈의 공장은 우리의 밥줄도 되지만, 때로는 흉기가 된다니까. 완전 절망으로 몰아넣는 흉기. 어린 녀석이 안됐네."
황양은 연신 고개를 좌우로 흔들면서 "무서워"를 연발했다.
현장에 시료를 가지러 갔을 때 현장 반장들도 모두 차현 얘기를 하고 있었다. 일이 손에 잡히지 않아 오전 내내 서성이고 있는데, 이강우 씨가 열한 시 쯤 돌아왔다. 아무래도 팔을 자르게 될 것 같다고 했다.
"자식, 하필이면 오른팔이야."
차현은 지난 1년간 거의 매일 우리 실험실에 들락거려서 우리 실원이나 다름없었다. 이강우 씨는 차현이 실험실에 추천해달라고 했을 때 더 강력히 밀어붙이지 못해서 이런 일이 생긴 것 같다며 자책했다.
나는 성희에게 전화를 해야 할지 말아야 할지 판단이 서지 않아 애가 탔다. 이미 야반을 마치고 기숙사로 돌아온 친구들로부터 사고 소식을 들었을지도 모를 일이다. 자기는 피곤해서 조퇴를 했는데 차현은 그대로 근무하다가 사고를 당했으니 자책이 클 것 같았다.

너무 가슴 아파 기억 속에서 지우고 싶은 그해 12월에 나는 그래도 꾸역꾸역 살았다. 차현은 병원에 실려 간 날 저녁에 오른팔을 잘랐다. 팔을 잘랐다고 하는데도 도무지 실감이 나지 않았으나 얼마

후 형묵에게 그날의 상황을 자세히 전해 듣고 상처에 소독약을 부은 것처럼 가슴이 쓰렸다. 형묵은 황양이 자리를 잠시 비웠을 때 나에게 그날의 상황을 들려주면서 펑펑 울었다.

"우리 동기들 몇 명과 회사에서 높은 분들이 갔을 때 녀석이 오히려 우리를 위로하며 싱글싱글 웃기까지 하더라고. 오후에 의사가 팔을 잘라야 한다고 하자 녀석은 선생님 말씀 들어야죠, 그러면서 그냥 착잡한 표정만 지었어. 어떤 녀석이 참지 못하고 울었는데 그때 차현이 뭐라고 한 줄 알아. 야 인마, 그래도 안 죽었잖아. 울지 마, 그 말 때문에 눈물이 더 나오는 거야. 수술 끝나고 녀석이 마취에서 아직 안 깨어난 상태로 실려 나올 때 뭉툭해진 오른팔에 붕대가 칭칭 감겨 있는 걸 보고 우리 모두 얼마나 울었는지 몰라. 근데 그 다음에 정말⋯."

형묵의 목소리가 갑자기 떨리더니 더 이상 말을 잇지 못했다. 나도 목이 메어 눈물이 핑 돌았다. 형묵이 눈물을 닦으며 말을 계속했다.

"짜식이 마취에서 깨어나자마자 그러는 거야. 선생님, 선생님, 제 팔 한 번만 보여주세요. 제 팔을 한 번만 보고 싶어요. 그러면서 막 우는 거야."

형묵은 엉엉 울면서 옆방으로 가버렸다. 나도 큰 탁자에 엎드려 흐느끼며 울었다. 이강우 씨가 지나간 일은 생각하지 말라고 했지만 이렇게 큰 상처가 남았을 때는 어떻게 해야 한단 말인가. 잊어버리고 마음을 봉합한들 아픔이 치유될 수 있을까. 늘 나에게 단정적인 어

투로 세상을 해석해주던 이강우 씨도 차현의 문제 앞에서는 한숨만 쉬었다. 깊은 상처는 치유되기 힘든 게 분명했다.

차현은 의사의 만류로 자기 팔을 보지 못했고, 그때부터 웃음을 잃었다고 했다. 어느 날 사라진 팔, 작별인사도 못하고 떠나보낸 그 팔을 차현은 어떻게 극복할 것인가. 그 생각을 할 때마다 울음이 괴어올랐다. 차현은 간병을 자청한 몇몇 친한 동기들 외에 그 누구의 면회도 허락하지 않았다. 형묵은 대학에 가기 위해 일분일초를 쪼개 공부하더니 그날 이후로 근무가 끝나면 바로 병원으로 달려갔다.

성희는 내내 울기만 했다. 사고 일주일 후 성희와 내가 차현의 병실까지 갔지만 차현은 면회를 허락하지 않았다. 병실에서 나온 형묵은 차현이 아직은 우리를 만나고 싶어 하지 않는다는 말만 전해주었다. 회사에서는 성희와 차현이 사귄다는 걸 모르던 사람들까지 다 알게 되었고, 성희가 지나가면 수군거리기도 했다. 늘 재잘대던 성희는 점점 말을 잃어갔다. 나도 일부러 성희에게 말을 시키지 않았다. 여행 때문에 쉬지 못해 사고가 났을 거라는 자책감과 여행에서 있었던 일에 대한 의무감에 짓눌려 성희는 차츰 파리해졌다. 싱싱하게 피어오르던 성희는 어디에도 없었다.

차현은 앞으로 대체 어떻게 될 것인가. 갑자기 그렇게 큰일을 당했을 때 대체 인간은 어떤 힘으로 견뎌내야 할까. 문득 도서관 언니가 생각났다. 도서관에 갈 때마다 호기심에서 슬쩍슬쩍 훔쳐보곤 했던 행동이 너무도 미안했다. 그제야 그녀가 견뎌낸 시간들이 아프게 나에게 전해졌다. 나는 마음이 산란해 덮어놓았던 〈테스〉를 밤새워 다 읽은 후 도서관으로 향했다. 책을 반납하고 다른 책을 고르는 척 하면서 구석에 앉아 그 언니를 지켜볼 요량으로. 테스가 어두운 과거 때문에 결국 죽게 되는 내용이 자꾸만 마음에 남았다.

차현과 밤을 보내고 온 성희는 어떻게 될까. 차현과 맺어지는 일도, 그렇지 않았을 때 오는 부담감도 성희에게 모두 족쇄가 될 것 같아 마음이 아팠다. 도서관 언니는 오른손 하나로 능숙하게 일을 처리했다. 틈틈이 콤팩트를 꺼내 얼굴을 다듬었다. 립스틱도 바르고 머리도 다시 빗는 그녀에게 그 일이 조금 불편할지는 몰라도 크게 어려워 보이진 않았다. 차현은 왼팔밖에 안 남았다니 그게 문제였다. 하지만 차현이 얼굴에 화장을 하는 등의 섬세한 일은 안 해도 되는 남자여서 그나마 다행이었다. 하지만 멋진 모직코트를 걸치고 자신만만한 얼굴로 시내를 활보하는 일, 내가 보빈을 옮길 때 두 손으로 번쩍번쩍 들어서 옮겨주고 수레를 대신 끌어주던 일, 그런 걸 차현은 계속 할 수 있을까?

내가 책을 고르는 척하며 왔다 갔다 하자 도서관 언니가 서가 쪽으로 왔다.

"김무경 씨는 너무 심각한 책만 고르더라. 하긴 그동안 우리 도서관에 무거운 책밖에 없었으니까. 이번에 내가 열 권짜리 신레먼문고를 신청했어. 이거야. 소녀들이 보기에 좋은 책이야. 〈내 청춘 마리안느〉, 제목 멋있지? 이거 어제 들어온 건데 무경 씨가 일등으로 봐."

언니는 오른손으로 책을 빼주면서 활짝 웃었다. 나는 아주 잠깐 배에 대고 있는 언니의 왼손을 봤는데, 오늘따라 망사장갑을 끼지 않은 상태였다. 오른손과 확실히 색깔이 다른, 마치 때가 낀 인형 몸 같이 거무죽죽한 인조 손이 거기 있었다. 나는 재빨리 눈을 돌리고 더듬거리면서 말했다.

"어어, 책이 얇아서 좋아요. 글씨도 크, 크고. 하루에 한 권씩 읽을게요. 고, 고마워요 언니."

책을 들고 나오는데 내내 도서관 언니의 손이 눈앞에 어른거렸다. 그런 손을 가진 여자도 활짝 웃으며 살고 있으니 차현도 문제없을 것 같아 마음이 놓였다. 성희에게 빨리 얘기해주고 싶었다.

이강우 씨는 차현도 도서실 언니처럼 편한 자리로 이동하여 근무하는 게 나을 거라고 했다. 일시에 보상금을 타서 나가봐야 돈만 까먹고 나중에 빈털터리가 된다며 형묵에게 차현을 설득하라고 했다.

"그 녀석이 제 잘난 멋에 살던 놈인데 동정받는다 싶으면 안 하려고 할지도 몰라요. 워낙 훤하게 생겼잖아요. 그런데 그런 모습으로 회사에 다니려고 할지."

형묵이 회의를 표하자 이강우 씨는 자기가 직접 나서서 달래보겠다고 했다.

"배부른 소리 하지 말라고 그래. 자존심이 밥 먹여주냐? 앞으로 살 날이 얼마나 많은데. 돈도 좀 더 모으고 사회 경험도 더 쌓아야 나중에 뭘 하더라도 하지. 아직은 너무 어려. 도서관 김양은 여잔데도 끄떡없이 잘 다니잖아."

아무리 큰일을 당해도 현실적인 문제를 생각해야 하는 게 인생이다. 이제 차현은 팔이 잘린 상황에서 어떻게 살 것인가를 고민해야 한다. 참혹한 일이지만. 차현은 자칫 이겨내지 못할지도 모를 참혹함을 만났다. 정신이 매우 소중하다지만 육체가 얼마나 중요한가를, 새삼 생각하게 되었다. 전자계산기를 들고 등장한 나양 때문에 김양의 마음이 많이 상했다지만, 마음을 굳게 먹은 김양은 지금 그 상황을 훌륭하게 이겨냈다. 정신이 중요하다지만 몸이 망가지면 정신은 대체 어디에 담길 것인가? 마음 가는 대로 살겠다던 차현은 이제 어떻게 살아야 하나. 마음이 너무나 아파 어디로 가야 할지 모를 텐데. 신체의 일부가 사라졌을 때 어떻게 대처할 것인가, 거기에 대해 내가 질문했을 때 이강우 씨도 그저 슬픈 얼굴로 하늘만 바라봤다. 그러더니 작은 소리로 말했다.

"그래서 사람들이 하나님을 찾나 봐. 도저히 자기 힘으로 이겨낼 수 없을 때."

그해가 가기 전에 또 한 건의 일이 있었다. 정계장이 회사를 그만두기로 한 것이다. 정계장이 사표 낼 때 이강우 씨가 만류했을 뿐, 임실장의 탁자에 사표를 올려놓자 일사천리로 수리되었다. 황양은 마치 임실장이 정계장의 사표를 기다린 것 같다며 기분 나빠 했다. 정계장의 자리에는 이강우 씨가 앉기로 했다. 대신 한 명을 충원하면 이강우 씨가 훈련을 맡기로 했다. 장필곤은 이러다 올빼미가 되겠다며 투덜댔고, 형묵은 아예 자기가 계속 야반 근무를 했으면 좋겠다며 환영했다.

정계장의 송별회 겸 망년회가 있었다. 저녁을 먹으면서 막걸리를 한 잔씩 하는 것으로 망년회는 대충 끝났다. 진성당원끼리 따로 모여 아쉬움을 달랬다. 할 말이 더 많을 것 같은 정계장을 젖히고 김양이 먼저 시작했다.

"나 요즘 우울증이야. 현장에서 온 최양, 걔랑 내가 무슨 얘기를 하겠냐. 황양이랑 그동안 모든 걸 털어놓고 지냈고, 무경이는 어려도 애가 통하는 게 있는데 최양은 나랑 통하는 구석이 없어. 얼굴 좀 반반하고 여고 나온 게 그렇게 대단한 거냐? 애가 아주 그걸로 유세를 떨어. 현장에서 중졸 애들 사이에서 목에 힘 줄 때 제대로 먹혔는지, 제 버릇 개 못 주고 내 앞에서 얼마나 잘난 체를 해대는지. 안 그래도 얘기할 사람이 없어서 속 터지는데, 어디서 밥맛이 굴러 와서 속을 썩이니 내가 살겠냐구. 애가 어찌나 둔한지 아직도 일을 제대로 못해 내가 거의 다 하잖아. 황양아, 무경이랑 좀 바꾸면 안 되겠냐?"

김양은 안 된다는 거 뻔히 알면서 괜히 날 잡아 끄는 척했다.

"에이그, 요건 그저 눈치가 빤해가지고, 누가 가르쳐주지 않고, 시키지 않아도 지가 다 알아서 척척 했는데. 넌 어디 가서도 사랑받을 거다. 최양 속 썩이는 거야 그렇다 치고 내가 계속 이러고 살아서 되겠냐고. 며칠 전에 A실험실 최계장이 강우 너 찾는 전화를 했더라고. 그래서 슬쩍 데이트 좀 하자고 했더니 밋밋한 목소리로 시간 나면 연락할게, 그러더니 감감무소식이야. 최계장하고 몇 년을 만난 것도 아니고 안 만난 것도 아니고. 어제 갑자기 성질이 나서 최계장한테 전화로 결혼해요, 그랬더니 최계장이 뭐라고 했는 줄 알아?"

우리는 화들짝 놀라 침까지 꿀꺽 삼키면서 김양을 쳐다봤다.

"참나, 시간 나면, 이러더라니까. 미칠 뻔했잖아. 난 소리를 꽥 질렀어. 이제 니가 시간 난다고 해도 내가 안 만나. 나 굉장히 바빠. 이제 끝이야. 그러고는 확 끊어버렸지 뭐."

모두들 김양 얘기에 눈이 화등잔만 해졌다. 김양이 먼저 프러포즈를 했다가 먼저 결별선언을 했다는 게 다들 믿어지지 않는다는 표정이었다. 김양은 "내가 안 하고 만다, 사람 애간장 태운 게 벌써 7년이다"라며 한숨을 쉬었다.

"그래서 낮에 최계장이 전화했구만. 나더러 김양이 뭘 잘못 먹었냐고 그러더라. 이 인간이 자다가 봉창 두드리나 했네. 하여간 속을 모르겠어. 위로 실장이 와도 태평이야. 뭐 책임질 거 없어서 잘됐다나. 나더러 왜 나가냐고 하더라니까. 아이구 답답해. 그래도 속은 깊은 놈인데. 김양은 뭐 지가 성질나서 그랬구만. 최계장이 무슨 얘기를 한 것도 아닌데 뭘 그러냐."

정계장의 말에 입을 삐죽이던 김양의 얼굴이 조금 밝아졌다.

정계장은 아버지와 별도로 집 짓는 사업을 할 거라고 했다. 요즘 다들 형편이 나아지면서 슬레이트를 얹어 대충 지은 집을 현대식 슬라브로 바꾸고 있다는 것이다. 집을 몇 채 지어 팔면 집이 하나 생긴다며 전망이 매우 밝다고 했다.

"박양도 우리 아버지 돈 버는 거 보더니 마음이 달라져서 나더러 빨리 그만두라고 성화야. 난 단독주택 좀 짓다가 연립주택 사업을 하려고. 집터가 조금 넓은 곳은 허물고 오층이나 삼층짜리 연립주택을 짓는 게 요즘 유행이거든. 남자는 그저 사업을 해야 돼. 직장생활 밤낮 해봐야 말짱 도루묵이지 뭐. 쥐꼬리 같은 월급 받아서 언제 부자 되겠어. 김양하고 황양도 사업하는 사람 만나고, 강우 너도 사업 거리 구상해봐. 무경이는 아직 회사 좀 더 다니다가 좋은 남자 만나고. 그때 사업하는 사람 만나는 거 잊지 마라."

정계장은 이제 모든 건 사업으로 통한다고 했다. 사업을 안 하는 사람은 시대에 뒤떨어진 사람이라는 말까지 했다. 사업과 거리가 먼 우리들에게 직장 무용론을 펼치자 다들 대꾸할 말을 잊고 말았다. 이강우 씨가 술김에 한마디 했다.

"형님, 그래도 지금까지 회사에서 월급 받고 살았는데 사업 아니면 안 된다고 하는 건 너무합니다. 과거는 아름다운 법 아닙니까. 아름답게 기억하세요. 형님, 그동안 정말 열심히 하셨습니다. 우리도 형님을 기억하겠습니다."

이강우 씨의 말에 모두들 숙연해졌다.

"시끄럽다 짜식아. 괜히 내 눈에서 눈물 뽑으려고 하네. 짜식아, 넌 남아서 사원들도 뭐 말 좀 할 수 있는 기회나 만들어봐. 맨날 시쓴다고 돌아다니지만 말고. 시는 무슨 얼어 죽을 놈의 시냐. 그래도 인마, 회보 나오면 집으로 보내주고. 그동안 다들 고마웠어. 가끔 우리 집에 놀러 오고, 김양하고 황양은 시집갈 때 연락해. 무경이도 나중에 시집갈 때 연락하면 내가 축의금 많이 하마. 박양 몫까지 남들 두 배로."

정계장의 말에 눈물이 핑 돌았다. 나중에 만나자고 하지만 떠나면 그만인 것을. 이제 진성당원이 네 명밖에 남지 않았다. 언젠가 우리들도 헤어지겠지. 갑자기 가슴에서 바람 이는 소리가 들렸다.

3주쯤 지났을 때 형묵은 차현이 어느 정도 안정을 찾았다고 일러주었다. 이제 면회 가도 될 것 같다고 했을 때 성희는 의외로 고개를 가로저었다.

"나 무서워. 오빠를 못 보겠어. 무슨 말을 해야 할지도 모르겠고 계속 만날 자신도 없고."

그러더니 고개를 푹 꺾었다. 나는 한참 있다가 어렵게 입을 열었다.

"왜 부담을 느껴. 니가 좋아하는 오빤데. 병문안 가는 건데. 너를 기다릴 텐데."

성희는 아무 대꾸도 하지 않았다. 그동안 혼자서 고민을 많이 한 것 같았다. 그러고 보니 처음 며칠간 내내 운 다음부터 성희는 거의 말을 하지 않았다. 면회 가지 않겠다는 게 무얼 뜻하는지 확인하지 않아도 알 만했다. 성희가 면회 가지 않겠다는 걸, 누가 무슨 자격으로 질책할 수 있겠는가. 성희도 아프지만 차현은 또 얼마나 아플까. 앞으로 두 사람은 어떻게 될까.

갑자기 불행에 빠진 스물한 살 남자의 열아홉 살 난 여자친구는 과연 어떤 선택을 해야 하나. 순정을 바치기도, 그렇다고 매정하게 돌아서기도, 다 힘든 일이다. 그녀의 마음은 지금 뒤죽박죽이 되어버린 게 틀림없다. 나라면 어땠을까를 상상해봤지만 아무런 결론도 내리지 못했다. 거기에 나를 대입해봐도 도무지 실감나지 않았으므로. 다만 가슴 저미는 사랑을 했다면 열아홉보다 더 어리다 해도 그 사랑을 지켜야 하지 않을까,라는 생각이 들었다. 특히 함께 밤을 지낸 사이라면. 하지만 이것도 가정이기 때문에 그런 결론을 내릴 수 있는지 모른다. 어쨌든 그 점에 관해 성희와 얘기해보고 싶었지만, 그건 성희에게 잔인한 일이 될 게 틀림없었다. 성희가 이해되기도, 이해되지 않기도 했다.

성희는 어쩌면 차현과 사랑을 시작하려는 단계였을지도 모른다. 밤을 함께 보내면서 비로소. 열아홉 살은, 명확한 결정을 내리기 힘든 나이임에 틀림없다.

결국 성희와 나는 차현이 퇴원할 때까지 병문안을 가지 못했다. 나 혼자라도 갈까, 생각했지만 성희가 나타나지 않으면 차현의 마음이 복잡해질 게 분명했다. 내가 안 가는 편이 차현에게 더 나을 것 같았다. 차현은 집에 가서 요양하는 동안 회사에 복귀할지, 보상금을 받고 그만둘지를 결정할 거라고 했다.

형묵은 병원에서 살다시피 하더니 차현이 퇴원한 뒤 다시 공부를 시작했다. 형묵은 올해 시험 삼아 보려던 본고사를 못 치르게 되었지만 아쉽지 않다고 했다. 친구는 팔을 잃었는데 공부 좀 못한 게 대수냐면서.

성희는 점점 말을 잃어가더니 차현이 회사로 복귀할지도 모른다는 소문이 돌자 돌연 사직하고 말았다. 내가 없는 사이 큰 봉투 하나만 남기고 기숙사를 떠나버렸다. 서운하고 원망스러웠지만 이해할 수 있을 것 같았다. 봉투에는 두 통의 편지가 들어 있었다. 하나는 나에게, 또 하나는 차현에게 보내는 편지였다. 봉투에는 차현이 성희에게 선물한 몇 가지 물건도 들어 있었다. 성희는 차현에게 그 물건과 편지를 전해달라고 했다. 그러면서 자기를 욕해도 좋다면서 차현을 볼 자신이 없다고 했다. 하지만 나야말로 그 물건을 차현에게 전달할 자신이 없었다. 형묵은 "잘됐네. 현이도 성희를 마음에 걸려 하던데"라며 헛헛하게 웃었다.

　나는 해법을 찾지 못해 이강우 씨에게 성희의 태도에 대한 자문을 구했다.

　"당사자가 아니면 누구도 그 마음을 모르는 거야. 자기가 좋아했던 사람이 사고를 당했다, 부인도 아닌데 부담이 되는 건 당연하지. 동등한 위치가 아니면, 사랑이라는 건 변질되기 마련이거든. 사랑은 감정이 오고 가는 게 공평해야 하는데, 한쪽으로 기울어지면 균열이 가기 시작하지. 강한 쪽이 작정하고 헌신한다면 다 소용없는 얘기겠지만. 성희는 이제부터 차현 앞에서 뭐든지 조심해야 되잖아. 말도 함부로 못하고, 까불지도 못하고, 어리광도 못 부리고, 생각만 해도 가슴이 터질 것 같을 거야. 그 애는 자기가 불편한 건 물론 차현을 편하게 해줄 수 없다는 걸 깨닫고 떠난 거야. 서로에게 잘된 일이지. 그런데 두고 봐. 차현은 오히려 빨리 잊을 거야. 그 녀석은 엄청난 일을 당했기 때문에 작은 일에 마음을 다치지 않을 거야. 체념이 빨라지지. 아마 차현은 성희가 떠날 걸 벌써 알았을 거야."

이강우 씨가 거기까지만 얘기했으면 크게 걱정하지 않았을 텐데, 그 다음 말이 문제였다.

"성희라는 애 굉장히 예쁘던데. 그래서 더 위험해. 마음이 복잡해져서 수위를 넘으면 제어를 못하거든. 자기가 더 못된 애가 되어야 차현 일을 잊을 거고, 차현 때문에 벌을 받아야 마음이 편해진다고 생각해서 무슨 일을 벌일 수도 있어. 그렇게 되지 않도록 니가 자주 만나서 이겨낼 수 있게 해줘라. 시간이 약이니까 점차 괜찮아질 거야."

이강우 씨 얘기가 귓전에 맴돌았지만 성희가 떠난 지 일주일 후에야 겨우 시간이 났다. 조반근무를 마치고 성희네 집에 가보았다. 성희 어머니는 딸이 회사를 그만둔 사실조차 알지 못해 대충 얼버무리고 돌아왔다.

연우와 의논하기 위해 현장에 찾아갔다가 그녀가 두 달간 휴가를 냈다는 사실을 알게 되었다. 반장은 결근이 너무 잦아 퇴사 조치 하려는데 사정이 있다며 애걸해서 안 되는 걸 겨우 미뤄놓았다고 했다. 그러면서 만나면 약속된 날짜에 꼭 출근하라는 말을 전하라고 당부했다. 성희와 연우를 찾아다니는 동안 내 귓가를 잉잉거리는 말은 바로 이거였다.

'감정의 오고 가는 양이 공평하지 않으면 사랑이 아니다.'
사랑은 아무리 생각해도 골치 아픈 게 분명했다.

가파른 계단을 올라 겨우 연우네 집에 도착했을 때 연숙이 나를 알아보고 반갑게 대했다. 아버지가 많이 아파서 서울 병원에 입원했고 연우는 지금 간병을 하고 있다고 했다. 무슨 돈으로 입원을 하고 서울을 오르내리는지 궁금했다. 노골적으로 묻지 못하고 돌려서 질문했지만 눈치가 빤한 연숙이 조심스럽게 말했다.
"아저씨가 많이 도와줬어요. 트럭 운전하는 아저씬데요. 굉장히 큰 트럭을 갖고 있어요. 아버지도 그 트럭을 타고 갔어요."
연숙은 아버지가 서울의 병원에 입원했지만 가망이 없다는 얘기를 들었다며 어린애답지 않게 한숨을 푹 쉬었다.
"참, 성희 언니가 며칠 전에 왔었어요. 그때 우리 언니가 집에 없어서 못 만났어요. 큰 가방을 들고 왔던데요. 부산에 간다고 했어요."
성희가 떠나기 전에 연우를 찾아온 모양이다. 나에게는 편지만 남기고 연우에게는 털어놓을 작정이었나 하는 생각에 순간 섭섭한 마음이 들었다. 어쩌면 그냥 하소연을 하고 싶었을지도 모른다. 가슴이 턱 막혀 죽고 싶었을 테니까. 연숙에게 언니가 오면 기숙사나 실험실로 꼭 연락해달라고 말한 뒤 터덜터덜 언덕을 내려왔다.

모두들 떠난다.

"시간이 지나면 알겠지만 회사 다니다 보면 마음 붙일 곳이 없어져. 세월이 쌓여도 말야. 집 떠나서 사회인이 되면 상황에 잘 대처하는 게 최고야. 사람은 금방 변하거나 떠나고, 상황만 남게 되지."

이강우 씨가 공장 뒤 개울 앞에서 해준 얘기가 실감났다. 사람은 떠나고 상황만 남게 되었다. 이 상황에 어떻게 대처해야 할지 도무지 알지 못하는 마음과 함께.

9장
저마다의 인생

진구의 편지가 도착해 있었다. 다혜로부터 편지를 받았지만 진구도 여전히 반가웠다. 우린 동업자며 공범자 같은 기분을 공유하게 된 듯하다?

다혜 편지 받으셨죠. 들으셨겠지만 이번에는 제가 로그아웃을 하지 않아서 벌어진 일이에요. 제 메일함 열어놓고 잠깐 전화 받고 있는데 마침 다혜가 그 자리에 앉았다가 까무러칠 듯이 놀라더군요. 아무래도 어머니는 로그인 해서 많은 사람과 대화하는 삶을 사셔야 할 듯합니다.

다혜는 제가 이곳 위치를 알려주지 않고도 어머니를 위로해드렸다는 점에서 저한테 점수를 많이 줬어요. 죄송한 말씀이지만 다혜는 아버지를 닮

않나 봐요. 어머니의 편지에 나오는 서연우라는 분이 다혜와 닮았다는 생각이 들어요. 다혜는 어디서나 눈에 띄죠. 다혜가 저한테 친절하게 대하자 여러 명이 저한테 '둘이 사귀게 되었냐, 부럽다'고 했습니다. 다혜는 적당히 콧대가 세서 남자들이 쉽게 접근하기 힘들어요. 그 점이 저로서는 상당히 다행스럽지만요.

이번 편지 받고 충격을 받았습니다. 어머니가 좋아했던 차현 씨가 그런 사고를 당하다니요. 일하다가 다쳤다니 정말 애석한 일입니다. 차현 씨가 애초의 계획대로 어머니와 사귀었더라면 아마도 어머니는 차현 씨 곁에 남지 않았을까요? 적어도 성희 씨처럼 도피해버리진 않았을 거라고 생각합니다. 차현 씨가 다친 건 안됐지만 그래도 일하다가 장애를 입었으니 자책은 않을 거라고 생각해요.

제가 가출해 알게 된 친구 중에서 두 명이 크게 다쳤습니다. 하나는 폭주족인데 오토바이가 트럭과 정면충돌해서 뒷자리에 탔던 여자친구는 튕겨 나가 그 자리에서 죽고 오토바이를 운전한 친구는 오른쪽 다리를 절단했어요. 의미 없는 스피드에 목숨을 거는 어리석은 아이들이 주변에 많습니다. 또 한 명의 친구는 부탄가스를 마시다가 폭발해 얼굴에 화상을 입었어요. 그나마 다행인 것은 이마와 눈 부위여서 모자를 푹 내려쓰면 사람들이 못 알아본다는 점이죠. 하지만 이제 인생 끝이죠. 여자도 못 사귀고 취직도 안 되니까요. 그래서 아이들한테 돈을 뜯어서 연명하고 있어요. 말을 안 들을 때 모자를 확 벗고 인상을 쓰면 다들 돈을 던지고 도망가거든요. 다크서클 생기는 부위까지 쭈글쭈글하니 무섭고 징그러워요.

저도 사실 처음에 정신 못 차리고 오토바이를 타고 돌아다녔는데 그런 모습을 보니 무서워서 못 타겠더군요. 어머니 글을 읽으면서 그런 객기에 내 인생을 걸면 안 되겠다는 결심을 새삼 하게 됩니다.

참, 제가 답장을 걸러서 궁금하셨죠? 사실 그동안 발자크의 <골짜기의 백합>을 읽었어요. 청소년 문고판이 아니라 오리지널판을 읽었어요. 두꺼워서 그냥 문고판으로 읽을까 잠시 갈등했지만 열일곱 살의 서연우와 김무경의 감정을 공유하고자 인내심을 갖고 읽었어요. 제가 인터넷소설을 쓰게 될지 아니면 게임 스토리를 짜게 될지 모르지만 어쨌든 저도 그 책으로 통과의례를 거치고 싶었어요. 어쩐지 두 분이 그 책을 읽고 부쩍 성장하신 느낌이 들어서요.

일하는 틈틈이 읽느라 오래 걸렸지만 재미있었고 느낀 바가 많았어요. 30년 전의 소녀들이 이런 두꺼운 책을 읽으며 깊이 사색하는 동안 우리는 너무 가벼운 것들에 노출되어 있는 거 아닌가 하는 생각을 했어요.

이건 조심스럽게 드리는 말씀인데요. 다른 스토리는 빼고 모르소프 부인이 펠릭스를 지도해 훌륭한 청년으로 변모시키잖아요. 결국 나중에 배신하긴 하지만요. 어쨌든 펠릭스는 모르소프 부인으로 인해 다시 태어났잖아요. <골짜기의 백합>을 읽으면서 저는 어머니의 편지를 읽고 다시 태어난다는 생각을 했어요.

어머니의 소녀시절을 탐험하면서 그 시절 소녀들은 참 진지했다는 생각을 했습니다. 그리고 다혜 어머니를 통해서 무심해 보이는 우리 엄마도 나를 깊이 사랑하고 걱정한다는 것을 깨닫게 되었어요. 어제 엄마한테 전화했어요. 이번에 집을 나온 후로는 몇 달 동안 한 번도 연락을 안 했거든요. 전화를 했더니 엄마가 약간 울먹이시더군요. 저도 갑자기 울컥했어요. 이번 달만 일하고 집에 들어가려구요. 사실 저희 집안이 복잡하거든요. 아버지가 부도를 내고 피해 다니시는데 계속 빚쟁이들이 집에 찾아와 행패를 부리니 어머니가 신경쇠약에 걸려서 저희 형제한테 히스테리를 마구 발산하셨죠. 그래서 참지 못하고 집을 뛰쳐나온 거예요. 이제 뭐든 이해할 수 있을 거 같아요. 어렵고 힘들어도 함께 있어야 가족이라는 생각이 들어요.

어머니, 오늘 다혜가 저한테 당부하더군요. 자기가 있는 곳을 어머니께 알리지 말라구요. 만약 알리면 자기는 더 멀리 가버리겠다구요. 하지만 기다리는 것 같은 느낌도 들었어요. 지금 바로 알려드리면 다혜가 반발할 것 같고, 제가 생각하는 시간보다도 훨씬 후까지 다혜가 집에 안 들어가면 그때는 제가 연락드리겠습니다. 다혜는 지금 크게 나쁘지 않아요. 일단 학교를 가지 않으니 나쁜 상태인 건 분명하지만, 그것만 빼면 잘 지내고 있어요. 다혜도 저처럼 검정고시를 생각하고 있어요.

제가 다혜의 메일함을 보게 된 게 저에겐 행운이었습니다. 마치 우리 엄마와 교감한 듯한 느낌을 받았고 저도 왠지 우리 엄마를 이해할 수 있을 것 같아요. 정말 고마웠습니다. 마지막 편지까지 받아보고 싶어요. 어머니의 편지에 등장하는 사람들과 저도 깊이 친해졌어요. 변화가 빠른 우리나라의 한 시대를 어머니 세대의 17세들이 어떻게 살아냈는지 알고 싶어요.
진구 드림

다혜도 진구도 내 편지를 기다린다니, 일단 여기까지만 해도 성공이라는 생각에 가슴이 뿌듯했다. 가게 일을 작파하고 거의 편지쓰기에 매달린 지 벌써 석 달이나 되었다. 열일곱 살 아이들이 갱년기를 코앞에 둔 아줌마의 얘기에 귀를 기울여주는 것만 해도 고마운 일이었다. 게다가 진구는 내 편지를 읽고 많은 결심을 했다지 않은가. 그렇다면 다혜에게도 약간의 울림이나마 있지 않았을까, 그 생각을 하니 마음이 조금 놓였다.

편지를 다 쓸 때까지는 더 이상 조바심 내지 않기로 했다. 일단 내 얘기를 다 들려주고 난 뒤에 생각하자고 마음먹었다. 새로 산 대학노트를 꺼내 들출 때면 마치 중학교 우수반에서 수업을 기다릴 때처럼 가슴이 설레었다.

m070701 d0707에게 보내는 아홉 번째 편지
♥

열아홉 살, 내 키는 153.7센티가 되었다. 여전히 자격 미달이지만 나는 숙련된 솜씨로 열심히 일했다. 열아홉이 시작되자마자 스무 살이 1년밖에 남지 않은 감상에 싸여 있을 사이도 없이 너무 많은 일이 일어났다. 두 달 사이에 우리 실험실의 인원 교체가 많아 이름을 다 외우기도 힘들 지경이다. 나는 그저 진성당원이 몇 명 남았나, 그것만 따지기로 했다. 김양이 돌연 사표를 내는 바람에 진성당원은 이강우 씨와 황양, 그리고 나밖에 남지 않았다.

그에 앞서 나양과 형묵이 사직서를 냈다. 형묵은 3월부터 부산에 가서 입시학원에 다닐 거라고 했다. 나양은 애초에 결심한 대로 유학을 떠났다. 두 사람 다 사표를 내기 전에 나를 따로 불러냈다. 형묵은 우리가 처음 대면했던 왕다방에서 만나자고 했다. 언제나처럼 작업복을 입고 나타난 형묵은 홀가분한 표정이었다. 사실은 걱정되지만 이제 뭐든 긍정적으로 생각할 작정이라고 했다.

"내가 여기서 만나자고 한 건, 우리가 처음 만났을 때의 순수한 마음을 생각해보기 위해서야."

형묵이 그렇게 말할 때 차현 얘기를 꺼내려고 뜸을 들이는 중이라는 걸 나는 이미 눈치챘다. 형묵은 대장정을 앞두고 나와 어떻게 해볼 생각을 할 정도로 무모한 사람은 절대 아니었다. 내 예상은 적중했다.

"4월쯤 차현이 회사로 돌아올 거 같아. 현이도 많이 망설였지만 뾰족한 수가 없으니까. 회사에서도 빨리 결정을 하라고 하고. 우리 친구들은 모두 회사로 돌아오라고 권했어. 그 녀석이 속만 좋아가지고 그동안 고생이란 걸 안 했거든. 집안이 그리 넉넉한 편은 아니지만 막내여서 귀여움을 독차지하고 자랐지. 병원에 있을 땐 괜히 대범한 척했지만 부산 집에 가서 밖에 한 번도 안 나갔대. 일단 회사로 돌아와서 사람들과 부대낀 다음 내성을 길러야 나중에 다른 일을 할 수 있지 않겠어? 그래서 말인데 무경 씨가 현이를 한 번씩 돌아봐달라고. 현이랑 친한 친구들은 이번에 다 군대 가고 나까지 나가게 되니까 현이를 보살펴줄 사람이 없어. 무경 씨는 키는 작지만 마음이 넓고 속이 깊으니까. 그리고 성희 씨 친구니까. 내가 우리 친구들을 대표해서 무경 씨한테 부탁하는 거야. 현이한테 신경을 좀 써주면 좋겠어."

형묵의 말에 고개는 끄덕였지만 나도 어떻게 해야 할지 알 수 없었다. 마음이 복잡했다. 나는 성희의 친구이기에 앞서 그를 보면 마음이 후드득 떨렸던 사람이란 걸 친구들은 알까? 성희가 떠나고, 차현의 상황이 예전과 달라진 지금, 나는 대체 어떻게 해야 하는 걸까. 친구들이 부탁한 대로 그를 위로하는 역할을 해낼 만한 능력이 내게 있는지 가늠이 되지 않았다. 일단 차현이 회사로 돌아온 뒤 생각해보기로 했다. 미리 걱정을 시작했다가는 머리가 깨질지도 모를 일이었다.

나양은 사표를 내기 전 예전에 한 번 갔던 관광호텔로 나를 데려갔다. 누군가에게 얘기를 하고 싶은데 마땅한 사람을 찾지 못해 나를 선택한 것 같았다.

"무경 씨, 나 한때 유학 안 가려고 했어. 눈치챘는지 모르지만 임실장 때문이었어. 임실장도 나한테 호감을 표하고 나도 좋아했는데 실망했어. 품관과 사무실에도 각 실험실 실장들 자기 자리 있는 거 알지? 나중에 민양이 나한테 언질을 주는 거야. 서울에서 어떤 여자가 정기적으로 전화를 하는데 옛날부터 사귄 여자 같다는 거야. 안 되겠다 싶어서 지난 연말에 얘기했어. 어떻게 할 거냐고. 좀 기다려 달라고 하더라. 며칠 고민하다가 내가 과연 뭘 하는 건가 하는 생각이 들어서 임실장한테 일방적으로 통고하고 유학 가기로 결정했어. 예정대로."

너무나 멋진 남자를 사랑하면서 유학을 택했다니 나양의 용기가 부럽기 그지없었다. 나라면 과연 그렇게 할 수 있을까? 나는 상대의 마음을 확인하지 않고도, 아니 나에게 무심하다는 걸 알면서도 가슴이 팔랑거렸건만. 그런데 그녀는 조금만 노력하면 그 사랑이 자신에게 올 수 있는데도 떠나기로 결정했다. 나양은 오늘의 결정을 결코 후회하지 않을 거라고 했다. 지금 공부하러 떠나느라 결국 사랑을 못 만난다 하더라도. 나양은 그때 내가 평생 잊지 못할 말을 했다.

"누군가와 나를 놓고 비교한다는 건 참을 수 없는 일이야. 사랑은 결코 비교하고 분석하는 게 아니라고 생각해. 임실장님, 동생이 다섯

이나 딸린 장남이야. 아버지가 초등학교 선생님이신데 결혼하면 고생할 거 뻔해. 하지만 난 계산하지 않으려고 했어. 만약 임실장이 나를 아무 산술 없이 선택했다면 나는 오랫동안 준비해온 유학을 놓아버렸을 거야. 무경 씨, 사실 일보다 중요한 건 사랑이야. 하지만 그 사랑이 갸우뚱거리면서 내 앞에서 망설인다면 과감히 지나쳐야겠지.”

나양은 가냘픈 팔로 비프스테이크를 썰며 또박또박 말했다. 마치 네가 앞으로 이런 일을 당하면 내 결정을 참고하라는 듯.

‘사랑은 비교 분석하는 게 아니다. 일보다 중요한 게 사랑이다. 그러나 망설이는 사랑이라면 과감히 지나쳐라.’

나는 머릿속에다 나양의 말을 고이 접어 간직했다.

나양이 사직서를 내자 김양은 임실장에게 나양이 하던 일을 하겠다고 자청했다. 하지만 그 요청은 바로 묵살되었다. 실험요원이 없는데 가당치도 않다는 얘기와 함께. 김양은 그 말이 떨어지자마자 가운 주머니에서 사표를 꺼내 임실장의 책상 위로 던졌다. 갑자기 내 속이 다 후련해졌다. 만약 김양이 여기서 또 한 번 무릎 꿇고 계속 근무한다면 내가 치욕스러울 것 같았다. 김양은 시내에서 작은 양품점을 할 계획이라고 했다. 이미 몇 달 전부터 자리를 보러 다녀 목 좋은 곳을 확보해놓기까지 했다. 서울 남대문시장과 동대문시장에서 물건 떼는 법도 다 익힌 상태였다. 김양은 임실장이 자기 요청을 받아들이면 그동안 하고 싶었던 업무를 몇 달 하면서 준비를 더 할 생각이었던 모양이다.

　김양이 나간다고 하자 황양도 마음이 흔들린다며 싱숭생숭해했다. 황양이야말로 예전부터 양장점을 내고 싶어 했다. 황양은 단골 양장점에서 옷을 맞출 때 자기가 디자인을 할 정도로 패션 감각이 있었다. 하지만 양장점이 사양화되고 기성복점이 하나둘 들어서자 그 꿈이 푸시시 내려앉는 중이었다. 아무 언질이 없던 김양이 양품점을 하겠다고 나서자 황양은 배신감이 느껴진다고 투덜댔지만 나는 말보다 실천이 중요하다는 사실을 깊이 깨달았다. 김양의 결단은 후련하고 깔끔했다. 그래서 그게 교훈도 되고 충격도 주었다. 김양은 따로 나를 부르지는 않았지만 실험할 때 깔고 앉았던 양털로 만든 방석을 주면서 "무경아, 언니 양품점에 오면 예쁜 옷 싸게 줄게"라며 활짝 웃었다. 늘 우울해 보였던 김양이 자기 길을 찾은 게 기분 좋았다. 소리 없이 미래를 준비한 김양의 모습은 나에게 강렬한 인상을 남겼다.

　전체 인원 열 명 가운데 세 명이 한꺼번에 빠져나가자 갑자기 실험실은 1초에 18프레임 화면처럼 분주해졌다. 바쁜 것보다 더 나쁜 건 최양과 내가 한 조가 되었다는 점이다. 새로 들어온 직원이 황양과 한 조가 되었기 때문이다. 최양은 슬쩍 나에게 친밀감을 표시했으나 나는 의례적으로 대했다.

　"사람의 천성은 쉽게 변하지 않아. 상황에 따라 달라지는 사람을 조심해."

이강우 씨가 해준 얘기를 기억하고 있었기 때문이다.

"늘 초심을 유지해라. 무경이 니가 겸손할 수밖에 없는 처지일 때 겸손한 것과 니가 어느 정도 위치가 되었을 때 겸손한 것과는 달라. 니가 일이 없어서 눈치 보면서 뭐든지 열심히 하려 했던 그 초심을 유지하면 너의 인생은 그리 힘들지 않을 거야."

이강우 씨가 정식 실험요원이 된 내게 해준 충고였다. 나는 내 자리를 얻은 후 매일 그 말을 떠올렸다.

나는 실험실에서 거의 말을 하지 않았다. 교대할 때 황양과 밀린 이야기를 잠시 나누고, 이강우 씨와 가끔 대화하는 정도였다. 이강우 씨는 그런 내가 안돼 보이는지, 아니면 회원들이 이번에는 나를 지목했는지 뜬금없이 리틀 예림회에 들어올 생각이 있느냐고 했다. 나는 고개를 가로저었다. 동정받아서 그 모임에 들어가고 싶은 마음도 없었지만, 나는 이제 더 이상 소녀가 아니기 때문이었다. 허영으로 시 쓰는 걸 동경하는 일 따위는 스무 살을 코앞에 둔 나와 어울리지 않았다.

리틀 예림회 얘기가 나오자 갑자기 연우가 궁금했다. 실험실에 너무 급작스러운 변화가 일다 보니 잠깐 연우도 성희도 잊고 지냈던 것이다. 성희는 대체 어디서 무얼 하고, 연우는 출근하는지 어떤지 궁금했다. 벌써 4월이 다가오고 있었다. 현장으로 찾아갔을 때 연우네 반장은 그녀가 벌써 열흘 전에 회사를 그만두었다고 했다. 여러 가지 변화가 있는 게 분명했다. 혹시 연우 아버지가 돌아가신 게 아닌지 걱정되었다. 퇴직하면서 나에게 한 마디쯤 하고 갈 수도 있었을 텐데, 하는 생각에 섭섭한 마음도 들었다.

조반으로 바뀐 첫날 연우 집에 찾아갔다. 이사를 가버려 텅 빈 집에 을씨년스런 바람만 무심히 벽을 부딪고 돌아나갔다. 방바닥에는 찢어진 러닝셔츠와 찌그러진 플라스틱 통이 뒹굴고 있을 뿐 온기라곤 어디에도 없었다. 겨우 두세 명이 누우면 딱 맞을 듯한 두 개의 허름한 방은 곧 쓰러질 것처럼 위태로웠다. 이런 곳에서 사람이 살았다는 게 신기할 지경이었다. 돌아서 나오려는데 부엌 바닥에 예림회보 2호가 떨어져 있었다. 찢어서 불쏘시개로 썼는지 반이 뭉텅 날아가버려 연우의 시도 사라지고 없었다. 마치 우리의 꿈이 찢긴 듯 마음이 아려왔다. 연우는 시도 던져버리고 어디로 간 걸까. 쉬이 발걸음이 떨어지지 않았다.

빈집에서 서성이는 날 보더니 옆집 아줌마가 연우 아버지는 돌아가셨고 연우네 식구는 이사를 갔다고 전해주었다. 다행히 이사 간 집은 거기서 멀지 않았다. 연우의 새 집은 가파른 언덕을 한참 올라가야 하는 원래의 허름한 집보다 훨씬 아래쪽에 있을 뿐만 아니라 좀 더 넓은 데다 깨끗하기까지 했다. 시멘트블록 담 중간에 작은 녹색 철대문이 달려 있었다. 연우는 펑퍼짐한 월남치마를 입고 수돗가에서 김치를 담그는 중이었다. 긴 머리를 싹둑 잘라버려 단발머리가 귀밑에서 찰랑거렸다. 여전히 단발머리를 고수하고 있던 나는 연우의 머리를 보자 의아한 생각이 들었다. 새삼스럽게 웬 퇴행인가, 연우도 혹시 학생이 되고 싶은가, 그런 생각을 하면서.

연우는 내가 들어서도 별로 놀라는 눈치가 아니었다. 마치 찾아올 줄 알았다는 듯한 태도였다.

"아버지 장례식 때 왜 연락 안 했어. 회사 그만둘 때도 연락 안 하고."

내가 섭섭함을 내비치자 연우는 피식 웃었다.

"사람마다 알리고 싶지 않은 일이 있는 거 아냐? 성희가 너한테 말 안 하고 사라진 것도 자기 마음을 밝히고 싶지 않아서겠지."

어쩐지 가시가 박힌 연우의 말에 나는 대꾸할 말을 찾지 못했다. 연우는 익숙한 솜씨로 김치를 버무려 작은 단지에 담았다. 성희와 함께 만날 때 늘 말이 없던 연우는 재게 손을 놀리면서 한 마디도 하지 않았다. 아직 날씨가 찬데도 연우는 맨손으로 김치를 담갔다. 무슨 말을 해야 할지 망설이고 있는데 연우가 기습적으로 말했다.

"나 결혼했어. 결혼식은 안 했지만."

몹시 추운 날 갑자기 떠오른 태양에 얼어붙은 강이 쨍 하고 갈라지는 느낌이었다. 열아홉 살 친구가 결혼했다고 할 때 나는 어떻게 반응해야 할지 도무지 감이 잡히지 않았다. 무슨 말이라도 해야겠다고 결심하고 입속으로 말을 굴리고 있을 때, 그녀는 나를 더욱 충격에 빠뜨렸다.

"우린 띠동갑이야. 서른한 살. 그래서 재미있어. 직업도 궁금하겠지? 트럭운전사야. 그냥 트럭운전사는 아니고 트럭을 한 대 갖고 있어."

연숙이 말한 그 아저씨인 모양이다. 내가 계속 대꾸를 못하자, 연우는 더욱 시니컬한 목소리로 말했다.

"니가 며칠 말 못할 정도로 놀라게 해줄게. 조금 있으면 아저씨 올 거야. 밥 먹고 가."

마침 연숙이 돌아왔고 연숙은 시키지도 않았는데 방 청소도 하고 작은 마당도 싹싹 쓸었다. 나는 장바구니에 들어 있는 파를 꺼내 다듬었다.

"아버지는 아파서 누워 있고, 내 월급은 아버지 약값으로 다 들어가고, 연숙이한테 라면만 끓여주려니 딱 죽고 싶더라. 그래서 강변도로를 그냥 걷고 있는데, 아저씨가 큰 트럭에서 내리는 거야. 거기가 마침 공중변소 옆이었거든. 공중변소에 갔던 아저씨가 나오길래 '어디 가세요?' 하고 물어봤어. 서울 간다더라. 그래서 '아저씨 나도 좀 데려가주세요' 그랬지. 너 모르지? 큰 트럭은 의자 뒤에 공간이 있는 거. 거기에 매트리스를 깔아놨어. 운전하다가 피곤하면 거기서 쉬는 거지. 아저씨가 인천에 있는 공장으로 가는 길에 나를 서울에 내려놓으면 그냥 휘휘 돌아다니다가 저녁에 다시 아저씨 만나서 내려왔어. 그렇게라도 안 했으면 나 미쳤을 거야. 아저씨랑 몇 번 서울 왔다 갔다 했는데, 다른 아저씨들과 다르게 아저씨는 한 번도 나한테 집적거리지 않았어. 그래서 아저씨를 믿게 되었지."

연우는 고의적으로 '다른 아저씨들'이라는 단어를 내뱉는 것 같았다. 그전에도 트럭을 타고 답답한 현실을 떠난 적이 있고, 그때 트럭

안에서 무슨 일이 있었다는 걸 암시하는 게 분명했다. 그래서 자기가 늙은 아저씨와 결혼해도 아까운 사람이 아니라는 걸 알리고 싶은 모양이었다. 연우의 얘기를 듣는 동안 숨이 가빠와 쌕쌕 소리가 나올 지경이었다. 가까스로 그 소리를 누르느라 숨이 막힐 것만 같았다.

"자기가 확인했거나 완전한 사실로 밝혀지기 전에 남을 의심하거나 모함하는 건 좋지 않아. 내가 스물한 살에 애아버지가 된 뒤 너무 많은 수군거림을 당했어. 연못의 개구리 얘기 알지? 괜히 던진 돈이 개구리에겐 치명타가 된다는 거. 내가 소극적인 사람이 된 건, 그 많은 말들 때문이야. 내가 가장 싫어하는 낱말은 '지레짐작'이야."

어느 날 이강우 씨가 공장 뒤 개울가에서 들려준 얘기를 떠올리며 나는 더 이상 연우의 일을 지레짐작하지 않기로 했다. 어쨌든 연우는 결근이 잦다고 하던 그때 서울을 오르내린 모양이었다.

연우는 아버지가 위독해졌을 때 아저씨가 병수발을 해주었고, 나중에 장례까지 다 치러주었다고 말했다.

"내가 먼저 아저씨한테 같이 살자고 했어. 아저씨가 우리 아버지 마지막 가는 길에 호강시켜줬고 산소도 마련해줬는데 내가 보답을 해야지. 아저씨는 몇 년 전에 결혼식은 안 했지만 혼인신고를 하고 같이 산 여자가 있었는데, 아저씨가 장거리 갔다 올 때마다 그 여자가 다른 남자를 만났대. 그래서 여자한테 불신감이 있어. 내가 먼저 살자고 하니까 피식 웃더라. 그때 아저씨가 뭐랬는지 아니? 너처럼 예쁜 애랑 살면 불안해. 그 말에 왜 그렇게 가슴이 뛰니? 그때 사랑이 별거냐? 인생이 별거냐? 그런 생각이 들더라. 날 사랑해주고 내 동생 돌봐주는 아저씨가 좋아."
　주절주절 말은 하지만 연우는 어딘지 모르게 불안해 보였다. 열아홉 살에 살림을 차릴 수밖에 없을 정도로 심신이 지쳤으니 그렇게 보이는 것도 무리는 아니겠지만. 정말 연우는 가슴이 뛰었고 사랑이 별거 아닐까? 정말 인생이 별거 아닐까? 연우는 너무 빨리 결정하고 너무 급히 단정을 내리고 있다. 어쩌면 연우는 판단을 정지하기로 결심했을지도 모른다.
　그날 차라리 아저씨, 아니 이제 연우의 남편이 된 그 사람을 안 만나고 왔더라면 더 좋았을 것을. 연숙이 큰 소리로 아저씨를 부르며 골목을 내려갈 때 왜소한 그 남자를 봤다. 서른한 살이라더니 마흔 살도 넘어 보였다. 벌써 이마가 훤한 데다 운전할 때 햇볕을 많이 받아서인지 얼굴이 검게 그을어 있었다. 연우가 나를 친구라고 소개하자 아저씨는 송구해서 몸 둘 바를 몰라 했다. 선량한 사람처럼 보였다. 그렇지만 그 선량함에 연우의 꿈이 다 묻혀버리는 건 너무 억울했다. 우리는 이제 겨우 열아홉 살인데.
　연우가 금방 만든 김치에다 생태찌개로 저녁을 먹는 동안 우리는 내내 말이 없었다. 연숙이 마치 아버지에게 하듯 아저씨에게 학교에서 있었던 얘기를 도란도란 얘기했을 뿐. 저녁을 먹고 바로 일어섰다. 더 있다가는 숨이 막힐 것 같았다. 큰 도로까지 오는 동안 우리는 내내 말이 없었다. 버스를 기다릴 때 내가 물었다.

"근데 머리는 왜 그렇게 잘랐니?"

"아저씨가 긴 머리 때문에 불안하다고 해서 그냥 내가 가위로 잘 랐어. 내일 낮에 미장원 가서 확 볶으려고. 아줌마 머리로 뽀글뽀글 하게. 난 이제 아줌마니까."

연우는 예전처럼 근사한 목소리로 말하지 않았다. 내가 질문하면 동네 아줌마처럼 바로 앙앙거리며 대답했다. 우리 동네로 가는 버스 가 왔지만 타지 않았다. 얘기를 더 하지 않으면 가슴이 터질 것만 같 았다.

"연우야, 고마운 건 고마운 거고, 니 인생은 니 인생이야."

"훈계하지 마. 무경이 넌 숨 막히지 않니? 늘 예의바르고 늘 공손 하고 늘 배려하고, 그거 재미있니? 니가 뭘 알아. 같은 회사 다녔다 고 너랑 나랑 똑같다고 생각하면 오산이야. 어릴 때 엄마 도망가고, 늘 술독에 빠져 사는 아버지랑 살면서 동생들 건사하느라 지쳐서 죽 을 뻔했어. 동생 하나는 지금 어디 있는지도 몰라. 요즘 아저씨가 찾 고 있는 중이니까 곧 돌아오겠지. 아저씨가 있어서 얼마나 편한지 몰라. 잘난 척하지 마. 넌 열아홉 살일지 몰라도 난 이미 마흔은 된 거 같아. 넌 꿈만 먹고 살 수 있을지 몰라도 난 그거 웃겨. 나중에 니 가 나이를 더 먹으면, 학생이 아니라는 자격지심 때문에 더 교과서처 럼 살려는 그 강박에서 벗어나면, 그때 날 찾아와. 너란 애, 좀 부담 스럽고 지루한 거 아니? 그리고 부탁하는데 성희 찾아내서 훈계할 생각 마. 걔는 걔 인생이 있으니까. 떠나는 사람은 다 떠날 만한 이유가 있는 거야. 세상 사람이 다 너처럼 살 순 없는 거야. 니가 왜 부담스러운지 말해줄까? 니가 내 속을 빤히 들여다보는 거 같아 기분이 나빠져. 넌 정답처럼 살고 있으니까. 어쩌면 너야말로 정말 용기 없는 애일지도 모르지. 내가 너무 많은 말을 했구나. 다음 버스 오면 타고 가. 나 갈게."

연우는 폭포처럼 나에게 말을 떨구고는 월남치마를 질질 끌며 어두컴컴한 골목길로 사라져버렸다. 헐렁한 스웨터 아래 월남치마, 아무렇게나 자른 머리, 아줌마가 걸어가고 있었다. 자기가 마흔은 되었을 거라고 믿는 열아홉 살의 아줌마. 그게 내가 본 연우의 마지막 모습이다.

다음날 근무시간 내내 연우 말이 귓전에 맴돌았다.
'너란 애, 부담스럽고 지루하거든.'
성희도 그래서 말없이 떠난 걸까? 내가 무슨 말을 할지 너무 뻔하니까? 혼란스러웠다. 그제야 깨달은 것은 내가 학생이 아니라는 자격지심 때문에 더 교과서처럼 살려는 강박에 젖어 있다는 점이었다. 정말 나는 그렇게 살고 있는 듯했다. 소녀도 어른도 학생도 아닌 채 혼돈한 나를 연우는 꿰뚫어보고 있었던 것이다.
이강우 씨에게 연우 얘기를 털어놓았다. 결혼한 사실만 빼고. 이강우 씨는 참 아까운 애라며 "아무리 재능과 열의가 커도 환경을 뛰어넘지 못하면 허사야. 역경을 이기는 것도 독해야 가능한 거야"라고 말했다. 이강우 씨는 연우에게 연락하고 싶어 했다. 연우네 집에 전화가 없다는 게 그때만큼 다행스러운 적은 없었다. 예림회원들에게 연우는 긴 머리를 휘날리는 분위기 있는 소녀로 그냥 남아 있는 게 좋을 것 같았다.

이강우 씨에게 내가 부담스럽고 지루한지 물어보았다.

"그래, 좀 부담스럽고 지루하지. 매사에 너무 열심히 하는 사람, 너무 선하게 살려고 하는 사람, 이런 사람이 바람직하지만 부담스러운 게 또 세상 이치거든. 지루한 건 착실하다는 뜻이니까 걱정하지 마. 걱정되면 우스갯소리도 자주 하고 분위기 맞춰 좀 오버도 하고 그러면 되지 뭐."

이강우 씨는 대수롭지 않다는 듯 말하더니 다시 정색을 했다.

"따지고 보면 연우가 너무 빨리 겪은 거야. 열아홉에 운이 없는 거지. 앞으로 얼마나 많은 날들이 네 앞에 남아 있는데. 벌써부터 니가 흐트러지면, 넌 기초 없이 세상을 살아가게 될 텐데. 지금은 지루하고 부담스럽다는 말을 듣는 게 당연해. 초심을 잃지 않는 거, 그것과 비슷한 얘기야. 그리고 연우가 너한테 말한 종류의 용기는 만용이야. 앞으로 용기를 발휘해야 할 중요하고 가치 있는 일이 많이 생길 거야. 세상에는 연우 같은 삶도 있고, 너 같은 삶도 있는 거야. 난 하루아침에 엄청난 변화를 맞는 건, 그게 아무리 좋은 거라고 해도 바람직하지 않다고 생각해. 너 이런 말 아니? 어제와 크게 다르지 않은 오늘이 행복이라는 말?"

나는 이강우 씨 말에 "그 어제가 행복하고 의미 있었다면 더할 나위가 없겠죠"라고 답했다.

형묵이 했던 얘기가 떠올랐다.

"자신을 그냥 형편없는 곳에다 유기할지도 모르지. 애가 좀 위험해 보여. 뭐랄까, 삶에 그다지 관심 없는 애같이 보여. 연우를 지탱해 주는 게 너무 없는 거 아닐까? 현실적으로."

나는 고개를 흔들었다. 연우의 삶을 누가 '유기'라고 단정할 자격이 있단 말인가. 문득 문득 연우가 떠올랐지만 찾아갈 수 없었다. 왜 많은 날 동안 그녀와 깊이 친해놓지 못했을까, 그게 원망스러웠다. 왜 그녀가 나에게 기대고 싶을 만큼 편한 존재가 못 되었을까, 그게 후회되었다.

10장
마음 가는 대로

가게 문을 열자마자 양씨가 희색이 만면한 얼굴로 들어왔다. 다혜가 있는 곳이 어딘지 감을 잡았다는 것이었다.

"앤에게 편지 보냈던 진구라는 녀석의 답장에 말야. 자기 블로그에 앤의 글을 담아놓겠다는 내용이 있었잖아. 그 녀석의 블로그를 찾아내서 거기에 글을 남긴 친구들 블로그로 넘어갔지. 그렇게 해서 진구가 남긴 글에 표시된 아이피를 알아내는 것까진 내가 했고 그 다음부터는 그쪽 방면으로 좀 아는 친구가 있어서 부탁했지. 유동 아이피여서 찾기가 힘들었다나 어쨌다나. 그 친구는 또 다른 데 연락하고, 연결 연결해서 찾아낸 거야. 진구가 일한다는 PC방을 찾았어. 다혜도 거기를 이용하니까 이제 끝난 거지 뭐."

가출한 딸에게 메일을 보내서 소통한다는 사실만 해도 감격할 만한데, 컴퓨터에 나타난 숫자로 사람의 행방을 추적하다니 놀라울 따름이다. 세상이 무서운 속도로 바뀌고 있다는 사실을 새삼 실감했다. 딸이 내 편지를 읽고 있다는 것에 한 가닥 희망의 끈을 잡고 있으면서도 실체가 없는 허상을 좇고 있는 것처럼 불안했으나, 이제 조금씩 명백해지는 느낌이었다.

하지만 반가운 소식을 들었는데도 어떻게 해야 할지 갈피를 잡기가 힘들었다. 바로 찾아 나서야 하는 건지, 진구가 당부하는 대로 좀 기다리는 게 좋을지. 진구에게 알리지 말라면서도 다혜가 삼만 리 얘기를 꺼낸 이유는 뭘까. 진구도 다혜가 기다리는 것 같다고 말하지 않았는가. 머릿속에서 온갖 생각들이 왕복달리기를 했다.

내 결단만 기다리고 있는 양씨에게 말했다.

"디지털 세상이지만 아날로그도 필요한가 봐요. 디지털로 찾았지만 다혜는 아날로그를 원하고 있는 것 같으니까. 내가 전단지를 들고 돌아 돌아 자기를 찾아와야 나의 진심을 인정하겠다는 의미 아닐까요? 일단 어딘지 알았으니 더 이상 진전시키지 말고 조금 더 지켜봐요. 마지막 편지를 보낸 뒤에 생각해볼래요."

내 얘기에 그는 피식 웃더니 한심하다는 표정을 지었다.

"이 아줌마 이제 좀 안심이 되는 모양이네. 이러다가 감쪽같이 숨으면 모든 게 끝이야. 다른 사람 주민등록번호 따서 새로운 메일을 만들어 자기네끼리만 소통하면 오리무중 된다구. 꼬리 잡혔을 때 빨리 결정을 내려야지. 하여간 맹랑한 세상이니까. 그나저나 친구랑 탐정회사 하나 차릴까? 비디오가게도 안 되는데. 앤이 우리 가게까지 보고 내가 밖에 나가 열심히 일하면 우리 살림이 금방 불어날 텐데."

양씨는 은근슬쩍 프러포즈에 근접한 농담을 던지곤 했다. 이번 일로 완전히 나와의 담이 허물어졌다고 생각하는 듯했다. 하긴 그가 없었다면 나는 지금쯤 아무것도 못하고 널브러져 있을지도 모른다.

"내가 임준혁 실장 스타일에다 차현 스타일을 믹스한 것 같지 않아? 지성과 야성을 겸비한. 이래봬도 나 왕년에 인기 많았다구."

그는 바쁜 와중에도 내 편지에 나오는 등장인물을 응용하는 센스까지 발휘했다. 그의 너스레가 모든 게 잘 마무리되어 다시 나른한 일상으로 되돌아갈 수 있다는 신호처럼 들려 반가웠다. 그는 내가 대학노트에 써주면 밤을 새우면서 컴퓨터에 입력하여 다혜와 진구에게 발송했다. 그 덕분에 나는 많은 양의 편지를 빨리 쓸 수 있었다. 고맙다는 말은 다혜가 돌아온 뒤 하기 위해 마음속에다 묻어났다. 마무리 편지를 최대한 빨리 써서 다혜에게 보내기로 결심했다.

형편없는 가격으로 내놓긴 했지만 재고 물품이 3분의 2나 팔려

나가 기분이 상쾌했다. 다혜에게 마지막 편지를 보내는 날, 팔리지 않은 나머지 재고 물건을 어디 기증해서라도 창고를 완전히 비우기로 결심했다.

소녀 무경에 대한 기억을 다 퍼내고 재고품 창고를 다 비운 후 다혜에게 어떻게 다가갈지 결정하기로 했다.

m0707이 d0707에게 보내는 열 번째 편지

♥

4월 1일, 만우절에 차현이 거짓말처럼 회사로 돌아왔다. 이강우 씨가 소식을 듣고 와서 차현이 의무실에 근무하게 되었다고 말해주었다. 돌아왔구나, 그렇게 읊조렸을 뿐이다. 차현, 그가 돌아왔는데도. 불과 두 달 사이 너무 많은 변화가 있었다. 실험실에 인사이동도 많았고 연우 때문에 마음이 복잡하기도 했다.

차현, 그러나 그 이름은 곧 나의 마음을 산란하게 했다. 우선 그를 어떻게 대해야 할지, 현실적인 부담이 나를 가로막았다. 형묵의 부탁도 있으니 일단 그를 만나야 했다. 가장 곤혹스러운 건 성희 얘기를 어떻게 전해야 하는가 하는 점이다. 성희의 편지와 성희가 맡긴 물건을 새삼 전할 필요는 없다 하더라도 어떻게든 성희 얘기를 내가 마무리지어줘야 할 것 같았다. 이강우 씨는 며칠 있다가 함께 의무실에 가보자고 했다. 이강우 씨도 차현을 어떻게 대해야 할지 걱정되는 모양이었다.

뜻밖에도 우리가 의무실을 찾기 전에 차현이 먼저 나에게 전화를 했다.

"김무경, 열여덟 살, 공적으로는 만으로 계산하는 거 알지? 피메일, 152센티미터, 43킬로그램, 소화불량에다 변비."

차현은 거기까지 읽고는 마구 웃었다. 나는 내 귀를 의심했다. 차현은 실험실에 처음 와서 "나 너 찍었어"라며 놀릴 때와 조금도 다르지 않았다. 그가 과연 오른팔이 팔꿈치 위까지 없어진 사람이 맞는지 의심스러웠다.

"처녀가 변비라니, 아, 창피해. 나한테 잘못 보이면 소문낸다."

잠시 혼돈에 빠져 있던 나는 변비라는 말에 정신을 차렸다.

"뭐예요. 원래 신부와 의사는 비밀을 지키는 게 직업윤리인데. 게다가 의사도 아니면서 진료기록을 보다니, 고발하겠어요."

차현은 더욱 재미있다는 듯 깔깔 웃었다.

"김무경, 너 애인이 돌아왔는데 환영식도 안 해주냐? 내가 너 찍은 거 몰라? 내가 일주일을 꾹꾹 눌러 참았다만, 더는 용서 못한다. 당장 오늘 저녁에 한잔 사. 난 주전반이니까 조반 끝나고 기숙사에 가서 예쁜 옷 갈아입고 왕다방으로 나와."

조금도 달라지지 않은 차현의 장난스런 목소리를 들으면서 그의 사고는 소문에 불과한 게 아닐까 하는 생각이 들 정도로 얼떨떨했다.

저녁에 만나기로 약속을 한 뒤 나는 깊은 고민에 빠졌다. 우리는 만나면 어떤 식으로든 성희 얘기를 해야 한다. 나는 그에게 과연 뭐라고 말할 것인가. 그즈음 나는 기숙사를 나와 집에서 출퇴근하고 있었다. 다른 룸메이트를 받아들여 다시 친해지는 게 귀찮아서였다. 친해지면 떠나는 이곳에서, 사람은 가고 상황만 남는 이곳에서, 더 이상 새로운 만남을 만들고 싶지 않았다. 나는 집에 돌아와서 성희가 맡겨놓은 편지와 물건을 꺼내 일단 가방에 챙겨 넣었다. 차현이 굳이 원한다면 주는 게 나을 것 같았다. 만약 미련을 못 버리고 속앓이를 하고 있다면 차라리 편지를 보고 정리하는 편이 차현에게 득이 될 수도 있으니까.

왕다방은 여전히 붐볐다. 형묵과 왔을 때만 해도 다방 안이 칙칙하더니 이제 온통 노란색과 연두색 일색이었다. 봄은 젊은이들의 옷 색깔에 실려 온다더니. 나는 여전히 칙칙한 점퍼 차림이었지만. 차현은 구석 자리에 앉아 왼손으로 담배를 피우고 있었다. 늘 사람들 눈에 잘 띄는 중앙에 앉아 시선이 꽂히는 걸 즐기던 그가 구석에 앉아 있는 걸 보니 확실히 예전과 달라졌다는 느낌이 들었다. 차현은 흰 점퍼를 정갈하게 입고 있었다. 그사이 집에만 있어서인지 약간 살이 찐 것 같았다. 차현이 쑥스러운 듯 씨익 웃었다. 여전히 그의 웃음은 싱그러웠고 아주 잠깐 가슴이 후드득거렸다. 하지만 그 떨림은 예전과 다른 성분이었다. 설렘이 아닌 통증을 동반한 진한 연민. 갑자기 눈물이 핑 돌았다.

나는 그의 오른팔을 안 보려고 애썼지만 짧은 순간 일별하고 말았다. 의수를 한 것 같았다. 점퍼 주머니에 손을 꽂고 있는 형국이었는데 의자에 앉아서도 손을 빼지 않는 건 확실히 이상하게 보였다. 누가 유심히 본다면 분명히 어색하다고 생각할 것이다. 늘 배 앞에 고정되어 있던 도서관 언니의 왼팔이 떠올랐다. 언니의 왼팔을 유심히 보지 않을 때 아무렇지 않았던 것처럼 사람들이 제발 차현의 오른팔을 유심히 보지 않기만 바랄 뿐이다. 이제 차현의 오른쪽 의수는 늘 긴소매에 덮여 주머니 속으로 연결되겠지. 뜬금없이 뭉턱 잘려나간 연우의 머리카락이 떠올랐다.

차현은 전화로 너스레를 떨 때와 달리 말이 없었다. 담배를 깊이 빨아들였다가 연기만 푸푸 내뿜었다. 이럴 땐 내가 먼저 말을 꺼내는 게 자연스러울 텐데 도무지 무슨 말을 꺼내야 할지 갈피를 잡을 수가 없었다.

"그동안 키는 많이 컸니? 너 회사 들어올 때 정말 키가 작았더라."

담배를 비벼 끈 차현이 그제야 장난스럽게 웃었지만 금방 얼굴이 경직되고 말았다. 아무래도 내가 나서야 할 것 같았다. 넌 지루해, 연우가 옆에서 말하는 듯했다.

"남의 의무기록을 보는 사람이 어디 있어요. 그거 법에 걸릴 텐데."

"직원이 보는 것도 걸리냐? 우리 의무실에는 의사가 상근하는 게 아니기 때문에 내가 그런 기록들을 다 관리할 거란 말이야. 업무상으로 보는데도 걸리냐?"

"쓸데없이 보는 거, 놀리려고 보는 거, 그런 건 걸릴걸요?"

차현은 주머니를 부스럭거리더니 약봉지를 꺼냈다. 소화제와 변비약이었다.

"밥을 급하게 먹지 마. 그리고 밀가루 음식을 먹으면 소화 안 되는 사람들 많은데 앞으로 체크해봐. 소화 안 되는 음식이 뭔지 적어두었다가 먹지 마. 밀가루 음식, 커피, 청량음료, 맵고 짠 음식, 이런 거 많이 먹으면 소화가 안 되거든. 야채를 많이 먹어. 섬유질이 들어 있어서 변비에 좋아. 여자들이 왜 변비 생기는지 말해줄까?"
 나는 얼굴이 화끈 달아올랐다. 대체 무슨 얘기를 하자는 건지. 하지만 제어를 할 수가 없었다. 예전처럼 마구 대할 수도, 그렇다고 아무런 반응을 안 보일 수도 없어 난감했다. 이런 화제라도 꺼내서 얘기할 수 있다는 게 다행이었다.
 "생리 때 변비 생기는 사람이 많대. 생리주기가 되면 수분이 많이 필요한데, 그걸 모르고 수분 보충을 안 해주기 때문에 문제가 생기는 거지. 이제 생리 시작되기 며칠 전부터 물을 많이 마셔. 그러면 변비가 안 생길 거야. 오늘 의사선생님 오시는 날인데, 꼭 너 같은 애가 와서 상담하더라. 그래서 내가 외워 왔지. 잘했지?"
 차현의 얘기에 나는 피식 웃었다.
 "너 예전 같으면 방방 뛰면서 화냈을 텐데, 오늘 너무 얌전하다. 한 살 더 먹더니 조신해진 거니?"
 갑자기 차현이 정색을 했다.
 "그럴 필요 없어. 예전하고 똑같이 대해줘. 나도 예전과 다름없는 기분으로 살고 싶어. 그런데 주변에서 자꾸 의식하면 내가 힘들거든. 니가 먼저 전화 못할 거 같아서 내가 한 거야. 그리고 성희 얘기 때문에 부담스러워하지 마. 별로 알고 싶지 않으니까. 너도 알잖아. 우린 그냥 애인 같은 친구, 친구 같은 애인이었으니까. 어느 날 갑자기 헤어지는 게 애인이고, 잊고 있을 때 느닷없이 나타나는 게 친구야. 성희가 날 친구로 여긴다면 언젠가는 만나지겠지. 성희한테 부담 주고 싶지 않아. 진심이야. 연우도 그만뒀고, 무경이 너밖에 없다고 해서 그냥 전화한 거야. 왕다방이 우리 첫 미팅 장소니 그때 추억도 생각나고 해서."

늘 장난기가 그득하던 잘생긴 차현의 얼굴에 어느 틈엔가 서글픔이 깊이 배어 있었다. 몇 달 동안 울다 지쳐서 얼굴에 슬픔이 스며들었는지도 모를 일이다. 성희한테 부담 주고 싶지 않아, 그 말이 아프게 목에 걸렸다. 차현은 어쩌면 성희와 사랑을 맹세했을 그날 밤 때문에 더 아팠을지도 모르겠다.

차현은 막걸리와 파전이 먹고 싶다고 했다. 언젠가 내가 형묵에게 전화했을 때 대신 등장하여 나를 데려갔던 그 집으로 우리는 발걸음을 옮겼다. 좁은 골목을 걸어가는데 어느 순간 차현의 오른쪽 의수에 내 몸이 닿았다. 딱딱함, 차현은 내 몸이 닿은 것도 느끼지 못했다. 예전에 골목에 들어가다 부딪혔을 때 차현은 내 어깨에 팔을 둘렀는데… 차현이 그때 일을 떠올린다면 참혹하지 않을까 걱정되었다. 나는 참혹함에 앞서 섬뜩한 기분이 들었지만 아무런 내색을 하지 않기 위해 애썼다.

두툼한 파전은 예전 맛 그대로였지만 차현은 파전을 잘 먹지 못했다. 아직 왼손으로 하는 젓가락질이 익숙하지 않아서였다. 내가 파전을 떼서 내밀자 차현은 잠시 멈칫하더니 받아먹었다.

"야, 여자가 먹여주니 정말 맛있네. 맞다. 내가 그때 너한테 파전 먹여줬잖아. 좋은 일을 하면 다 보답을 받는다니까. 맛있다. 또 줘."

그날 나에게 파전을 먹여주며 밝게 웃던 차현을 생각하니 안타까운 마음에 가슴이 먹먹해졌다. 차현에게 먹여준 젓가락으로 나도 파전을 먹었다. 주인아저씨는 "둘이 애인 됐나 봐"라고 말할 뿐 차현의 오른쪽 의수를 눈치채지 못했다. 일부러 말하지 않는다면, 그의 딱딱한 오른팔과 부딪치지 않는다면, 차현의 장애는 겉으로 드러나지 않았다. 다행스러웠다.

파전까지 먹어도 차현의 기분이 썩 나아 보이지 않았지만 나는 고고장에 가자는 제안을 하지 못했다. 긴 팔을 쭉쭉 뻗어 멋지게 춤을 추던 차현이 고고장을 떠올리지 않기만 바랄 뿐이었다.

집으로 돌아오는 버스에서 차현이 그랬다.

"지금 왼손으로 글씨 쓰는 연습을 하고 있어. 다른 생각은 안 할 거야. 그때그때 부딪치는 일을 해결하면서 살 거야. 어차피 인생은 마음먹은 대로 되는 게 아니니까. 내가 아무리 계획을 세워도 그걸 이루는 건 내가 아니더라고. 웃기는 얘기 하나 해줄까? 내가 회사에 복귀하려고 시외버스정류장에서 버스를 기다리는데 어떤 사람이 전도지를 주면서 '젊은이, 사람이 아무리 계획을 세워도 결정하는 이는 따로 있어' 이러는 거야. 내가 다치고 나서 얻은 결론이 그건데, 그게 성경에 나오나 봐. 사람이 고통을 당하면 성인(聖人)이 되나 봐."

차현은 애써 웃음 지었다.

"그럼 교주로 나서. 내가 제일 먼저 신도 할게."

나도 일부러 까르르 웃으며 맞장구를 쳤다.

"나 왼손으로 글씨 잘 쓰게 되면 너한테 연락할게. 그냥 기념으로. 오늘은 니가 나한테 연락 못해서 속 끓이고 있을까 봐 내가 전화한 거야. 성희 얘기를 어떻게 전하나 그것 때문에 마음 쓸 거라는 거, 내가 왜 모르겠니. 이제 마음 쓰지 마. 내가 전화했으니 너도 신경 써야 하는 거 아닌가, 이런 의무감도 갖지 마. 나 그동안 마음 상해서 더 상할 마음도 없고 더 다칠 마음도 없으니까 편하게 생각해. 나 정말 편한 놈 됐어. 나 이런 말은 정말 하기 싫은데 동정받는 건 사절이야. 나도 꿈이 많았는데 이제 어떤 꿈을 꿔야 하는지 그걸 몰라서 고민 중이야. 꿈 많이 꿔. 꿈을 꿀 수 있다는 게 얼마나 행복한 일인지 넌 아직 모를 거야. 지금 내 꿈은 왼손으로 글씨를 잘 쓰게 되는 거야."

차현이 회사 앞 정류장에서 내리고 나서야 나는 숨을 크게 내쉬었다. 차현이 너무도 내 마음을 꿰뚫고 있어 두려울 정도였다. 차현은 앞으로 자기를 의무적으로 찾을 필요 없다고, 부담 느끼지 말라고, 못 박았다. 하지만 그런 모든 말들이 내게 부담으로 다가왔다. 꿈을 꿀 수 있다는 게 얼마나 행복한 일인지 아니? 차현의 목소리가 계속 따라왔다. 나도 한때 꿈을 꿀 수 없게 된 현실에 가슴 아파 했다. 부산으로 진학할 수 없게 되었다는 뉴스를 듣고 절망의 늪에서 아무 생각도 할 수 없었던 때가 있었다. 차현의 고통에 비하면 그때 내 고통은 투정에 불과할지 모르지만. 다시 세상으로 나선 차현이 팔 하나로 살아가야 할 세상에 속히 익숙해지길 간절히 소망했다. 내가 해줄 수 있는 건 그것뿐이었다.

집으로 들어가는 골목까지, 방 안까지, 계속 차현의 말이 따라왔다.

"꿈 많이 꿔. 꿈을 꿀 수 있다는 게 얼마나 행복한 일인지 넌 아직 모를 거야."

나는 과연 지금 무슨 꿈을 꾸고 있는가. 차현이 얘기한 마음 가는 데도 아직 없고 형묵이 얘기하던 열망도 생기지 않는다. 나는 왜 지금, 아무런 꿈도 꾸지 않는 걸까. 그걸 알 수 없다는 사실이 그날 밤, 나의 고민이었다.

생리가 시작되기 며칠 전부터 일부러 물을 많이 마셔서인지 정말 변비가 생기지 않았다. 하지만 나는 생리가 시작된 이후 일부러 의무실을 찾았다. 차현은 흰 가운을 입고 책상에 앉아 왼손으로 글씨 쓰기 연습을 하고 있었다. 왕다방에서 만난 지 열흘쯤 지났을 때였다. 그는 이렇게 빨리 찾아올 줄 몰랐다는 표정으로 나를 맞았다.

"역시 돌팔이 말을 들어선 안 된다니까. 물을 많이 마셔도 소용없더데요. 됐구요. 소화제나 주세요."

차현은 피피거리더니 작은 소리로 말했다.

"그런데 왜 변비약이 아니라 소화제를 달라는 거야. 이상하잖아. 변비에 소화제가 잘 듣나 보지? 효과 있었지? 맞지?"

차현의 말에 우린 둘 다 크게 웃었다. 차현은 그간 왼손으로 연습한 글씨라며 보여주었다. 비뚤비뚤하긴 하지만 그런대로 글꼴이 잡히는 중이었다.

"근데 정말 억울한 건 한글 연습을 다 하면 영어 연습을 해야 된다는 거야. 그 다음은 뭔 줄 아니? 제일 어려운 게 한자야. 산 너머 산이야. 일단 목표가 많아서 좋긴 해."

그러면서 차현은 히죽 웃었다. 분명 예전처럼 웃고 있지만 얼굴이 환하게 펴지지 않았다. 볼 어딘가에 배어 있는 울음이 여전히 묻어 나왔다.

나는 그런 차현의 얼굴이 보기 싫어 좀 뜸을 들이려던 선물을 바로 내밀었다.

"오늘 글씨가 형편없으면 도로 갖고 가려 했는데 이 정도면 아주 훌륭해. 그래서 상으로 주는 거예요."

박양에게 선물받은, 여전히 귀한 물건.

"어, 이거 일제 샤프펜슬 아냐? 이거 지금 정말 나한테 필요한 건데… 무경이 너, 보기보다 센스 있다. 글씨를 자꾸 틀리게 쓰니까 연필이 편하거든. 근데 연필은 깎아야 되잖아."

차현은 어린아이처럼 좋아하며 샤프펜슬을 눌러보고 써보는 일을 되풀이했다. 그렇게 좋아하리라고는 미처 예상치 못했던지라 마음이 뿌듯했다. 다들 갖고 싶어 하는 펜텔 샤프펜슬을 내놓고 쓰기가 미안해 늘 갖고만 있었는데 정말 필요한 사람에게 선물하게 되어 다행이다. 사람은 소중한 걸 잃고 고통을 거친 후에야 진정으로 감사할 줄 알게 되는 걸까? 차현이 샤프펜슬 하나에 몹시 감격하는 것을 보며 그런 생각을 했다.

사실은 차현이 실습을 끝내면 주려던 선물을 이제야 전달하게 된 것이다. 내 실습이 끝났을 때 나에게 선물을 준 차현에게 감사하는 마음에서 나는 나중에 무얼 선물할까 고민하다가 샤프펜슬로 결정했었다. 그런데 괜히 차현에 대한 내 마음을 들킬까 봐 망설이다가 주지 못해 계속 갖고 있었던 것이다. 현장이 아닌 엉뚱한 곳에서 그저 자리만 지키는 일을 시작하게 되었지만 그의 새로운 일을 축하해 주고 싶었다.

선물을 전달하고 나니 마음이 홀가분해졌다. 다 잘 끝난 것 같은 기분이 들었다. 하지만 차현이 돌아서 나오는 내게 했던 말이 마음에 걸렸다.

"샤프심 다 떨어질 때쯤 또 갖다 줄 거지?"

마치 빚을 갚듯 열흘 만에 의무실을 방문한 걸 들킨 기분이었다. 차현은 나에게 부담이 될 거라는 걸 잘 알면서도 왜 그 말을 했을까. 그건 대체 무슨 의미일까. 나는 더 이상 이강우 씨에게 의논하지 않았다. 이제 스스로 생각하는 힘을 길러야 한다고 나 자신에게 궁색한 변명까지 했지만 사실은 내 마음을 이강우 씨에게 들키고 싶지 않아서였다.

차현은 나에게 더 이상 전화하지 않았다. 그는 내가 빚 갚듯 찾아간 걸 알아챘지만 일부러 샤프심 얘기를 꺼내서 그 자리를 자연스럽게 마무리하려고 했는지도 모른다. 분명한 것은 이제 내가 그에게 아무런 위안도 되지 못하고, 그는 나에게 부담스러운 존재가 되었다는 점이다. 차현을 생각하면 무조건 좋았던 마음이 복잡해졌다는 게 그 증거였다. 열아홉 살에게 가장 견디기 힘든 건 아마도 복잡함일 것이다. 복잡함, 그것을 풀 길이 없었다.

나는 누가 묻기라도 하는 듯 의무실에 못 가는 이유를 부지런히 찾았다. 사실 형묵이 전화할지도 모른다는 생각을 하고 있었다. 형묵이 전화한다면 실험실 일이 너무 늘어나서 차현을 만날 시간을 내기 힘들다고 말해도 거짓말은 아닐 터였다. 아직도 최양이 실험을 하면서 실수를 하는 데다, 새로 온 실원도 영 일이 손에 익지 않자 임 실장은 나에게 오전 일곱 시에 출근하여 저녁 일곱 시까지 근무를 해달라고 했다. 매일 네 시간씩 연장근무를 한 만큼 임금을 더 받을 수 있는 데다 연장근무는 50%의 수당이 붙으니 수입이 괜찮았다. 나는 정말로 바빴다. 차현을 만날 시간이 없을 만큼. 하지만 차현이 늘 머릿속을 뱅뱅 돌았다.

일곱 시에 퇴근하던 날 우연히 임실장과 함께 실험실을 나서게 되었다. 임 실장은 별말이 없었다. 열아홉의 내가 복잡함 다음으로 견디기 힘든 건 침묵이었다. 침묵한 채 함께 걷기란 얼마나 고역인지. 문득 그때 그에게 던질 질문이 생각났다. 공부에 관해서라면 그는 공장을 벗어나 관리동을 지날 때까지 길게 얘기할 수 있을 것 같았다.

"저, 혹시 공부를 혼자서 잘할 수 있는 방법 같은 거 알고 계세요?

공부를 잘하셨으니 그런 방법을 아실 것 같은데…."

임 실장은 단 1초도 지체하지 않고 대답했다. 매사가 그렇게 명쾌하다는 사실이 신기할 지경이었다.

"제복을 입어야 돼. 공부는 제복을 입어야 할 수 있다고 봐. 그러니까 학교 울타리 안으로 들어가야 한다는 얘기죠."

명쾌하긴 했으나 지금 나에게 전혀 도움이 안 되는 답변이었다. 절망적인 말이기도 했다. 제복을 입을 수 없는 처지인 나에게.

임실장은 깍듯하고 거침없고 실력 있으나, 정계장이나 이강우 씨에게서 흐르는 정이 도무지 없었다. 나는 계속 입안을 맴도는 질문을 결국 꺼내기로 했다.

"왜 나양 언니를 안 잡으셨어요?"

임실장은 날 빤히 봤다. 가당찮다고 생각하는 것 같더니 선언하듯 대답했다.

"꿈이 너무 큰 여자야. 서울의 명문대를 나온 여자는 무조건 나한테 시집오겠다는데 지방의 전문대 나온 나진선 씨는 결혼과 일을 놓고 저울질하더군. 결혼해도 그 갈망이 가라앉지 않을 텐데 내가 무슨 수로 채워줘. 그래서 내가 놓은 거야. 나중에 잘돼서 내가 보낸 걸 고맙게 생각해주면 좋을 거 같아."

임실장은 싱긋 웃으며 대졸 사원들의 기숙사인 BOQ로 들어갔다. 두 사람은 사랑 앞에서 서로 자로 재고 있었던 것이다. 나양은 자신이 일과 사랑을 놓고 저울질했다는 사실을 왜 나에게 말하지 않은 걸까. 자신도 눈치채지 못한 것을 임실장이 꿰뚫어본 걸까? 둘이 결혼하지 않은 건 잘 한 것 같았다. 사랑은 계산하지 않는 거니까.

이강우 씨는 나를 '실험의 달인'이라고 불렀다. 신들린 듯이 기계를 만진다며. 나는 내가 맡은 분량보다 훨씬 많은 양의 실험 결과를 쏟아놓았다. 우리 실험실에서의 실험이란 끊임없는 반복을 뜻한다. 끊임없이 나일론실을 기계에 걸어 늘여보고 끊어보고 풀어보고 재보는 일. 처음에는 그 일을 할 때 다른 생각을 할 수 없었다. 신경을 오로지 일에만 집중해야 했다. 누가 날 불러도 모를 정도였다. 하지만 김양과 황양이 가끔 잡담을 나누며 일을 할 때 그들이 잘못된 결과를 낼까 봐 조마조마했던 게 기우였다는 사실을 알게 되었다. 나는 손으로 실험을 하고, 머릿속으로 끊임없이 다른 생각을 하는 경지에 이르렀다. 그리고 벽을 바라보고 기계를 만지면서도 실험실 중앙에 놓인 책상에서 임실장과 이강우 씨가 하는 얘기를 낱낱이 들을 수 있었다. 입사한 지 2년이 가까워오는 시점이었다. 내 키는 겨우 2센티만 더 자라 따지고 보면 여전히 입사 부적격자였지만, 이제 나는 유능한 실험인으로 인정받게 되었다.

7월에 들어서면서 하복이 지급되었고 점심 식사하러 오갈 때면 얇은 하복조차 땀으로 범벅이 되었다. 점심시간에 탁구를 하거나 잔디밭에서 햇볕을 쬐는 일은 생각지도 못하고 다들 밥을 먹자마자 온도 20℃, 습도 65%인 쾌적한 실험실로 달려왔다. 시원한 실험실에서 냉

커피를 마시며 남은 점심시간을 각자 조용히 즐겼다. 그럴 때면 큰 탁자에 모여 웃고 떠들던 때가 떠올라 조금 허전해지곤 했다.

그즈음 나는 어쩔 수 없이 틈만 나면 하영을 떠올렸다. 곧 여름방학이 시작되겠지만 아마도 하영은 쉬지도 못하고 대학입시 준비에 박차를 가할 것이다. 중학교 때 전교 1, 2등을 놓치지 않았던 하영은 아마도 서울의 좋은 대학으로 진학하겠지. 내가 갈 수 없는 아주 먼 곳으로 하영은 날아가버릴 것이다. 그녀와 나 사이의 강폭이 점점 넓어지고 있다는 생각을 하면 어쩔 수 없이 눈물이 났다. 그럴 때는 폭염 속으로 나가 땀을 줄줄 흘리고 싶었다. 그러면 이마에서 흐르는 땀에 섞여 눈물인지 땀인지 구별하기 힘들 테니까.

성희는 여전히 소식이 없었고, 연우를 다시 찾아갈 엄두도 나지 않았다. 그동안 식당에서 차현을 두 번 봤다. 그는 나를 봤는지 못 봤는지 왼손으로 식판을 들고 뒤쪽 탁자로 가서 밥을 먹었다. 차현은 여전히 춘추복을 입고 있었다. 그 작업복은 차현의 오른팔이 사라지지 않은 것처럼 보이게 했다. 그는 늘 오른손을 주머니에 넣고 휘적휘적 걸었다. 큰 키에 너무 잘생겨서 어디서나 눈에 띄는 게 그에게는 괴로움일 것 같았다.

복잡했다. 산란했다. 터질 것만 같았다. 울고 싶기만 했다. 열아홉 살의 여름은 나를 미치게 했다. 찬바람이 불고 넉 달만 지나면 나는 스무 살이 될 터인데, 스무 살을 위한 그 어떤 계획도 가지고 있지 않다는 게 슬펐다. 그것보다 더 슬픈 것은 도무지 어떤 계획을 세워야 할지 갈피를 잡을 수가 없다는 점이었다.

이강우 씨는 스무 살이 되면 그게 얼마나 시시한 건지 금방 알게 될 거라고 했다. 열아홉 살과 도무지 무엇이 다른지 구분할 수 없으므로. 나이는 숫자일 뿐 중요한 건 생기(生氣)야, 이강우 씨는 단언하듯 내게 말해주었다. "열아홉이 그리우면 열아홉의 생기를 가지면 되잖아"라며.

스무 살이 된다는 사실이 슬픈 게 아니라, 스무 살이 되어도 내가 달라질 것이 없다는 게 슬펐다. 이제 나는 반복만 하게 될 것이다. 반복적인 출근, 반복적인 실험, 반복적인 퇴근, 반복적인 월급봉투. 이 반복을 허물어뜨릴 어떤 방도도 모르면서 반복에 깊이 빠져들어 간다는 사실이 슬펐다.

"넌 지금 안정된 거야. 안정 속에서 투정을 부리고 있는 거지. 니가 회사에 들어왔을 때 갈망하던 것이 지금 다 이루어졌잖아. 넌 지금 우리 실험실에서 결코 없어서는 안 될 중요한 인물이 되었어. 그게 너의 목표였는데 넌 잘해냈잖아. 이젠 선택해야겠지. 안정을 누리며 편안하게 사느냐, 아니면 다시 낯섦 속으로 들어가기 위해 갈망을 하느냐. 사람은 원하지 않아도 소용돌이에 휘말릴 수 있지만 변화를 거부하고 안주하는 사람도 있으니까. 너한테 어떤 갈망이 생긴다면 자연스럽게 변화가 이뤄지겠지. 갈망이 생기면 니가 지루해하지 않아도 너도 모르게 스멀스멀 변화가 생길 거야. 넌 이제 겨우 열아홉 살이야. 너무 조급하게 생각하지 마. 갈망하고 개혁하면서 인생은 변화한다지만 안정 가운데 평안한 것도 큰 축복이야. 어제와 크게 다르지 않은 오늘을 사는 게 얼마나 큰 행복인데. 난 그런 작은 마음으로 감사하며 살아. 근데 무경이 넌 곧 터져버릴 거 같아. 니가 실험의 달인이 되고 나서부터 너의 표정이 심드렁해졌거든. 너의 첫 번째 갈망을 이루자 너도 모르게 진이 빠져버렸는지도 모르지. 넌 아마 곧 새로운 갈망을 하게 될 거야."

새로운 갈망을 찾아라, 이강우 씨가 나에게 던진 미션이었다. 하지만 나에게 어떤 갈망이 있는지 파악할 수 없다는 게 답답했다. 학교를 다시 가는 것도 나에게는 더 이상 흥미롭지 못했다. 현실적으로 진학하려면 야간 여상밖에 없는데 새삼 거길 가고 싶은 마음은 추호도 없었다. 거길 졸업해도 지금 내가 차지한 자리에도 도달하지 못할 게 뻔했다. 지금쯤 나에게 중요한 터닝포인트가 생기면 좋겠는데 그게 뭔지 도무지 알 수 없었다.

며칠간 나를 지켜보던 이강우 씨가 지나가는 말처럼 한마디 했다.

"내가 찾아냈어. 지금 무경이한테 필요한 건 사랑이야."

그 순간 내 눈앞에 차현이 스쳐 지나갔다. 그러나 가슴이 울리지 않았다. 차현, 그를 생각하면 이제 혀끝을 톡톡 쏘는 것 같은 알알한 느낌만 잠깐 스칠 뿐 도무지 가슴이 팔랑거리지 않는다. 성희가 사고 나기 전날 그와 여행을 안 갔더라면 나는 그를 사랑할 수 있었을까? 그 생각을 하면 아득해진다. 나는 어쩌면 차현과 성희가 같이 밤을 지내고 온 그날을 빌미로 나에 대한 면죄부를 주려고 애쓰는지도 모른다. 성희가 차현과 헤어지면 그때라도 차현을 만났으면 좋겠다고 생각했던 건 그전의 일이니 무효다, 이렇게 생각하려고 해도 자꾸 내 마음에서 스멀스멀 올라오는 질문이 있었다.

'만약 성희가 떠났고 차현이 다치지 않았더라도 너는 지금 같았을까?'

어느 순간 나는 깨달았다. 차현을 보기만 해도 가슴이 떨렸는데 이제 차현을 생각하면 복잡해진다. 사랑은 따지지 않는 거야. 맞아. 이렇게 머리가 복잡해지는 건 사랑이 아니다. 사랑은 아득해지는 것, 그냥 아무 생각도 나지 않는 것이다. 이제 차현에게 갖고 있는 부담을 벗어버리고 싶다. 차현은 알지도, 원하지도 않는 일을 나 혼자 부여잡고 있는 몰골이 우습기도 했다. 이강우 씨는 나에게 필요한 게 사랑이라고 했지만, 사랑은 도무지 날 찾아올 기미를 보이지 않는다고 결론 내렸다. 먼저 가슴이 쿵쿵 뛰며 앞서 나가는 게 사랑인데 도무지 그럴 일이 없으므로.

나에게는 점차 복잡한 것들이 생기기 시작했다. 그 복잡함의 실마리를 내가 찾아내야 한다는 숙제를 안고 나는 스무 살이 되어가는 중이었다.

그해 여름은 정말 뜨거웠다. 차현은 얼마나 더울까. 차현은 평생 여름에도 긴 옷을 입고 지내야겠구나, 가끔 그런 생각을 했다. 어떤 형태로든 나는 차현을 생각했고, 그럴 때마다 마음이 알알하면서 복잡해졌다.

마음이 산란할 때는 차라리 차현이 실험실에 들락거리면서 "나 너 찍었어"라고 말한 게 진심이었고, 왕다방에서 우리 둘이 맺어졌고, 내가 가슴앓이를 했더라도 우리 둘만의 사랑이었더라면 좋았을 텐데,라고 생각했다. 그랬더라면 나는 하는 수 없이라도 차현을 선택하지 않았을까? 우리 둘 사이에 사랑이 시작됐고, 그 사랑으로 가슴 저미는 순간이 있었다면, 나는 지금의 차현을 이리저리 재지 않고 사랑할 수 있었을 텐데, 그런 생각을 하면서 쿡 눈물을 쏟았다. 그 눈물 속에는 이런 마음도 들어 있었다.

'어쨌든 넌 차현을 좋아했잖아. 지금 차현을 좋아해줄 사람도 없는데, 지금 이대로의 차현을 네가 받아들일 순 없는 거니?'

나의 질문에 나는 고개를 끄덕일 수 없었다. 열아홉 살이 견디기 힘든 복잡함, 그 중심에 차현이 있었다. 빨리 단순해지고 싶었지만 그게 잘 안 됐다.

회사에 가면 마음이 복잡해져서, 그래서 점점 회사 가는 게 싫어졌을 때 하영이 나를 찾아왔다. 대학입시 준비로 몹시 바쁠 그녀가 나를 찾아오다니 황송한 마음이 들 지경이었다. 한쪽이 송구한 마음을 지니면 이미 친구가 아니건만. 우정도 사랑과 똑같다. 감정이 공평하게 오고 가야 한다.

하영은 얼굴색이 좋지 않았다. 예진처럼 시내에 나가자고 하지 않고 그냥 내 방으로 들어왔다.

"너 공부 안 하나 보구나. 책꽂이에 교과서가 하나도 없네. 공부는 완전히 잊은 거니?"

하영이 아직도 날 포기하지 않고 있다니… 하지만 이제 무작정 고마워할 일은 아니었다.

"무경아. 나 이번에 대학 못 가. 내가 부산에서도 공부를 잘할 줄 알았지? 모두들 그렇게 생각해. 근데 나 부산여고에서 거의 꼴찌야. 믿어지니? 우수한 애들만 모인 곳에서도 꼴찌는 있게 마련이야. 1학년 때 내가 뒤에서 몇 등 하고 기절할 뻔했어. 고모집 음식이 입에 안 맞고 엄마가 보고 싶어서 잠을 제대로 못 잤거든. 그래서 낮에 집중이 잘 안 됐어. 애들과 서먹서먹해서 친해지지도 않고. 그 다음 시험 때 그래도 좀 열심히 했지만 성적이 안 올랐어. 그 애들은 더 열심히 했을 테니까. 생전처음 뒤에서 등수를 세는 게 더 빠른 환경에 처하니 공부가 더 안 되는 거야. 좌절감과 모멸감으로 마음이 복잡해지더라. 어느 순간 포기가 되면서 엄마가 학원 다니라고 주신 돈으로 몰래 영화 보러 다니곤 했어. 1, 2학년 때 대충 수업만 참석하고 내내 소설만 읽었어. 3학년 1학기 되면서 정신을 좀 차려 성적이 약간 올라가긴 했지만, 이번에 원하는 대학에는 못 갈 거 같아."

나는 하영이 한숨 쉬며 하는 얘기가 도무지 믿어지지 않았다. 하영이 거의 꼴찌라니 말이나 되는 일인가. 게다가 고등학교 내내 제대로 적응을 못했다는 것도. 그래서 이번에 대학에 못 가게 되었다는 사실도.

"나 재수하려고. 한 해 꿇고 내년에 열심히 해서 내가 원하는 데로 가려고. 무경아, 너도 같이 공부하자. 내가 재수 준비하느라 벌써부터 학원을 알아보러 다니는데 학원에 가보니까 검정고시라는 게 있더라. 고등학교 과정을 공부해 시험에 합격하면 대학입시를 볼 자격을 얻게 돼. 물어보니까 빠른 사람은 1년 만에 합격한대. 나랑 같이 부산에서 공부하자. 나 고모집에서 나와 학원 앞에서 자취할 거야. 나랑 같이 지낸다면 너희 엄마가 이번엔 부산에 보내주시지 않을까?"

갑자기 가슴이 뻥 뚫리는 것 같았다. 내가 찾던 갈망의 끈을 드디어 발견한 것이다. 사랑이 아니라 공부였어, 그래 그게 어울려, 나의 터닝포인트, 나는 입속으로 그렇게 읊조렸다.

"꼭 나랑 같이 공부하자. 넌 머리가 좋으니까 1년이면 검정고시에 합격할 수 있을 거야. 나랑 같이 대학입시 치면 되겠다. 우리 같이 대학 가자."

믿어지지 않았다. 듣기만 해도 가슴 뛰던 그곳, 하지만 나에게 좌절을 안겨준 그곳이 이제야 나에게 손짓하고 있다. 갑자기 눈물이 주르르 흘렀다. 하영은 향긋한 냄새가 나는 손수건으로 내 눈물을 닦아주었다. 그 냄새를 맡으며 그제야 나는 아직 내가 소녀라는 걸, 꿈을 가져야 할 때라는 걸 깨달았다.

하영은 내년 1월 초에 시작되는 종합반에 들어갈 거라며 나도 그 때 합류하길 바란다고 했다. 주섬주섬 가방을 열더니 나에게 〈성문기본영어〉와 〈수학1의 정석〉을 주었다. 나는 너무나 생소한 물건을 본 듯 그 책들을 물끄러미 바라보았다. 인생은 결코 나의 계획대로 되지 않는다. 하지만 나도 모르는 길이 갑자기 열릴 수도 있는 것, 그것이 인생이다.

하영은 헤어지기 전에 내 손을 잡고 눈을 반짝이며 말했다.

"난 재수를 하게 된 게 내 인생에 도움이 될 거라고 봐. 내가 고등학교 때도 승승장구해서 바로 대학에 들어간다면 아마 난 인생을 너무 만만하게 볼지도 몰라. 이제 진지하게, 사랑하며, 아끼며 내 삶을 살겠어. 너도 회사에서 보낸 시간이 너한테 좋은 자양분이 될 거야. 우리 열심히 하자."

나는 하영 앞에서 고개를 끄덕였다. 가슴이 터질 것처럼 부풀어 올랐다.

어머니는 예상대로 반대했다. 무엇 때문에 남들이 다 부러워하는 회사를 그만두고 고생을 자처하려는 거냐며 역정을 냈다.

"니가 고등학교를 나와봐라. 거길 들어갈 수 있나. 니 월급이 은행원들보다 많아 이것아."

어머니는 마구 안타까워했다.

"몇 년 잠자코 다니다가 결혼해. 엄마 소원이다. 니 돈 하나도 안

헐고 엄마가 다 모아놨어. 좋은 남자 만나서 시집갈 때 바리바리 싸들고 가라고 엄마가 계 해서 잘 불리고 있어. 그러니 잠자코 다녀. 엄마 말 들어."

어머니는 간절한 눈빛으로 애원했다.

"다 큰 여자애가 객지에 나가서 한뎃잠을 자면 안 돼."

어머니는 중학교 때는 어린애여서 보낼 수 없다더니, 이제 다 컸기 때문에 안 된다고 했다. 사실은 중학교 때는 외지에 보내 하숙까지 시킬 돈이 없어서 못 보냈지만, 이제는 있는 돈을 다 쓰고 돈을 못 벌게 될까 봐 나를 안 보내는 것일 게다. 이미 단단히 결심한 나는 어머니의 눈을 똑바로 바라보면서 입술을 앙 다물었다.

마음이 둥둥 떠서 하늘 높이 날아갈 것만 같았다. 이강우 씨는 "너 혹시 사랑을 찾은 거니?"라고 물었다. 나는 이강우 씨를 실험실 구석이 아니라 왕다방으로 불러냈다. 그는 젊은 남자면서도 어색해했다. 나는 하영이 내게 주고 간 책을 보여주면서 나의 계획을 얘기했다.

"니가 눈을 반짝거리면서 얘기하는 걸 보니 잘될 거 같다. 무경이 넌 뭐든 결심하면 해내는 아이잖아. 하고 싶은 거 해야지. 이제 겨우 열아홉 살인데, 못 할 게 뭐야. 하고 싶은 걸 못 하고 살면 잠을 자면서도 눈물을 흘릴 때가 있어."

그렇게 말하는 이강우 씨의 눈에 슬쩍 습기가 보였다. 실습생으로 회사에 들어온 열아홉 살, 자신도 꿈이 컸다고 했다. 형묵처럼 대학에 갈 계획을 세웠고 여러 가지 생각이 많았다며 왕다방 천장을 바라봤다.

"처음에는 정신이 없었지. 즐겁게 지내다가 스무 살이 되어 대학교에 가야겠다고 결심한 뒤 조금씩 준비하고 있었어. 그런데 내 계획은 다 어그러지고 말았어. 갑자기 내 앞에 닥친 현실이 갑갑해서 죽을 것만 같았어. 내가 사랑하는 사람은 따로 있는데, 그 사랑을 갈망하다가 술김에 엉뚱한 사람과 밤을 지냈고 그리고 아이가 생겼어. 내가 사랑하는 사람과 멋진 미래를 함께하려고 공부를 계획했는데, 엉뚱한 길로 들어선 거야. 어느 날 내 처지가 너무 한심해 슬픔이 막 밀려오는데 대책이 없어서 그냥 눈을 감고 잤어. 자면서 얼마나 울었는지 자다가 깨보니 베개가 흥건히 젖었더라. 그 베개를 보는데 슬픔이 복받치는 거야. 베개를 안고 엉엉 울었지 뭐니. 밤새 울었더니 슬픔이 좀 가시더라."

이강우 씨는 후 하고 한숨을 길게 내쉬었다. 나는 눈물이 핑 돌아서 고개를 숙였다.

"의무실에 있는 차현이를 보면 나를 보는 것 같아. 녀석은 갑자기 오른팔이 사라지고, 나는 그때 갑자기 아이가 생겼고. 차현이의 고통에 나를 비교하는 게 미안하긴 하지만 우리 둘은 갑자기 묶여버렸다는 게 닮았어. 아무 계획도 세울 수 없게 되었지. 나한테 갑자기 두 식구가 생겼고, 차현이는 신체의 일부가 사라졌어. 녀석을 보면 그때의 내가 떠올라 갑갑해져. 차현이가 들으면 화를 낼지도 모르겠다. 배부른 소리 한다고. 계획대로 안 된다고 해도 꿈을 꿀 수 있다는 게, 계획을 세우는 게, 얼마나 즐거운 일인지 아니? 계획을 세우고, 나중에 그대로 안 된다 하더라도 한번 그 길로 가봐."

이강우 씨는 진심으로 나를 격려해주었다. 그는 무슨 말을 꺼낼 듯 말 듯 계속 망설이고 있었다. 대체 무슨 얘기일까. 그는 잠시 뜸을 들이더니 말을 꺼냈다.

"아내도, 아이도, 나한테 짐처럼 느껴졌는데, 그러면서 아무 의욕도 없었는데, 예림회를 조직하고 사람들과 마음을 터놓고 지내면서 달라졌어. 내 가족이 소중하게 느껴지고, 새로운 계획도 세우게 됐지. 이건 아주 중요한 문제야. 발설하면 안 돼. 우리 예림회 회원들이 지금 사원협의체 결성을 추진하고 있어."

나는 그게 무슨 의미인지 몰라 아무런 반응도 못했다.

"정계장님이 늘 말했잖아. 사원들도 무슨 얘기를 할 수 있는 통로를 만들어보라고. 지금 우리 회사 직원이 천 명이나 되는데, 사원들이 회사에 말할 통로가 없잖아. A실험실에 장경호 씨라고, 우리 예림회 회원인데, 그 사람이 그쪽 방면으로 좀 알아. 요즘 우리는 시는 안 쓰고 협의체 얘기만 하고 있어. 사실 창립 때부터 우리끼리 그 필요성에 대해 얘기를 많이 나누었어. 사실 난 빠지고 싶었어. 내가 앞장서면, 피해를 볼 수도 있거든. 무엇이든 처음 시작하는 사람들은 희생을 치르게 되거든."

이강우 씨의 얼굴이 갑자기 비장미를 띠기 시작했다. 뭔가 아주 중요한 일이 시작되고 있는 게 틀림없었다.

"난 빠지려고 했는데, 내가 너무 비겁하다는 생각이 들었어. 그리고 우리 실험실만 해도 갑자기 직제 개편하고 그냥 위에서 정하는 대로 무조건 따라야 하고 그런 게 불합리하잖아. 정계장님과 김양도 그래서 나갔고. 회사에 불만사항만 전달하려고 협의체를 만드는 건 아냐. 우리 예림회 활동을 부러워하는 사람들이 많아. 그래서 사원들 취미생활 할 수 있는 장도 마련하고, 사원 복지에 대해서도 회사와 논의하고 그러려는 거지."

회사를 향해 사원들이 목소리를 낸다는 게 상상이 되지 않았다. 조과장, 임실장이 품질관리과 사무실에서 의결하여 내려오는 게 곧 우리 실험실의 법이거늘. 경리과에서 매년 일률적으로 호봉을 올려주면 그만이라고 생각했는데 대체 어떤 변화가 생긴다는 걸까.

"참, 그때 리틀 예림회에 연우만 넣은 일 때문에 섭섭했지? 사실은 연우가 똑똑해서 현장의 의견도 좀 듣고, 앞으로 함께 일할 대상으로 생각해서 가입시킨 거야. 그때 너 섭섭했었지? 오해 풀어라."

그때 내가 얼마나 좌절했는지, 그 말 한 마디로 풀 수 있는 게 아니라는 걸 이강우 씨는 알기나 할까? 하지만 중차대한 시점에 개인적인 섭섭함을 끄집어낼 수는 없는 일이었다.

"열심히 해라, 무경아. 넌 꼭 해낼 거야. 실험실에서 하던 대로만 하면 검정고시도 붙고 대학도 붙을 거야. 나도 이제 아무 생각 없이 흐느적거리는 인생은 치울 거야. 스물한 살에 준비 없이 아버지가 되고 나서 그 쇼크가 몇 년 가더라. 창피하기도 하고 혼란스럽기도 하고. 아이를 한 번도 안아주지 않았을 정도라면 내 심정을 이해하겠니? 아내와는 몇 년이나 각방을 썼을 정도야. 이제 많이 나아졌어. 운명이니 뭐니 그런 걸 넘어서서 가족에게 정이 생기더라. 그날 밤 어쨌든 난 선택을 한 거니까. 충동적이라 하더라도 자신의 선택은 자신이 책임을 져야지. 내가 이 회사에 들어와서 처음으로 뭔가 해보고 싶은 마음이 생겼다는 게 중요해. 이제 나도 계획을 세우고 능동적으로 살고 싶은 마음이 자꾸 들어."

이강우 씨는 "인생은 움직여. 좋은 방향으로 자꾸 움직이면 좋은 거고. 다들 움직이는데 나 혼자 움직이지 않으려고 버텼어. 이제 의미 있는 일, 꼭 해야 하는 일 앞에서 몸을 사리지 않을 거야. 나한테 용기를 줘"라며 환하게 웃었다.

"아저씨는 할 수 있어요."

"무경이는 할 수 있어."

그날 우리는 왕다방에서 서로에게 용기를 듬뿍 선사했다.

하영은 결심을 흩뜨리지 말라며 나에게 자주 편지를 보냈다. 검정고시학원의 자세한 안내서와 하영이 다닐 거라는 대입종합반 시간표도 보내왔다. 나는 그 학원 안내서가 마치 입학허가서라도 되는 듯 읽고 또 읽었다. 나는 어머니에게 끈질기게 요구했다. 또다시 가출하고 싶지는 않았다. 그때는 막막해서 무작정 뛰쳐나갔지만 이제 엄연히 목표가 있는데 도피할 이유가 없었다.

서서히 찬바람이 불자 여름이 떠날 채비를 서둘렀다. 밤 열한 시, 후문을 통해 집으로 가는 몇몇 사람들의 틈에 끼어 어두운 밤길을 걸어가면서 나는 결심했다. 아무리 어둡더라도 이제 내 길은 내가 개척하리라.

9월이 왔다. 현장은 라인을 증설했고 중졸 여사원들이 대거 입사했다. 모두들 나보다 키가 컸다. 나는 154.5센티에 불과해 여전히 부적격자 신세였다. 우리 실험실에는 경사라면 경사가 있었지만 그 경사 때문에 마음이 편치 않은 사람도 있었다. 임실장이 결혼을 한 것이다. 나양이 말했던, 사무실로 자주 전화했다던 서울의 명문여대 출신과. 서울에서 결혼식을 하는 바람에 우리 실험실에서는 아무도 참석하지 못했다. 대신 돈을 걷어서 대표로 참석하는 사무실 민양에게 축의금을 전달했다.

신혼여행을 다녀온 임실장은 우리들을 간부사택 내에 있는 사원 아파트로 초대했다. 서울에서 온 사원들을 위해 새로 지은 아담한 아파트였다. 나는 신혼방을 구경할 생각도 하지 않고 새색시가 나양보다 훨씬 나은지, 황양은 도저히 견줄 수 없는지 그것만 살펴봤다. 일부러 주방에 가서 임실장 부인과 대화를 나누었다. 임실장이 자신과 나양을 놓고 한때 망설였다는 사실을 알 리 없는 그녀가 느닷없이 나에게 부럽다고 했다.

"큰 회사에서 실험을 한다니 얼마나 근사해 보이는지 몰라요. 난 그저 여자들이 하는 일은 선생님밖에 없는 줄 알고 자랐거든요. 나도 기회가 되면 큰 회사에서 일해보고 싶어요."

그러면서도 이곳 사립고등학교에 쉽게 취직이 된 게 다행스럽다고 했다. 나는 그녀를 탐색해보려던 마음을 풀고 선생님이 얼마나 멋진 직업이냐, 나도 선생님이 되고 싶다며 장단을 맞추었다. 황양은 내가 임실장 부인과 재잘대는 게 못마땅한 모양이었다. 황양은 방마다 다니면서 그녀의 혼수를 하나하나 살펴보았다.

어머니와 지루한 줄다리기를 하는 동안 아버지는 나를 응원했다. 아버지는 이러다가 애 병나겠다며 내 편을 들어주었고, 어머니는 따뜻한 아랫목을 차고 나가려는 게 말이나 되느냐며 혀를 끌끌 찼다. 나는 8월 월급부터 어머니에게 맡기지 않았다. 어머니가 끝내 허락하지 않는다면 내년 1월 10일까지 근무할 예정이었다. 10일까지만 근무하면 그달치 월급이 나오기 때문이었다. 새로 들어온 실험요원은 이제 일에 익숙해졌지만 물량이 많아져서 내가 계속 연장근무를 해야 할 상황이었다. 임실장은 미안한 듯이 말했지만 나는 여간 다행스럽지 않았다.

하영은 편지를 통해 나에게 구체적으로 공부할 방법을 알려주었다. 검정고시학원에 다니면서 저녁에는 단과반 등록을 하여 어려운 과목을 수강하면 그해에 대학입시도 가능하다는 게 하영의 해법이었다. 4월과 8월, 두 번에 걸쳐 검정고시가 있으니 4월에 대학입시에 해당하지 않는 과목을 다 패스하고 그 다음부터 대입과 관련된 과목을 집중적으로 공부하면서 단과로 보충하면 문제없다는 것이었다. 하영도 종합반 수업이 끝나면 밤늦게까지 단과반을 다닐 예정이라며 함께 공부하자고 했다. 하영과 내가 한 교실에서 공부하게 된다니 꿈만 같은 일이었다.

집에 들어가면 일부러 힘이 없는 척했지만 회사에서는 나도 모르게 입이 벌어졌다. 그즈음 마치 비밀결사요원처럼 비장한 눈빛으로 살아가던 이강우 씨는 나를 볼 때마다 손가락으로 V자를 그려 보였다.

"너, 요새 누구 사귀니? 애가 예전 같지 않게 피실피실 웃고. 맨날 눈을 반짝이며 말 잘 듣겠습니다, 하는 표정만 짓더니, 요즘 아주 여유가 만만해. 아니 빈틈이 생겼어. 한결 좋긴 한데 뭔가 있는 거 같아."

황양은 그렇게 말하면서 고개를 갸우뚱거렸다. 그러고 보니 황양도 뭐 좋은 일이 있는지 한층 더 멋을 냈다. 김양도 나가고, 임실장이 결혼을 했는데도 별로 마음이 쓰이지 않는 모양이었다. 황양은 퇴근하려는 나를 잡았다. 뭔가 하고 싶은 얘기가 잔뜩 고여 있다는 표정이더니 참지 못하고 털어놓았다.

"너 A실험실 고실장이라는 사람 알지? 임실장 부임할 때 같이 왔잖아."

깔끔한 임실장과 전혀 딴판으로 생긴 사람이었다. 구레나룻 수염에 약간 험상궂게 생겨 사람들은 고릴라 실장이라고 불렀다. 황양이 전혀 좋아할 것 같지 않은 스타일이었다.

"A실험실 최갑호 계장님, 늘 미적지근하더니 김양 언니가 그만두고 나니까 좀 조급해졌나 봐. 나한테 먼저 전화해서 슬쩍 떠보는 거야. 그래서 내가 최계장님 불러내 그냥 김양 언니 양품점으로 쳐들어갔지 뭐. 내가 김양 언니한테 넙죽 좋아하는 척하지 말라고 코치를 했거든. 최계장님은 김양이 무심한 척하니까 조금씩 적극적으로 나가더라. 어쨌든 언니가 좋아하니까 내가 중간에서 계속 연결고리가 되어줬지. 근데 어느 날 최계장님이 고실장이라는 사람이랑 같이 나온 거야. 그래서 넷이 어울리다가 친해졌지 뭐야. 그 사람이 나더러 결혼하재. 나중에 알았지만 고실장이 먼저 나를 찍었대. 그래서 최계장님한테 자리를 만들어달라고 해서 일부러 합류하는 척했다는 거야."

지금까지 그 많은 실험실 남자가 다 찍어도 안 넘어갔던 황양이 드디어 짝을 정했다는데도 나는 씁쓸한 기분이 들었다. 그녀가 마음을 빼앗겼던 임실장, 그녀가 받아들인 고실장, 그들의 공통점이 너무도 명백했다.

"언니, 그 사람이 실장이라서, 대졸이어서 좋은 거야?"

황양은 눈을 흘기더니 나에게 꿀밤을 먹였다.

"그래, 그렇다 어쩔래. 그럼 넌 평생 현장에 있어봐야 계장밖에 못하는 고졸자가 좋겠니? 김양 언니도 고실장 조건 보고 결혼해서 행복하겠냐고 하더라. 조건이라는 게 뭔데. 그 사람을 구성하고 있는 거잖아. 김양 언니는 괜히 고실장이 최계장 상급자니까 앞으로 날 사모님으로 부르기 싫어서 그러는 거지. 내가 뭐 그런 거 따지겠냐? 고실장이 진급하면 최계장도 잘 봐주고, 이강우도 잘 봐주고 그러면 되지. 나 임실장 부인보다 훨씬 혼수 많이 해갈 거야. 나중에 와서 너도 꼭 봐."

황양은 완전히 결혼하기로 마음먹은 거 같았다. 어쨌든 김양과 황양 둘 다 결혼할 조짐이 보이니 잘된 일이다. 나도 부산에 가기로 결심해서인지 황양이 떠난다고 해도 예전과 달리 섭섭한 마음이 들지 않았다.

드디어 사건이 벌어졌다. 식당으로 들어가는 입구에 있는 휴게실에 갑자기 사원협의체라는 간판이 걸린 것이다. 그곳은 식사를 하고 나온 사원들이 담배를 피우거나, 여사원들이 둘러앉아 대화를 하는 장소였다. 그리 넓지 않지만 책상 몇 개 들여놓고 한쪽에 소파를 죽 늘어놓을 정도의 공간이었다. 문 앞에 임시 준비위원회 명단이 내걸렸는데, 이강우 씨도 들어 있었다. 몇 명을 제외하고는 모두 예림회 회원이었다. 곧 사원 전체 투표를 통해 대표를 뽑을 예정이라고 적혀 있었다. 휴게실에서 예림회 회원들과 몇몇 사람들이 얘기를 나누고 있었다. 이강우 씨도 보였지만 들어가지 않았다. 직기에서 일하는 여직원도 두 명 있었다.

점심 식사 후 일을 시작하려는데 임실장이 먼저 입을 열었다.

"이강우 씨, 사원협의체라는 거, 그것 때문에 지금 회사에 비상이 걸렸어요. 이강우 씨, 나중에 불이익 당하지 말고 지금 빠지는 게 좋을 겁니다. 내가 자세한 얘기는 못하지만 나서서 그럴 필요 없잖아요."

임실장의 경직된 음성에 이강우 씨는 대수롭지 않다는 투로 말했다.

"회사와 대립하고 위협을 하려는 게 아니에요. 사원들 대표기구를 만들어서 회사의 발전도 도모하고 회사에 건의할 일이 있을 때 창구를 단일화하려는 것뿐입니다."

이강우 씨가 임실장 앞에서 이토록 떳떳하게 자기 의견을 밝힌 적이 있던가. 나는 깜짝 놀라서 이강우 씨를 바라봤다. 그는 단호한 표정이었다. 늘 조용하면서 약간 음울하던 그가 아니었다. 서로 여러 가지 의견을 냈는데 이상한 것은 임실장은 회사를, 이강우 씨는 직원들을 변호하고 있다는 점이었다. 두 사람 다 직원이고 실험실에 근무하는데 왜 서로 대변하는 대상이 다른지 알 수가 없었다. 입사하자마자 우리 실험실의 가장 높은 위치로 부임해서 간부사택에 입성한 임실장이 훨씬 많은 혜택을 입었기 때문일까? 그리고 고졸 실습생으로 들어와 임실장보다 실험에 대해 훨씬 많이 알지만 앞으로 3, 4년 더 있어야 계장으로 승진할 뿐, 과장이 될 수 없는 이강우 씨는 불만이 생길 수밖에 없는 건가? 그런 생각을 하고 있자니 골치가 지끈지끈 아팠다. 급기야 오후에 품질관리과 본부사무실에서 이강우 씨를 호출했다. 임실장과 이강우 씨는 어두운 얼굴로 돌아와서 내내 말이 없었다.

다음날 휴게실은 폐쇄되고 말았다. 사원협의체 간판과 사원투표를 알리는 유인물도 사라지고 없었다. 대신 불법적인 모임은 회사에서 용납할 수 없다는 안내문만 붙어 있었다. 사람들은 수군거리기만 할 뿐 큰 소리 내서 말하지 않았다. 이강우 씨는 아침에 출근하긴 했으나 내내 보이지 않았다. 다음날, 출입문 손잡이가 뜯겨나간 휴게실의 문이 활짝 열려 있었다. 그즈음 실험실에서 통 말이 없던 이강우 씨는 근무만 끝나면 곧바로 달려나갔다. 사원협의체 일에 앞장선 사람들이 자칫하면 해고될지도 모른다는 소문이 돌았다.

"변화하기 위해서는 뒤숭숭하고, 삭막하고, 질시하고, 그런 걸 만날 수밖에 없어. 뭐든지 그냥 오는 건 없거든. 세상엔 공짜가 없어."

이강우 씨는 마치 오늘을 예고하기라도 한 듯, 나양이 들어왔을 때 나에게 그런 얘기를 들려줬었다.

이강우 씨가 회사에서 많은 사람을 위해서든 자신을 위해서든 싸울 때 나는 집에서 치열하게 어머니와 싸웠다. 어머니는 그즈음 나에게 항복의 기운을 비쳤다.

"독한 기집애. 내 속으로 낳았지만, 너처럼 독한 년은 처음 봤다. 그때 그냥 여상에 갔으면 좀 좋아. 남들은 못 들어가서 환장인 학교를 팽개치고 지 맘대로 회사 들어갈 때는 언제고, 이제 그 좋은 회사를 그만두고 다 늦게 무슨 공부를 하겠다니. 에휴, 고양이를 피하려다가 범을 만났네. 남들보다 3년이나 늦었는데, 지금 부산 가서 언제 따라가고, 그 성질머리에 나중에 또 대학 간다고 설칠 테고, 그러다가 시집은 언제 갈래. 내가 속이 터져서. 한 3년 회사 더 다니다가 고울 때 시집가면 좀 좋아. 내가 아주 니년 때문에 늙는다 늙어.”

어머니는 이제 딱 한 마디, 그래 이년아 가라 가 독한 년, 그 말 한 마디만 남겨놓고 있었다.

이강우 씨는 점점 경직되는데, 나와 황양의 얼굴에서는 시도 때도 없이 웃음이 피어올랐다. 그날따라 성희의 전화를 받고 나는 더 흥분했다.

“가시나야, 니, 내 찾지도 않았제?”

성희는 약간 울먹이면서도 히히거렸다. 부산에 있는 신발업체에 취직이 됐고 방송통신고등학교에 다닌다고 했다.

“나 경남여고 다닌다. 부설 방송통신고등학교지만. 경남여고, 얼마나 신나니. 거긴 우수반 애들도 가기 힘든 데였잖아. 부설학교지만 경남여고라서 기분 좋다. 경남여고 애들이 월요일부터 토요일까지 공부하고 우리는 일요일에만 간다. 평소에는 라디오로 공부하고.”

성희의 목소리에 활기가 넘쳤다.

“지난주 일요일에 부산 케네디시장으로 구제품 옷 사러 갔다가 연우 만났어. 남편도 같이 왔는데, 남자가 폭삭 늙었데. 그래도 연우한테 잘해주니까 나빠 보이진 않더라. 연우는 머릴 볶아서 완전히 아줌마 됐는데, 멜빵청바지 사러 왔더라. 너 들었어? 연우 애기 가졌단

다. 그래서 임신복 대신 입으려고 구제시장에 멜빵 청바지 사러 온 거래. 연우는 얼굴이 아주 편해 보이고 좋더라. 니가 왔었다는 얘기 하길래 망설이다가 전화했어."

나도 내년 1월 부산에 가게 될 것 같다고 하자, 성희는 "엄마야 미치겠다"라며 호들갑을 떨었다. 우리는 정작 하고 싶은 얘기는 밀쳐두고 이런저런 사람들 얘기만 잔뜩 주고받았다. 결국 내가 차현을 끄집어냈다. 의무실에 근무하고 있으며, 잘 적응하는 것 같다고 하자 성희는 "잘됐네"라며 얼버무렸다.

"성희야, 부담 갖지 마. 차현 오빠, 속은 모르겠지만 너에 대한 미련은 버린 거 같더라. 니가 차현 오빠랑 결혼할 거 아니라면 괜히 지금 다시 나타나서 심란하게 할 필요는 없을 거 같아. 그냥 멀리서 잘 되기를 빌어줘. 어른들이 맨날 하는 말 있잖아. 두 사람의 인연은 거기까지구나, 그렇게 생각해."

성희는 차현에 대해 아무 말도 하지 않았다. 아니, 내가 성희가 말할 틈을 주지 않았다. 성희는 1월에 부산에 오면 꼭 찾아오라며 나에게 전화번호를 알려주었다.

"그래 이년아 가라 가. 독한 년."

11월 말 어머니는 결국 항복선언을 했다. 한 달째 집에서 일절 음식을 먹지 않고 묵비권을 행사하여 얻은 결과였다. 어머니는 독한 년, 다음에 한 마디 더 했다. "나중에 꼭 너 같은 딸 하나만 낳아라 이년아." 그러는 어머니 앞에서 나는 피식 웃으며 "알았어"라고 말했다.

"결국 이렇게 될 걸, 뭘 자식한테 이기겠다고. 얘가 나쁜 짓 하겠다는 것도 아니고, 지가 벌어놓은 돈으로 공부하겠다는데 무슨 수로 막아. 품안에 자식이지 머리 크면 어디 부모 말 듣나."

아버지는 눈을 찡긋거리면서 나에게 축하를 보냈다.

"단, 지금 니가 갖고 있는 돈과 앞으로 받을 퇴직금, 다 엄마한테 맡겨. 그리고 엄마한테 매달 필요한 만큼 타다 써. 니 성격에 대학도 가려고 할 테고, 돈을 아껴 써야 할 거 아니냐?"

나는 8월부터 월급을 모아둔 통장을 어머니에게 내밀었다.

다음날 곧바로 실험실에 퇴직 의사를 밝혔다. 마침 현장 증설에 대비하여 두 명의 실습생에게 실습을 시키고 있었기 때문에 별다른 문제는 없었다. 나는 12월 10일에 그만두겠다고 말했다. 누구보다도 먼저 이강우 씨가 축하해주었고, 황양은 자기보다 빨리 그만두는 법이 어디 있느냐며 눈을 흘겼다. 내년 2월에 그만두고 4월에 결혼하게 될 것 같다며 결혼식에 꼭 오라고 했다. 장필곤은 이제 좀 예뻐지려는데 그만두니 아쉽다며 너스레를 떨었다. 임실장은 처음으로 나에게 농담을 건넸다.

"내가 제복을 입어야 한다고 해서, 그래서 자극받아 나가는 겁니까? 나중에 잘되면 한턱 내야 해요. 그게 다 내 덕택이니까. 이러면 내가 두 명한테 기여한 건가?"

임실장이 눈을 찡긋했다. 나양 얘기를 기억하고 있다는 의미였다.

임실장과 냉전관계에 있던 이강우 씨도 옆에서 농담을 했다.
"무슨 소리예요. 김무경 씨가 땅꼬마로 입사해서 내가 교육을 맡았을 때 사실 얼마나 책을 많이 읽은 줄 아십니까? 어린애가 사회에 처음 나와 만난 사람이 난데, 내가 뭔가 교훈을 줘야겠다, 그래서 멋진 말들 찾아서 살을 붙여 매일 강의한다고 무지하게 힘들었습니다."

이강우 씨는 날 보며 멋쩍게 웃더니 "너한테 훈계하려고 책을 뒤적인 건 사실이야"라고 말했다. 그런 노력까지 하여 나에게 자극을 준 그가 정말 고마웠다. 나는 그날부터 일하는 틈틈이, 그간 사내에서 친해진 사람들에게 인사를 하러 다녔다. 모두들 좋은 자리를 두고 떠나는 게 이해되지 않는다면서도 공부하겠다는 나를 축하해주었다. 이제 나도 그들에게 상황만 남겨두고 떠나게 되는 건가?

나는 마지막으로 차현을 만나러 갔다.
"샤프심 다 떨어졌을까 봐 왔어요."
내 얘기에 차현은 "맞아, 하나밖에 남지 않았어. 내가 공부를 열심히 했거든" 하며 환하게 웃었다. 그 웃음 속에 슬픔이 많이 가신 게 느껴져 다행이었다. 차현에게 성희의 소식을 알리는 게 좋을 것 같았다. 성희가 나쁜 길로 빠졌을까 봐 걱정할지도 모른다는 생각이 들었기 때문이다. 나는 머릿속으로 성희 얘기를 꺼낼 타이밍을 찾느라 애쓰면서 차현에게 회사를 그만두고 공부할 거라고 말했다. 그는 오른쪽 의수가 주머니에서 빠지지 않을까 걱정될 정도로 왼팔을 힘차게 흔들며 축하해주었다.
"형묵이도 얼굴이 노래질 정도로 공부하고 있더라. 부산 가면 한 번씩 보거든. 짜식, 좋은 대학 가겠더라. 너도 열심히 해서 검정고시 합격하고 대학에 들어가면 꼭 이 오빠한테 연락해. 내가 그때 회사에 소문 쫙 내줄게. 내가 처음에 찍은 애가 이렇게 똑똑하다고. 너 잊지 마, 내가 처음 찍은 애는 너야. 그놈의 왕다방 미팅에만 안 나갔어도 대학생 애인 얻는 건데 말야."
차현은 활짝 웃으며 농담을 건넸다. 얼굴에 서려 있던 슬픔이 확실히 많이 빠져나간 것 같았다.
"저, 오빠. 성희 말예요."
나도 모르게 차현을 오빠라고 불렀고, 동시에 성희 얘기를 꺼냈다. 차현의 얼굴이 약간 일그러졌지만 이내 아무렇지도 않은 표정으로 날 바라봤다.
"오빠, 성희 걱정 마시라고요. 부산에서 회사 잘 다니고 있고요. 방송통신고등학교에도 다닌대요. 그리고 오빠를 위해서 기도 많이 한대요."
차현은 잠깐 아무 말도 하지 않더니 고개를 끄덕였다. 어쩌면 차현은 성희가 연락한대요, 라는 말을 기다렸는지도 모른다. 하지만 성희는 그 말을 하지 않았다. 아니, 내가 하지 못하게 했다. 지켜지지 않을 희망을 주는 건 상대에게 오히려 고통이 될 수 있으니까. 아마도 성희는 차현을 다시 찾지 않을 것이다. 고민할 겨를도 없이 미모의 성희를 주변에서 가만두지 않을 테니까. 남자들 눈은 별수 없이 똑같으니까. 성희는 사랑을 받으며 구김살 없이 살기에 적당한 아이였다.

내가 차현과 애인이었다면? 나는 책임졌을까? 그건 알 수 없는 일이다. 인생은 그렇게 해답이 딱딱 나올 정도로 단순하지 않으므로. 그리고 더 이상 나 자신에게 그런 질문을 하지 않기로 했다. 그것이야말로 내 마음의 부담을 덜기 위해 차현을 저울질하는 일이므로. 차현이 자기도 모르게 구차해지는 일이므로. 이미 계산을 시작한 것은 사랑이 아니므로.

내가 12월 10일부로 그만둔다는 얘기를 전하자 차현은 자기도 같은 날 자리를 옮기게 되었다고 했다.

"같은 총무부 소속인데 잔반처리반으로 가는 거야. 후문 쪽에 돼지막 있지. 거기서 돼지 칠 거야. 회사식당에 오르는 돼지고기가 다 식당 잔반 먹고 자란 거잖아. 여기는 답답해서 영 내 성미에 안 맞아. 내가 여기 백날 있어봐야 의사 될 것도 아니고. 축사 일을 좀 익힌 뒤 나중에 시골 가서 돼지나 칠까 해. 힘 좋은 여자랑 결혼할 때까지 회사에서 일할 거야. 김씨 아저씨 혼자 일하느라 바쁠 때 내가 수시로 경운기 운전해서 잔반을 축사까지 날라다 줬거든. 한 사람 충원한다길래 내가 자원했어. 이제 왼손으로 글씨 쓰는 것도 익숙해졌고. 영어나 한문 쓸 일이 얼마나 있겠나 싶어서 한글만 연습했어. 보여줄까?"

차현은 서랍에서 종이를 꺼내 주었다.

'헛되고 헛되며 헛되고 헛되니 모든 것이 헛되도다

사람이 해 아래서 수고하는 모든 수고가 자기에게 무엇이 유익한고

한 세대는 가고 한 세대는 오되 땅은 영원히 있도다'

마치 세상을 초탈한 사람이 인생을 끝내기에 앞서 쓴 글 같았다. 하지만 아주 안정된 내용이어서 왠지 안심이 되었다. 글씨는 착한 초등학생이 쓴 것처럼 정직해 보였다. 조금 흘려 쓰기만 한다면 왼손으로 썼다는 것을 눈치챌 수 없을 정도였다. 뭉클한 감동이 일었다.

"그냥 이것저것 막 베끼는데, 이 글귀가 마음에 와 닿더라고. 전도서에 있는 말씀이야. 마누라를 천 명이나 거느린 솔로몬 왕이 쓴 글이래. 그렇게 화려하게 산 사람이 다 헛되다고 하니까 팔 하나 없는 게 대수냐 싶어 위안이 되더라. 팔 달고 살아본들 결과가 그렇게 클 거 같지도 않고. 다 헛되다잖아. 마음을 비우고 살게 되었으니 난 오히려 행복한 놈이야."

차현은 피식 웃더니 연습한 종이를 한 장 더 꺼냈다. 국민교육헌장이었다.

"모든 게 헛되다고 대충 살지 않고 민족중흥의 역사적 사명을 띠고 이 땅에 태어난 만큼 열심히 살 거야. 그러니 걱정 마. 무경아, 너 정말 예쁜 애라는 거 잊지 마. 니가 얼마나 영특하고 귀여운 앤지 넌 모르지? 키가 좀 작고, 금방 눈에 띄지 않는다고 위축될 필요는 없어. 독한 향기를 뿜는 꽃보다 은은한 향기를 풍기는 꽃이 더 사랑받

는 법이니까. 니가 못생겼다고 생각하는 게 너의 단점이야. 오빠가 그냥 인사로 하는 말이 아니라, 너 3년 전과 정말 많이 달라졌어. 그때 소년 같았는데, 이제 넌 여자가 되었다구. 알았지? 너를 인정해."

너를 인정해, 그의 말에 가슴 밑바닥에서 뭔가 뜨거운 것이 스멀스멀 올라왔다. 우리 둘 다 서로를 진심으로 격려해줄 수 있는 상태가 되었다는 게 뿌듯했다. 나는 주머니에서 샤프심 다섯 통을 꺼내 차현의 책상에 올려놓았다.

"샤프심 다 떨어질 때쯤 또 연락할게. 오빠는 여전히 멋져. 기죽지 마. 먼 훗날 누가 나한테 너의 첫사랑이 누구냐고 묻는다면 내가 누구라고 대답할 거 같아? 오빠가 성희랑 잘되지 않았다면, 내가 그때 소년 같지 않고 좀 여자 같았다면, 우리가 잘될 수도 있었을 텐데. 첫사랑은 이루어지는 게 아니라잖아. 오빠 힘내."

차현은 환하게 웃으며 나에게 왼손을 흔들어주었다.

"내가 누군가의 첫사랑이라니 영광인걸. 첫사랑은 잊을 수 없다던데 넌 날 언제까지든 기억하겠구나. 나도 널 잊지 않을 거야. 내가 우리 회사에 와서 정말로 널 제일 먼저 찍었거든."

나도 왼손을 한참 흔들어주었다. 환하게 웃으며. 돌아서는 순간 눈물이 주르르 흘렀다. 나의 소녀시절은 정말 끝을 맺으려는 준비를 하고 있었다. 아름다운 시간들이 나에게 각인되어 나와 평생 함께하리라.

노무과에 작업복을 반납하러 갔을 때 담당자가 퇴직금 정산은 12월 29일쯤 될 거라며 그때 다시 회사에 들러달라고 했다. 내가 12월 29일 다시 회사 올 거라고 하자 임실장은 송별회는 그때 하자고 했다. 이강우 씨는 마치 담임선생처럼 나를 현장에 데리고 가서 반장들과 악수를 하게 했다. 자기가 잘 가르쳐서 하산시킨다는 농담을 하며. 현장 반장들은 나에게 악수를 건넨 뒤 이강우 씨에게도 용기를 북돋워주었다. 회사에서 아무리 막으려고 해도 현장에서 우리가 받치고 있으니 걱정 말라면서.

이강우 씨는 공장 끝에 있는 개울로 가서 마지막으로 나에게 당부를 했다. 전날 책을 봤을지도 모른다는 생각이 들어 피식 웃음이 나왔다.

"무경아. 너도 나도 미지의 세계 앞에 서 있어. 지금 우리는 회사로부터 회유를 당하고 있어. 지금이라도 그만두면 책임을 묻지 않겠다고. 안 그러면 어떤 결단을 내릴지 모른다는 얘기도 나왔어. 나 사실 빠지고 싶은 마음도 드는데 무경이 니가 이렇게 당당하게 니 앞길을 헤쳐나가는 걸 보니 용기가 난다. 미래는 아무도 몰라. 우리가 계획한 대로 안 될지도 몰라. 하지만 최선을 다하는 건 우리의 몫이야. 우리의 계획대로 될 수 있는데, 최선을 다하지 않아 일이 무산되면 얼마나 애석하겠니. 무경아, 초심을 잃지 마. 152센티의 부적격자였는데도 넌 잘해냈잖아. 니가 우리 실험실 최고의 요원이었다는 거 기억해. 무경아, 우리 꼭 정상에서 만나자. 정상은 내가 만족하는 곳,

나를 즐겁게 하는 곳, 바로 그 지점이야."

나는 아저씨와 힘차게 악수를 나눴다. 나에게 3년간 인생을 가르쳐준 멋진 조교와.

회사를 그만두고 후문을 나서는데도 별다른 감정이 들지 않았다. 눈물이라도 쏟아질 줄 알았는데 예상과 달리 내 마음은 이미 부산에 가 있었다.

다음날 바로 부산에 가서 하영과 방을 얻고 마치 신혼살림 장만하듯 자취생활에 필요한 집기를 샀다. 하영과 함께 학원에 가서 1월 등록까지 마쳤다. 그때 문득 이강우 씨의 말이 떠올랐다.

"사랑은 기다리는 사람에게 오더라. 포기하지 않고 기다리면 온다. 그게 무엇이든."

12월 29일 다시 회사에 들렀을 때 분위기가 유난히 활기찼다. 겨울인데도 마치 봄날처럼 햇살이 따사로웠다. 마침 사원휴게소에 사원협의체 현판을 다는 날이었다. 나는 노무과로 들어가다가 식당 입구에서 이강우 씨를 만났다. 그는 빠르게 그간의 상황을 들려주었다. 회사에서 전 사원 투표 대신 조장급 이상이 참여하는 투표를 허용했고, 거기서 뽑힌 사원들이 사원대표단을 맡아 앞으로 회사 측과 제반 문제를 논의할 예정이라고 했다. 계열사를 늘려가는 과정에서 괜히 잡음이 나가면 좋을 게 없을 것 같아 그룹에서 우리 공장에 타협안을 내놓은 것이라고 했다. 이강우 씨는 다른 회사는 싸움을 계속하고 있지만 우리 회사는 수월하게 일이 진행되어 다행이라고 했다.

새로운 사원협의체에서 간부직을 맡게 된 이강우 씨는 저녁에 회사 측 인사들과 회식이 약속되어 있어 아무래도 내 송별회를 미뤄야 할 것 같다고 했다. 나는 이강우 씨에게 송별회를 하지 않아도 되고, 섭섭하지 않다고 말했다. 그는 꼭 연락하라고 말한 뒤 바쁘게 사라졌다. 불과 보름 정도 지났는데도 회사가 생경하게 느껴졌다. 벅찬 마음으로 달려가야 할 곳이 정해져 있어서일까.

경리과에 가서 퇴직금을 수령하는 일로 사명화섬과 나의 인연은 끝났다. 이제 회사에 올 일이 없다고 생각하니 기분이 이상했다. 아마 다시는 이곳을 찾지 않을 것이다. 그사이에 0.5센티가 더 자라 나는 드디어 155센티가 되었다. 이제 그 어떤 부적격 사유도 없어졌을 때 아이로니컬하게도 나는 회사를 떠나게 되었다.

후문에 서서 회색 건물을 바라보았다. 거대한 항공모함이 곧 출항이라도 할 듯 약간 들썩이는 것 같았다. 그 위로 언젠가처럼 눈이 부시도록 파란 하늘이 펼쳐져 있었다.

"안녕!"

나는 회색 건물을 향해, 하늘을 향해, 가만히 손을 흔들었다.

후문을 나서려는데 어디선가 다다다다 하는 소리가 들렸다. 무심코 지나치려다 경운기 소리임을 깨닫자 퍼뜩 생각나는 일이 있었다. 축사 쪽에서 경운기가 달려오고 있었다. 혹시나 하는 마음에 잠시 지켜보고 있자니 예상대로 차현이 경운기를 운전하며 달려오고 있었다. 한 손으로 유능하게 경운기를 모는 그는 근사했다. 제법 긴 머리를 휘날리며 뭐가 그렇게 좋은지 환하게 웃고 있었다. 그를 향해 V를 그려주었다. 그때 이강우 씨의 음성이 들리는 듯했다.

'미래는 아무도 몰라. 우리가 계획한 대로 안 될지도 몰라. 하지만 최선을 다하는 건 우리의 몫이야.'

11장
최선을 위하여

 편지는 거기서 끝을 맺었다. 다혜도, 다혜 친구도. 진구도 소녀 무경이가 알 수 없는 미래를 향해 최선을 다한 것까지만 아는 게 좋을 거 같았다. 정말 그 시절 나는 최선을 다했고 우리 모두는 치열했다. 그 뒤 나는 대개의 경우 심드렁했다. 그 모습까지 아이들에게 공개하고 싶진 않았다.

 나와 하영은 함께 공부를 시작했지만 실적은 좋지 않았다. 그 해에 나는 검정고시 과목 중에서 까다로운 세 과목을 패스하지 못했다. 더 이상 부산여고를 목표로 우수반에서 눈을 반짝이던 내가 아니었다. 어찌 된 일인지 하영도 대학에 떨어졌다. 우리 둘다 표면적으로는 열심히 했지만 영특한 중학생 우수반원들은 이미 우리 곁을 떠난 뒤였다. 공부와 담을 쌓고 있는 동안 진이 빠져버렸는지도 모른다. 무슨 일이든 불이 붙었을 때 여세를 몰아가야 성과가 난다는 게 그즈음 내가 얻은 교훈이다.

　우리는 꼭 선생님이 되어 다시 만나기로 약속하고 헤어졌다. 나는 계속 부산에서 공부를 했고 하영은 서울로 옮겨 가서 삼수를 하게 되었다. 이듬해 나는 검정고시는 통과했지만 대학에 낙방했다. 부산여고에 가지 않고도 고등학교 졸업을 인정한다는 증명서를 획득하는 데 만족해야 했다. 원하는 걸 손에 넣지 못했을 때의 좌절감을 이미 뼛속 깊이 체험한 나는 대학에 떨어지고도 덤덤했다. 역시 인생은 내가 계획한 대로 되지 않는다고 읊조렸을 뿐. 내가 번 돈이 거의 다 소진되어버린 상태여서 대학에 합격하지 않은 게 오히려 잘됐다는 생각까지 들었다.

　하영은 삼수 끝에 서울의 여자대학에 입학하여 드디어 대학생이 되었다. 하영이 대학생이 되었지만 나와 만날 수 없는 사이라고 생각하거나, 우연히 떠오른 하영의 생각으로 내 심장이 파르르 떨리는 일 따위는 더 이상 일어나지 않았다.

　별수 없이 집으로 돌아온 나는 일자리를 구하러 돌아다녔다. 실체가 없이 종이 한 장으로 남은 내 고등학교 졸업 경력으로는 들어갈 만한 사무실이 없었다. 전자계산기가 나왔지만 여전히 사무실마다 여상 졸업생을 선호했다.

　키가 156센티로 자랐지만 사명화섬에 돌아가고 싶진 않았다. 내가 그곳에서 배울 것은 이미 다 습득했으므로.

시내를 돌아다니다가 점원을 구한다는 안내문을 보고 양품점에 들어갔다가 바로 다음날부터 출근하게 되었다.

그해 가을, 우연히 방송통신대를 알게 되었다. 인생에서 최선이나 최상만 선택하며 나아갈 수 있는 사람이 얼마나 되겠는가. 그즈음 그 사실을 실감하고 있던 나는 기꺼이 방송대를 선택했다. 부산여고가 아니면 다른 데는 안 간다는 만용은 한 번으로 족했다. 아니, 차선을 선택하지 않으면 그것마저도 날아가버린다는 것을 알 나이가 되어버린 것이다. 그것을 꼭 타협이라고 폄하할 필요는 없다. 세상은 의지와 의분만으로 살 수 없다는 걸 깨닫는 게 바로 지혜인 것을.

하영은 졸업하자마자 결혼하는 바람에 우리의 꿈이었던 선생님이 되지 못했다. 방송대를 졸업할 때쯤 나는 가게 단골이던 하청회사 사장 부인의 주선으로 그 회사 총무과에 취직했다. 스물일곱에 취직한 나에게 사람들이 첫날부터 던진 질문은 "결혼 안 해?"였고 2년 동안 그 얘기를 귀가 아프게 듣다가 서른을 몇 달 앞두고 결혼했다. 맞선을 통해 만난 납품업자와 사랑이 아닌 게 분명한 무덤덤한 감정에 기대어. 그 결혼에서 내게 남은 건 다혜와 내 마음의 상처뿐이다.

사명화섬을 나온 후 나는 그곳에서 만난 그 어떤 사람에게도 연락하지 않았다. 그들을 내 소녀시절 기억 속에 고이 접어 넣었을 뿐.

어디에서건 끊임없이 계획을 세웠고 그중에서 이뤄지지 않은 것이 더 많다. 하지만 실망하지 않았다. 내가 어떤 계획을 세웠건 내 인생이 전혀 원치 않는 방향으로 흘러갈 수 있다는 것과 어느 날 내가 그토록 원했던 일이 나의 계획과 상관없이 이루어지는 걸 10대에 겪었기 때문이다.

내 생각은 그때와 크게 달라지지 않았다. 그럼에도 불구하고 나는 이제 새로운 계획을 세우고 싶은 마음이 생겼다. 세상에는 차선을 선택할 수밖에 없는 순간이 있다는 걸 환기하면서. 그리고 그 차선이 최선보다 나을 수 있다는 것도. 중요한 건 자신이 생각하는 정상에 서는 것이다. 이강우 씨가 말했던 그 정상. 내가 좋아하고 마음 편한 그곳이 정상인 것을.

진구는 집으로 잘 돌아갔을까. 아직 소식이 없다. 컴퓨터는 능하지만 영어가 짐이라는 진구에게 못 해준 말이 있다. 주산 대신 전자계산기를 얻었지만 우리에게도 여전히 장애물은 많다고. 컴퓨터가 바꿔놓은 세상이 낯설고 사람과 사람 사이를 돌아다니는 바람도 서늘하다고. 세상은 언제 어디서나 우리에게 속삭인다고. 나이가 몇 살이든 세상은 도전하는 자의 것이라고.

모르소프 부인이라면 진구에게 마지막에 이렇게 말하지 않았을까?
"진리를 깨달은 사람들, 진정한 자유를 만난 이들의 지혜를 수용하기만 한다면 세상은 많이 달라질 겁니다."

진구는 이미 그것을 알고 있음이 분명하다. 진구가 나중에 내 사위가 되어도 좋겠다는 생각을 하다가 피식 웃었다. 아직 다혜와 재회도 못 했건만.

열 번째 편지를 다혜에게 보낸 뒤 얼마 남지 않은 재고 물품을 동네 양로원에 갖다 주고 오는 길에 나는 다혜의 얼굴을 넣은 전단지를 만들기로 결심했다. 딸과 나 사이를 가로막고 있는 안개 같기도 하고 성에 같기도 한 희뿌윰한 기운을 더 이상 방치하지 않을 작정이다. 그게 서먹함이든 막막함이든.
"내 딸이에요. 꼭 찾아주세요. 애 없으면 나 죽어요."
전단지를 내미는 내 얼굴을 절박함으로 범벅이 되게 만들 자신이 생겼다.
양씨는 다혜가 사는 동네가 어딘지 알 것 같다며 나의 하명만 기다리고 있는 중이다. 그는 요즘 소년처럼 얼굴에 홍조를 띠고 다닌다. 다혜만 돌아오면 우리는 멋진 가정을 이룰 수 있을 거라는 기대에 부풀어.
어쩌면 화장을 하고 다닐지도 모를 내 딸과 막다른 골목에서 마주쳤을 때 내가 불쑥 전단지를 내밀면 딸은 뭐라고 말할까?
아마도 이렇게 말하지 않을까?
"저는 지금 최선을 찾는 중이에요."

추천사

세대 공감과 화해의 메시지

이근미의 『17세』는 딸, 다혜가 가출하자 어머니, 무경이 자신의 17세 때 이야기를 이메일로 보내는 독특한 액자소설 형식을 취하고 있다. 뜻대로 되지 않는 삶에 좌절하면서도 묵묵히 자신의 자리를 찾아가는 소녀, 무경의 이야기를 통해 작가는 우리가 빠른 속도로 지나쳐온 격변기의 한 단면을 세밀화처럼 보여주고 있다.

고등학교에 가지 못하고, 꿈꾸었던 것과는 전혀 다른 장소인 생산 현장에서 어른들의 세계를 바라보았던 무경은 마음속에 흡수해두었던 이야기를 딸에게 들려준다. 딸을 찾아내서 강제로 끌고 들어오려 하지 않고 이메일이라는 현대적인 통신수단을 통해서 마음을 전하는 어머니에게 17세의 딸은 서서히 마음을 열기 시작한다.

등장하는 사람들이 제각기 다른 인간 유형을 생생하게 보여주고 있는 것이 큰 장점인 이 소설은 탄탄하고 명료한 문장으로 다양한 인간군상의 모습을 밀도 있게 그려나가고 있어 단숨에 끝까지 읽게 하는 힘을 지니고 있다.

재미있게 읽히는 미덕을 지니면서도 인생의 본질에 대해 다시 한 번 생각하도록 해주는 이 소설은 재물이나 외모 같은 표피적인 삶에 치중해 방향감각을 잃기 쉬운 현대인들에게 과연 가족은 무엇인가, 우정과 사랑은 무엇인가, 진정한 삶의 의미는 무엇인가에 관한 소중한 메시지를 전해주고 있다.

세대 차이를 뛰어넘어 어머니와 딸, 두 17세의 교감으로 이어지는 이야기는 잔잔한 감동과 함께 책읽기의 즐거움을 만끽하게 해준다. 인간과 삶의 진실에 신선한 접근방식으로 다가가는 이 소설의 일독을 모든 사람들에게 진심으로 권하고 싶다.

우애령(소설가)

추천사

가족 해체 시대의 딸 찾기

 한국소설이 정체되어 있다고들 한다. 많은 독자들이 한국소설을 외면하고 있는 것이 현실이고, 외국의 추리소설이나 일본소설에 심취되어 있다고, 푸념들을 하고 있다. 어느 정도 그 푸념은 진실을 담고 있기는 하다. 하지만 그렇다고 푸념만으로 문제가 해결되지는 않을 것이다. 무엇보다 중요한 것은 새로운 상상력으로 무장한 신인들이 한국소설에 새로운 활기를 불어넣어야 한다는 사실이다. 그런 점에서 이근미의『17세』는 성장소설이라는 전통적 방식에 현실을 교직시키는 새로운 방법으로 소설의 완성도를 높인 뛰어난 작품이다.
 『17세』는 가출한 17세의 딸에게 어머니가 보내는 이메일과 현실 속에서의 어머니의 서술이 교차 진술되는 형식을 취하고 있다. 그

메일에는 과거 어머니의 소녀시절이 고스란히 담겨 있다. 즉 가출한 딸에게 어머니의 가출을 보여줌으로써 딸과의 화해를 시도하고 있는 것이다.

과거 한국소설의 전통은 대개 아들이 아버지를 찾아 집을 떠난 형국이었다. 김주영, 김원일, 이문열 등 선배 작가들의 소설에 주요 모티브가 된 '아버지 찾기'는 한국사회의 역사적 특수성(일제 강점과 전쟁과 분단)과 맞물려 20세기 한국소설의 커다란 물줄기였다. 이들 소설에서의 결핍, 혹은 가족의 해체(아버지의 부재)는 주로 전쟁으로 인한 것이었고, 작가는 결핍을 해소하기 위해 물리적 혹은 정신적으로 그 부재를 해소해야만 했었다.

21세기가 시작되면서 가족의 해체는 새로운 양상을 띤다. '싱글맘'이라는 새로운 조어가 나올 만큼 현재의 한국사회는 이혼율이 높아지면서, 편부·편모 슬하의 아이들이 양산되고 있는 것이다.

크게 보면 『17세』는 새로운 가족 해체의 시대에 어떻게 가족이라는 끈을 놓치지 않고 살아갈 수 있느냐 하는 문제의식에서 시작된 소설이라고 볼 수 있다. 재미있는 것은 과거의 소설들이 대개 아들이 아버지를 찾는 것이었다면, 이제 그 찾기의 방식이 역전되어 부모가 자식을 찾아야 한다는 점이다. 소설 말미에 나오는, "내 딸이에요. 꼭 찾아주세요. 애 없으면 나 죽어요"라는 어머니의 전단지 문구는 새로운 가족 해체 시대의 절규처럼 들리기도 한다.

액자소설이라고도 할 수 있는 이 소설은 담담하고 정확한 문장, 흥분하지 않는 서술 태도, 적결한 종결 등을 통해 이 시대에 반드시 제기해야 할 문제점을 적절하게 표현해내고 있다.

『17세』는 의미 있게 재미있다. 잘 읽히면서도 감동적이라는 뜻이다. 감동과 재미를 겸비한 이 소설을 통해 이근미는 한국문학에 또 하나의 이정표를 세웠다.

하응백(문학평론가)